DEAN KOONTZ

Né en 1945, Dean Koontz publie son premier roman à l'âge de 23 ans. Une vingtaine de livres, dont *Le monstre et l'enfant* ou *La semence du démon*, adapté au cinéma sous le titre de *Génération Proteus*, en font rapidement l'un des plus prometteurs et des plus productifs des auteurs de science-fiction. Mais jonglant avec une dizaine de pseudonymes, dont Brian Coffey, K.R. Dwyer, Leigh Nichols, Owen West ou Norman Paige, il s'attaque à tous les genres : polar, suspense, fantastique. Et publie même, sous son propre nom, pour le *Writer's Digest* un guide expliquant comment écrire un best-seller.

Appliquant lui-même les recettes qu'il conseille, et se tournant vers la terreur, il devient très vite un habitué des listes de meilleures ventes aux États-Unis. *Une porte sur l'hiver*, *La cache du diable*, *La maison interdite* le consacrent comme une superstar de la littérature américaine.

Devenu en quelques décennies le plus professionnel et le plus exigeant des auteurs de suspense, avec des romans comme *La porte rouge* ou *Intensité*, il vit aujourd'hui en Californie.

NE CRAINS RIEN

DU MÊME AUTEUR
CHEZ POCKET

dans la même collection

FIÈVRE DE GLACE
LA MAISON INTERDITE
LE MASQUE DE L'OUBLI
MIROIRS DE SANG
LA MORT À LA TRAÎNE
LA NUIT DES CAFARDS
LA NUIT DU FORAIN
LA PESTE GRISE
UNE PORTE SUR L'HIVER
LA VOIX DES TÉNÈBRES
LES YEUX DES TÉNÈBRES
LUNE FROIDE
LA CACHE DU DIABLE
MR. MURDER
ÉTRANGES DÉTOURS
DÉMONS INTIMES
TIC-TAC
LE VISAGE DE LA PEUR
LE RIDEAU DES TÉNÈBRES
L'HEURE DES CHAUVES-SOURIS
SPECTRES
LA SEMENCE DU DÉMON
L'ANTRE DU TONNERRE
LA CLÉ INTERDITE
INTENSITÉ
LES LARMES DU DRAGON
LA PORTE ROUGE

en Pocket Thriller

PRISON DE GLACE

COLLECTION TERREUR
dirigée par Patrice Duvic

DEAN KOONTZ

NE CRAINS RIEN

ROBERT LAFFONT

Titre original :
FEAR NOTHING

Traduit de l'américain par
Michèle Garène

Si vous souhaitez recevoir régulièrement
notre zine **« Rendez-vous ailleurs »**, écrivez-nous à :

« Rendez-vous ailleurs »
Service promo Pocket
12, avenue d'Italie
75627 PARIS Cedex 13

PRESSECO
PAPIER RECYCLÉ
NATURE PROTÉGÉE

ISBN : 2-266-10554-X

À Robert Gottlieb que je remercie chaque jour de sa sagacité,
son génie, son dévouement et son amitié.

Nous avons un fardeau à porter
et un chemin à parcourir.
Nous avons un fardeau à porter,
une destination que nous ne pouvons connaître.
Nous avons un fardeau à porter
et nulle part où le poser.
Nous sommes le fardeau à porter.

LE CRÉPUSCULE

1.

J'écrivais à la lueur de la bougie dans mon bureau quand le téléphone sonna, et je sus qu'un changement terrible se préparait.

Je n'ai rien d'un médium. Je ne vois ni signes ni présages dans le ciel ; je ne lis pas l'avenir dans les lignes de la main, ni dans le marc de café.

Mais mon père était à l'agonie depuis plusieurs jours, et après avoir passé la nuit précédente à son chevet, à essuyer son front perlé de sueur et à écouter sa respiration laborieuse, je savais qu'il ne vivrait plus très longtemps. Et j'avais peur, peur de le perdre et de me retrouver seul, pour la première fois en vingt-huit ans.

Je suis fils unique, et ma mère est morte depuis deux ans. Si sa disparition brutale fut un choc, je me console en songeant qu'elle n'a pas dû subir le supplice d'une longue maladie.

Rentré épuisé juste avant l'aube, j'avais espéré pouvoir prendre du repos. Peine perdue : j'avais mal dormi, et peu.

Pétrifié dans mon fauteuil, je suppliai le téléphone de se taire… en vain.

Le chien comprit lui aussi la signification de cette sonnerie. Jaillissant de la pénombre, il me contempla d'un air douloureux.

Contrairement à ses semblables, il est capable de soutenir le regard d'un humain aussi longtemps que son intérêt est éveillé. Généralement les animaux ne nous fixent droit dans les yeux que brièvement avant de se détourner comme déconcertés par ce qu'ils y découvrent. Si Orson voit la même chose que les autres, peut-être en est-il troublé, mais il n'est pas intimidé.

C'est un chien étrange. Mais c'est le mien, mon ami fidèle, et je l'aime.

À la septième sonnerie, je me résolus à décrocher, sans quitter Orson des yeux.

Une infirmière de Mercy Hospital me prévenait que mon père déclinait rapidement et me suggérait de venir sans tarder à son chevet.

Je raccrochai ; Orson posa sa grosse tête noire sur mes genoux, gémit doucement et fourra sa truffe sous ma main.

Un instant, je restai hébété, incapable de penser ni d'agir. Le silence qui régnait dans la maison, aussi profond que des abîmes marins, semblait presser sur moi, m'écraser, m'immobiliser. Puis je téléphonai à Sasha Goodhall pour lui demander de me conduire à l'hôpital.

Elle dort généralement de midi à huit heures du soir. Elle diffuse de la musique de minuit à l'aube sur KBAY, l'unique station de radio de Moonlight Bay. En cet après-midi de mars, à cinq heures passées, elle devait être dans les bras de Morphée et je regrettais d'avoir à l'en tirer.

Mais, comme Orson à l'œil triste, Sasha était mon amie, quelqu'un sur qui je pouvais toujours compter. Et elle conduisait beaucoup mieux que mon chien.

Elle répondit à la seconde sonnerie, d'une voix claire. Sans me laisser le temps de parler, elle s'exclama « Chris, je suis désolée », comme si elle avait attendu cet appel et perçu elle aussi une note menaçante dans la sonnerie.

Je me mordis les lèvres ; je refusais ce qui se profilait à l'horizon. Tant qu'il restait un souffle de vie à mon père, on était en droit d'espérer que les médecins se trompaient. Même au dernier moment, le cancer pouvait connaître une rémission.

Je crois aux miracles.

Après tout, malgré mon état, j'ai vécu plus de vingt-huit ans, ce qui est un miracle en soi — même si, vu de l'extérieur, mon existence n'a rien d'enviable pour certains.

Je crois aux miracles, ou plus exactement en notre besoin de miracles.

— Je serai là dans cinq minutes, promit Sasha.

En pleine nuit, j'aurais pu me rendre à l'hôpital à pied, mais là, il n'en était pas question : à cette heure de la journée, je ne passerais pas inaperçu et, en outre, je risquerais trop gros.

— Non. Conduis avec prudence. Il va probablement me falloir dix bonnes minutes pour me préparer.

— Je t'aime, Snowman.

— Je t'aime.

Je rebouchai mon stylo et le posai sur mon bloc.

À l'aide d'un moucheur en cuivre à long manche, j'éteignis les trois grosses bougies. De fins fantômes sinueux de fumée s'étirèrent dans la pénombre.

En cette fin d'après-midi, une heure avant le crépuscule, le soleil baissait mais restait dangereux. Il s'insinuait, menaçant, à la lisière des stores qui masquaient toutes les fenêtres.

Devinant comme d'habitude mes intentions, Orson avait déjà bondi dans le couloir.

C'est un croisé de labrador de quarante-cinq kilos, aussi noir que le chat d'une sorcière. Dans les ombres de notre maison, il rôde presque invisible, ne trahissant sa présence que par le martèlement de ses grosses pattes sur les tapis et le cliquetis de ses griffes sur le plancher.

Dans ma chambre, de l'autre côté du couloir, je ne pris pas la peine d'allumer le plafonnier à rhéostat en verre dépoli. La lumière indirecte jaune acide du soleil couchant qui festonnait les stores me suffisait.

J'ai les yeux mieux adaptés à la pénombre que la plupart de mes semblables. Bien que métaphoriquement frère du hibou, je ne suis pas nyctalope, je ne possède rien d'aussi romantique, ni d'aussi exaltant qu'un talent paranormal. La réalité est plus banale : à force de vivre dans l'obscurité, j'ai affiné ma vision nocturne.

Orson sauta sur le pouf, puis se lova dans le fauteuil afin d'observer mes préparatifs avant ma confrontation avec le monde diurne.

Dans la salle de bains, je me tartinai généreusement le visage, les oreilles et le cou d'un écran solaire à indice cinquante.

La crème sentait vaguement la noix de coco, un parfum que j'associe aux palmiers, aux cieux tropicaux, aux océans pailletés de lumière de midi, à tout ce que je ne connaîtrai jamais. Pour moi, c'est l'odeur de la nostalgie, de l'impossible, le délicieux arôme de l'inaccessible.

Il m'arrive de rêver que je marche sur une plage des Caraïbes sous une pluie de rayons solaires, en foulant un sable d'un blanc éclatant. La chaleur du soleil sur ma peau est plus érotique que la caresse d'une amante. Dans mon rêve, le soleil fait plus que me baigner, il me transperce. À mon réveil, je me sens toujours dépossédé.

Malgré ses connotations tropicales, la crème était fraîche. Je m'en enduisis aussi les mains et les poignets.

Le store de la fenêtre de la salle de bains était relevé, mais l'endroit restait parcimonieusement éclairé grâce à la vitre en verre dépoli et aux membres gracieux d'un métrosidéros qui tamisaient les rayons de l'astre solaire.

Dans le miroir au-dessus du lavabo, mon reflet n'était guère qu'une ombre. Même en allumant, je ne me serais pas vu plus distinctement, car l'ampoule, de faible voltage, est couleur pêche.

Je n'ai que rarement vu mon visage en pleine lumière.

Sasha prétend que je lui rappelle James Dean, celui de *À l'est d'Éden* plus que celui de *La Fureur de vivre*.

Cette ressemblance m'échappe. Admettons que j'ai ses cheveux et son regard bleu ciel, mais certainement pas son air d'écorché vif.

Je ne suis pas James Dean. Je ne suis rien d'autre que moi, Christopher Snow, et je m'en contente fort bien.

L'opération crème terminée, je repassai dans ma chambre. Orson releva la tête pour humer l'odeur de la noix de coco.

Vêtu d'un jean, d'un T-shirt noir et chaussé de Nike, j'enfilai une chemise en jean noir à manches longues que je boutonnai jusqu'au cou.

Orson me suivit dans l'entrée. À cause de la largeur de la véranda et des deux gros chênes californiens du jardin, le soleil ne tape pas sur les deux fenêtres encadrant la porte d'entrée ; voilà pourquoi elles ne sont munies ni de stores ni de rideaux. Les carreaux enchâssés dans du plomb — mosaïques géométriques de verre transparent, vert, rouge et ambre — luisaient faiblement tels des joyaux.

Je pris une veste en cuir noir à fermeture Éclair dans la penderie. Même après une douce journée de mars, la température se rafraîchit à la tombée de la nuit sur la côte centrale de Californie.

Sur l'étagère, je récupérai une casquette à visière bleu marine que j'enfonçai sur mon crâne. Les mots *Mystery Train* y étaient brodés au fil rouge rubis au-dessus de la visière.

J'avais trouvé ce couvre-chef une nuit de l'automne précédent à Fort Wyvern, la base militaire désaffectée de Moonlight Bay. Il ne restait que cet objet dans une salle tiède et sèche, aux murs de béton, au deuxième niveau du sous-sol.

Sans avoir la moindre idée de la signification de ces mots brodés, j'avais conservé la casquette parce qu'elle m'intriguait.

Orson poussa un gémissement suppliant en me voyant sur le point de sortir.

— Je suis sûr que papa serait ravi de te voir une dernière fois, l'ami, lui glissai-je en le caressant. Je n'en doute pas une seconde. Mais l'hôpital n'est pas un endroit pour toi.

Ses yeux d'un noir de charbon brillaient. J'aurais juré y lire chagrin et sympathie. Peut-être parce que moi-même je refoulais mes larmes.

Mon ami Bobby Halloway prétend que j'ai une fâcheuse tendance à donner dans l'anthropomorphisme, à prêter aux animaux des traits et des attitudes humaines qu'ils ne possèdent pas.

Peut-être cela tient-il au fait que, contrairement à d'aucuns, les animaux m'ont toujours accepté tel que je suis. La population quadrupède de Moonlight Bay semble dotée d'une meilleure compréhension de la vie — et de davantage de gentillesse — que certains de mes voisins.

Bobby prétend que cette tendance à l'anthropomorphisme est un signe d'immaturité. Qu'il aille se faire voir !

Je réconfortai Orson, lissai son poil brillant et le grattai derrière les oreilles. Il était étrangement nerveux. Par deux fois il pencha la tête de côté pour tendre l'oreille — comme s'il sentait une menace, un événement à venir pire que la perte de mon père.

À l'époque, je ne voyais encore rien de suspect dans la mort imminente de mon père. Le cancer était un caprice du destin, non un meurtre... à moins qu'on ne veuille accuser Dieu d'être un assassin.

Que j'aie perdu mes deux parents en l'espace de vingt-quatre mois, que ma mère soit décédée à cinquante-deux ans à peine, que mon père n'ait que cinquante-six ans à l'heure de son agonie... eh bien, je mettais cela sur le dos de la malchance qui me harcelait depuis ma conception.

Par la suite, j'aurais des raisons de me rappeler la tension d'Orson — et de me demander s'il n'avait pas perçu le raz de marée d'ennuis qui s'apprêtait à nous fondre dessus.

Bobby Halloway ne manquerait pas de ricaner s'il m'entendait, et de m'accuser de faire pis que de l'anthropomorphisme, en attribuant des pouvoirs surhumains à Orson. Je serais bien obligé de l'admettre — avant de lui conseiller d'aller se faire voir.

Quoi qu'il en soit, je caressai, grattai et réconfortai Orson jusqu'à ce qu'un klaxon résonne dans la rue, puis, presque aussitôt, dans l'allée.

Sasha arrivait.

Malgré l'écran solaire appliqué sur mon cou, je relevai le col de ma veste pour m'assurer une protection supplémentaire.

Sur le guéridon de l'entrée surmonté d'une litho de *Daybreak* de Maxfield Parrish, je pris une paire de lunettes de soleil panoramiques.

La main sur la poignée de la porte en cuivre martelé, je me tournai une dernière fois vers Orson :

— Tout ira bien.

En fait, je ne savais pas trop comment nous pourrions nous passer de mon père. Il était notre lien avec le monde de la lumière et le peuple diurne.

Surtout, il m'aimait comme personne d'autre sur terre, comme seul un parent peut aimer un enfant abîmé. Il me comprenait mieux que quiconque le pourrait jamais.

— Tout ira bien.

Le chien me regarda, l'air grave, et lâcha un soupir qui semblait teinté de commisération devant mon mensonge.

J'ouvris la porte et chaussai mes lunettes. Les verres spéciaux ne laissaient passer aucun UV.

Mes yeux sont ce que j'ai de plus fragile. Je ne peux prendre aucun risque avec eux.

Sasha m'attendait au volant de sa Ford Explorer verte dans l'allée.

Je fermai la porte d'entrée à clé. Orson ne chercha pas à me suivre.

Une brise s'était levée à l'ouest : un vent de mer à la vague odeur d'iode. Les feuilles des chênes murmuraient comme si elles se transmettaient des secrets de branche en branche.

Ma poitrine se serra au point de comprimer mes poumons, comme chaque fois qu'il me fallait m'aventurer dehors en plein jour. Ce symptôme est purement psychologique mais bien réel.

En me dirigeant vers le 4 × 4 dont le moteur tournait, j'avais l'impression d'être lesté. La sensation que connaît un scaphandrier avec une masse d'eau au-dessus de la tête.

2.

— Salut, Snowman, me murmura Sasha comme je montais dans l'Explorer.

— Salut.

Je bouclai ma ceinture pendant qu'elle partait en marche arrière.

À l'abri de la visière de ma casquette, je contemplai la maison. Quelle impression me ferait-elle à mon retour ? J'avais la sensation que, privé de sa substance par la disparition de mon père, tout ce qui lui avait appartenu aurait soudain l'air minable, miteux.

Notre maison s'inscrit dans la tradition Greene and Greene : avec ses bardeaux de cèdre argenté par le temps et les intempéries sur des fondations de pierres coulées dans le minimum de mortier, elle est d'une ligne résolument moderne sans rien d'artificiel ni de vain, parfaitement terrestre et impressionnante. Après les récentes pluies de l'hiver, les lignes nettes de son toit en ardoise étaient adoucies par une fine couche de mousse.

Quand le 4 × 4 recula dans la rue, je crus voir bouger le store d'une des fenêtres du living et Orson apparaître derrière la vitre.

— Cela fait combien de temps que tu n'es pas sorti ? demanda Sasha.

— En plein jour ? Un peu plus de neuf ans.

— Une neuvaine à l'obscurité.

Sasha écrivait aussi des chansons.

— Ça va, Goodhall, épargne-moi tes envolées lyriques.

— Que s'est-il passé il y a neuf ans ?

— Appendicite.

— Ah ! la fois où tu as failli mourir.

— Seule la mort me fait sortir en plein jour.

— Au moins, tu en as gardé une cicatrice sexy.

— Tu trouves ?

— J'aime l'embrasser, non ?

— Je me suis interrogé là-dessus.

— En fait, elle me terrifie, cette cicatrice. Tu aurais pu mourir.

— Eh non !

— Je l'embrasse comme je dirais une petite prière de remerciements. Parce que tu es là avec moi.

— Ou peut-être que la difformité t'excite.

— Connard !

— C'est ta mère qui t'a appris ce langage ?

— Non, les religieuses de l'école de la paroisse.

— Tu sais ce que j'aime ?

— Comme cela fait près de deux ans que nous sommes ensemble, je crois le savoir, oui.

— Tu ne me passes jamais rien.

— Pourquoi ferais-je une chose pareille ?

— C'est bien ce que je disais.

Malgré mon armure de vêtements, l'écran total, les verres qui protégeaient mes yeux sensibles des ultraviolets, j'étais désarçonné par le jour. Dans son étau, je me sentais aussi fragile qu'une coquille d'œuf.

Très consciente de mon malaise, Sasha jouait celle qui ne s'apercevait de rien. Pour m'aider à oublier à la fois la menace et la beauté infinie du monde sous le soleil, elle faisait ce qu'elle réussissait le mieux — être Sasha.

— Où iras-tu après ? Quand ce sera fini.
— *Si* c'est fini. Ils peuvent se tromper.
— Où seras-tu pendant mon émission ?
— Après minuit… probablement chez Bobby.
— Assure-toi qu'il allume sa radio.
— Tu prends des demandes d'auditeurs ce soir ?
— Ce n'est pas la peine d'appeler. Je saurai ce que tu as besoin d'entendre.

Elle tourna à droite dans Ocean Avenue. On remontait la colline.

Des pins parasols de vingt-cinq mètres de haut étalaient leurs ailes sur la rue aux larges trottoirs bordés de magasins et de restaurants. La chaussée était striée de bandes de soleil et d'ombre.

Moonlight Bay, douze mille habitants, est une petite ville du littoral nichée au pied de collines alignées en rangs serrés. Dans la plupart des guides de voyage sur la Californie, on la qualifie de « joyau de la côte centrale », surtout grâce aux efforts déployés par la chambre de commerce pour faire accepter cette appellation.

De fait la ville mérite bien son surnom pour de nombreuses raisons, et notamment sa multitude d'arbres. De majestueux chênes séculaires. Des pins, des cèdres, des palmiers-dattiers. D'épais bosquets d'eucalyptus. Et ce que je préfère : les grappes de dentelles des *melaleuca luminaria* drapées d'étoles de fleurs d'hermine au printemps.

Depuis que nous sortons ensemble, Sasha a collé un film protecteur aux vitres de l'Explorer. Il n'empêche que la luminosité ambiante n'avait rien de comparable à celle à laquelle j'étais habitué.

Je jetai un coup d'œil au-dessus de mes lunettes.

Les aiguilles de pin brodaient un motif compliqué sur un ciel de fin d'après-midi d'un bleu-violet extraordinaire, riche de mystère, qui palpitait sur le pare-brise.

Je remontai mes lunettes, non par souci de protection, mais sous l'effet d'une honte soudaine à tirer autant de plaisir de cette rare expédition en plein jour alors que mon père vivait ses dernières heures.

Sasha roulait vite, mais intelligemment, sans jamais freiner complètement aux carrefours où il n'y avait pas de voitures en vue.

— Je t'accompagne, me dit-elle.

— Ce n'est pas nécessaire.

Son aversion pour les médecins, les infirmières et tout ce qui touchait à la médecine frisait la phobie. La plupart du temps, elle était convaincue qu'elle vivrait éternellement ; elle avait une foi aveugle en la puissance des vitamines, des minéraux, des antioxydants, de la pensée positive, et des techniques de guérison reliant l'esprit et le corps. Mais la moindre visite à l'hôpital ébranlait provisoirement sa conviction d'échapper au destin de toute chair.

— Je devrais t'accompagner. J'aime ton père.

Son calme apparent était démenti par un tremblement dans sa voix, et la savoir prête à se rendre, rien que pour moi, dans un lieu qu'elle haïssait par-dessus tout me toucha.

— Je tiens à être seul avec lui, pour le peu de temps qui nous reste.

— Vrai ?

— Vrai. Écoute, j'ai oublié de laisser de quoi manger à Orson. Tu veux bien repasser à la maison ?

— Bien sûr, dit-elle, soulagée d'avoir une mission. Pauvre Orson. Ton père et lui étaient de vrais potes.

— Je suis sûr qu'il sait.

— Bien entendu. Les animaux sentent les choses.

— Surtout Orson.

D'Ocean Avenue, Sasha tourna à gauche dans Pacific View. Mercy Hospital se trouvait à deux rues de là.

— Tout ira bien pour lui.

— Il ne le montre guère, mais il est déjà en deuil à sa façon.
— Je vais le couvrir de baisers et de caresses.
— Papa était son seul lien avec le jour.
— Je prendrai le relais, promit-elle.
— Il ne peut vivre exclusivement dans le noir.
— Il m'a, et je ne vais jamais nulle part.
— Allons !
— Tout ira bien pour lui.

L'hôpital est un bâtiment de deux étages dans le style Californie du Sud construit en un temps où ce terme ne faisait pas automatiquement penser à une architecture de lotissement bas de gamme, dénuée d'inspiration. L'encadrement des fenêtres est en bronze patiné. Les pièces du rez-de-chaussée sont ombragées par des loggias dont les arches reposent sur des colonnes en roche calcaire.

Les branches des vieilles bougainvillées qui couvrent les loggias s'enroulent autour de certaines colonnes. Ce jour-là, bien que le printemps fût encore à deux semaines de distance, des cascades de fleurs cramoisies et pourpres tombaient des avant-toits.

Pendant quelques secondes d'audace, je baissai mes lunettes pour admirer cette célébration de la couleur éclaboussée de soleil.

Sasha s'arrêta devant une entrée latérale.

J'enlevais ma ceinture de sécurité lorsqu'elle posa une main sur mon bras :

— Appelle-moi sur mon portable dès que tu veux que je vienne te chercher.

— Je ne rentrerai qu'après le coucher du soleil. Je marcherai.

— Très bien.

Je baissai de nouveau mes lunettes, cette fois pour regarder Sasha comme je ne l'avais jamais vue. À la lueur des bougies, elle a les yeux d'un gris profond mais clair — comme dans le monde diurne. À la lueur des bougies, son épaisse chevelure acajou est aussi chatoyante que du vin dans du cristal — mais plus encore sous la caresse du soleil. Sa peau de pêche est parsemée de pâles taches de rousseur, dont je connais la répartition aussi bien que celle des constellations dans le ciel nocturne, quelle que soit la saison.

D'un doigt, Sasha me remonta les lunettes sur le nez.

— Ne fais pas l'idiot.

Je suis humain. Nous sommes idiots.

Si je devais devenir aveugle, le souvenir du visage de Sasha m'aiderait à vivre dans l'obscurité sans fin.

Je me penchai pour l'embrasser.

— Tu sens la noix de coco.

— J'essaie.

Je l'embrassai de nouveau.

— Tu ne devrais pas t'attarder en pleine lumière, reprit-elle fermement.

À une demi-heure de son coucher, le soleil colorait la mer d'un orange intense, holocauste thermonucléaire perpétuel à des millions de kilomètres de distance. Par endroits, le Pacifique ressemblait à du cuivre en fusion.

— File, noix de coco. Je ne veux plus te voir.

Emmailloté comme Elephant Man, je descendis de l'Explorer et courus vers l'hôpital, les mains fourrées dans les poches de ma veste en cuir.

Je jetai un coup d'œil par-dessus mon épaule : Sasha m'adressa un signe d'encouragement.

3.

Angela Ferryman m'attendait dans le couloir. De garde cette nuit au second étage, elle était descendue m'accueillir.

Jolie femme douce à la veille de la cinquantaine, Angela était d'une maigreur affligeante et avait un regard étrangement pâle, comme si son dévouement à son métier d'infirmière était si vorace qu'aux termes d'un pacte avec le diable, il lui fallait donner sa substance même afin d'assurer la guérison de ses patients. Ses poignets paraissaient trop frêles pour sa tâche, et elle se mouvait avec une rapidité et une légèreté telles qu'elle devait avoir les os aussi creux que les oiseaux.

Elle éteignit les plafonniers et me serra contre elle.

Elle était venue soigner à domicile, chaque jour, mes maladies de l'enfance et de l'adolescence — oreillons, grippe, varicelle — puisque je ne pouvais quitter le toit familial pour des questions de sécurité. Ses étreintes rudes et osseuses étaient aussi essentielles à la conduite de son travail que les abaisse-langue, les thermomètres et les seringues.

Là, la force de son étreinte m'effraya plus qu'elle ne me rassura :

— Ça y est ?

— Tout va bien, Chris. Il s'accroche encore. Rien que pour toi, je crois.

Je pris l'escalier de secours. La porte se refermait derrière moi quand j'eus conscience qu'Angela rallumait les lumières du couloir du rez-de-chaussée.

L'escalier n'était pas éclairé au point d'être dangereux. Cela ne m'empêcha pas de le monter quatre à quatre sans retirer mes lunettes de soleil.

Seth Cleveland m'attendait en haut des marches au second étage. Il est le médecin de mon père et l'un des miens. Bien que grand et carré au point qu'il pourrait soutenir sans difficulté la loggia de l'hôpital, il ne donne jamais l'impression de vous dominer de toute sa taille. Il se meut avec la grâce d'un homme bien plus petit, et il a la voix des gentils ours des contes de fées.

— À cause des analgésiques, il n'est conscient que par instants, me dit le docteur Cleveland en éteignant les néons. Mais chaque fois qu'il l'est, il te réclame.

Retirant enfin mes lunettes pour les fourrer dans la poche de ma chemise, je parcourus rapidement le large couloir, sur lequel s'ouvraient des chambres où des patients atteints de toutes sortes de maladies, à toutes les phases possibles, reposaient, inanimés, ou bien étaient assis devant leur plateau du dîner. Ceux qui virent s'éteindre les néons du couloir en comprirent la raison et s'interrompirent dans leur repas pour me regarder passer.

À Moonlight Bay, je suis une célébrité malgré moi. Des douze mille habitants à plein temps et des trois mille étudiants d'Ashdon College, l'université privée de la ville spécialisée dans les sciences humaines, je suis peut-être le seul dont le nom soit connu de tous, même si mon visage l'est moins, puisque je vis la nuit.

La plupart des infirmières et des aides-soignantes que je croisai me saluèrent ou m'effleurèrent le bras.

Elles devaient se sentir proches de moi non à cause d'un aspect particulièrement séduisant de ma personnalité, ni à cause de leur affection pour mon père — aimé de tous — mais parce qu'elles avaient voué leur vie aux soins et à la guérison et que je représentais l'objet ultime de leur désir sincère de materner et de guérir. J'ai eu besoin de soins toute ma vie, mais je suis au-delà de leur — de tout — pouvoir de guérison.

Mon père reposait seul dans une chambre à deux lits.

Sur le seuil, j'hésitai. Puis inspirant profondément sans me sentir plus fort pour autant, j'entrai en fermant la porte derrière moi.

Les stores vénitiens étaient clos. Les encadrements des fenêtres laqués de blanc prenaient un ton orangé dans le soleil faiblissant de la dernière demi-heure de la journée.

Dans le lit près de l'entrée, mon père n'était qu'une ombre. J'entendis sa respiration creuse. Je lui parlai ; il ne répondit pas.

Il était placé sous la surveillance d'un électrocardiographe, dont on avait coupé le signal sonore pour ne pas le déranger. Les battements de son cœur n'étaient traduits que par une ligne verte en zigzag sur l'écran.

Il avait le pouls rapide et faible. Il traversa une courte période d'arythmie, ce qui m'alarma, avant de se stabiliser de nouveau.

Du tiroir du bas de sa table de nuit, je sortis un briquet à gaz et deux grosses bougies parfumées au laurier. L'équipe médicale faisait mine d'ignorer la présence de ces objets.

À cause de mon handicap, on m'accorde cette entorse au règlement. Sinon, il me faudrait rester dans l'obscurité totale.

C'est ainsi qu'en violation de toutes les mesures contre les risques d'incendie de l'hôpital, j'allumai une bougie, puis l'autre.

Peut-être que mon étrange célébrité me vaut aussi des privilèges. Il ne faut pas sous-estimer le pouvoir de la célébrité dans l'Amérique moderne.

Le visage de mon père sortit de l'obscurité. Il avait les yeux fermés. Il respirait par la bouche.

Selon ses vœux, on ne faisait pas d'efforts héroïques pour le maintenir en vie. Il ne bénéficiait même pas d'une assistance respiratoire.

Je posai ma veste et ma casquette *Mystery Train* sur la chaise prévue pour les visiteurs.

Debout au chevet de mon père, à bonne distance des bougies, je lui pris la main. Une main osseuse. Sa peau était fraîche, d'une finesse de parchemin. Ses ongles jaunes, fendus : jamais je ne les avais vus dans un état aussi pitoyable.

Il s'appelait Steven Snow, et c'était un grand homme. Il n'avait pas gagné de guerre, ni rédigé de loi, ni composé de symphonie, ni écrit de roman célèbre malgré ses rêves de jeunesse, mais il était plus grand qu'aucun général, politicien, ou prix Nobel ayant jamais vécu.

Il était grand parce qu'il était bon. Il était grand parce qu'il était humble, doux, enjoué. Marié à ma mère pendant trente ans, il lui était resté fidèle, indifférent aux tentations. Son amour pour elle était si radieux que notre maison, par nécessité plongée dans la pénombre, rayonnait tout de même. Professeur de littérature à Ashdon, où maman enseignait au département des sciences, papa était si aimé de ses étudiants que nombre d'entre eux gardaient le contact avec lui des années après avoir quitté sa salle de cours.

Âgé de vingt-huit ans à ma naissance, et bien que ma maladie ait pratiquement toujours été une contrainte, il ne m'avait jamais fait sentir qu'il regrettait de m'avoir conçu, ni que j'étais autre chose qu'une source de joie et de fierté sans mélange pour lui. Il vivait avec dignité, sans se plaindre, sans jamais manquer de rendre hommage à ce que le monde avait de positif.

Autrefois robuste et beau, il s'était ratatiné, et son visage gris avait une expression hagarde. Il faisait beaucoup plus que ses cinquante-six ans. Le cancer s'était étendu de son foie à son système lymphatique, puis à d'autres organes, avant de se généraliser. Dans sa lutte pour survivre, il avait perdu une grande partie de son épaisse chevelure blanche.

Sur le moniteur cardiaque, la ligne verte se mit à dessiner des dépressions désordonnées. Je me figeai de terreur.

La main de papa se ferma faiblement sur la mienne.

Je me tournai vers lui : ses yeux bleu saphir me fixaient, toujours aussi fascinants.

— Tu veux de l'eau ? lui demandai-je, parce qu'il ne cessait d'avoir soif, de se déshydrater.

— Non, tout va bien, répondit-il, bien qu'il parût avoir la gorge sèche.

Sa voix était à peine plus forte qu'un murmure.

Je ne trouvai rien à dire.

Toute ma vie, j'avais entendu notre maison bourdonner de conversations. Mon père, ma mère et moi discutions de romans, de vieux films, des folies des politiciens, de poésie, de musique, d'histoire, de science, de religion, d'art et des chouettes, des ratons laveurs, des chauves-souris et des crabes appelants qui partageaient la nuit avec moi. Nous pouvions aussi bien disserter gravement sur la condition humaine qu'échanger des commérages absurdes sur les voisins. Dans la famille Snow, aucun programme d'exercice physique, aussi énergique fût-il, n'avait d'intérêt, s'il ne s'accompagnait de l'exercice quotidien des organes de la parole.

Pourtant, à l'instant même où j'avais le plus désespérément besoin d'ouvrir mon cœur à mon père, je restais sec.

Il sourit comme s'il comprenait mon problème et en appréciait l'ironie.

Puis son sourire s'évanouit. Ses traits tirés se creusèrent encore. Il avait tellement maigri que lorsqu'un courant d'air fit vaciller les flammes des bougies, son visage parut à peine plus consistant qu'un reflet sur la surface d'un étang.

Quand les flammes reprirent leur vigueur, je crus que papa souffrait, mais lorsqu'il parla, sa voix me parut surtout empreinte de tristesse et de regrets :

— Je suis désolé, Chris. Tellement désolé !

— Tu n'as pas à être désolé, lui assurai-je, en me demandant s'il était lucide ou s'il s'exprimait dans un brouillard de fièvre et de médicaments.

— Désolé pour le legs, fils.

— Tout ira bien. Je peux me débrouiller.

— Ce n'est pas l'argent qui est en cause. Tu n'en manqueras pas, dit-il dans un souffle. (Ses mots franchissaient ses lèvres pâles presque aussi silencieusement qu'un blanc d'œuf s'écoule d'une coquille fêlée :) Non, c'est l'autre legs… celui de ta mère et moi. Le XP.

— Je t'en prie, papa. Vous ne pouviez pas savoir.

Ses yeux se fermèrent de nouveau. Des mots aussi fins et transparents que du blanc d'œuf cru :

— Je suis tellement désolé…

— Vous m'avez donné la vie.

Sa main reposait mollement dans la mienne.

Une seconde, je le crus mort. Mon cœur pesa soudain une tonne.

Mais le tracé de la ligne verte montrait qu'il avait seulement sombré de nouveau dans l'inconscience.

— Papa, tu m'as donné la vie, répétai-je, désespéré qu'il ne puisse m'entendre.

Mon père et ma mère étaient tous les deux porteurs sans le savoir d'un gène récessif qui n'apparaît que chez une personne sur deux mille. Les chances qu'ont deux individus de ce genre de se rencontrer, de tomber amoureux, et d'avoir des enfants sont de une sur des millions. Même dans ce cas-là, il faut que les deux transmettent le gène à leur progéniture pour que la catastrophe frappe, et il n'y a qu'un risque sur quatre que cela se produise.

Avec moi, mes parents ont touché le gros lot. Je suis atteint de *xeroderma pigmentosum*, ce que j'appelle XP pour faire plus court, une maladie génétique rare et souvent fatale.

Ses victimes sont très vulnérables aux cancers de la peau et des yeux. Même une brève exposition au soleil — en fait, à tous rayons ultraviolets, dont ceux de lampes incandescentes et fluorescentes — pourrait être catastrophique pour moi.

Tous les êtres humains s'exposent à des dégâts causés par le soleil à l'ADN — le matériau génétique — dans leurs cellules, ouvrant la voie aux mélanomes et autres malignités. Les gens sains possèdent un système de réparation naturel : des enzymes qui éliminent les segments endommagés des brins d'ADN afin de les remplacer par de l'ADN intact.

Chez les sujets atteints de XP, en revanche, les enzymes ne fonctionnent pas : aucune réparation possible. Les cancers provoqués par des ultraviolets se développent facilement, rapidement — et métastasent de manière incontrôlée.

Avec une population excédant deux cent soixante-dix millions d'individus, les États-Unis comptent plus de quatre-vingt mille nains. Quatre-vingt-dix mille Américains dépassent les deux mètres dix. Notre nation s'enorgueillit d'abriter quatre millions de millionnaires, lesquels verront leurs rangs grossir de dix mille autres avant la fin de l'année. En douze mois, une moyenne d'un millier d'Américains est frappée par la foudre.

Moins de mille Américains souffrent de XP, et il en naît moins d'une centaine chaque année.

La faiblesse de ce chiffre est due en partie à la rareté de la maladie. Et s'explique aussi par le fait que beaucoup d'entre nous ne vivent pas longtemps.

La plupart des médecins connaissant mon mal auraient prédit que je mourrais dans mon enfance. Ils auraient été rares à parier que je survivrais à l'adolescence. Et aucun n'aurait risqué un sou sur l'éventualité de me voir encore bien vivant à vingt-huit ans.

Quelques rares malades sont plus âgés que moi, d'autres beaucoup plus, mais la plupart d'entre eux sinon tous souffrent de problèmes neurologiques progressifs associés à notre maladie. Tremblements de la tête ou des mains. Perte d'audition. Bredouillements. Voire handicap mental.

À part mon obligation de me protéger de la lumière, je suis aussi normal et complet que tout un chacun. Je ne suis pas albinos. Mes yeux ont une couleur. Ma peau est pigmentée. Et si j'ai l'air pâlot à côté des surfeurs californiens, je ne suis pas blanc comme un linge. À la lueur des bougies dans le monde nocturne que j'habite, je peux même, étrangement, donner l'impression d'avoir le teint mat.

Chaque nouveau jour est un don du ciel et je pense faire le meilleur usage de mon temps. J'adore la vie. Je trouve du plaisir là où chacun pense le trouver, mais aussi là où peu auraient l'idée de le chercher.

En 23 av. J.-C., Horace a dit : « Mets à profit le jour présent. »

Je mets à profit la nuit présente et la chevauche comme s'il s'agissait d'un grand étalon noir.

La plupart de mes amis prétendent que je suis l'être le plus heureux qu'ils connaissent. J'avais le choix, adopter ou rejeter le bonheur, et je lui ai ouvert les bras.

Mais sans mes parents, peut-être n'aurais-je pas eu la chance d'avoir ce choix. Ma mère et mon père ont modifié leur vie du tout au tout pour me protéger systématiquement de l'agression de la lumière, et jusqu'à ce que je sois en âge de comprendre, ils ont dû faire preuve d'une vigilance de tous les instants. Leur diligence altruiste a contribué de manière inestimable à ma survie. En outre, en m'aimant et en me transmettant l'amour de la vie, ils m'ont évité d'opter pour la dépression, le désespoir et une existence de reclus.

Ma mère est morte brutalement. Elle savait combien je lui étais attaché, mais je regrette de n'avoir pu le lui dire avant qu'elle rende son dernier souffle.

Parfois, la nuit, sur la plage obscure, quand le ciel est dégagé et que je me sens à la fois mortel et invincible sous les étoiles, quand le vent se tait et que même l'océan se brise silencieusement sur le sable, je dis à ma mère combien elle comptait pour moi. Mais je ne sais pas si elle m'entend.

Et voilà que mon père ne m'entendait pas quand je lui affirmais : « Tu m'as donné la vie. » Et je redoutais qu'il ne parte avant que je n'aie le temps de lui dire tout ce que je n'avais eu l'occasion d'avouer à ma mère.

Sa main était toujours fraîche et molle. Je m'y cramponnai, comme pour le retenir dans ce monde jusqu'à ce que j'aie pu lui faire convenablement mes adieux.

À la lisière des stores vénitiens, l'encadrement des fenêtres vira de l'orange au rouge feu quand le soleil toucha l'océan.

Il n'est qu'une circonstance qui pourrait m'inciter à regarder directement le coucher de soleil. Si un jour je devais avoir un cancer des yeux, avant d'y succomber ou de devenir aveugle, j'irais en fin d'après-midi au bord de la mer et je ferais face à ces lointains empires asiatiques dont je ne foulerai jamais le sol. Au crépuscule, j'ôterais mes lunettes et je regarderais l'agonie de la lumière, en face.

Il faudra que je fronce les yeux. La lumière vive me fait mal. Son effet est si total et si rapide que je peux littéralement sentir la brûlure s'étendre.

Quand le rouge sang à la périphérie des stores vira au pourpre, la main de mon père bougea dans la mienne.

Voyant qu'il avait les yeux ouverts, j'essayai de lui dire ce que je ressentais.

— Je sais, murmura-t-il.

Me voyant m'enfoncer dans un discours inutile, puisque entre nous les choses étaient implicites, papa trouva une réserve de force inattendue et me serra la main si fort que je m'interrompis.

Dans mon silence tremblant, il dit :

— Souviens-toi…

Je l'entendais à peine. Je me penchai pour rapprocher mon oreille gauche de ses lèvres.

Faible, mais plein d'une résolution qui vibrait de colère et de défi, il me donna son ultime conseil :

— Ne crains rien, Chris. Ne crains rien.

Et il mourut. Le tracé lumineux de l'électrocardiogramme tressauta, une fois, deux fois, puis devint plat.

Il ne restait plus que les flammes des bougies qui dansaient sur leurs mèches noires.

Je ne pus tout de suite lâcher sa main molle. J'embrassai son front, sa joue rugueuse.

Aucune lumière ne perçait plus derrière les stores. Le monde s'était tourné vers l'obscurité, mon domaine.

La porte s'ouvrit. Une fois encore, le personnel avait éteint les panneaux de néon et la seule lumière dans le couloir venait des autres chambres.

Immense, le docteur Cleveland entra et s'immobilisa, l'air grave, à la tête du lit.

Angela Ferryman le suivait, de sa démarche rapide de bécasseau, un poing serré contre la poitrine. Les épaules relevées, elle semblait être en position de défense, comme si la mort de son patient était un coup physique.

Équipé d'un dispositif de télémesure, l'électrocardiographe transmettait le rythme cardiaque de mon père à un moniteur dans le bureau des infirmières à l'autre bout du couloir. Ils avaient su à la seconde même qu'il était parti.

Ils ne vinrent pas armés de seringues d'épinéphrine, ni de défibrillateur portable pour le ranimer. Bannies, les mesures héroïques.

Le docteur Cleveland n'avait pas une physionomie adaptée aux moments solennels. Il ressemblait à un Père Noël imberbe avec son regard malicieux et ses joues roses rebondies. En dépit de ses efforts pour afficher une expression grave de chagrin mêlé de sympathie, il ne réussissait qu'à avoir l'air perplexe.

Mais sa voix douce trahit ses sentiments :

— Ça va, Chris ?

— On fait aller.

4.

De la chambre d'hôpital, je téléphonai à Sandy Kirk, des pompes funèbres du même nom, avec qui mon père avait pris des dispositions depuis des semaines. Selon ses vœux, il serait incinéré.

Deux aides-soignants, des jeunes gens avec cheveux en brosse et ombres de moustache, vinrent chercher le corps pour l'emporter dans la chambre froide au sous-sol.

Ils me demandèrent si je voulais attendre en bas avec lui l'arrivée du corbillard. Je déclinai l'invitation.

Ce n'était plus mon père, seulement son corps. Mon père était ailleurs.

Je décidai de ne pas tirer le drap pour regarder une dernière fois son visage creusé. Je souhaitais conserver une meilleure image de lui.

Les aides-soignants transférèrent le corps sur un chariot. Ces gens qui ne devaient pourtant pas manquer d'expérience paraissaient maladroits et ils ne cessaient de me jeter des regards en coin, comme s'ils se sentaient inexplicablement coupables.

Peut-être que ceux qui transportent les morts ne s'habituent jamais vraiment à leur travail. Il serait rassurant de le penser, car cela pourrait signifier que tout le monde n'est pas aussi indifférent au destin d'autrui qu'on serait porté à le croire.

Plus vraisemblablement, ces deux-là étaient simplement curieux. Après tout, je suis le seul habitant de Moonlight Bay à avoir fait l'objet d'un article important dans *Time*.

Et je suis celui qui vit la nuit et fuit la vue du soleil. Vampire ! Goule ! Monstre pervers ! Planquez vos enfants !

Soyons justes, la grande majorité des gens reste compréhensive et gentille. Mais il existe une minorité vénéneuse de commères qui croient tout ce qu'on colporte sur mon compte et qui alimentent les ragots avec la bonne conscience de spectateurs d'un procès en sorcellerie.

Si ces deux jeunes gens appartenaient à cette dernière catégorie, ils durent être déçus de découvrir à quel point j'avais l'air normal. Pas de visage blanc comme la mort. Ni d'yeux injectés de sang. Pas de crocs. Je n'étais même pas en train de me régaler d'araignées et de vers de terre. D'un ennui !

Les aides-soignants sortirent avec leur chariot dont les roues grinçaient. La porte se referma sur eux ; j'entendis les grincements s'éloigner.

Seul dans la chambre, à la lueur des bougies, je sortis la valise de papa de la petite penderie : elle ne contenait que les vêtements qu'il portait à son arrivée à l'hôpital.

Le tiroir du haut de la table de nuit renfermait sa montre, son portefeuille et quatre livres de poche. Je les rangeai dans la valise.

Je récupérai le briquet à gaz, mais abandonnai les bougies. Plus question de respirer à nouveau cette odeur de baie de laurier. Elle avait à présent des relents insupportables.

Devant l'efficacité avec laquelle je rassemblai les quelques effets de mon père, je me dis que je me maîtrisais admirablement.

En fait, sa mort m'avait laissé sous le choc. Je mouchai les bougies sans sentir la chaleur ni percevoir l'odeur des mèches brûlées.

Quand je sortis dans le couloir avec la valise, une infirmière éteignit de nouveau les plafonniers. Je me dirigeai droit vers l'escalier que j'avais emprunté pour monter.

J'évite les ascenseurs parce qu'il n'y a pas moyen de les plonger dans le noir sans les arrêter. Bien sûr, mon écran total serait une protection suffisante pour une courte descente de deux étages… à condition toutefois que la cabine ne reste pas coincée à mi-parcours.

Oubliant de remettre mes lunettes de soleil, je descendis rapidement l'escalier de béton faiblement éclairé, et dépassai le rez-de-chaussée. Dans une impulsion que je ne compris pas tout de suite, je poursuivis jusqu'au sous-sol où on avait emmené mon père, sa valise battant contre ma jambe.

Mon cœur engourdi devint une masse de glace, dont chaque battement me faisait frissonner.

J'avais soudain la conviction d'avoir oublié quelque chose, de ne pas m'être acquitté d'une sorte de devoir solennel, sans trop savoir en quoi cela aurait dû consister.

Les battements de mon cœur étaient si forts qu'on aurait dit le roulement de tambours d'un cortège funèbre, avançant au pas redoublé. Ma gorge se serra, et j'eus du mal à déglutir ma salive soudain aigre.

En bas de l'escalier, je tombai sur une porte pare-feu en acier sous un panneau d'issue de secours rouge. Un peu perdu, je m'arrêtai, hésitant, une main sur la barre.

Puis je me rappelai ce que j'avais failli oublier. Romantique dans l'âme, papa voulait être incinéré avec sa photo préférée de ma mère et il m'avait chargé de m'assurer qu'elle l'accompagnerait bien à la morgue.

La photo se trouvait dans son portefeuille. Et le portefeuille dans la valise.

Je poussai la porte et pénétrai dans le couloir du sous-sol. Les murs en béton étaient laqués de blanc. De diffuseurs paraboliques argentés au plafond s'échappaient des torrents de néon qui éclaboussaient le sol.

Au lieu de battre en retraite ou, au moins, de chercher un interrupteur, je laissai la lourde porte se refermer derrière moi et fonçai tête baissée, comptant sur l'écran total et la visière de ma casquette pour me protéger.

Je fourrai ma main gauche dans une poche de ma veste. Ma main droite, exposée, serrait la poignée de la valise.

L'orage lumineux que j'allais subir sur trente mètres de couloir ne suffirait pas à provoquer un cancer de la peau ou des tumeurs oculaires. Mais j'étais parfaitement conscient que les dégâts subis par l'ADN de mes cellules s'additionnaient, que mon corps ne pourrait les réparer. Une minute d'exposition quotidienne pendant deux mois aurait le même effet catastrophique qu'une brûlure provoquée par une heure de séance suicide d'adoration du soleil.

Dès mon plus jeune âge, mes parents m'avaient expliqué que les conséquences d'un seul acte irresponsable pouvaient sembler négligeables, voire inexistantes, mais qu'une irresponsabilité *continue* provoquerait des lésions irréversibles.

Malgré la visière de ma casquette, l'éclat des panneaux fluorescents me faisait cligner des yeux : j'aurais dû mettre mes lunettes de soleil, mais j'arrivais au bout du couloir.

Le carrelage de vinyle gris et rouge ressemblait à de la viande crue vieille d'un jour. Je fus pris d'un léger vertige devant la laideur du motif du carrelage et la brutalité de la luminosité ambiante.

Je passai devant des salles de stockage et de machines.

Le sous-sol semblait désert.

La porte à l'extrémité du couloir s'ouvrait sur un petit garage souterrain.

Il ne s'agissait pas du parking, qui se trouvait à l'air libre. Une camionnette portant le logo de l'hôpital et une ambulance étaient garées près de la porte.

Derrière un corbillard Cadillac noir des pompes funèbres attendait. Sandy Kirk n'avait pas encore emporté le corps. J'en fus soulagé. J'avais encore le temps de glisser la photo de ma mère entre les mains jointes de mon père.

À côté du corbillard étincelant se trouvait une camionnette Ford ressemblant à l'ambulance sauf qu'elle n'était pas équipée des gyrophares réglementaires. Le corbillard et la camionnette faisaient face au rideau de fer, ouvert sur la nuit.

Les murs de béton étaient nus et les néons au plafond plus rares et plus espacés que dans le couloir. Cela n'en restait pas moins un endroit dangereux pour moi et je courus vers le corbillard et la camionnette blanche.

L'angle du sous-sol à gauche du rideau du garage et des deux véhicules en attente était occupé par une pièce que je connaissais bien : la chambre froide, où l'on conserve les morts jusqu'à leur transfert dans des morgues.

Deux ans plus tôt, par une horrible nuit de janvier, à la lueur des bougies, mon père et moi avions attendu, misérables, plus d'une demi-heure dans la chambre froide auprès du corps de ma mère. L'idée de la laisser seule en ces lieux nous était insupportable.

Papa l'aurait suivie de l'hôpital à la morgue et jusqu'au four crématoire ce soir-là, s'il ne s'était pas senti incapable de m'abandonner. Un poète et une scientifique, mais des âmes si semblables.

Amenée en ambulance du lieu de son accident, ma mère avait été transférée en toute hâte des urgences en salle d'opération. Elle mourut trois minutes après avoir été allongée sur le billard, sans reprendre conscience, avant même que l'on puisse dresser le bilan de ses blessures.

La porte isolée de la chambre froide était ouverte. En m'approchant, j'entendis des voix masculines en pleine discussion à l'intérieur. Visiblement furieux, les hommes parlaient bas ; à la note de désaccord violent se mêlait un ton d'urgence et de secret.

Ce fut plus leur prudence que leur colère qui m'incita à m'immobiliser juste avant d'atteindre la porte. Malgré l'éclat fatal des néons, je restai planté là, figé par l'indécision.

Une des voix était celle de Sandy Kirk :

— Qui est ce type que je vais incinérer ?

— Personne. Rien qu'un vagabond.

— Vous auriez dû l'amener directement chez moi, pas ici. Que se passera-t-il lorsqu'on signalera sa disparition ?

Un troisième homme prit la parole, visiblement l'un des deux aides-soignants venus chercher le corps de mon père à l'étage :

— On ne pourrait pas accélérer un peu le mouvement ?

Soudain convaincu qu'il serait dangereux d'avoir les mains encombrées, je posai la valise contre le mur.

Un homme apparut de dos dans l'encadrement de la porte : il sortait en tirant un chariot.

Le corbillard était garé à trois mètres de là. Avant qu'on ne me repère, j'allai m'accroupir près de la porte arrière par laquelle on charge les cadavres.

En regardant par-dessus le pare-chocs, je voyais toujours l'entrée de la chambre froide. L'homme au chariot était un inconnu : une petite trentaine, un mètre quatre-vingts, massif, une nuque épaisse et le crâne rasé. Il portait des chaussures de chantier, un jean, une chemise en flanelle écossaise.

Il tourna le chariot pour le pousser jusqu'au corbillard.

Il transportait un cadavre dans une housse en vinyle opaque à fermeture Éclair. Deux ans avant, dans la chambre froide, on avait transféré le corps de ma mère dans une housse semblable avant de le confier aux pompes funèbres.

Sandy Kirk saisit d'une main le chariot poussé par l'homme au crâne rasé et bloqua une roue de son pied gauche :

— Je vous ai posé une question. Que se passera-t-il quand on signalera sa disparition ?

Le chauve fronça les sourcils. Une perle brillait au lobe de son oreille.

— Je viens de vous le dire. C'était un clochard. Tous ses biens tenaient dans son sac à dos.

— Et alors ?

— Il disparaît, qui le remarque, qui s'en soucie ?

Sandy avait trente-deux ans, et il était d'une telle beauté que, malgré sa macabre occupation, toutes les femmes lui couraient après. Bien que charmant et moins pompeux que nombre de ses confrères, il me mettait mal à l'aise. Ses traits avenants semblaient être un masque dissimulant non un autre visage mais le vide.

— Et son dossier à l'hosto ? continua Sandy.

— Il n'est pas mort ici, dit le chauve. Je l'ai récupéré tout à l'heure sur la nationale. Il faisait du stop.

Je n'avais jamais confié à personne mon malaise devant Sandy Kirk : ni à mes parents, ni à Bobby Halloway, ni à Sasha, ni même à Orson. J'ai fait l'objet de tant d'hypothèses peu amènes à cause de mon aspect et de mon affinité pour la nuit de la part de gens sans tact que je me refuse à médire de quiconque sans raison.

Le père de Sandy, Frank, était un homme digne et apprécié, et Sandy n'avait jamais rien fait qui indiquât qu'il fût moins admirable que son père. Jusqu'à maintenant.

— Je prends un gros risque.

— Vous êtes intouchable.

— Cela reste à prouver.

— Vous vous interrogerez pendant vos loisirs, dit le chauve en faisant rouler le chariot sur le pied de Sandy.

Ce dernier jura et recula. Le chariot se dirigeait droit sur moi. Les roues grinçaient — comme celles de celui qui avait emmené mon père.

Toujours accroupi, je fis le tour du corbillard, pour me cacher entre la camionnette Ford blanche et lui. Un rapide coup d'œil me révéla qu'aucun nom de société ou d'institution n'ornait son flanc.

Le chariot grinçant progressait vite.

Mon instinct me dit que je courais un énorme danger. Je les avais surpris en pleines manigances de nature visiblement illégale, bien que leur sens m'échappât. Et j'étais bien le dernier qu'ils souhaiteraient savoir au courant.

M'aplatissant par terre, je me glissai sous le corbillard, hors de vue et à l'abri de l'éclat des néons, dans des ombres aussi fraîches et douces que de la soie. Un peu étroite comme cachette : quand j'arrondissais le dos, il frottait contre l'arbre de transmission.

Je faisais face à l'arrière du véhicule. Je vis le chariot passer devant le corbillard et continuer jusqu'à la camionnette.

En tournant la tête vers la droite, j'apercevais le seuil de la chambre froide tout proche. Je pus admirer de près les chaussures noires astiquées de Sandy et les revers de son pantalon bleu marine.

Derrière Sandy, contre le mur, attendait la petite valise de mon père. Apparemment, personne n'avait encore remarqué sa présence. Avec un peu de chance, ils ne la verraient jamais.

Les deux aides-soignants — identifiables à leurs chaussures blanches et à leurs pantalons blancs — sortirent un second chariot de la chambre froide. Les roues de celui-là ne grinçaient pas.

Le premier chariot s'arrêta à l'arrière de la camionnette blanche. Le chauve ouvrit les portes.

— Je ferais mieux de remonter avant que quelqu'un se demande ce qui me retient aussi longtemps, lança l'un des aides-soignants à l'autre avant de s'éloigner.

Les roues du premier chariot se replièrent avec un claquement quand le chauve le poussa à l'arrière de sa camionnette.

Sandy ouvrit le hayon du corbillard à l'arrivée de l'aide-soignant avec le second chariot. À l'évidence, celui-là transportait une autre housse de vinyle opaque contenant le corps du clochard sans nom.

Je me sentis envahi d'une sensation d'irréalité. J'avais l'impression de cauchemarder les yeux ouverts.

Les portes de la camionnette claquèrent. Les chaussures du chauve s'approchèrent de la portière du conducteur.

L'aide-soignant attendrait ici pour fermer le rideau après le départ des deux véhicules. Si je restais sous le corbillard, on me découvrirait dès que Sandy démarrerait.

J'ignorais lequel des deux aides-soignants était resté, mais peu importait. J'étais à peu près sûr d'avoir assez facilement le dessus sur l'un ou l'autre.

Mais si Sandy Kirk m'apercevait en jetant un coup d'œil dans le rétroviseur à sa sortie du garage, il faudrait alors que je me coltine avec l'aide-soignant et lui.

Le moteur de la camionnette ronronna.

Quand Sandy et l'aide-soignant mirent le chariot dans le corbillard, je rampai hors de ma cachette. Je perdis ma casquette, la récupérai, et, sans oser jeter un coup d'œil derrière moi, parcourus courbé en deux les quelques mètres qui me séparaient de la chambre froide.

Une fois à l'intérieur de cette salle sinistre, je me redressai et me collai au mur en béton derrière la porte.

Aucune réaction dans le garage. On ne m'avait pas vu.

Je me rendis compte que je retenais ma respiration. Je soufflai entre mes dents serrées.

D'un revers de main, je séchai les larmes que la lumière me faisait monter aux yeux.

Deux murs disparaissaient derrière des rangées de tiroirs en acier dépoli dans lesquels il faisait encore plus froid que dans la salle elle-même, où la température était déjà suffisamment basse pour me faire frissonner. Deux chaises en bois sur un côté. Par terre, du carrelage de porcelaine blanche avec des joints en mastic étroits pour faciliter le nettoyage en cas de fuites d'une housse. Et des néons, affreusement nombreux.

Je m'enfonçai la casquette sur le crâne et chaussai mes lunettes, encore intactes dans ma poche de chemise. Un miracle.

Un certain pourcentage d'ultraviolets pénètre même un écran solaire à indice élevé. Je m'étais davantage exposé à une lumière violente dans la dernière heure qu'au cours de l'entière année précédente. Comme le bruit des sabots d'un cheval noir emballé, les dangers des effets cumulés résonnèrent dans mon esprit.

Derrière la porte ouverte, le moteur de la camionnette rugit. Le rugissement se mua vite en ronronnement, puis en murmure lointain.

Le corbillard suivit la camionnette dans la nuit. Le gros rideau automatique du garage descendit et rencontra le sol avec un bruit qui se répercuta dans les royaumes souterrains de l'hôpital, et fut suivi d'un silence tremblant renvoyé par les murs de béton.

Je me raidis, les poings serrés.

L'aide-soignant se trouvait certainement toujours dans le garage. Curieux, étonné, il devait contempler la valise de mon père.

Je n'étais plus si sûr à présent d'avoir le dessus sur lui. Physiquement, je le valais largement — mais peut-être était-il plus impitoyable que moi.

Je ne l'entendis pas approcher. Il se trouvait de l'autre côté de la porte, à quelques centimètres de moi, et je ne pris conscience de sa présence qu'au crissement de ses semelles de caoutchouc sur le carrelage lorsqu'il franchit le seuil.

Un pas de plus et la confrontation serait inévitable. J'avais les nerfs aussi tendus que des ressorts d'horlogerie.

Après une longue hésitation déconcertante, l'homme éteignit les lumières. Il sortit en fermant la porte derrière lui.

Je l'entendis insérer une clé dans la serrure. Le verrou claqua avec le bruit du chien d'un gros calibre poussant le percuteur dans une chambre vide.

Il ne devait pas y avoir de cadavres dans les tiroirs. L'hôpital de la paisible ville de Moonlight Bay ne produit pas de morts au rythme infernal des grosses institutions dans les villes en proie à la violence.

Même si des dormeurs sans souffle se nichaient dans les tiroirs en acier inoxydable, leur compagnie ne me dérangeait pas. Un jour je serai aussi mort que n'importe quel pensionnaire d'un cimetière — que je rejoindrai sans doute plus vite qu'aucun de mes contemporains. Les défunts ne sont guère que les habitants de mon avenir.

Mais je redoutais la lumière, et à présent l'obscurité parfaite de cette salle aveugle et fraîche me semblait aussi bienfaisante que de l'eau à un homme assoiffé. Pendant une bonne minute, je dégustai l'obscurité absolue qui m'enveloppait.

Rechignant à bouger, je restai derrière la porte, dos collé au mur. Je m'attendais presque à ce que l'aide-soignant revienne.

Finalement je retirai mes lunettes de soleil et les glissai de nouveau dans ma poche de poitrine.

Malgré l'obscurité, mon esprit tourbillonnait de soleils de réflexion angoissée.

Le corps de mon père se trouvait dans la camionnette blanche. Parti vers une destination inconnue. Sous la garde d'individus dont les mobiles m'échappaient totalement.

Je ne voyais aucune raison logique à cet étrange échange de cadavres — sinon que la cause du décès de mon père ne devait pas être aussi simple qu'un cancer. Mais si ses pauvres os morts pouvaient incriminer quelqu'un, pourquoi les coupables refusaient-ils que le four crématoire de Sandy détruise les preuves ?

Apparemment ils avaient besoin de son corps.

Pourquoi ?

Une suée froide s'était formée à l'intérieur de mes poings serrés, et j'avais la nuque trempée.

Plus je pensais à la scène dont je venais d'être le témoin, moins je me sentais à l'aise dans cette petite gare obscure destinée aux morts. Ces événements des plus étranges réveillaient des peurs primitives enfouies si profondément en moi qu'elles nageaient et traçaient des cercles dans le noir sans que je puisse même discerner leur forme.

On allait incinérer un auto-stoppeur assassiné à la place de mon père. Mais pourquoi tuer un clochard inoffensif dans ce but ? Sandy aurait pu remplir l'urne de bronze de cendres de bois ordinaire, et j'aurais été convaincu qu'elles étaient humaines. En outre, il était extrêmement peu probable que j'ouvre l'urne scellée — et encore moins que je soumette le contenu poudreux à un test de laboratoire pour déterminer sa composition et sa véritable origine.

Mes pensées n'étaient plus qu'un nœud inextricablement serré.

Tremblant, je tirai le briquet de ma poche. Je tendis l'oreille, à l'affût du moindre frôlement de l'autre côté de la porte fermée à clé, puis l'allumai.

Je n'aurais pas été surpris de voir un cadavre d'albâtre sorti silencieusement de son sarcophage d'acier se dresser devant moi, le visage livide à la lueur du butane, yeux écarquillés et aveugles, bouche remuant pour dévoiler des secrets mais incapable de produire ne serait-ce qu'un murmure. Aucun cadavre ne m'attendait. Les serpents de lumière et d'ombre que créait la flamme hésitante s'enroulaient sur les panneaux d'acier, donnant une illusion de mouvement aux tiroirs, de sorte que chacun semblait s'entrebâiller de quelques centimètres.

Me tournant vers la porte, je découvris que pour empêcher tout enfermement accidentel dans la chambre froide, on pouvait tirer le verrou de l'intérieur. Nul besoin de clé de ce côté.

Je l'ouvris le plus silencieusement possible. La poignée grinça doucement.

Le garage semblait désert, mais je restai aux aguets. Quelqu'un pouvait se cacher derrière un pilier, l'ambulance, ou la camionnette.

Plissant les yeux devant l'averse de lumière fluorescente, je découvris, consterné, que la valise de mon père avait disparu. Emportée par l'aide-soignant sans aucun doute.

Il n'était pas question que je traverse le sous-sol pour rejoindre l'escalier : je risquais trop de croiser quelqu'un.

Il faudrait qu'ils ouvrent la valise et examinent son contenu pour savoir à qui elle appartenait. En trouvant le portefeuille de mon père avec ses papiers d'identité, ils comprendraient que j'étais passé par là et ils s'inquiéteraient de ce que j'avais pu voir et entendre.

Ils avaient tué un auto-stoppeur non parce qu'il était au courant de leurs activités, non parce qu'il risquait de les incriminer, mais simplement parce qu'ils avaient besoin d'un cadavre à incinérer pour des raisons qui m'échappaient toujours. Avec ceux qui représentaient une vraie menace pour eux, ils seraient sans merci.

Je pressai le bouton commandant le rideau de fer. Le moteur bourdonna, la chaîne se tendit, et la grande porte se releva dans un raffut effrayant. Je jetai des coups d'œil nerveux autour de moi, persuadé qu'un assaillant allait jaillir du noir pour me sauter dessus.

La porte était à mi-hauteur quand je l'immobilisai en pressant de nouveau le bouton, avant de déclencher sa fermeture. Pendant que le rideau descendait, je me glissai dehors, dans la nuit.

De grands lampadaires enveloppaient d'une lueur jaunâtre et froide l'allée qui remontait du garage souterrain. En haut, le parking baignait lui aussi dans cette lugubre lumière glaciale. On se serait cru dans une antichambre de l'enfer où la pénitence serait une éternité de glace et non de feu.

Je traversai le parking en me cachant sous les camphriers et les pins.

Je m'engouffrai dans un quartier résidentiel de pittoresques bungalows espagnols. Puis dans une allée obscure bordée de maisons aux fenêtres éclairées. Derrière, on menait des existences étranges, riches de possibilités infinies et d'heureuse banalité, hors de ma portée et presque au-delà de mon entendement.

Il m'arrivait souvent de me sentir en état d'apesanteur dans la nuit, et ce soir-là, ce fut le cas. Je courais aussi silencieusement que vole le hibou, en glissant sur des ombres.

Ce monde sans soleil m'accueillait et me nourrissait depuis vingt-huit ans : il avait toujours été un havre de paix et de réconfort pour moi. Mais pour la première fois de ma vie, j'étais hanté par la sensation qu'un prédateur me poursuivait dans l'obscurité.

Résistant à l'envie de regarder par-dessus mon épaule, j'accélérai l'allure et me mis à courir, à voler à travers les ruelles et les allées de Moonlight Bay.

LA SOIRÉE

5.

Au soleil, les poivriers californiens sont des rêves verts de gracieuse dentelle. Je le sais, j'ai vu des photos.

La nuit, ils se transforment. Ils ont l'air de pencher la tête, de dissimuler un visage soucieux ou chagrin derrière leurs longues branches.

Ces arbres flanquaient la route conduisant à l'entreprise de pompes funèbres Kirk qui se dressait sur un tertre d'un hectare et demi à l'extrémité nord-est de la ville, derrière le pont franchissant la nationale. On aurait dit des files de parents et d'amis éplorés attendant de rendre un dernier hommage à leur cher disparu.

Dans l'allée privée, sur laquelle des lampes basses en forme de champignon dessinaient des ronds de lumière, les arbres frémissaient dans la brise. Le bruit du vent dans les feuilles ressemblait à des lamentations murmurées.

L'absence de voitures prouvait qu'il n'y avait pas de visites en cours.

Pour ma part, je ne me déplace dans Moonlight Bay qu'à pied ou à vélo. À quoi bon apprendre à conduire ? Je ne pourrais pas rouler le jour et, la nuit, je serais obligé de porter des lunettes de soleil pour m'épargner la brûlure des phares arrivant en sens inverse. De plus, les flics ont tendance à regarder d'un sale œil les chauffeurs au regard dissimulé par des lunettes noires, aussi normaux paraissent-ils.

La pleine lune s'était levée.

J'aime la lune. Elle éclaire sans blesser. Elle met en valeur ce qui est beau et offre une cachette à ce qui l'est moins.

En haut de la colline, la route s'enroulait sur elle-même pour former un vaste rond-point avec une petite pelouse au milieu, dominée par une reproduction en béton de la *Pietà* de Michel-Ange.

Le corps du Christ mort, blotti dans le giron de sa mère, brillait sous la lune. La Vierge luisait aussi faiblement. Au soleil, cette copie grossière devait paraître du plus mauvais goût.

Il est vrai que confrontés à une perte terrible, la plupart des affligés puisent un réconfort dans le sens universel, même s'il s'exprime aussi maladroitement que dans cette reproduction. Ce que j'aime chez l'être humain, c'est son aptitude à trouver une consolation dans la moindre bribe d'espoir.

Je me figeai sous le portique de l'établissement, hésitant parce que incapable d'évaluer le danger qui m'attendait.

La massive maison géorgienne d'un étage — briques rouges avec moulures de bois blanc — serait passée pour la plus jolie de la ville, ailleurs qu'à Moonlight Bay. Un vaisseau spatial venu d'une autre galaxie, perché en cet endroit, n'aurait pas paru plus déplacé sur notre côte que l'élégant édifice de Kirk. Cette demeure exigeait des ormes, non des poivriers, des cieux tourmentés plutôt que le bleu uniforme du ciel californien, et des averses de pluie périodiques bien plus froides que celles qui tombaient ici.

Le premier étage, l'appartement de Sandy, était plongé dans l'obscurité.

Les salles de visite se trouvaient au rez-de-chaussée. Par les vitres plombées et biseautées qui flanquaient la porte d'entrée, j'aperçus une faible lueur à l'arrière de la maison.

Je sonnai.

Une silhouette surgit au fond du couloir et s'approcha de la porte. Je reconnus Sandy Kirk à sa démarche déliée. Il se mouvait avec une grâce qui soulignait sa beauté.

Il alluma les lumières intérieures et extérieures. Lorsqu'il ouvrit la porte, il parut surpris de me voir :

— Christopher ?

— Bonsoir, monsieur Kirk.

— Je suis navré pour votre père. C'était un homme merveilleux.

— Oui. Oui, c'est vrai.

— Nous l'avons déjà ramené de l'hôpital. Nous le traitons comme un membre de la famille, Christopher, avec le plus grand respect, soyez-en sûr. J'ai suivi son cours sur la poésie du XXe siècle à Ashdon. Vous le saviez ?

— Oui, bien sûr.

— Il m'a appris à aimer Eliot et Pound. Auden et Plath. Beckett et Ashberry. Robert Bly. Yeats. Tous. J'avais horreur de la poésie au début de l'année — à la fin, je ne pouvais plus m'en passer.

— Wallace Stevens. Donald Justice. Louise Glück. C'étaient ses préférés.

Sandy sourit et hocha la tête.

— Oh ! excusez-moi, j'avais oublié.

Par considération pour mon état, il éteignit les lumières.

— Ce doit être affreux pour vous. Dites-vous qu'au moins, il ne souffre plus.

Sandy avait les yeux verts, mais dans le pâle éclairage des lampes en champignon, ces derniers viraient à un noir luisant digne de la carapace de certains scarabées.

Je lui demandai si je pouvais voir mon père.

— Quoi — votre père ?

— Je n'avais pas le cœur de le faire quand on l'a emmené. Je ne pensais pas en avoir besoin. Maintenant... j'aimerais le voir une dernière fois.

Le regard de Sandy Kirk était une mer placide dans la nuit. Et cette placidité dissimulait d'immenses abîmes grouillants.

Sa voix resta celle de l'employé plein de compassion pour les endeuillés.

— Oh, Christopher... je suis désolé, mais le processus a commencé.

— Vous l'avez déjà mis dans le four ?

Ayant grandi dans un milieu professionnel où l'euphémisme est la règle, Sandy tiqua devant ma franchise :

— Le défunt se trouve dans le four crématoire, effectivement.

— N'est-ce pas un peu rapide ?

— Dans notre métier, remettre à plus tard ne sert à rien. Si j'avais su que vous viendriez...

Est-ce que ses yeux de scarabée seraient capables de soutenir mon regard en pleine lumière ?

— Christopher, reprit Kirk devant mon silence. Je suis réellement navré de vous voir souffrir ainsi, alors que j'aurais pu vous aider.

J'ai vu bien des choses dans mon étrange vie. Le jour est un domaine inconnu pour moi, mais je connais la nuit comme personne. Si j'ai été la cible de la cruauté d'imbéciles, j'ai appris à comprendre le cœur humain grâce à mes rapports avec mes parents et avec ces bons amis qui, comme moi, vivent surtout entre le coucher et le lever du soleil ; par conséquent, j'ai rarement été confronté à un mensonge délibéré.

Celui de Sandy me gêna, comme s'il jetait la honte autant sur moi que sur lui, et je ne pus soutenir plus longtemps son regard d'obsidienne. Je baissai la tête.

Attribuant à tort mon mutisme au chagrin, il sortit sur le perron pour poser une main sur mon épaule.

Je réussis à réprimer un mouvement de recul.

— Mon métier est de réconforter, Christopher, et je suis doué pour ça. Mais franchement, je n'ai pas les mots pour donner un sens à la mort ou pour la rendre plus facile à supporter.

J'avais envie de lui botter le train.

— Ça va aller, dis-je, comprenant que j'avais intérêt à m'éloigner avant de céder à une pulsion irréfléchie.

— Ce que je m'entends dire à la plupart des gens, ce sont toutes les platitudes que vous ne trouverez jamais dans la poésie qu'aimait votre père, ce n'est donc pas à vous que je vais débiter ça, vous seriez bien le dernier à qui je me permettrais de les infliger.

Les yeux toujours rivés au sol, j'acquiesçai tout en reculant d'un pas pour me dégager.

— Merci, monsieur Kirk. Je suis désolé de vous avoir dérangé.

— Vous ne m'avez pas dérangé. Bien sûr que non. Je regrette seulement que vous n'ayez pas prévenu. J'aurais pu... retarder.

— Vous n'y êtes pour rien. Tout va bien, je vous assure, dis-je en tournant des talons.

— Vous avez réfléchi au service — quand vous souhaitez l'organiser, comment vous le voulez ? me lança-t-il.

— Non, pas encore. Je vous le ferai savoir demain.

— Christopher ? Tout va bien ? insista Kirk alors que je m'éloignais.

Lui faisant face, je répondis d'une voix morne et monocorde qui n'était qu'un demi-calcul :

— Oui, ça va. Tout ira bien. Merci, monsieur Kirk.

— Quel dommage que vous n'ayez pas prévenu !

Haussant les épaules, je fourrai mes mains dans les poches de ma veste, me détournai et repassai devant la *Pietà*.

La pleine lune faisait briller les poussières de mica dans le matériau de la statue, créant des larmes qui coulaient sur les joues de Notre-Dame du Béton.

Je résistai à l'envie de jeter un coup d'œil par-dessus mon épaule. J'étais certain que l'entrepreneur de pompes funèbres m'observait toujours.

Je poursuivis mon chemin dans le murmure des arbres lugubres. La température s'était rafraîchie, tombée à quinze degrés environ. La brise venue de la mer soufflait, pure après son voyage au-dessus des milliers de kilomètres d'océan, seulement porteuse d'une légère trace de sel.

Une fois hors de vue de Sandy, je me retournai. De là où j'étais, on ne voyait plus que le toit pointu et les cheminées de la maison, formes noires se découpant sur le ciel constellé d'étoiles.

Je quittai la chaussée pour entrer dans l'herbe et remontai la colline, à l'ombre des arbres, cette fois. Les poivriers enlaçaient la lune de leurs longues tresses.

6.

Le rond-point de l'entreprise de pompes funèbres réapparut. La *Pietà*. Le portique.

La porte d'entrée était fermée.

Je fis le tour de la maison en longeant les arbres et les buissons. Une large véranda dominait une vaste piscine, un immense patio en brique, et des roseraies — le tout invisible depuis les salles publiques de l'établissement.

Une ville de la taille de la nôtre voit près de deux cents naissances chaque année contre une centaine de décès. Elle ne comptait que deux entreprises de pompes funèbres, dont celle de Kirk qui raflait environ soixante-dix pour cent du marché — ainsi que la moitié de celui des localités voisines. La mort assurait à Sandy de confortables revenus.

Du patio, la vue devait couper le souffle en plein jour : des collines désertes ondulant vers l'est, parsemées de chênes aux troncs noirs et noueux. La nuit, on avait l'impression de voir des géants endormis sous des draps pâles.

M'étant assuré qu'il n'y avait personne aux fenêtres allumées à l'arrière, je traversai le patio au pas de course. La lune, d'un blanc de pétale de rose, flottait sur les eaux d'encre de la piscine.

La maison comportait un spacieux garage en forme de L, cernant une cour à laquelle on ne pouvait accéder que par la façade. Le garage renfermait deux corbillards et les véhicules personnels de Sandy — mais aussi, au bout de l'aile la plus éloignée de la résidence, le four crématoire.

Je contournai l'angle du garage, longeai le second bras du L, où d'immenses eucalyptus qui masquaient presque entièrement le clair de lune dégageaient leur éternelle odeur de médicament. Un tapis de feuilles mortes craquait sous mes pas.

Je connais le moindre recoin de Moonlight Bay — et surtout celui-ci. J'ai passé la plupart de mes nuits à explorer notre ville, ce qui a donné lieu à certaines découvertes sinistres.

Devant moi, à gauche, une lumière glaciale éclairait la fenêtre du four crématoire. Je m'en approchai avec la conviction, qui s'avéra, que j'allais voir plus étrange et bien pis que le spectacle que Bobby Halloway et moi avions surpris un soir d'octobre l'année de nos treize ans.

Voilà quinze ans, j'avais le goût du morbide comme tous les mômes de mon âge, et j'étais fasciné par le mystère et le charme macabres de la mort. Déjà amis à l'époque, Bobby et moi trouvions audacieux de rôder sur les terres de l'entrepreneur de pompes funèbres en quête de sensations fortes.

Que pensions-nous ou espérions-nous dénicher ? Je ne sais plus trop. Une collection de crânes humains ? Une balancelle fabriquée en os ? Un laboratoire secret où le trompeusement normal Frank Kirk et son trompeusement normal fils Sandy ranimaient grâce à l'électricité des éclairs d'orage nos voisins défunts afin de les transformer en esclaves chargés de la cuisine et du ménage ?

Peut-être nous attendions-nous à tomber sur un autel dédié aux dieux maléfiques Cthulhu et Yog-Sothoth dans quelque recoin infesté de ronces de la roseraie. Bobby et moi lisions pas mal de Lovecraft à l'époque.

Bobby prétend que nous étions deux mômes bizarres. Certes, nous l'étions, mais ni plus ni moins que les autres.

À cela Bobby riposte que les autres gamins ont fini par rentrer dans le rang en grandissant, contrairement à nous.

Je ne suis pas d'accord avec lui sur ce point. Je ne pense pas être plus bizarroïde qu'aucun de ceux que j'ai pu croiser. En fait, je le suis sacrément moins que certains.

Ce qui est également vrai de Bobby. Mais comme il chérit son étrangeté, il tient à ce que je croie à la mienne.

En fait, il insiste sur son étrangeté, sous prétexte que cette particularité lui permet de vivre en plus grande harmonie avec la nature — elle-même profondément étrange.

Quoi qu'il en soit, une nuit d'octobre, derrière le garage de l'entreprise de pompes funèbres, Bobby Halloway et moi avons découvert la fenêtre du four crématoire ; nous y avions été attirés par une lueur fantastique qui palpitait contre la vitre.

Malheureusement, la fenêtre était trop haute pour que nous puissions voir ce qui se passait à l'intérieur. Avec les ruses d'un commando explorant un camp ennemi, nous avons transporté un banc en teck du patio au garage, afin de l'installer sous la fameuse fenêtre.

Debout côte à côte sur le banc, nous avons pu observer tout à loisir Frank Kirk au travail avec un assistant, d'autant qu'ils avaient oublié de fermer le store.

L'éclairage de la salle n'était pas assez vif pour me nuire. Ce fut du moins ce dont je me persuadai en pressant le nez contre la vitre.

J'avais certes appris à agir avec une extrême prudence, mais je restais avant tout un gosse avide d'aventures : peut-être aurais-je été capable de risquer la cécité en toute connaissance de cause afin de partager ce moment avec Bobby Halloway.

Le corps d'un vieillard gisait sur un chariot en acier inoxydable. Le drap qui le couvrait ne révélait que son visage ravagé. À voir ses cheveux blancs jaunis, hirsutes, on aurait cru qu'il avait trouvé la mort en pleine tempête. Mais sa peau d'un gris cireux, ses joues creuses, et ses lèvres craquelées laissaient entendre qu'il avait plutôt succombé à une longue maladie.

Il aurait été difficile de reconnaître même un proche dans un tel état de décrépitude. Mais il est sûr que si cet homme avait fait partie de nos familiers, il nous aurait paru tout aussi sinistre, mais sans susciter autant de fascination et de plaisir pervers.

À nos yeux de gamins de treize ans tout juste, ce dont nous étions très fiers, le plus séduisant dans ce cadavre était bien entendu son aspect le plus obscène. Un œil était fermé, mais l'autre béait, fixe, occlus par une hémorragie rouge vif en étoile.

Dieu que cet œil nous fascina !

Aussi aveugle que l'œil peint d'une poupée, il semblait pourtant nous transpercer.

Passant tour à tour de l'extase muette de la terreur à un échange de murmures dignes de commentateurs sportifs, nous avons regardé Frank et son assistant préparer le four crématoire dans un coin de la salle. Il devait faire chaud dans la pièce, car les hommes desserrèrent leur cravate et retroussèrent leurs manches, et de minuscules gouttes de sueur tissaient des voiles perlés sur leur visage.

Dehors, la nuit d'octobre était douce. Pourtant nous claquions des dents Bobby et moi : nous comparions nos chairs de poule en nous étonnant que nos souffles ne s'échappent pas de nos bouches en blanches volutes.

Les hommes retirèrent le drap couvrant le cadavre, dévoilant les ravages de la vieillesse et de la maladie. Un délicieux frisson de terreur nous parcourut, familier, celui qui s'emparait de nous quand nous regardions, jubilants, des vidéos comme celle de *La Nuit des morts-vivants*.

Les deux hommes placèrent le cadavre dans un carton qu'ils poussèrent dans les flammes bleues du four : j'agrippai le bras de Bobby, qui serra ma nuque d'une main moite, et nous restâmes cramponnés l'un à l'autre, comme pour résister à une puissance magnétique surnaturelle capable de nous faire traverser la vitre, avant de nous projeter dans la pièce et dans le feu avec le mort.

Frank Kirk referma le four.

Le claquement de la porte fut suffisamment fort, et sans appel, pour nous faire frémir jusqu'à la moelle.

Nous avons rangé le banc dans le patio avant de fuir les terres de l'entrepreneur de pompes funèbres pour nous rendre au terrain de football derrière le lycée. Il n'y avait pas de match ce soir-là : l'endroit, plongé dans l'ombre, était donc sûr pour moi. Assis sur les gradins, nous avons bu les Coke et mangé les chips que Bobby avait achetés en route dans une épicerie.

— C'était génial, vraiment géant, déclara Bobby, tout excité.

— Géantissime.

— Plus géant que les cartes de Ned.

Ned était un copain parti s'installer à San Francisco avec ses parents au mois d'août. Il s'était procuré un jeu de cartes — comment, il avait refusé de le révéler — avec, au dos, des photos en couleurs de femmes nues vraiment excitantes, cinquante-deux beautés différentes.

— Plus géant que les cartes, c'est sûr. Encore plus géant que l'explosion du camion-citerne qui s'était renversé sur la nationale.

— Sûr, mec. Encore plus géant que le jour où Zach Blenheim s'est fait bouffer par le pitbull et qu'on a dû lui faire vingt-huit points de suture au bras.

— Bien plus géant, confirmai-je.

— Et cet œil ! s'écria Bobby.

— Nom de Dieu, cet œil !

— Délirant !

Nous avons vidé nos Coca tout en bavardant et en riant plus que nous n'avions jamais ri dans une seule nuit.

Quelles créatures étonnantes on fait quand on a treize ans.

Là sur les gradins du stade, je sus que cette aventure macabre avait resserré nos liens et que rien ni personne ne pourrait nous séparer. À l'époque nous étions amis depuis deux ans, mais cette nuit-là, notre amitié devint plus forte, plus complexe. Nous venions de partager une expérience hautement formatrice — et nous pressentions que cet événement avait une signification, une profondeur insaisissable pour des gosses de notre âge. À mes yeux, Bobby avait acquis une nouvelle dimension, comme moi aux siens, parce que nous avions eu cette audace.

Par la suite, je découvrirais que cet instant n'était qu'un prélude. Nous sommes devenus réellement inséparables la deuxième semaine de ce mois de décembre, en voyant quelque chose d'infiniment plus troublant que le cadavre à l'œil injecté de sang.

Quinze ans après, j'aurais cru être trop vieux pour ce genre d'expédition et trop respectueux des lois pour rôder sur la propriété d'autrui avec autant de désinvolture que des gosses de treize ans. Et pourtant j'étais bien en train de fouler délicatement des couches de feuilles mortes d'eucalyptus, afin de jeter une fois de plus un coup d'œil par la fenêtre fatale.

Bien que jauni par les ans, le store semblait être le même que jadis. Ses lames étaient inclinées, mais l'intervalle restait suffisamment large pour me permettre d'embrasser tout le crématorium du regard — et je n'avais plus besoin de me jucher sur un banc.

Sandy Kirk et un assistant s'affairaient près du système de crémation Power Pak II. Ils portaient des masques de chirurgiens, des gants en latex et des tabliers jetables en plastique.

Sur le chariot près de la fenêtre gisait une housse de vinyle opaque, béante, fendue comme un pois mûr, avec son mort niché à l'intérieur. À l'évidence, il s'agissait de l'auto-stoppeur qui serait incinéré sous le nom de mon père.

Il devait mesurer un peu plus de un mètre soixante-quinze et peser dans les quatre-vingts kilos. Mais son visage était tellement déformé par les coups qu'on ne pouvait lui donner d'âge.

Au début je crus que des croûtes noires de sang lui dissimulaient les yeux. Puis je compris que ses orbites étaient vides.

Je songeai au vieillard aux yeux injectés de sang qui nous avait semblé si effrayant à Bobby et moi. Ce n'était rien comparé à ce que je découvrais maintenant : après l'œuvre impersonnelle de la nature, j'avais affaire à la cruauté humaine.

Aux mois d'octobre et de novembre, Bobby Halloway et moi étions retournés périodiquement à la fenêtre du crématorium. Nous glissant à pas de loup dans l'obscurité, en prenant garde de ne pas glisser sur le lierre, nous nous remplissions les poumons d'air saturé par les effluves des eucalyptus, une odeur qu'encore aujourd'hui j'associe à la mort.

Pendant ces deux mois, Frank Kirk s'occupa de quatorze défunts, dont seulement trois furent incinérés. Les autres subirent l'embaumement des enterrements traditionnels.

Bobby et moi regrettions que la salle d'embaumement n'ait pas de fenêtres. Ce saint des saints — « où ils font le travail humide » pour citer l'expression de Bobby — se trouvait au sous-sol, à l'abri d'espions macabres dans notre genre.

Secrètement j'étais soulagé que notre espionnage doive se limiter au travail « sec » de Frank Kirk. Bobby aussi, je crois, bien qu'il se prétendît affreusement déçu.

Le côté positif, je suppose, c'était que Frank pratiquait la plupart des embaumements pendant la journée, limitant les crémations aux heures de la nuit. Cela me permettait d'y assister.

Bien que le gros four crématoire — plus rudimentaire que le Power Pak II que Sandy utilise maintenant — détruisît les restes humains à très haute température et fût équipé de dispositifs de contrôle d'émissions, de fines volutes de fumée s'échappaient de la cheminée. Frank ne pratiquait que des crémations nocturnes par respect pour les familles ou les amis endeuillés qui pourraient, en plein jour, jeter un coup d'œil en direction de l'établissement et voir les dernières traces de leurs bien-aimés se dissiper dans le ciel.

Fort commodément pour nous, Anson, le père de Bobby, était le rédacteur en chef de la *Moonlight Bay*

Gazette. Bobby exploitait ses relations au journal pour obtenir les dernières informations sur les décès par accident et les morts de causes naturelles.

Nous savions toujours quand Frank Kirk recevait un nouveau candidat, mais non s'il allait l'embaumer ou l'incinérer. Immédiatement après le coucher du soleil, nous rejoignions à bicyclette les parages de la morgue, puis nous nous glissions dans la propriété, attendant à la fenêtre du crématorium que l'opération commence, si toutefois opération il y avait.

Fin octobre, M. Garth, le président de la First National Bank, mourut à soixante ans d'une crise cardiaque. Nous le regardâmes s'évanouir dans les flammes.

En novembre, un charpentier du nom d'Henry Aimes se rompit le cou en tombant d'un toit. Il fut incinéré, mais à l'abri de nos regards, car Frank Kirk et son assistant pensèrent à fermer le store.

En revanche, le store était ouvert en cette deuxième semaine de décembre, quand nous retournâmes sur les lieux pour l'incinération de Rebecca Acquilain. Elle était la femme de Tom Acquilain, prof de maths au collège que Bobby fréquentait, contrairement à moi qui poursuivais mes études à la maison. Âgée d'à peine trente ans, Mme Acquilain, qui tenait la bibliothèque de la ville, avait un petit garçon de cinq ans, Devlin.

Étendue sur le chariot, couverte d'un drap qui ne révélait que son visage, Mme Acquilain était d'une beauté qui nous laissa sans voix, le souffle coupé.

Nous avions dû être conscients de sa splendeur, sans jamais nous y arrêter. Après tout, elle était mère de famille et, à treize ans, on remarque rarement une beauté aussi paisible que la lueur d'une étoile dans le ciel et aussi pure que de l'eau de pluie. On est plutôt attiré par les femmes nues au dos des cartes à jouer. Nous n'avions donc jamais vraiment regardé Mme Acquilain.

La mort n'avait pas eu le temps de l'abîmer, l'emportant en quelques heures après la rupture d'une artère cérébrale. Elle reposait les yeux fermés sur le chariot, les traits détendus, comme endormie ; ses lèvres légèrement retroussées laissaient croire à un rêve agréable.

Quand les deux hommes enlevèrent le drap pour la transférer dans le carton, puis dans l'incinérateur, Bobby et moi avons pu voir qu'elle était mince, avec des proportions exquises, jolie au-delà de toute description. Nous étions en présence d'une beauté dénuée de toute connotation érotique, et nous l'avons contemplée non avec un désir morbide, mais avec révérence.

Elle semblait si jeune.

Immortelle.

Les hommes la portèrent jusqu'au four avec ce qui nous sembla une douceur et un respect inhabituels. Après avoir refermé la porte sur la défunte, Frank Kirk retira ses gants de latex et s'essuya les yeux du dos de la main. Et ce n'était pas de la sueur qu'il essuyait.

Lors des autres incinérations, Frank et son assistant n'avaient pratiquement pas cessé de bavarder, sans que nous puissions vraiment entendre ce qu'ils se disaient. Cette nuit-là, ils échangèrent à peine deux mots.

Bobby et moi n'étions pas plus loquaces.

Une fois le banc rangé dans le patio, nous avons quitté discrètement la propriété de Frank Kirk.

Après avoir récupéré nos bicyclettes, nous avons traversé Moonlight Bay en empruntant les rues les plus sombres.

Direction la plage.

À cette heure, en cette saison, la vaste grève était déserte. Derrière nous, les lumières de la ville étincelaient, splendides plumes de phénix blotties sur les collines et palpitant à travers une luxuriance d'arbres. Devant nous s'étendait la surface d'encre de l'immense Pacifique.

L'océan était calme. Très espacées, des vagues basses venaient s'échouer sur la plage, étalant paresseusement leurs crêtes phosphorescentes.

Assis sur le sable, je ne cessais de me dire que Noël était proche. Dans deux semaines. Je ne voulais pas y penser, mais la fête brillait et tintinnabulait dans ma tête.

J'ignore à quoi pensait Bobby. Je ne le lui demandai pas. Je n'avais pas envie de parler. Lui non plus.

Je songeai à ce que serait Noël sans sa mère pour le petit Devlin Acquilain. Peut-être était-il trop jeune pour comprendre le sens de la mort.

Son père, lui, le comprenait sans aucun doute. Cela ne l'empêcherait probablement pas de dresser un sapin pour Devlin.

Comment trouverait-il la force de le décorer ?

— Allons nager, dit simplement Bobby.

Il n'avait pas ouvert la bouche depuis que Kirk avait repoussé le drap couvrant la morte.

La journée avait été douce, mais nous étions en décembre, et ce n'était pas une année où El Niño — le courant chaud venant de l'hémisphère Sud — frôlait le rivage. La température de l'eau n'avait rien d'hospitalier.

Bobby se déshabilla, plia ses vêtements, pour éviter que le sable y pénètre, et les empila soigneusement sur une couverture emmêlée de varech échouée sur la plage et séchée par le soleil. Je l'imitai.

Nus, nous sommes entrés dans l'eau noire et partis vers le large. Nous nous sommes trop éloignés du rivage.

Nous avons viré vers le nord pour nager parallèlement à la côte. Tranquillement. En en faisant le moins possible. Gérant les vagues. Mais toujours plus loin, trop loin.

Bien qu'excellents nageurs tous les deux, nous jouions avec le feu.

Généralement, le nageur finit par s'habituer à l'eau froide ; comme la température corporelle chute, la différence avec celle de l'eau devient moins perceptible. En outre, l'effort crée une impression de chaleur. Un sentiment rassurant mais trompeur, dangereux.

En l'occurrence, l'eau se refroidit aussi vite que la température de nos corps baissa. Nous n'avons pas connu de seuil de confort, trompeur ou non.

Ayant nagé trop loin au nord, nous aurions dû revenir vers la plage. Avec un peu de bon sens, nous aurions regagné le tas de varech sec sur lequel nous avions empilé nos affaires.

Mais non, nous nous sommes contentés de nous arrêter, pour faire la planche, en aspirant de grandes goulées d'air froid au risque de détruire la précieuse chaleur emmagasinée au fond de notre gorge. Puis, ensemble, sans un mot, nous avons viré vers le sud, rebroussant chemin, toujours trop loin du rivage.

Mes membres s'alourdirent. Des crampes légères mais effrayantes me tordaient l'estomac. Les battements de mon cœur emballé semblaient suffisamment forts pour me tirer vers les profondeurs.

Bien que les vagues fussent aussi paisibles qu'à notre entrée dans l'eau, je les trouvais soudain plus cruelles. Elles mordaient avec des dents de froide écume blanche.

Nous nagions côte à côte, en prenant soin de ne pas nous perdre de vue. Le ciel hivernal n'offrait aucun réconfort, les lumières de la ville restaient aussi distantes que des étoiles, et l'océan me paraissait hostile. Seule notre amitié nous soutenait encore, et nous savions qu'en cas de pépin, l'un de nous mourrait en tentant de sauver l'autre.

De retour à notre point de départ, nous avons à peine eu la force de sortir de l'eau. Épuisés, nauséeux, plus livides que le sable, claquant des dents, nous avons craché l'eau salée amère.

Nous étions si frigorifiés que nous ne pouvions plus imaginer la chaleur du four crématoire. Même rhabillés, nous frissonnions toujours de froid, et c'était bon.

Nous avons rejoint la rue par la pelouse bordant la plage. En grimpant sur son vélo, Bobby n'eut qu'un mot :

— Merde.

— Tu l'as dit.

Nous sommes allés directement nous coucher comme si nous étions malades. Sommeil. Rêves. La vie continua.

Nous ne sommes jamais retournés à la fenêtre du four crématoire.

Nous n'avons plus jamais évoqué Mme Acquilain.

Des années plus tard, Bobby et moi serions toujours prêts à donner notre vie pour sauver l'autre. Et sans hésitation.

Comme ce monde est étrange : ce que nous touchons sans y penser, ces choses si réelles pour nos sens — la douce architecture d'un corps féminin, notre propre chair, la mer froide et la lueur des étoiles — le sont bien moins que ce que nous ne pouvons ni toucher, ni goûter, ni sentir, ni voir. Les bicyclettes et les garçons qui montent dessus sont moins réels que ce que nous ressentons dans notre esprit et dans notre cœur, moins tangibles que l'amitié, l'amour et la solitude, ces certitudes éternelles.

En cette nuit de mars éloignée de l'enfance, la fenêtre du four crématoire et la scène qu'elle me révélait étaient plus réelles que je ne l'aurais souhaité. Quelqu'un avait battu l'auto-stoppeur à mort, avant de lui arracher les yeux.

Même si le meurtre et la substitution de ce cadavre à celui de mon père devaient prendre un sens quand on connaîtrait tous les tenants et aboutissants, pourquoi lui arracher les yeux ? Pouvait-il y avoir une raison logique pour envoyer cet être pitoyable privé de ses yeux dans les flammes du four crématoire ?

Ou quelqu'un avait-il défiguré l'auto-stoppeur par simple plaisir malsain ?

Je songeai à l'homme trapu au crâne rasé et à l'unique boucle d'oreille en perle. Son large visage brutal. Son regard de chasseur, noir et fixe. Sa voix glaciale avec ses accents rouillés.

On voyait assez bien une brute pareille jouir de la souffrance d'autrui, tailler dans la chair avec la nonchalance d'un gentleman campagnard aiguisant une brindille.

En fait, dans le nouveau monde étrange qui s'était matérialisé depuis mon expérience au sous-sol de l'hôpital, il était facile d'imaginer que Sandy Kirk lui-même avait défiguré le corps : Sandy, d'une beauté, d'une perfection de mannequin ; Sandy dont le cher père avait pleuré à la crémation de Rebecca Acquilain. Peut-être avait-on posé les yeux en guise d'offrande au pied de l'autel à l'extrémité envahie de ronces de la roseraie que Bobby et moi n'avions jamais réussi à découvrir.

Dans le crématorium, Sandy et son assistant poussaient le chariot vers le four quand le téléphone sonna.

D'un bond, je m'éloignai de la fenêtre, comme si je venais de déclencher une alarme.

À l'instant où je collai de nouveau le nez à la vitre, je vis Sandy baisser son masque chirurgical et soulever le combiné du téléphone mural. À en juger par le ton de sa voix, il fut tour à tour déconcerté, inquiet, puis furieux, mais le double vitrage m'empêchait de lire ses paroles.

Sandy raccrocha avec une telle violence qu'il faillit arracher l'appareil du mur. Son interlocuteur venait d'en prendre plein les oreilles.

Tout en retirant ses gants en latex, il s'adressa à son assistant. Je crus l'entendre prononcer mon nom — mais sans admiration ni affection.

L'assistant, Jesse Pinn, était une sorte de chien de chasse humain, au visage maigre et aux cheveux roux, avec des yeux marron et des lèvres fines qui semblaient pincées dans l'attente d'une prochaine proie. Il entreprit de remonter la fermeture Éclair de la housse de l'auto-stoppeur.

Sandy alla chercher son veston à un portemanteau à droite de la porte. Lorsqu'il le souleva, j'eus la surprise d'apercevoir un étui-brassière tendu par le poids d'une arme.

Voyant que Pinn n'en finissait pas avec la fermeture Éclair, Sandy lui parla sèchement en lui désignant la fenêtre.

Pinn se précipita vers moi ; je reculai d'un bond. Il ferma le store.

Il ne devait pas m'avoir vu.

Mais, conscient de mon optimisme viscéral, je me dis que pour une fois, je ferais mieux d'écouter un instinct plus pessimiste et de ne pas m'attarder. Je filai derrière le bosquet d'eucalyptus, dans l'air empestant la mort, et longeai le mur du garage pour rejoindre le jardin.

Les feuilles mortes craquaient comme des coquilles d'escargot sous mes pas. Heureusement, le vent qui s'engouffrait dans les branches au-dessus de ma tête couvrait ce vacarme. Lourd du susurrement creux de l'océan au-dessus duquel il avait si longtemps soufflé, il masquait mes mouvements.

Il masquerait aussi les pas de quelqu'un qui me suivrait.

J'étais sûr que l'appel venait d'un des deux aides-soignants de l'hôpital. Ils avaient examiné le contenu de la valise, trouvé le portefeuille de mon père, et déduit que j'avais assisté à l'échange de cadavres dans le garage.

Sandy avait alors compris que mon apparition à sa porte d'entrée n'était pas innocente. Jesse Pinn et lui s'apprêtaient sûrement à vérifier si je rôdais toujours sur la propriété.

J'arrivai dans le jardin. La pelouse bien entretenue me parut plus vaste et plus nue que dans mon souvenir.

La pleine lune n'était pas plus brillante que quelques minutes avant, mais chacune des surfaces dures qui absorbait jusque-là cette lumière languide renvoyait son reflet en l'accentuant. Un étrange éclat argenté baignait la nuit, me privant de cachette.

Je n'osai pas tenter de traverser le patio de brique. Il valait mieux rester le plus loin possible de la maison et de la route. Repartir par le même chemin serait trop risqué.

Je traversai la pelouse au pas de course pour rejoindre le demi-hectare de roseraie à l'arrière de la propriété. Je me retrouvai devant des terrasses en espalier et un dédale de sentiers courant entre des treillages et des tonnelles.

Sur notre côte au climat clément, le printemps ne retarde pas sa venue pour qu'elle corresponde à la date du calendrier, et les roses étaient déjà en fleur. Les corolles rouges et de couleurs foncées paraissaient noires sous la lune, des roses pour un autel sinistre, mais il y avait aussi d'énormes fleurs blanches, grosses comme des têtes de nourrissons, qui saluaient la berceuse de la brise.

Derrière moi, j'entendis des voix masculines que le vent semblait déchiqueter.

Accroupi derrière un haut treillage, je regardai à travers les rectangles blancs. Prudemment, je repoussai des branches hérissées d'épines.

Près du garage, deux faisceaux de torche chassaient l'ombre des bosquets, faisaient bondir des fantômes à l'assaut des arbres, étincelaient sur des vitres.

Sandy Kirk se trouvait derrière l'un de ces faisceaux et trimbalait sans aucun doute l'arme que j'avais aperçue. Jesse Pinn était peut-être armé lui aussi.

Il fut une époque où les entrepreneurs de pompes funèbres et leurs assistants ne sortaient pas ainsi équipés. Une époque révolue, apparemment.

Je sursautai en voyant un troisième faisceau surgir à l'autre angle de la maison. Puis un quatrième. Suivi d'un cinquième.

Et un sixième.

Qui pouvaient bien être ces nouveaux poursuivants ? D'où avaient-ils pu venir aussi vite ? Se déployant en ligne, ils traversèrent la cour, le patio, contournèrent la piscine, approchèrent de la roseraie, fouillant l'obscurité de leurs torches, silhouettes menaçantes aussi floues que des démons dans un rêve.

7.

Les poursuivants sans visage et les labyrinthes impénétrables qui nous hantent dans nos rêves étaient à présent réalité.

Les jardins descendaient en cinq larges terrasses à flanc de coteau. Malgré ces plateaux et la douceur de la pente, je craignais d'être entraîné par mon élan, de trébucher, de tomber et de me casser une jambe.

Me cernant de toutes parts, le dédale de tonnelles et de treillages commençait à prendre des allures fantomatiques. À la base, il disparaissait sous des branches rampantes hérissées d'épines qui s'agrippaient au treillage et semblaient se contorsionner de vie animale quand je filais devant elles.

La nuit avait viré au cauchemar éveillé.

Mon cœur battait si vite que les étoiles titubaient.

J'avais l'impression que la voûte céleste glissait vers moi, prenant de la vitesse comme une avalanche.

La silhouette menaçante de la grille en fer forgé m'arrêta soudain : haute de deux mètres, laquée d'un noir luisant sous la lune. Enfonçant les talons dans la terre meuble pour freiner, j'allai m'écraser contre les barreaux. Sans mal, heureusement.

Les barreaux verticaux surmontés d'une pointe étaient solidement soudés aux barres horizontales ; au lieu de cliqueter sous l'impact, la grille produisit un bourdonnement bref.

Je m'affaissai par terre.

J'avais un goût amer dans la bouche et la gorge tellement sèche que j'étais incapable de cracher.

Ma tempe droite me picotait. J'arrachai les coupables : trois épines fichées dans la peau.

Dans ma course, j'avais dû me faire fouetter par une tige, sans m'en rendre compte.

Peut-être parce que je respirais plus profondément et plus vite, le doux parfum des roses me parut soudain écœurant, proche de la puanteur du pourrissement. Sous l'effet de ma transpiration, l'odeur de mon écran solaire reprenait de la vigueur, avec toutefois une trace d'aigreur. Pour l'instant, le sens du vent m'était favorable.

Agrippé à la grille, je levai les yeux vers le haut de la colline. Les chasseurs passaient de la première à la deuxième terrasse.

Six faux de lumière lacéraient les roses. Brièvement éclairés et déformés par ces épées lumineuses, des fragments de treillage se détachaient tels des os de dragons terrassés.

Les jardins avaient beau receler davantage de cachettes potentielles que la pelouse, mes poursuivants progressaient plus vite qu'avant.

J'escaladai la grille, en prenant soin de ne pas accrocher ma veste ou mon jean aux pointes en fers de lance. De l'autre côté m'attendait un terrain à découvert : des vallons dans l'ombre, des rangées de collines baignées de lune, parsemées de silhouettes noires de chênes.

L'herbe folle, nourrie par les récentes pluies d'hiver, m'arrivait aux genoux. L'odeur de la sève jaillissant des brins que je foulais me montait aux narines.

Certain que Sandy et ses acolytes exploreraient chaque centimètre carré de la propriété, je descendis la colline à toute allure. Je devais me mettre hors de portée des torches avant qu'elles atteignent la grille.

Je m'éloignais encore de la ville, ce qui ne présageait rien de bon. Je ne risquais guère de trouver de l'aide en pleine campagne. Chaque pas vers l'est accentuait mon isolement, et isolé, je devenais vulnérable.

C'était une chance que l'on soit à la veille du printemps. Sous l'écrasante chaleur estivale, l'herbe haute aurait été blonde, et sèche comme du papier. Ma progression aurait été marquée par un sillon de tiges piétinées.

J'espérais que la prairie verdoyante était encore suffisamment résistante pour se refermer derrière moi, dissimulant ainsi mon passage. Tout en sachant que cela n'empêcherait pas un poursuivant attentif de me repérer.

À une soixantaine de mètres de la grille, en bas de la pente, la prairie cédait la place à des broussailles plus denses. Une barrière d'herbes hautes d'un mètre cinquante, mêlées à ce qui devait être des reines-des-prés et de grosses touffes de chiendent, me bouchait le passage.

M'empressant de franchir cet obstacle, je me retrouvai dans une fosse d'assèchement naturelle de trois mètres de large dont le fond rocheux avait été mis à nu par des années de ruissellement. Il n'y poussait pas grand-chose et comme il n'avait pas plu depuis plus de deux semaines, ce sentier était à sec.

Je m'arrêtai histoire de reprendre mon souffle. M'allongeant dans les broussailles, j'écartai les herbes pour voir où en étaient mes poursuivants de la roseraie.

Quatre d'entre eux escaladaient déjà la grille. Le faisceau de leurs torches fendait le ciel, bégayait sur les barres, et trouait le sol au hasard.

Ils étaient d'une rapidité et d'une agilité étonnantes.

Portaient-ils tous des armes, comme Sandy Kirk ?

Vu leur instinct, leur rapidité et leur endurance presque dignes du règne animal, peut-être n'avaient-ils pas besoin d'armes. S'ils m'attrapaient, peut-être me mettraient-ils en pièces avec leurs seules mains nues.

M'arracheraient-ils les yeux ?

Le fossé de drainage — et la trouée plus vaste qui l'abritait — remontait vers le nord-est et descendait vers le sud-ouest. Je savais que je ne pouvais espérer trouver de l'assistance en montant la colline.

Je pris donc la direction du sud-ouest, suivant le fossé flanqué de broussailles, dans l'intention de rejoindre au plus vite un territoire peuplé.

Le lit de roches poli par la lune luisait doucement telle la glace laiteuse d'un étang hivernal avant de s'enfoncer dans l'obscurité. Les rideaux de hautes herbes argentées paraissaient raides de givre.

Réprimant toute crainte de trébucher sur des cailloux ou de me fouler une cheville dans un trou, je m'abandonnai à la nuit, autorisant l'obscurité à me pousser comme le vent un voilier. Je descendis la pente douce au pas de course en ayant la sensation de ne pas toucher terre, de patiner sur un lac gelé.

Au bout de deux cents mètres, j'arrivai à un endroit où les collines se repliaient les unes sur les autres, causant un dédoublement du fossé. Sans vraiment ralentir, je choisis l'embranchement de droite parce qu'il me mènerait plus directement à Moonlight Bay.

Je venais juste de m'engager dans ce chemin quand je vis des lumières. À cent mètres devant moi, le fossé virait à gauche, longeant une colline herbeuse. La source des faisceaux se trouvait derrière le virage, mais je compris qu'il s'agissait certainement de torches.

Aucun des hommes de l'entreprise de pompes funèbres n'avait pu sortir de la roseraie et prendre une avance aussi rapide sur moi. J'avais affaire à d'autres poursuivants.

Ils tentaient de me prendre en tenaille. J'eus la sensation d'avoir une armée entière à mes trousses, mystérieusement jaillie de terre.

Je m'arrêtai net.

Que faire ? Quitter le fossé pour me dissimuler derrière les rideaux d'herbes hautes et de broussailles qui cernaient toujours le fossé de drainage ? Mais si peu que je dérange la végétation, je laisserais des traces de mon passage qui sauteraient aux yeux de ces poursuivants. Ils jailliraient des broussailles, me captureraient ou m'abattraient dès que j'escaladerais le flanc de la colline à découvert.

Au virage, les faisceaux devinrent plus éblouissants. Des gerbes d'herbes se détachèrent tels des motifs finement ciselés sur un plat en argent.

Je battis en retraite jusqu'à l'embranchement et pris le sentier de gauche. À environ six ou sept cents mètres, je parvins à un nouvel embranchement ; j'aurais voulu aller à droite — la direction de la ville — mais craignant de tomber dans leur piège, je finis par prendre à gauche, quitte à m'enfoncer encore dans les collines désertes.

À l'ouest s'éleva le grondement d'un moteur qui se rapprocha brusquement. Le bruit était si puissant que je crus qu'un appareil passait en rase-mottes. Ce n'était pas la pétarade bégayante d'un hélicoptère : cela ressemblait davantage au rugissement d'un avion.

Une lumière aveuglante balaya le sommet des collines, puis le fossé, à une vingtaine de mètres au-dessus de ma tête. Le faisceau était si lumineux, si intense qu'il paraissait avoir un poids et une texture, comme le jaillissement incandescent d'une substance en fusion.

Un puissant projecteur. Il remonta et effleura des crêtes à l'est et au nord.

Où avaient-ils bien pu dégoter un matériel aussi sophistiqué en si peu de temps ?

Sandy Kirk était-il le gourou d'une milice antigouvernementale retranchée dans des bunkers secrets bourrés jusqu'à la gueule d'armes et de munitions, creusés dans le sous-sol de l'entreprise de pompes funèbres ? Non, cela ne tenait pas debout. Ce genre de trucs appartenait purement et simplement à la réalité actuelle, des événements banals dans une société en chute libre — alors que ce que je vivais avait un parfum d'étrangeté. Un territoire dans lequel le torrent fou des nouvelles du soir ne s'était pas encore engouffré.

Il fallait que je sache ce qui se passait plus haut. Si je ne partais pas en reconnaissance, je risquais d'être fait comme un rat de laboratoire.

Je m'enfonçai dans les broussailles à droite du fossé et entrepris d'escalader la colline, en direction du projecteur. Pendant mon ascension, le faisceau fendit de nouveau l'espace au-dessus de ma tête — venant effectivement du nord-ouest comme je l'avais pensé — puis balaya le terrain une troisième fois, illuminant la crête vers laquelle je me dirigeais.

Je me mis à progresser à quatre pattes, puis à ramper carrément sur les dix derniers mètres. Au sommet de la colline, je me lovai à l'intérieur d'un affleurement de rochers érodés qui offrait un abri précaire, et levai prudemment la tête.

Un Hummer noir — ou peut-être un Humvee, la version militaire initiale du véhicule avant qu'on ne l'embourgeoise pour le vendre aux civils — était garé sur le sommet d'une colline voisine, juste en dessous d'un chêne géant. Malgré la pénombre qui l'enveloppait, le Hummer était aisément reconnaissable : un véhicule trapu à quatre roues motrices perché sur des pneus géants, capable de s'aventurer sur n'importe quel terrain.

Je distinguais maintenant deux projecteurs : l'un que tenait le chauffeur, et l'autre son passager avant, chacun doté d'une lentille de la taille d'une assiette. Vu leur intensité, ils ne pouvaient être alimentés que par le moteur du Hummer.

Le chauffeur éteignit son projecteur et passa une vitesse. Le gros 4 × 4 sortit en trombe de son abri de branches et traversa la prairie comme s'il fonçait sur une autoroute. Il disparut derrière la cime, réapparut bientôt après un creux, et grimpa rapidement une pente plus lointaine, conquérant ces reliefs sans effort.

Les hommes à pied, équipés de torches et peut-être armés, restaient dans les creux. Pour m'empêcher de gagner les hauteurs, m'obliger à rester dans le périmètre qu'ils exploraient, le Hummer patrouillait sur les sommets.

— Mais qui donc êtes-vous ? marmonnai-je.

Les faisceaux ratissèrent des collines plus éloignées, illuminant un océan d'herbes agité par un vent hésitant. Les vagues se brisaient sur la pente et venaient lécher les troncs des chênes isolés.

Puis le Hummer redémarra. Cahotant sur un terrain moins hospitalier, à en juger par le tressautement de ses phares et du projecteur, il longea une crête, s'enfonça dans un creux, en ressortit, se dirigeant vers une autre position élevée au sud-est.

Pouvait-on voir cette agitation des rues de Moonlight Bay ? Il ne devait y avoir que peu de passants dehors et encore faudrait-il qu'ils lèvent les yeux pour la remarquer.

Ceux qui apercevraient les projecteurs en concluraient peut-être qu'il s'agissait d'adolescents en train de traquer des élans ou des cerfs à bord d'un 4 × 4 ordinaire : un sport illégal mais non sanguinaire généralement assez bien toléré.

Le Hummer ne tarderait pas à revenir dans ma direction. À voir sa manière de procéder, il risquait de surgir très rapidement sur la colline où je me trouvais.

Je battis en retraite vers le fossé : exactement là où ils me voulaient. Pas le choix.

Jusque-là, j'avais été sûr de m'en sortir. Mon assurance commençait à chanceler.

8.

Écartant les herbes hautes pour retrouver le fossé d'assèchement, je repris la direction que je suivais quand les projecteurs m'avaient attiré vers le haut de la colline. Au bout de quelques pas, je m'arrêtai, surpris par l'apparition de brillants yeux verts immobiles sur le sentier devant moi.

Un coyote.

Proche du loup, mais plus petite et dotée d'un museau plus étroit, cette créature élancée n'en était pas moins dangereuse. À mesure que la civilisation gagnait du terrain sur elle, elle faisait peser une menace mortelle sur les animaux de compagnie pourtant censés être à l'abri dans les jardins des quartiers résidentiels proches des collines. En fait, de temps à autre, on racontait qu'un coyote avait attaqué sauvagement un jeune enfant avant de l'emporter. Ils ne s'en prenaient que rarement aux adultes, mais je ne me fierais ni à leur retenue ni à ma supériorité en taille si je devais croiser le chemin d'une meute — voire d'un couple — sur son territoire.

Comme ma vision nocturne se remettait à peine de l'éblouissement des projecteurs, je connus un moment de tension avant de comprendre que ces brûlants yeux verts étaient très rapprochés, et, à moins que l'animal ne s'apprête à bondir, trop bas pour être ceux d'un coyote.

Quand ma vision se réadapta à l'obscurité et au clair de lune, je compris que j'avais affaire à rien de plus menaçant qu'un chat. Non pas un puma, ce qui aurait été bien pire qu'un coyote et de quoi être réellement terrifié, mais un simple chat domestique : gris pâle ou beige clair, impossible à dire dans cette pénombre.

Les chats ne sont pas stupides. Même lors d'une poursuite obsessionnelle de mulots ou de petits lézards du désert, ils ne s'aventureront jamais très loin dans le territoire des coyotes.

Plus je la regardais, plus cette créature me paraissait particulièrement vive et éveillée. Assise bien droite, tête penchée, oreilles dressées, l'air interrogateur, elle m'étudiait intensément.

Je fis un pas vers le chat qui se redressa. Un pas de plus et il détala sur le sentier baigné de nuit et s'évanouit dans le noir.

Le Hummer bougeait de nouveau. Ses crissements et ses grondements s'amplifiaient.

J'accélérai l'allure.

Le temps que je parcoure une centaine de mètres, le Hummer ne rugissait plus mais tournait au ralenti non loin de moi, semblant haleter. Ses faisceaux prédateurs balayaient la nuit.

À l'embranchement suivant, je tombai sur le chat qui m'attendait, assis en plein milieu.

Lorsque je fis mine de prendre à gauche, le chat s'engouffra dans le sentier de droite, s'arrêta au bout de quelques mètres et tourna vers moi son regard brillant.

Il devait être très conscient de la présence des poursuivants autour de nous, du bruyant Hummer comme des hommes à pied. Avec ses sens aiguisés, il percevait peut-être même les phéromones d'agressivité qu'ils généraient, la menace de la violence imminente. Il n'aurait pas plus envie que moi de les rencontrer. Puisque l'occasion m'en était donnée, il valait mieux que je choisisse un itinéraire de fuite en me fiant à l'instinct de l'animal plutôt qu'au mien.

Le moteur du Hummer rugit. Le bruit se répercuta dans les creux, on avait l'impression que le véhicule approchait et s'éloignait simultanément. Dans cet orage sonore, l'indécision me saisit.

Puis je résolus de suivre le chat.

Le Hummer gronda sur le flanc est de la trouée dans laquelle j'avais failli m'engager. Un instant, il resta suspendu sur la cime de la colline, semblant en apesanteur dans un temps arrêté, phares droits comme des fils d'acrobate, un projecteur fiché dans la tente noire du ciel. Le temps se remit en marche : le Hummer franchit la crête, ses roues avant s'écrasèrent sur la colline, ses pneus soulevant des nuages de terre et d'herbe lorsqu'il fonça vers le bas de la pente.

Un homme hurla de plaisir ; un autre rit. La chasse les mettait visiblement en joie.

Le véhicule n'était plus qu'à cinquante mètres de moi quand le projecteur manuel se braqua sur le fossé.

Je m'aplatis par terre et roulai dans les herbes. Le sol rocheux fut une vraie torture pour mes pauvres os, et je sentis que mes lunettes de soleil se brisaient dans ma poche de poitrine.

Je me redressai péniblement : un faisceau cingla l'endroit que je venais juste de quitter. Clignant les yeux devant cet éclat aveuglant, je vis le projecteur trembler et virer en direction du sud. Le Hummer ne remontait pas le fossé vers moi.

J'aurais pu rester où j'étais, à l'embranchement, jusqu'à ce que le Hummer s'éloigne, plutôt que de risquer de le rencontrer dans la prochaine trouée. Mais quand j'aperçus quatre faisceaux de torche sur le chemin, je n'eus plus le luxe d'hésiter. Même si j'étais hors de portée des lampes de ces hommes, ils approchaient au trot, et je pouvais être découvert d'une seconde à l'autre.

Lorsque, contournant la colline, je pénétrai dans la trouée à l'ouest, le chat était toujours là, à croire qu'il m'attendait. Il se mit à courir, sans forcer l'allure, comme s'il ne voulait pas que je le perde de vue.

Je me félicitais de courir sur un terrain rocheux, où il serait difficile de repérer mes traces, lorsque je me rendis compte qu'il ne restait que des fragments de mes lunettes dans ma poche de poitrine, une branche tordue et un éclat de verre déchiqueté. Le reste avait dû s'éparpiller à l'embranchement, là où je m'étais aplati à terre.

Les quatre poursuivants n'allaient pas manquer de repérer les montures cassées. Ils se sépareraient, deux hommes par sentier, et ils me pourchasseraient avec d'autant plus d'enthousiasme, galvanisés par cette preuve de la proximité de leur proie.

À l'autre extrémité de la colline, le Hummer grimpait la pente, sortant du creux où je venais tout juste d'échapper au projecteur. Le hurlement de son moteur s'amplifia.

Si le conducteur s'arrêtait sur ce sommet herbeux pour examiner les alentours, je pourrais m'enfuir sans qu'il me voie. Si, au contraire, il descendait vers cette nouvelle trouée, je risquais d'être pris dans ses phares ou épinglé par le faisceau du projecteur.

Le chat courait toujours ; moi aussi.

En s'enfonçant entre les collines obscures, le sentier s'élargit. De chaque côté, les hautes herbes et les broussailles avaient épaissi, recueillant à l'évidence un plus grand volume d'eaux de pluie, mais le sentier était trop large pour que la végétation me protège de son ombre, et je me sentais dangereusement exposé. De plus, contrairement aux précédentes, cette pente filait droit, sans virages derrière lesquels me dissimuler.

En haut de la colline, le Hummer semblait arrêté. Son grondement s'évanouit dans la brise, et on n'entendit plus que mes propres bruits de moteur, mes halètements, et les battements de piston de mon cœur.

Le chat était potentiellement plus rapide que moi — du vent sur pattes ; il aurait pu disparaître en une seconde. Pourtant, pendant deux minutes, il s'adapta à mon rythme, conservant une avance constante de cinq mètres sur moi, gris ou beige pâle, un fantôme de chat dans le clair de lune, jetant de temps à autre derrière lui les flammes de son regard étrange.

À l'instant où je commençais à me dire que cette créature m'éloignait volontairement du danger, à l'instant même où je me laissais aller à une de ces orgies d'anthropomorphisme qui font grincer les dents de Bobby Halloway, le chat me distança. Les eaux de pluie se seraient engouffrées dans cette trouée qu'elles n'auraient pu rattraper le félin lorsqu'il décida de disparaître dans la nuit.

Une minute plus tard, je le retrouvai au bout du fossé. Nous étions dans un cul-de-sac, cernés par des à-pics herbeux sur trois côtés. Les collines étaient si raides que je ne pourrais jamais les escalader assez vite pour échapper aux deux poursuivants qui devaient continuer à pied. J'étais coincé. Piégé.

À l'extrémité du sentier, j'aperçus un enchevêtrement de bois flotté, d'herbes sèches, et de limon. J'étais presque sûr que le chat allait se volatiliser comme par magie, non sans m'avoir adressé au préalable un sourire maléfique, dents blanches étincelant dans le noir. Mais il courut vers le tas de débris et disparut de nouveau.

Il s'agissait bien d'apports de ruissellement. Les eaux de pluie devaient donc s'écouler quelque part.

Sans perdre une seconde, j'escaladai le monceau de débris d'un mètre de haut et de trois mètres de large, qui s'enfonça, bougea et craqua sous mon poids, mais tint bon. Il masquait une grille en acier, à l'embouchure d'une buse creusée dans le flanc de la colline.

Derrière la grille, je découvris un tuyau en béton d'environ deux mètres de diamètre reposant sur des contreforts. Il devait faire partie du système de prévention des inondations qui drainait les eaux de pluie des collines, passait sous l'autoroute de la Côte, rejoignait les égouts souterrains de la ville avant de finir dans l'océan.

Deux fois par hiver, des équipes d'entretien dégageaient la grille pour que l'eau puisse couler librement. Visiblement, leur dernière visite remontait à un certain temps.

Dans la buse, le chat miaula. Amplifiée, sa voix résonna, presque sépulcrale, dans le tuyau.

Si un chat souple pouvait se faufiler dans des trous de dix centimètres de côté, ce n'était pas mon cas. Mais l'obstacle ne bouchait pas entièrement l'orifice, il restait un espace d'une soixantaine de centimètres au-dessus.

Je me glissai à l'intérieur de la buse en franchissant la grille sur le dos, jambes en avant. Par chance, elle comportait une barre horizontale au sommet, ce qui m'évita de me blesser sur le haut des barreaux.

Laissant les étoiles et la lune derrière moi, je m'adossai à la grille, projeté dans une obscurité absolue. Apparemment, il suffirait que je me voûte un peu pour éviter de me cogner la tête.

Une odeur de béton humide et d'herbe en décomposition, pas vraiment désagréable, me montait aux narines.

J'avançai lentement, en traînant les pieds. Le sol lisse partait en pente douce. Au bout de quelques mètres, je me figeai, redoutant de me rompre le cou ou la colonne vertébrale en tombant au fond d'un trou.

J'hésitais à allumer mon briquet. Le reflet du vacillement de la flamme sur les parois de béton serait visible de l'extérieur.

Le chat miaula de nouveau : je ne distinguai que ses yeux étincelants devant moi. À en juger par la hauteur de son regard, la pente s'accentuait un peu.

J'avançai avec précaution vers le chat. J'allais le rejoindre lorsqu'il se détourna : je m'arrêtai net, perdu sans ses fanaux.

Quelques secondes plus tard, il miaula de nouveau. Ses yeux verts réapparurent et se fixèrent sur moi.

Reprenant ma lente progression, je m'émerveillais de cette expérience. Tout ce dont j'avais été le témoin depuis le coucher du soleil — le vol du corps de mon père, le cadavre roué de coups aux orbites vides du four crématoire, la poursuite — dépassait l'entendement, pour employer un euphémisme, mais en matière d'étrangeté, rien n'égalait le comportement de ce petit descendant des tigres.

Peut-être me livrais-je à de la spéculation pure en attribuant à ce simple chat domestique une conscience de ma détresse qu'en fait il ne possédait pas.

Peut-être.

Je butai contre un autre tas de débris moins haut que le premier. Celui-là, détrempé, empestait littéralement.

J'escaladai le monceau, les bras tendus : les débris s'entassaient contre une autre grille en acier, destinée à retenir les détritus qui réussissaient à passer au-dessus de la première grille.

Après avoir franchi cet obstacle, j'osai allumer mon briquet, en mettant la main autour de la flamme.

Les yeux du chat s'illuminèrent : dorés à présent, avec des taches vertes. Nous nous fixâmes un long moment, puis mon guide — s'il était bien ça — se détourna et détala.

M'éclairant avec le briquet, la flamme au minimum pour économiser le gaz, je m'enfonçai au cœur des collines, passant devant des petites buses transversales. J'arrivai à un déversoir équipé de larges marches en béton sur lesquelles on voyait des flaques d'eau stagnante et une mince couche de mousse gris-noir qui ne devait s'épanouir qu'au cours des quatre mois de la saison des pluies. Les marches glissantes étaient traîtres, mais pour la sécurité des équipes d'entretien, on avait soudé une rampe en acier à une paroi, rampe d'où pendaient des guirlandes d'herbes mortes déposées par la dernière inondation.

En descendant, je tendis l'oreille, à l'affût de bruits de poursuite, de voix dans le tunnel derrière moi, mais je ne perçus que mes propres bruissements furtifs. Ou les poursuivants avaient décidé que je ne m'étais pas échappé par la buse, ou ils avaient hésité si longtemps que je jouissais d'une confortable avance sur eux.

À la base du déversoir, sur les deux dernières marches, je faillis mettre les pieds dans ce que je pris de prime abord pour les chapeaux pâles et arrondis de grands champignons à l'aspect inquiétant, croissant dans l'humidité obscure, sans aucun doute vénéneux à l'extrême.

Serrant la rampe, j'enjambai ces formes, refusant même de les effleurer du bout de mes chaussures. Puis je me tournai pour examiner le tout de plus près.

J'allumai mon briquet : il ne s'agissait pas de champignons, mais d'une collection de crânes. De fragiles crânes d'oiseaux. Des crânes allongés de lézards. Des crânes plus gros de ce qui avait pu être des chats, des chiens, des ratons laveurs, des porcs-épics, des lapins, des écureuils…

Des crânes lisses, sans le moindre bout de chair, comme si on les avait fait bouillir : blancs et crème à la lueur de mon briquet, des dizaines de crânes, peut-être une centaine. Pas de fémurs, ni de cages thoraciques, non, rien que des crânes. Soigneusement alignés sur trois rangées — deux sur la dernière marche et une sur la deuxième — faisant face à l'extérieur, comme si.

malgré leurs orbites vides, ils étaient là pour témoigner de quelque chose.

Pourquoi cette collection ? Il n'y avait pas de signes sataniques sur les parois de la buse, ni d'indices de cérémonies macabres, et pourtant cet étalage avait indéniablement un sens symbolique. L'importance de la collection indiquait une obsession, et la cruauté implicite dans l'ampleur de ces tueries et de ces décapitations donnait froid dans le dos.

Me rappelant la fascination pour la mort qui s'était emparée de Bobby Halloway et moi l'année de nos treize ans, je me demandai si un gamin, encore plus frappé que nous, n'était pas l'auteur de cette œuvre sinistre. Selon les criminologues, dès l'âge de trois ou quatre ans, la plupart des tueurs en série se mettent à torturer et à tuer des insectes, passent à de petits animaux pendant l'enfance et l'adolescence, pour finir par les êtres humains. Peut-être que dans ces catacombes, un jeune meurtrier particulièrement pervers faisait ses classes.

Au milieu de la troisième rangée, un crâne luisant se détachait du lot. Il avait l'air humain. Petit mais humain. Comme le crâne d'un nourrisson.

— Oh ! Mon Dieu !

Les parois de béton me renvoyèrent l'écho de mon murmure horrifié.

Plus que jamais j'avais l'impression de rêver les yeux ouverts, de parcourir un paysage onirique où béton et os n'avaient pas plus de substance que de la fumée. Je n'effleurai pas pour autant le petit crâne humain — ni les autres d'ailleurs. Ils avaient beau paraître irréels, je me doutais bien qu'ils seraient froids, lisses et trop durs au toucher.

Bien décidé à éviter celui qui avait constitué cette sinistre collection, je repris ma progression dans la buse en pente.

Je m'attendais à voir réapparaître le chat au regard énigmatique, pattes pâles silencieuses sur le sol en béton, mais ou il était devant moi, hors de vue, ou il avait bifurqué dans un égout secondaire.

Je dus emprunter de nouveaux déversoirs, et à l'instant même où je commençais à redouter que le briquet ne contienne pas assez de gaz pour me ramener à bon port, un rond de lumière grisâtre se dessina devant moi. Je me mis à courir : aucune grille ne bouchait l'extrémité basse du tunnel qui s'ouvrait sur un fossé d'assèchement à ciel ouvert, aux moellons scellés par du mortier.

Je me trouvais enfin en territoire familier, dans les plaines au nord de la ville. À deux rues de l'océan. À une seule de l'université.

Après l'humidité de la buse, l'air nocturne me parut non seulement frais mais doux. Dans le ciel étale, les étoiles scintillaient tels des diamants.

9.

D'après le panneau numérique lumineux de la banque Wells Fargo, il était 19 h 56. La mort de mon père remontait à moins de trois heures : pourtant j'avais l'impression que des journées entières venaient de s'écouler. Le même panneau indiquait une température de 15 °C, mais la nuit me paraissait plus froide.

Plus loin dans la rue, la laverie automatique brillait de tous ses feux. Vide.

Un billet d'un dollar à la main, les yeux plissés, je pénétrai dans le parfum fleuri des lessives et l'odeur plus âpre de l'eau de Javel, tête baissée pour maximiser la protection offerte par la visière de ma casquette, me ruai sur le changeur de monnaie, m'emparai des quatre pièces qui tombèrent, et pris la fuite.

À deux rues de là, contre la poste, se trouvait une cabine téléphonique. Au-dessus de l'appareil, un éclairage de sécurité protégé par un grillage était soudé au mur de l'immeuble.

J'accrochai ma casquette à la cage, et l'ombre se fit.

Manuel Ramirez devait encore être chez lui. Sa mère, Rosalina, décrocha et m'apprit qu'il ne rentrerait pas avant des heures. Il effectuait deux services de suite parce qu'un de ses collègues s'était fait porter pâle. Ce soir, il assurait la permanence au commissariat ; après minuit, il partirait en patrouille.

Je composai le numéro de la police de Moonlight Bay et demandai à parler à l'agent Ramirez.

Manuel, selon moi le meilleur flic de la ville, mesure huit centimètres de moins que moi, pèse quinze kilos de plus, il est de vingt ans mon aîné et d'origine mexicaine. Il aime le base-ball ; je ne m'intéresse pas au sport parce que j'ai un sens aigu du temps qui passe et que je répugne à gaspiller mes précieuses heures en trop nombreuses activités passives. Manuel aime la musique country ; je préfère le rock. C'est un républicain loyal ; la politique me laisse parfaitement indifférent. Au cinéma, il a un faible coupable pour Abbott et Costello ; moi, pour l'immortel Jackie Chan. Nous sommes amis.

— Chris, j'ai su pour ton père, dit Manuel lorsqu'il prit la communication, je ne sais pas quoi dire.

— Moi non plus, en fait.

— Il n'y a jamais rien à dire, n'est-ce pas ?

— Rien qui importe.

— Tu vas t'en sortir ?

À ma surprise, je fus incapable d'articuler un mot. Mon deuil se mua soudain en aiguilles de chirurgien qui m'obturaient la gorge et cousaient ma langue au palais.

Juste après la mort de mon père, j'avais pu répondre sans hésitation à la même question du docteur Cleveland. Mais je me sentais plus proche de Manuel que du médecin. L'amitié détend les nerfs ; résultat, la douleur devient tangible.

— Passe un soir où je suis de repos, reprit Manuel. On boira de la bière et on mangera des *tamales* en regardant des films de Jackie Chan.

Malgré le base-ball et la musique country, Manuel Ramirez et moi avons beaucoup en commun. Il fait partie de la brigade de nuit, l'équipe macchabées dans le jargon du métier, et y ajoute parfois une garde au

« bureau des pleurs », comme en cette soirée de mars, lorsqu'il y a pénurie de personnel. Il aime la nuit autant que moi, mais c'est aussi par nécessité qu'il travaille à ces heures-là. Le salaire est plus élevé à la brigade de nuit, plus dure que celle de jour. Et surtout, cela permet à Manuel de consacrer ses après-midi et ses soirées à son fils Toby. Il y a seize ans, sa femme Carmelita est morte en mettant leur enfant au monde. Ce garçon doux, charmant, est atteint de trisomie. La mère de Manuel qui est venue s'installer chez lui aussitôt après le décès de Carmelita l'aide encore à s'occuper de Toby. Manuel Ramirez sait ce qu'avoir des limites veut dire. Il sent la main du destin chaque jour de sa vie, en une époque où la plupart des gens ne croient plus à rien, ni à la poursuite d'un but dans la vie ni au destin. Nous avons beaucoup en commun, Manuel et moi.

— De la bière et Jackie Chan, super comme programme. Mais qui fera les *tamales*, toi ou ta mère ?

— Oh ! pas *mi madre*, je le jure.

Manuel est un cuisinier hors pair, alors que sa mère *se prend* pour telle. Comparer leur cuisine revient à illustrer la différence entre une bonne action et de bonnes intentions.

Une voiture passa dans la rue derrière moi : mon ombre tira sur mes pieds immobiles, s'allongea sur ma gauche avant de s'étaler sur ma droite, s'assombrit en passant sur le trottoir, chercha désespérément à se libérer de mon corps, puis se raccrocha à mon flanc gauche une fois la voiture disparue.

— Manuel, tu peux faire quelque chose pour moi, plus que des *tamales*.

— Tout ce que tu veux.

— Cela concerne mon père... son corps, repris-je après une longue hésitation.

Manuel eut un silence pensif, celui d'un chat qui dresse ses oreilles d'intérêt.

Il reprit sur un ton différent, toujours la voix d'un ami, mais avec des intonations de flic.

— Que s'est-il passé, Chris ?

— C'est assez dingue.

— Dingue ? répéta-t-il, en savourant le mot comme s'il avait un goût inattendu.

— Je préférerais ne pas en parler au téléphone. Si je viens au poste, tu peux me rejoindre sur le parking ?

Je ne pouvais décemment pas demander à la police d'éteindre tous les néons des bureaux et de prendre ma déposition à la lueur des bougies.

— C'est une affaire criminelle ?

— Parfaitement. Et dingue.

— Le chef Stevenson travaille tard ce soir. Il est encore là, mais plus pour longtemps. Tu penses que je devrais lui demander d'attendre ?

Je songeai aux orbites vides du cadavre de l'auto-stoppeur.

— Oui. Oui, Stevenson devrait entendre ça.

— Tu peux être ici dans dix minutes ?

— À tout de suite.

Je raccrochai, récupérai ma casquette, me tournai vers la rue en me protégeant les yeux d'une main au passage de deux voitures. L'un était une Saturn dernier modèle. L'autre un pick-up Chevrolet.

Ni camionnette blanche. Ni corbillard. Ni Hummer noir.

Je ne craignais pas vraiment qu'on me recherche encore. En ce moment, l'auto-stoppeur devait carboniser dans le four. Avec des preuves réduites en cendres, il ne restait rien pour étayer mon histoire étrange. Sandy Kirk, les aides-soignants et leurs acolytes anonymes pouvaient se sentir à l'abri.

De plus, tenter de me tuer ou de me kidnapper serait s'exposer au risque de faire de nouveaux témoins, dont il faudrait alors régler le compte, ce qui signifierait d'autres témoins potentiels : un vrai cercle vicieux. Ces mystérieux conspirateurs avaient tout intérêt à se faire discrets, surtout quand leur seul accusateur était le monstre de la ville, celui qui ne sortait de sa maison voilée de rideaux qu'entre le crépuscule et l'aube, qui redoutait le soleil, ne vivait que grâce à des capes, des voiles, des cagoules et des masques de crème, et rôdait dans la ville nocturne sous une carapace de vêtements et de produits chimiques.

Étant donné la nature scandaleuse de mes accusations, peu jugeraient mon histoire crédible, mais j'étais sûr que Manuel saurait que je disais la vérité. J'espérais que le chef me croirait, lui aussi.

Je pris la direction du commissariat, à deux rues de là.

En pressant le pas, je répétai ce que je dirais à Manuel et à son supérieur, Lewis Stevenson, un personnage formidable. Grand, carré, athlétique, Stevenson avait un visage d'une noblesse digne de figurer sur d'anciennes pièces romaines. Parfois il semblait n'être qu'un acteur interprétant le rôle du chef de police dévoué, mais s'il jouait, il méritait un oscar. À cinquante-deux ans, il donnait l'impression d'être plus sage que ses années et suscitait respect et confiance. Il y avait quelque chose du psychologue et du prêtre en lui — des qualités nécessaires à un homme dans sa position, mais que peu possédaient. Il faisait partie de ces êtres rares qui aiment le pouvoir sans chercher à en abuser, qui exercent leur autorité avec bon sens et compassion. Il dirigeait le commissariat depuis quatorze ans, sans le moindre soupçon de scandale, d'incompétence ou d'inefficacité dans son service.

Je partis donc pour le poste de police en empruntant des ruelles sans lampadaires à la lueur d'une lune plus haute dans le ciel à présent, longeai des palissades, des jardins, contournai des poubelles, murmurant dans ma tête les mots avec lesquels j'espérais délivrer une histoire convaincante. Deux minutes plus tard, j'arrivai sur le parking derrière le commissariat.

Stevenson se trouvait à l'extrémité la plus éloignée du bâtiment municipal, près de la porte arrière, sous une cascade de lumière bleutée tombant d'un éclairage de sécurité. L'homme avec qui il conférait se tenait à quelques pas de lui, un peu dans l'ombre.

Je traversai le parking. Absorbés par leur conversation, ils ne me virent pas arriver, d'autant que j'étais en partie caché par les bennes, les voitures de patrouille, les camions de nettoyage et les véhicules privés, à bonne distance des trois grands lampadaires.

J'allais me montrer quand l'interlocuteur du chef de la police sortit de l'ombre. Je m'immobilisai, choqué. Un crâne rasé, des traits durs. Une chemise en flanelle écossaise rouge, un jean, des chaussures de chantier.

J'étais trop loin pour distinguer sa boucle d'oreille.

Stevenson tomba aussitôt du piédestal que je lui avais érigé : malgré la noblesse de ses traits, cet homme ne méritait d'être honoré ni par des monnaies, ni par des monuments, ni par la présence de sa photo aux côtés de celles du maire, du gouverneur, ou du président des États-Unis.

Me trouvant entre deux gros véhicules, je reculai de quelques pas pour m'abriter plus complètement dans l'obscurité huileuse. L'un des moteurs était encore chaud ; il cliquetait en refroidissant.

J'avais beau entendre les voix des deux hommes, je ne parvenais pas à comprendre ce qu'ils se racontaient. Une brise venue de la mer frôlait toujours les arbres et se heurtait à tous les ouvrages humains, et son murmure et son sifflement incessants m'empêchaient de saisir la conversation.

Je compris soudain que le véhicule à ma droite, celui dont le moteur était encore chaud, n'était autre que la camionnette Ford blanche au volant de laquelle le chauve avait quitté l'hôpital en début de soirée. Avec la dépouille de mon père.

Je pressai le front contre la vitre du chauffeur pour voir si les clés étaient restées sur le tableau de bord.

Si je parvenais à voler la camionnette, j'entrais en possession de la preuve cruciale pour étayer mon histoire. Même si le corps de mon père ne se trouvait plus à l'intérieur, il resterait certainement des traces, notamment du sang de l'auto-stoppeur.

Je n'avais pas la moindre idée de la façon de faire démarrer un moteur en tripotant des fils.

Bon Dieu ! je ne savais même pas conduire.

Et même si je me découvrais un don naturel pour la conduite digne du talent de Mozart dans le domaine de la composition musicale, je ne pourrais pas parcourir les kilomètres me séparant d'une autre juridiction. Pas dans la lumière aveuglante des phares arrivant en sens inverse. Pas sans mes précieuses lunettes de soleil dont les débris étaient restés dans les collines.

En plus, si j'ouvrais la portière, la cabine s'illuminerait. Les deux hommes le remarqueraient.

Ils me sauteraient dessus.

Ils me tueraient.

Manuel Ramirez sortit du commissariat.

Lewis Stevenson et son complice s'interrompirent aussitôt. De cette distance, il était impossible de dire si Manuel connaissait le chauve, mais il parut s'adresser au chef.

Je refusais de croire que Manuel — le bon fils de Rosalina, le veuf inconsolé de Carmelita, le père affectueux de Toby — pût être complice d'une affaire de meurtre et de substitution de cadavres. Bien sûr, on se leurre lorsqu'on pense connaître les gens qui nous entourent, la plupart d'entre eux sont des mares boueuses, formées de couches infinies de particules suspendues, agitées par des courants étranges dans leurs profondeurs. Mais j'aurais juré que le cœur limpide de Manuel ne recelait aucune capacité de traîtrise.

En revanche, je n'étais pas prêt à mettre sa vie en jeu, et si je l'appelais pour qu'il fouille l'arrière de la camionnette blanche, qu'il saisisse le véhicule afin d'y faire des prélèvements, je risquais de signer son arrêt de mort en même temps que le mien. Aucun doute là-dessus.

Soudain Stevenson et le chauve se détournèrent de Manuel pour balayer le parking du regard : il venait de les mettre au courant de mon coup de téléphone.

Je m'accroupis entre la camionnette et le camion de nettoyage.

Je voulus déchiffrer le numéro d'immatriculation de la camionnette. Et une fois n'est pas coutume, l'absence de lumière me gêna.

Comme un fou, je suivis les chiffres et les lettres du doigt. Mais n'avais aucune chance de les mémoriser par cette lecture à l'aveugle, avant qu'on ne me saute sur le râble.

Je savais que le chauve, sinon Stevenson, venait vers la camionnette. Qu'il arrivait. Le chauve, le boucher, le trafiquant de cadavres, le voleur d'yeux.

Toujours courbé en deux, je rebroussai chemin, passant entre les rangées de camions et de voitures, rejoignis la ruelle où je me mis à courir, à slalomer entre les poubelles pour me couvrir, contournai une benne à ordures, enfilai l'autre ruelle, hors de vue du bâtiment municipal. Je me redressai et courus de plus belle, aussi vite que le chat, glissant tel un hibou, une créature de la nuit, en me demandant si je trouverais un abri sûr avant l'aube ou si je serais toujours dehors au soleil levant, au risque de me recroqueviller et de noircir sous sa morsure.

10.

Je devais pouvoir rentrer chez moi sans courir trop de risques, mais il aurait été stupide de ma part de m'y attarder. On ne m'attendait que dans deux minutes au commissariat, ce qui signifiait que je disposais de dix bonnes minutes de battement avant que le chef Stevenson ne comprenne que je l'avais certainement vu en compagnie du voleur du corps de mon père.

Même à ce moment-là, ils ne viendraient pas forcément chez moi me chercher. Je ne représentais pas encore une menace grave pour eux — et je n'avais aucune chance de le devenir, puisqu'il m'était impossible d'apporter la preuve de ce que j'avais vu.

Mais ils semblaient enclins à prendre des mesures extrêmes pour empêcher la révélation de leur complot énigmatique. Et leur déploiement de force me laissait penser qu'ils refuseraient de laisser quoi que ce soit au hasard, ce qui voulait dire que je n'étais pas sorti de l'auberge.

Orson ne se trouvait pas dans l'entrée quand j'ouvris la porte. Je l'appelai, en vain. Il n'était pas dans les parages ; j'aurais entendu le grattement de ses grosses pattes par terre.

Il devait être de mauvaise humeur. Globalement, c'est un chien gentil, joueur et de bonne compagnie, avec suffisamment d'énergie dans la queue pour balayer toutes les rues de la ville. Mais, de temps à autre, le monde lui pèse, et il se couche mollement, ses yeux tristes fixés sur quelque vision ou souvenir canin hors de ce monde, silencieux entre deux soupirs à fendre l'âme. Il m'est même arrivé, rarement il est vrai, de le surprendre dans un cafard noir. Un état que ne devrait pas connaître un chien, mais qui lui va bien.

Un jour, il s'est planté devant le miroir de la porte du placard de ma chambre et il a contemplé son reflet pendant près d'une demi-heure — une éternité pour un esprit de chien, qui vit généralement le monde comme une succession d'étonnements de deux minutes et d'enthousiasmes de trois minutes. Son image le fascinait, mais ce n'était ni de la vanité canine ni de l'étonnement pur et simple ; non, il paraissait déborder de chagrin, tout en oreilles tombantes, épaules avachies et queue sans vie. Je jure qu'à certains moments ses yeux brillaient de larmes qu'il pouvait à peine contenir.

— Orson ?

Le commutateur du lustre de l'escalier était équipé d'un rhéostat, comme la plupart dans la maison. Je le réglai sur l'intensité minimum nécessaire pour monter l'escalier.

Pas d'Orson ni sur le palier ni dans le couloir du premier étage.

Il n'était pas non plus dans ma chambre.

J'allai droit à la table de nuit la plus proche. Du tiroir du haut, je sortis l'enveloppe dans laquelle je conservais toujours un peu d'argent au cas où. Elle ne contenait que cent quatre-vingts dollars, mais c'était mieux que rien. Je ne savais pas pourquoi je pourrais en avoir besoin, mais comme j'entendais parer à toute éventualité, je transférai les billets dans une des poches de mon jean.

En refermant le tiroir, je remarquai un objet sombre sur le lit. Un pistolet.

Je n'avais jamais vu cette arme de ma vie.

Mon père n'en possédait pas.

Je pris le pistolet, avant de le reposer instinctivement, non sans effacer mes empreintes avec un coin du dessus-de-lit. On devait essayer de me piéger afin de me faire tomber pour un délit que je n'avais pas commis.

Bien que la télévision émette des rayons ultraviolets, j'ai vu pas mal de films, parce que je ne risque rien si je m'installe à bonne distance de l'écran. Je connais tous les classiques où des innocents — de Cary Grant à James Stewart en passant par Harrison Ford — sont impitoyablement poursuivis pour des crimes qu'ils n'ont jamais commis avant de se retrouver derrière les barreaux pour cause de manipulation de preuves.

M'engouffrant dans la salle de bains adjacente, j'allumai l'ampoule de faible voltage. Pas de cadavre de blonde dans la baignoire.

Ni d'Orson.

Sur le seuil, je m'immobilisai et tendis l'oreille. Si je n'étais pas seul, j'avais affaire à des fantômes se déplaçant dans un silence ectoplasmique.

Je retournai vers le lit, hésitai, m'emparai du pistolet et tâtonnai jusqu'à ce que je réussisse à éjecter le chargeur. Plein. Je le remis en place. N'ayant aucune expérience des armes, je fus surpris par le poids de celle-ci : facilement sept cents grammes.

Je remarquai alors une enveloppe blanche posée sur le dessus-de-lit ivoire.

Prenant ma minitorche dans un tiroir de la table de nuit, je braquai son petit faisceau sur l'enveloppe. Une adresse professionnelle dans le coin supérieur gauche : Armurerie Thor à Moonlight Bay. L'enveloppe non scellée, qui ne portait ni timbre ni cachet postal, était un peu froissée et constellée de marques bizarres. Bien que légèrement humide par endroits, elle contenait des feuilles parfaitement sèches.

J'examinai ces documents à la lueur de la minitorche. Je reconnus l'écriture régulière de mon père sur la copie carbone de la demande standard où il déclarait sur l'honneur à la police locale n'avoir ni casier judiciaire ni de passé de maladie mentale qui seraient prétexte à lui refuser le droit de posséder cette arme à feu. Était également incluse une copie carbone de la facture du pistolet, indiquant qu'il s'agissait d'un Glock 17 de calibre neuf millimètres, que mon père avait acheté en réglant par chèque.

La date de la facture me fit frémir : le 18 janvier, deux ans avant. Mon père s'était procuré le Glock à peine trois jours après la mort de ma mère dans l'accident de voiture sur la nationale 1. Comme s'il estimait avoir besoin d'une protection.

Dans le bureau de l'autre côté du couloir, mon téléphone cellulaire se rechargeait. Je l'accrochai à ma ceinture, sur la hanche.

Pas de trace d'Orson.

Sasha était repassée par la maison pour lui donner à manger. Peut-être l'avait-elle emmené avec elle. La compassion incarnée, elle ne s'était peut-être pas senti le cœur de laisser cette pauvre bête toute seule, si elle l'avait trouvée dans une humeur plus sombre encore qu'à mon départ.

Mais en admettant qu'Orson soit parti avec Sasha, qui avait bien pu transférer le Glock de la chambre de mon père à la mienne ? Pas Sasha. Elle ne pouvait pas être au courant de l'existence de l'arme, et elle n'aurait jamais fouillé dans les affaires de mon père.

Le répondeur du téléphone du bureau clignotait : deux appels m'attendaient.

À en croire la voix électronique donnant l'heure et la date, le premier était arrivé moins d'une demi-heure avant. Et il durait près de deux minutes, sans que l'interlocuteur prononce la moindre parole.

Au début, il inspirait et respirait lentement, comme s'il possédait le pouvoir magique de savoir si j'étais présent ou non, rien qu'en inhalant la myriade d'odeurs de ma maison par le biais de la ligne téléphonique. Puis il se mit à fredonner comme s'il avait oublié qu'il était enregistré, à fredonner telle une personne perdue dans ses pensées un air sans mélodie cohérente, ondulant et bas, étrange et répétitif, celui qu'un fou doit entendre lorsqu'il est persuadé que des anges de la destruction chantent en chœur pour lui.

Il ne pouvait s'agir que d'un inconnu. J'aurais été capable de reconnaître la voix d'un ami, rien qu'au fredonnement. J'étais sûr aussi que l'homme ne s'était pas trompé de numéro ; celui qui appelait trempait d'une manière ou d'une autre dans les événements suivant la mort de mon père.

Lorsque la communication s'interrompit, je pris conscience que je serrais les poings en retenant de l'air inutile dans mes poumons. J'exhalai un souffle chaud et sec, inhalai un air frais et doux, sans parvenir à me détendre.

Le second appel, qui avait précédé de quelques minutes mon retour à la maison, venait d'Angela Ferryman, l'infirmière qui avait veillé sur mon père. Elle ne se nomma pas, mais je reconnus sa petite voix musicale. Pendant son message, son débit s'accéléra : on aurait dit un oiseau gagné par l'impatience sautant d'un piquet de barrière à l'autre.

« Chris, j'aimerais te parler. Il le faut. Dès que cela te conviendra. Ce soir. Si tu peux, ce soir. Je suis dans ma voiture, je rentre chez moi. Tu sais où j'habite. Viens me voir. N'appelle pas. Je me méfie du téléphone. Je ne m'en sers que par obligation. Mais il faut que je te voie. Passe par la porte de derrière. Peu importe l'heure, même tardive, mais viens. Je ne dormirai pas. Je suis incapable de fermer l'œil. »

Je mis une nouvelle cassette d'enregistrement dans le répondeur. Je cachai la précédente sous les boules de papier froissé au fond de la corbeille à côté de mon bureau.

Ces deux brefs messages enregistrés ne convaincraient en rien un flic, ni un juge. Mais il s'agissait des uniques bribes de preuves en ma possession pour indiquer que quelque chose d'extraordinaire m'arrivait — quelque chose d'encore plus extraordinaire que ma naissance dans cette minuscule caste sans soleil. Plus extraordinaire que de survivre vingt-huit ans en étant atteint de XP.

J'étais chez moi depuis moins de dix minutes. C'était déjà trop.

Je me remis à chercher Orson, m'attendant à tout instant à entendre le bruit d'une porte que l'on force, d'un carreau qui se brise, et de pas montant l'escalier. Le silence régnait dans la maison, lourd, pesant.

Le chien n'était ni dans la chambre ni dans la salle de bains de papa. Ni dans le placard.

Plus les secondes s'égrenaient, plus je m'inquiétais pour son sort. Celui qui avait posé le Glock sur mon lit pouvait aussi l'avoir emmené ou blessé.

De retour dans ma chambre, je dénichai une paire de lunettes de soleil de rechange dans un tiroir du bureau. Elle se trouvait dans un étui mou doté d'une bande Velcro, que j'accrochai à ma poche de poitrine.

Je jetai un coup d'œil à ma montre à affichage en diodes lumineuses.

Je remis la facture et le questionnaire de la police dans l'enveloppe de l'armurerie. Qu'il s'agît d'une nouvelle preuve ou de simples âneries, je cachai le tout entre le matelas et le sommier de mon lit.

La date de l'achat semblait avoir un sens. Soudain tout semblait en avoir un.

Je gardai le pistolet. Peut-être était-ce un guet-apens, comme au cinéma, mais je me sentais davantage en sécurité avec une arme. Je regrettais de ne pas savoir m'en servir.

Les poches de ma veste en cuir étaient suffisamment profondes pour dissimuler le pistolet. Il pesait dans la poche droite, non comme un poids mort, mais comme une chose vivante, un serpent engourdi mais pas tout à fait endormi. Quand je bougeais, il semblait se contorsionner, gras et apathique, un enchevêtrement suintant d'anneaux épais.

J'allais descendre chercher Orson quand cette fameuse nuit de juillet où je l'avais observé de la fenêtre de ma chambre me revint en mémoire : assis dans le jardin, museau offert à la brise, il semblait fasciné par les cieux, en proie à l'une de ses humeurs étranges. Il ne hurlait pas à la lune : il n'y en avait pas ce soir-là. Non, il produisait un son qui n'était ni un gémissement ni une plainte, mais un vagissement des plus perturbants.

Je relevai le store : Orson était en bas dans le jardin. Il creusait un trou dans la pelouse argentée par la lune. Étrange, parce que ce chien bien élevé ne creusait jamais de trous.

Sous mes yeux, Orson abandonna le bout de terrain qu'il avait furieusement attaqué de ses griffes, fit quelques pas vers la droite, puis entreprit de creuser de nouveau. Il semblait en proie à une véritable frénésie.

Que s'était-il donc passé ?

En descendant, avec le Glock qui alourdissait la poche de ma veste, je me souvins de cette nuit d'été où j'étais allé m'asseoir à côté du chien vagissant…

Ses cris se réduisaient au sifflement d'un souffleur de verre en train de modeler un vase au-dessus d'une flamme, si doux qu'ils restaient inaudibles même pour nos plus proches voisins, mais ils étaient empreints d'une telle douleur que j'en fus bouleversé. Avec ces cris, Orson façonnait une tristesse plus noire que le verre le plus sombre, d'une forme plus étrange que celle qu'un maître verrier pourrait fabriquer.

Il n'était pas blessé ; il ne paraissait pas malade. Apparemment, la vue des étoiles elles-mêmes était l'objet de son tourment. Mais si la vision des chiens est aussi pauvre qu'on veut nous le faire croire, ils ne distinguent pas bien, voire pas du tout les étoiles. Et pourquoi les étoiles ou la nuit qui n'était pas plus sombre que d'autres faisaient-elles naître une telle angoisse chez Orson ? Il n'en fixait pas moins le ciel en lâchant des sons torturés, sans réagir à mes tentatives de réconfort.

Quand je posai ma main sur sa tête et lui caressai le dos, je sentis qu'il était parcouru de frissons violents. Il se redressa et s'éloigna, se retourna et me fixa, et je jure qu'à cet instant, il me détestait. Il m'aimait comme toujours ; après tout, il était mon chien et il ne pouvait que m'aimer, mais en même temps, il me haïssait intensément. Dans l'air chaud de juillet, je perçus presque les ondes de haine glaciale venant vers moi. Il arpentait la cour, me regardait droit dans les yeux comme lui seul en est capable parmi ses semblables, puis contemplait le ciel — tour à tour raide et tremblant de rage, puis faible et gémissant de désespoir, semblait-il.

J'en parlai à Bobby Halloway qui m'affirma que les chiens étaient incapables de haïr quiconque, ni de ressentir une chose aussi complexe qu'un véritable désespoir, que leur vie émotionnelle était aussi simple que leur vie intellectuelle. Comme j'insistais, Bobby s'était écrié : « Écoute, Snow, si tu as l'intention de continuer à venir m'enquiquiner avec ces conneries

New Age, autant que tu achètes un flingue pour me faire sauter le caisson. Ce serait plus chrétien que de m'infliger cette affreuse mort lente, en me cassant la tête avec tes petites histoires chiantes et ta philosophie de merde. Il y a des limites à l'endurance humaine, saint Francis, même à la mienne. »

Mais je sais ce que je dis : Orson me haïssait en cette nuit de juillet, me haïssait tout en m'aimant. Je sais aussi que quelque chose dans le ciel le tourmentait et l'emplissait de désespoir, les étoiles, l'obscurité, ou quoi que ce soit issu de son imagination.

Les chiens auraient de l'imagination ? Pourquoi pas ?

Je sais qu'ils rêvent en tout cas. Je les ai regardés dormir, j'ai vu leurs pattes tressauter lorsqu'ils chassent des lapins, les ai entendus soupirer et gémir, gronder contre des adversaires illusoires.

La haine d'Orson ce soir-là m'a fait peur… pour lui. Je savais qu'il ne souffrait pas de la maladie de Carré, qu'il n'était pas atteint dans son corps, mais dans son âme.

Bobby divague brillamment à la mention de l'existence d'une âme animale et finit par sombrer dans une incohérence qui vaut son pesant de cacahouètes. Je pourrais vendre des billets pour le spectacle. Je préfère ouvrir une bouteille de bière, me caler dans mon fauteuil, et garder ce one-man-show pour moi.

Quoi qu'il en soit, cette nuit-là, je restai assis dans le jardin, tenant compagnie à Orson malgré lui. Il me jeta des regards mauvais, adressa à la voûte céleste des cris tranchants comme des rasoirs, frissonna sans pouvoir se contrôler, tourna en rond jusqu'à l'aube, lorsque enfin il s'approcha de moi, épuisé, et posa sa tête sur mes genoux, sans plus me haïr.

Juste avant le lever du soleil, je regagnai ma chambre, mûr pour me coucher des heures plus tôt que d'habitude, et Orson me suivit. La plupart du temps, quand il choisit de dormir en même temps que moi, il se blottit à mes pieds, mais cette fois, il s'étendit de tout son long en me tournant le dos, et je caressai sa tête frisée et lissai son poil noir jusqu'à ce qu'il s'endorme.

Je ne fermai pas l'œil de la journée. Je songeai à la chaude matinée d'été derrière les fenêtres aveuglées. Le ciel pareil à un bol de porcelaine bleu inversé avec une guirlande d'oiseaux en vol le long de sa bordure. Des oiseaux diurnes, dont je n'avais vu que des photos. Des abeilles et des papillons. Et des ombres d'un noir d'encre aux contours nets comme on n'en voit jamais la nuit. Le sommeil me résista parce que je débordais de regrets amers.

Près de trois ans plus tard, en sortant par la porte de la cuisine, j'espérais qu'Orson n'était pas victime d'une de ses crises de cafard. Nous n'avions pas le temps de nous offrir une séance de thérapie.

Je pris ma bicyclette et rejoignis le chien fort occupé.

Dans un angle du jardin, il avait creusé une demi-douzaine de trous de profondeurs et de diamètres divers, et je dus prendre garde de ne pas me tordre une cheville dedans. La pelouse était jonchée de morceaux de gazon déchiqueté et de mottes de terre.

— Orson ?

Aucune réaction. Il ne s'interrompit même pas.

Passant au large pour éviter la pluie de terre soulevée par ses pattes, je contournai le trou qui l'occupait pour lui faire face.

— Salut, vieux.

Truffe collée au sol, le chien reniflait en creusant.

La brise s'était calmée, et la pleine lune s'accrochait tel un ballon d'enfant égaré dans les plus hautes branches du métrosidéros.

Au-dessus de nos têtes, des engoulevents descendaient en piqué, remontaient et multipliaient les loopings, piaillaient tout en faisant leur moisson de fourmis volantes et de papillons de début de printemps.

— La pêche est bonne ?

Orson s'interrompit, sans me regarder pour autant. Il ne cessait de renifler la terre retournée, dont le parfum me montait aux narines.

— Qui t'a laissé sortir ?

Sasha l'avait peut-être fait sortir pour qu'il se soulage, mais elle l'aurait ramené à l'intérieur après.

— Sasha ?

Si Sasha était celle qui lui avait permis de semer le chaos dans la pelouse, Orson n'allait pas la dénoncer. Il refuserait de croiser mon regard de peur que je ne lise la vérité dans ses yeux.

Abandonnant le trou qu'il venait de creuser, il retourna à un précédent, le renifla, et se remit au travail, en quête d'une communion avec des chiens chinois.

Peut-être savait-il que papa était mort. Les animaux sentent les choses, comme l'avait noté Sasha. Peut-être ce débordement d'activité était-il pour Orson le moyen de brûler l'énergie nerveuse du chagrin.

Je couchai ma bicyclette sur la pelouse et m'accroupis devant le maniaque de l'excavation. Le prenant par le collier, je l'obligeai gentiment à m'écouter.

— Qu'est-ce qui ne va pas ?

Ses yeux avaient la noirceur du sol ravagé. Impénétrables.

— J'ai à faire, mon vieux. Je veux que tu viennes avec moi.

Il gémit en contemplant les dégâts autour de lui, l'air de dire qu'il rechignait à laisser cette grande œuvre inachevée.

— Dès ce matin, je vais m'installer chez Sasha et il n'est pas question que je te laisse ici tout seul.

Ses oreilles se dressèrent, mais ni à cause de la mention de Sasha ni à cause de la teneur de mes propos. Il se tourna brusquement vers la maison. Je le lâchai.

Il traversa le jardin à fond de train, avant de s'immobiliser à bonne distance de la véranda, sur le qui-vive.

Que se passait-il ?

Malgré l'absence de vent et le silence de la nuit, je distinguais à peine son grondement.

J'avais tout éteint en sortant dans le jardin. L'obscurité régnait encore dans la maison, et aucun visage fantomatique ne se pressait aux fenêtres.

Orson devait sentir une présence, parce qu'il se mit à s'éloigner de la véranda en reculant. Puis il vira sur lui-même avec l'agilité d'un chat et courut vers moi.

Je redressai ma bicyclette.

La queue basse, les oreilles aplaties sur le crâne, Orson fonça vers la grille.

Me fiant à son instinct, je lui emboîtai le pas. La propriété est ceinte d'une haie de cèdres argentés aussi hauts que moi, trouée d'un portillon en cèdre, lui aussi. Je redressai le loquet froid et maudis silencieusement les gonds grinçants.

Le portillon donne sur un sentier courant entre des maisons et un étroit bosquet de vieux eucalyptus résineux. Malgré mes craintes, personne ne nous guettait, prêt à nous sauter dessus.

Le bosquet d'eucalyptus masque en partie le terrain de golf, voisin de l'auberge et du country club de la ville. En ce vendredi soir, à cette heure de la nuit, entre les troncs des arbres hauts, le terrain de golf paraissait aussi noir et vallonné que l'océan, et les fenêtres ambrées de l'auberge ressemblaient aux portiques d'un paquebot majestueux en partance pour la lointaine Tahiti.

À gauche, le sentier qui montait vers le cœur de la ville débouchait dans le cimetière de Sainte-Bernadette, l'église catholique. À droite, il descendait vers la plaine, le port et le Pacifique.

Changeant de vitesse, j'entrepris de gravir la colline, en direction du cimetière, dans le parfum de l'eucalyptus qui me rappela la fenêtre du crématorium et une superbe jeune mère gisant morte sur le chariot de l'entrepreneur de pompes funèbres... Le brave Orson trottait à mes côtés, de faibles échos de musique de danse me parvenaient de l'auberge, les pleurs d'un bébé s'élevaient d'une maison voisine, le Glock alourdissait ma poche, les engoulevents gobaient les insectes de leur bec acéré : les vivants et les morts étaient réunis dans le piège entre la terre et le ciel.

11.

Je voulais parler à Angela Ferryman, parce que son message sur mon répondeur avait semblé prometteur de révélations. Et j'étais d'humeur à en entendre.

Mais avant, il fallait que j'appelle Sasha qui attendait des nouvelles de mon père.

Je m'arrêtai dans le cimetière Sainte-Bernadette, un de mes endroits préférés, un havre d'obscurité dans l'un des quartiers les plus brillamment éclairés de la ville. Les troncs de six chênes géants se dressent telles des colonnes, soutenant un dais formé de leurs cimes emmêlées, et en dessous, on se croirait dans une bibliothèque ; les tombes alignées ressemblent à des rangées de livres revêtus des noms de ceux qui ont été effacés des pages de la vie, peut-être oubliés ailleurs mais pas ici.

En érudit satisfaisant sa curiosité plutôt qu'en chasseur traquant sa proie, Orson flânait, sans trop s'éloigner de moi, le nez sur les traces des écureuils qui, le jour, rassemblaient les glands dispersés sur les tombes.

Prenant mon téléphone cellulaire, je composai le numéro du portable de Sasha. Elle répondit à la seconde sonnerie.

— Papa est parti, lui dis-je, sous-entendant davantage qu'elle ne pouvait s'en douter.

Plus tôt, s'attendant à la mort de mon père, Sasha avait exprimé son chagrin. Sa voix se raidit légèrement d'une peine si bien maîtrisée que moi seul étais capable de le percevoir :

— Cela s'est passé… comment à la fin ?

— Il n'a pas souffert.

— Il était conscient ?

— Oui. Nous avons pu nous dire adieu.

Ne crains rien.

— Quelle saleté, la vie, dit Sasha.

— C'est la règle, c'est tout. Pour entrer dans la danse, il faut accepter d'arrêter de jouer un jour.

— C'est tout de même une saleté. Tu es à l'hôpital ?

— Non. Je me balade. Ici et là. Je me défoule. Où es-tu ?

— Au volant. Je vais manger un morceau chez Pinkie en revoyant mes notes pour l'émission. (Elle passait à l'antenne dans trois heures et demie.) Si tu veux, j'achète des plats à emporter, et nous nous retrouvons quelque part pour manger.

— Je n'ai pas vraiment faim. Mais je te verrai plus tard.

— Quand ?

— À ton retour du travail demain matin, je serai là. Si cela te va, bien sûr.

— À la perfection. Je t'aime Snowman.

— Moi aussi.

— C'est notre petit mantra.

— Notre vérité.

Je remis le téléphone à ma ceinture.

Quand je sortis du cimetière, mon compagnon à quatre pattes m'emboîta le pas, un peu à contrecœur visiblement. Il avait la tête pleine de mystères d'écureuils.

Je rejoignis la maison d'Angela Ferryman en empruntant des allées peu fréquentées, ainsi que des rues équipées de lampadaires très espacés. Lorsque ces derniers se présentaient par grappes serrées, j'accélérais l'allure.

Fidèle, Orson calquait son rythme sur le mien. Il semblait rasséréné, maintenant qu'il pouvait trotter à mes côtés, plus noir qu'aucune ombre que je pourrais projeter.

Nous ne croisâmes que quatre véhicules. Chaque fois, je plissai les yeux et tournai la tête.

Angela vivait sur une colline dans un charmant bungalow espagnol qui abritait des magnolias encore en boutons. Les pièces sur la façade étaient dans le noir.

Par une grille latérale, je pénétrai dans l'allée serpentant sous une tonnelle couverte de jasmin. En été, les grappes de minuscules fleurs blanches à cinq pétales étaient si abondantes que le treillage semblait drapé de multiples couches de dentelle. Bien qu'il fût encore tôt dans l'année, le feuillage vert foncé s'animait déjà de ces fleurs en forme de soleils de feux d'artifice.

Je respirai profondément le parfum du jasmin, un délice, pendant qu'Orson éternuait deux fois.

Je poussai ma bicyclette à l'arrière du bungalow, où je l'appuyai contre l'un des piliers en séquoia qui soutenaient le toit du patio.

— Sois vigilant, lançai-je à Orson. Énorme. Méchant.

Il souffla comme s'il comprenait sa mission. Peut-être qu'effectivement il comprenait, quoi qu'en disent Bobby Halloway et la police du rationnel.

Derrière les rideaux de la cuisine, j'aperçus la faible lueur de bougies.

Je frappai doucement à l'un des carreaux de la porte vitrée.

Angela Ferryman tira le rideau. Son regard vif et nerveux se posa sur moi, puis balaya le patio et le jardin : elle s'assurait que j'étais seul.

Avec des mines de conspirateur, elle me fit entrer et referma la porte à clé. Elle remit soigneusement le rideau en place, jusqu'à ce qu'elle soit convaincue qu'il était impossible de nous épier de l'extérieur.

Malgré la chaleur agréable qui régnait dans la cuisine, Angela portait un cardigan en laine bleu marine sur son survêtement gris. Le cardigan à torsades devait avoir appartenu à feu son mari ; il lui arrivait aux genoux, et les coutures des épaules lui tombaient presque sur les coudes. On avait tellement relevé les manches que les revers étaient aussi épais que de grosses menottes en fer.

Dans cette masse de vêtements, Angela paraissait plus mince et plus menue que jamais. À l'évidence, elle avait froid ; elle tremblait, blême.

Elle me serra dans ses bras. Comme d'habitude, ce fut une étreinte énergique, bien que je sentisse en elle une lassitude qui ne lui ressemblait guère.

Elle s'assit à la table en pin ciré et m'invita à prendre place en face d'elle.

Je retirai ma casquette et songeai un instant à me débarrasser aussi de ma veste. On étouffait dans cette cuisine. Mais comme le pistolet se trouvait dans ma poche, je craignais de le faire tomber par terre ou de le cogner contre le montant de la chaise en retirant les manches de ma veste. Je ne voulais pas inquiéter Angela, et elle ne manquerait pas d'être effrayée par l'arme.

Au centre de la table brûlaient trois cierges dans des petites coupelles en verre rubis. Des artères d'un rouge tremblotant rampaient sur le pin ciré.

Une bouteille d'eau-de-vie d'abricot était posée sur la table. Je remplis à moitié le verre qu'Angela me tendit.

Le sien débordait presque. Elle le tenait à deux mains, comme pour s'y réchauffer, et lorsqu'elle le porta à sa bouche, elle me parut encore plus frêle que d'habitude. Malgré sa maigreur, on aurait pu lui donner trente-cinq ans, près de quinze ans de moins que son âge. En cet instant, en fait, elle avait l'air d'une enfant.

— J'ai toujours voulu être infirmière, dès mon plus jeune âge.

— Et vous êtes la meilleure, dis-je, sincère.

Elle se lécha les lèvres et regarda fixement son verre.

— Ma mère souffrait de polyarthrite évolutive. Laquelle a évolué plus rapidement que la normale. Si vite. Le jour de mes six ans, elle portait des appareils orthopédiques et elle se déplaçait à l'aide de béquilles. Peu après mon douzième anniversaire, elle était clouée au lit. J'avais seize ans à sa mort.

Que répondre à cela sans paraître affreusement creux ? Tout discours, même sincère, aurait paru aussi faux que le vinaigre est amer.

Visiblement, Angela avait quelque chose d'important à me révéler, mais elle avait besoin de temps pour organiser ses mots avant de les faire défiler jusqu'à moi. Parce que ce qu'elle avait à me dire... la terrifiait. Sa peur était flagrante : elle lui donnait une peau cireuse et accusait sa fragilité.

— J'aimais apporter à ma mère ce qu'elle pouvait difficilement aller chercher elle-même : un verre de thé glacé, un sandwich, ses médicaments, un coussin pour son fauteuil. N'importe quoi. Plus tard, ce fut un bassin. Et vers la fin, des draps frais lorsqu'elle est devenue incontinente. Cela ne m'a jamais dérangée. Elle me souriait toujours, me lissait les cheveux de ses pauvres mains gonflées. Je n'avais le pouvoir ni de la guérir, ni de lui permettre de courir ou de danser de nouveau, ni de soulager sa douleur ou sa peur, mais je pouvais prendre soin d'elle, faire en sorte qu'elle soit le mieux installée possible, surveiller son état — et tout cela primait sur le reste pour moi.

L'alcool d'abricot était trop sucré pour de l'eau-de-vie, mais pas autant que je m'y étais attendu. Il arrachait en tout cas. Mais aucune quantité d'alcool n'aurait pu me faire oublier mes parents, ou sa mère à Angela.

— J'ai toujours voulu être infirmière, répéta-t-elle. Et pendant longtemps, mon travail m'a satisfait. C'était terrifiant et triste aussi quand on perdait un patient, mais globalement gratifiant. (Elle releva la tête ; un souvenir lui écarquillait les yeux :) Mon Dieu, j'ai eu tellement peur quand tu as eu ton appendicite. J'ai cru que j'allais perdre mon petit Chris.

— J'avais dix-neuf ans. Je n'étais pas si petit que ça.

— Chéri, je te soigne à domicile depuis qu'on a fait ton diagnostic, quand tu étais haut comme trois pommes. Tu seras toujours un petit garçon pour moi.

— Moi aussi, je t'aime, Angela.

Il m'arrive d'oublier combien la franchise avec laquelle j'exprime mes sentiments est inhabituelle, qu'elle peut surprendre et — comme dans ce cas — émouvoir plus que je ne l'aurais cru.

Les yeux d'Angela se voilèrent de larmes. Pour les retenir, elle se mordit la lèvre et reprit son verre.

Neuf ans avant, j'avais eu un de ces cas d'appendicite où les symptômes ne se manifestent qu'à l'instant où la péritonite menace. Après le petit déjeuner, j'eus une légère indigestion. Avant le déjeuner, je vomissais, cramoisi et trempé de sueur. Les crampes d'estomac me courbaient en deux comme une crevette plongée dans de l'huile bouillante.

Il fallait m'opérer, mais mon état nécessitant des préparatifs extraordinaires, je faillis y rester. En effet, le chirurgien n'était pas disposé à intervenir dans une salle plongée dans l'obscurité ou dans la pénombre. Quant à moi, si je m'exposais longtemps à l'éclairage violent de la salle d'opération, je risquais de graves brûlures, des mélanomes, mais aussi une cicatrisation problématique après l'incision. Il fallut donc trouver des parades. Me protéger le corps de l'aine aux orteils fut simple : on me drapa de trois couches de draps épinglés ensemble pour les empêcher de glisser. Avec d'autres draps, on improvisa une tente au-dessus de ma tête et de mon torse, destinée à me protéger de la lumière tout en permettant à l'anesthésiste de se glisser dessous de temps à autre, armé d'une minitorche, afin de prendre ma tension et ma température, vérifier la position du masque à gaz, et s'assurer que les électrodes de l'électrocardiographe restaient bien collées à mon torse et à mes poignets pour surveiller mon cœur de manière continue. La procédure normale requérait que l'on couvre mon abdomen à l'exception d'une fenêtre de peau à l'endroit de l'incision, mais dans mon cas, il fallut réduire ce rectangle à la fente la plus étroite possible. Grâce à un usage judicieux du sparadrap pour dissimuler ma peau jusqu'aux bords mêmes de l'incision, ils osèrent m'ouvrir. Mes viscères pouvaient supporter toute la lumière nécessaire aux médecins pour procéder… mais le temps qu'ils y arrivent, mon appendice avait explosé. Malgré un nettoyage méticuleux, une péritonite se déclencha ; un abcès se développa, bientôt suivi d'un choc septique qui nécessita une seconde intervention deux jours plus tard.

Une fois hors de danger et remis du choc septique, je passai des mois persuadé que cette expérience allait déclencher un des problèmes neurologiques liés à la XP. Généralement, ces états se développent après une brûlure ou une exposition cumulée à la lumière — ou pour des raisons non expliquées — mais ils peuvent parfois être engendrés par un traumatisme physique grave ou un choc. Tremblements de la tête ou des mains. Perte d'audition. Troubles de l'élocution. Voire altération mentale. Je guettais les premiers signes d'un trouble neurologique évolutif et irréversible, mais ils ne se manifestèrent jamais.

William Dean Howells, le grand poète, a écrit que la mort est au fond de la tasse de chacun. Mais il reste encore un peu de thé sucré dans la mienne.

Et de l'eau-de-vie d'abricot.

Après une nouvelle gorgée généreuse, Angela reprit :

— Moi qui ai toujours voulu être infirmière, regarde ce que je suis devenue !

Elle attendait visiblement un commentaire.

— Que voulez-vous dire ?

Les yeux fixés sur les flammes captives du verre rubis, elle reprit :

— Le travail d'une infirmière consiste à préserver la vie. Moi, je nage dans la mort.

Je ne voyais pas où elle voulait en venir.

— J'ai fait des choses terribles, continua-t-elle.

— Je suis sûr que non.

— J'ai vu d'autres gens faire des choses terribles et je n'ai pas tenté de les arrêter. Je me sens aussi coupable.

— Vous auriez pu les arrêter ?

Elle réfléchit.

— Non, finit-elle par répondre, pas plus soulagée pour autant.

— Personne ne peut porter tout le poids du monde sur ses épaules.

— Certains d'entre nous feraient bien d'essayer.

J'attendis la suite. L'eau-de-vie était délicieuse.

— Si je dois te le dire, il faut que ce soit tout de suite. Le temps presse. Je suis en devenir.

— En devenir ?

— Je le sens. Je ne sais pas qui je serai ni dans un mois ni dans six. Quelqu'un qui ne me plaira pas. Quelqu'un qui me terrifie.

— Je ne comprends pas.

— Je sais.

— Que puis-je faire ?

— Il n'y a rien à faire. Personne n'y peut rien. Ni toi. Ni moi. Ni Dieu. (Son regard se fixa sur le liquide ambré dans son verre :) Nous sommes en train de tout bousiller, Chris, comme d'habitude, mais jamais nous n'avons autant merdé. Par orgueil, arrogance, envie... nous sommes en train de tout perdre, tout. Oh mon Dieu ! et il n'y a déjà plus aucun moyen de revenir en arrière, de défaire ce qui est.

Elle avait beau ne pas avoir la voix pâteuse, je la soupçonnais d'avoir bu plus d'un verre d'eau-de-vie avant mon arrivée. J'essayai de me réconforter en me persuadant que l'alcool la poussait à exagérer, que la catastrophe qu'elle annonçait était non un ouragan, mais une bourrasque magnifiée par une légère ébriété.

En tout cas, elle avait réussi à vaincre la chaleur de la cuisine et de l'eau-de-vie. Je ne songeais plus à retirer ma veste.

— Je ne peux pas les arrêter. Mais je peux cesser de me taire pour eux. Tu mérites de savoir ce qui est arrivé à ta mère et à ton père, Chris — même si cela doit faire mal. Tu as déjà eu une vie suffisamment dure comme ça.

En vérité, je ne pense pas avoir eu une vie particulièrement difficile. Elle a été différente, c'est tout. Si je devais tempêter contre cette différence et passer mes nuits à aspirer à une prétendue normalité, c'est sûr que mon quotidien deviendrait insupportable. Mais en ouvrant les bras à la différence, en choisissant de m'en nourrir, je mène une existence somme toute plus facile que d'autres.

Je me gardai d'en souffler mot à Angela. Si la pitié l'incitait à faire ces révélations, j'était prêt à adopter un masque de douleur et à jouer les personnages de tragédie. Macbeth. Lear. Schwarzenegger dans *Terminator 2*, condamné à la cuve d'acier en fusion.

— Tu as tant d'amis… mais tu as des ennemis que tu ne connais pas, continua Angela. De dangereux salauds. Et certains sont bizarres… Ils sont en devenir.

Encore cette expression. *En devenir*.

En me frottant le dos de la main, je découvris que les araignées qui me picotaient étaient imaginaires.

— Si tu veux avoir une chance… l'ombre d'une chance… il faut que tu connaisses la vérité. Je me suis demandé par où commencer, comment te le dire. Je pense que je devrais commencer par le singe.

— Le singe ? répétai-je, pas sûr d'avoir bien compris.

— Le singe.

Dans ce contexte, le mot avait un aspect comique irrépressible, et je m'interrogeai de nouveau sur la sobriété d'Angela.

Lorsqu'elle releva enfin la tête, ses yeux étaient des mares désolées dans lesquelles gisait noyée une partie vitale de l'Angela Ferryman que je connaissais depuis l'enfance. En croisant ce regard, son sinistre éclat gris, je sentis les poils se redresser sur ma nuque : le mot singe ne me paraissait plus drôle du tout.

12.

— C'était la veille de Noël il y a quatre ans. Environ une heure après le coucher du soleil. J'étais ici dans la cuisine en train de cuire des biscuits. En utilisant les deux fours. Des biscuits au chocolat dans l'un. À la farine d'avoine et aux noix dans l'autre. La radio était allumée, un crooner du genre Johnny Mathis chantait *Silver Bells*.

Je fermai les yeux pour essayer de visualiser la scène — ce qui me permettait aussi d'éviter le regard hanté et fixe d'Angela.

— Rod devait rentrer d'une minute à l'autre ; nous étions tous les deux de repos pour le week-end.

Rod Ferryman était son mari.

Plus de trois ans et demi avant, six mois après le Noël dont parlait Angela, Rod s'était suicidé avec un fusil de chasse dans le garage de leur maison. Les amis et les voisins avaient été stupéfaits ; Angela, anéantie. Son mari était un homme extraverti, enjoué, doté d'un grand sens de l'humour, aimable, pas dépressif pour deux sous, sans problèmes apparents susceptibles de le pousser à se donner la mort.

— J'avais décoré l'arbre. Nous allions dîner aux chandelles, ouvrir une bouteille de vin, avant de regarder *La vie est belle*. Nous adorions ce film. Nous devions échanger des cadeaux, des tas de petits trucs. Noël était notre période préférée de l'année, et nous étions comme des gosses à cette perspective.

Elle se tut.

Je me résolus à la regarder ; elle avait fermé les yeux. À en juger par son expression torturée, elle venait de faire le lien entre cette veille de Noël et le soir de juin suivant, lorsqu'elle avait découvert le cadavre de son mari dans le garage.

La lueur des bougies tremblotait sur ses paupières closes.

Elle finit par rouvrir les yeux, mais ils restèrent longtemps dans le vague. Elle prit une gorgée d'eau-de-vie.

— J'étais heureuse. L'odeur des gâteaux dans le four. Les chants de Noël. Et le fleuriste venait de livrer un énorme poinsettia envoyé par ma sœur, Bonnie. Il était là, posé sur les éléments, si rouge, si gai. Je me sentais superbement, merveilleusement bien. C'est la dernière fois que cela m'est arrivé et que cela m'arrivera jamais. J'étais donc en train de verser de la pâte dans un moule quand j'ai entendu ce bruit derrière moi, un drôle de pépiement, suivi d'un soupir. Je me suis retournée : un singe était assis là sur cette table.

— Ça alors !

— Un rhésus avec d'affreux yeux jaune foncé. Pas comme les autres. Étrange.

— Un rhésus ? Vous avez reconnu l'espèce ?

— J'ai payé mes études d'infirmière en travaillant comme laborantine pour un scientifique d'UCLA. Le rhésus est l'espèce la plus couramment utilisée dans les expériences. J'en ai croisé des tas.

— Et soudain vous en trouvez un assis ici.

— Il y avait une corbeille de fruits sur la table — pleine de pommes et de mandarines. Le singe était en train d'éplucher une mandarine. Et proprement avec ça, ce gros singe empilait les épluchures en un tas bien net.

— Gros, dites-vous ?

— Les rhésus n'ont rien à voir avec ces petites choses adorables, ces guenons qui accompagnent les joueurs d'orgues de Barbarie.

— Ils sont gros comment ?

— Une soixantaine de centimètres de haut. Dans les treize kilos.

Un singe pareil devait effectivement paraître énorme quand on se retrouvait nez à nez avec l'un d'eux au beau milieu d'une cuisine.

— Vous avez dû être drôlement surprise.

— Plus encore. J'étais un peu effrayée. Je sais combien ces animaux sont costauds pour leur taille. En règle générale, c'est une espèce paisible, mais de temps en temps vous tombez sur un vicieux, et ce n'est pas une mince affaire.

— Pas le genre de singe qu'on adopterait comme animal de compagnie.

— Oh, non, sûrement pas. Un être normalement constitué ne ferait jamais une chose pareille — du moins de mon point de vue. D'accord, les rhésus peuvent être mignons, avec leur petite gueule pâle et leur collerette de fourrure. Mais celui-là, pas du tout. Ah non, pas lui.

— D'où sortait-il ?

Au lieu de répondre, Angela se raidit sur sa chaise et inclina la tête, prêtant l'oreille.

Je l'imitai, mais n'entendis rien.

Lorsqu'elle reprit la parole, elle était tendue. Ses mains fines serraient le verre comme des griffes.

— Je n'arrivais pas à comprendre comment cette bestiole avait pu entrer, s'introduire dans la maison. Décembre n'était pas spécialement chaud cette année-là. Il n'y avait ni fenêtres ni portes ouvertes.

— Vous ne l'avez pas entendu entrer dans la pièce ?

— Non. Je faisais du bruit avec les moules, les mixeurs. La musique à la radio. Mais ce fichu truc devait bien être assis sur la table depuis une bonne minute, parce que le temps que je me rende compte de sa présence, il avait mangé la moitié d'une mandarine.

Son regard balaya la cuisine, comme si, du coin de l'œil, elle venait de percevoir un mouvement dans les ombres qui nous entouraient.

— Dégoûtant, continua-t-elle après s'être de nouveau calmé les nerfs avec une gorgée d'eau-de-vie, un singe juché sur la table de la cuisine, incroyable.

Grimaçant, elle passa une main tremblante sur le pin ciré, à croire que des poils de la créature s'accrochaient encore à la table quatre ans après l'incident.

— Qu'est-ce que vous avez fait ?

— Je me suis rapprochée petit à petit de la porte de derrière, pour l'ouvrir, dans l'espoir que le singe s'enfuirait.

— Mais il appréciait la mandarine et se sentait parfaitement heureux là où il était.

— Exactement. Son regard est passé de la porte ouverte à moi, et on aurait vraiment dit qu'il riait. Ce petit gloussement !

— Je jure que j'ai vu des chiens rire. Cela doit bien arriver aussi aux singes.

Angela secoua la tête.

— Je ne me rappelle pas en avoir vu un seul rire au labo. C'est sûr que quand on sait la vie qu'on leur imposait, ils n'avaient guère de quoi se réjouir.

Elle leva un regard gêné vers le plafond où trois petits cercles de lumière entrecroisés palpitaient comme le regard ardent d'une apparition : les reflets du trio de coupelles rubis sur la table.

— Il refusait de sortir, repris-je pour l'encourager à poursuivre.

Au lieu de répondre, Angela se leva pour aller vérifier que la porte de derrière était bien verrouillée.

— Angela ?

Me faisant taire d'un geste, elle repoussa le rideau qui cachait le patio et le jardin baigné de lune, timidement, tremblante, d'un petit centimètre, comme si elle s'attendait à découvrir une face hideuse pressée contre la vitre, en train de la dévisager.

Mon verre était vide. Je saisis la bouteille, hésitai, puis la reposai sans me servir.

Angela se retourna :

— Ce n'était pas seulement un rire, Chris. C'était un son effrayant que je serais incapable de te décrire exactement. C'était un... un méchant petit gloussement, avec des accents vicieux. Oh ! je sais ce que tu penses — ce n'était rien qu'un animal, rien qu'un singe, si bien qu'il ne pouvait être ni bon ni mauvais. Peut-être méchant mais pas vicieux, parce que les animaux ont parfois un sale caractère, c'est sûr, mais ils ne sont pas consciemment mauvais. Voilà ce que tu penses. Eh bien, je t'assure que celui-là était plus que simplement méchant. Je n'ai jamais entendu son plus glacial que ce rire, plus glacial, plus laid et plus mauvais.

— Je vois, oui.

Au lieu de revenir s'asseoir, elle alla tirer les rideaux jaunes masquant la fenêtre au-dessus de l'évier, s'assurant à nouveau que nous étions bien à l'abri des regards indiscrets.

Elle se retourna, les yeux rivés sur la table comme si le singe s'y trouvait encore :

— J'ai pris le balai, pour tenter de faire descendre ce truc avant de le pousser dehors. Je ne l'ai pas frappé, je l'ai juste poussé. Tu comprends ?

— Oui.

— Mais cela ne l'a pas désarçonné, au contraire. Il a littéralement explosé de rage. Il a jeté le reste de mandarine par terre, il a agrippé le balai et il a essayé de me l'arracher des mains. Voyant que je ne lâchais pas prise, il a grimpé sur le manche, pour remonter vers mes mains.

— Non !

— Avec une agilité confondante. Et rapide avec ça. Montrant les dents, piaillant, crachant, arrivant droit sur moi : j'ai lâché le balai, le singe est tombé avec par terre, et j'ai reculé jusqu'au réfrigérateur.

Elle heurta de nouveau le réfrigérateur. On entendit un cliquètement étouffé de bouteilles à l'intérieur.

— Il était par terre, juste devant moi. Il a repoussé le balai. Chris, il était enragé. Une fureur sans proportion avec ce qui venait de se passer. Je ne lui avais pas fait mal, je ne l'avais même pas effleuré, mais il était bien décidé à se venger.

— Vous disiez que les rhésus sont foncièrement pacifiques.

— Pas celui-là. Gueule béante, il piaillait, se ruait sur moi, s'immobilisait, reculait, puis recommençait, tout en sautant sur place et en battant l'air de ses bras, le regard haineux, il martelait le sol de ses poings…

Les manches de son pull-over s'étaient déroulées, et elle dissimula ses mains dedans. Le souvenir de ce singe était si vif qu'elle semblait encore craindre qu'il se jette sur elle pour lui arracher le bout des doigts d'un coup de dents.

— On aurait dit un troll, un diablotin, un truc malfaisant sorti tout droit d'un conte. Ces yeux jaune foncé.

Je pouvais presque les voir moi-même. Brûlants.

— Et tout à coup, il a sauté sur les éléments à côté de moi… en un clin d'œil. Il était là, dit-elle en montrant l'endroit du doigt, à côté du réfrigérateur, à quelques centimètres de moi, juste à mon niveau. Il crachait, méchant, et son haleine sentait la mandarine. Il était tout près… Je savais…

Elle s'interrompit de nouveau pour tendre l'oreille. Elle regarda la porte ouverte de la salle à manger plongée dans l'obscurité.

Sa paranoïa devenait contagieuse. Et avec ce que j'avais vécu depuis le coucher du soleil, j'y étais particulièrement sensible.

Me raidissant sur ma chaise, je penchai la tête pour écouter.

Les trois cercles de lumière scintillaient silencieusement sur le plafond. Les rideaux pendaient sans bruit aux fenêtres.

— Son haleine sentait la mandarine, reprit Angela. Il crachait, sifflait. Je savais qu'il pouvait me tuer s'il le voulait, me tuer d'une manière ou d'une autre, même si ce n'était qu'un singe, pesant à peine le quart de mon poids. Quand il était encore par terre, j'aurais peut-être pu lui donner un coup de pied, mais là nous étions pratiquement nez à nez.

Je n'eus pas de mal à imaginer combien elle avait dû avoir peur. Cela me fit penser à ces mouettes qui, pour protéger leur nid sur un rocher, surgissent de la nuit en poussant des cris de colère et en fouettant l'air de leurs ailes, vous martèlent la tête de coups de bec et vous attrapent des mèches de cheveux. Affreux.

— J'ai songé à courir vers la porte ouverte, mais j'ai eu peur que cela ne décuple sa colère. Je me suis donc figée. Le dos au réfrigérateur. Les yeux dans les yeux de ce truc immonde. Au bout d'un moment, quand il a été sûr que j'étais intimidée, en son pouvoir, il a sauté du placard, traversé la cuisine, fermé la porte d'une poussée, est remonté sur la table et a repris sa mandarine.

Finalement je me versai un autre verre d'eau-de-vie d'abricot.

— J'ai tendu la main vers la poignée de ce tiroir, là à côté du réfrigérateur. J'y range les couteaux.

Les yeux toujours fixés sur la table, comme en cette veille de Noël, Angela remonta la manche de son pull, se pencha et tendit la main vers le fameux tiroir.

— Je n'avais pas l'intention de l'attaquer, je voulais juste prendre de quoi me défendre. Mais le singe s'est redressé d'un bond, en hurlant.

Elle tâtonnait à la recherche de la poignée du tiroir.

— Il a pris une pomme dans le bol et il me l'a littéralement lancée à la tête. Je l'ai reçue en pleine bouche, elle m'a fendu la lèvre. (Elle se croisa les bras devant le visage.) J'ai essayé de me protéger. Le singe a lancé une deuxième pomme, puis une troisième, tout en poussant des cris assez perçants pour briser du cristal s'il y en avait eu dans le coin.

— Vous voulez dire qu'il savait ce qui se trouvait dans le tiroir ?

— Il en avait l'intuition, oui.

— Et vous n'avez pas tenté de nouveau de sortir un couteau ?

— Non, le singe se déplaçait à la vitesse de l'éclair. J'étais sûre qu'il bondirait de la table pour se jeter sur moi avant que j'aie le temps d'ouvrir le tiroir. Je ne voulais pas qu'il me morde.

— C'est vrai, même s'il n'avait pas d'écume à la gueule, il était peut-être atteint de la rage.

— Pire, dit-elle, énigmatique, en remontant de nouveau ses manches.

— Pire que la rage ?

— J'étais donc devant le réfrigérateur, saignant de la lèvre, terrifiée, essayant de réfléchir à ce que je devais faire, quand Rod est revenu du travail. Il est entré par cette porte, en sifflotant, pour tomber au beau milieu de cette histoire de fous. Mais il n'a pas réagi comme on aurait pu le croire. Il était surpris, sans l'être. C'est ça, il était surpris de trouver le singe dans la cuisine, mais pas par le singe lui-même. C'était de le voir ici qui le secouait. Tu comprends ce que je veux dire ?

— Je crois, oui.

— Rod connaissait ce singe. Il ne s'est pas exclamé : « Quoi ? un singe ? » Il n'a pas dit : « D'où sort ce singe, bordel ? » Il s'est contenté de répéter « Oh ! mon Dieu. Oh ! mon Dieu ! » Il faisait frais ce soir-là, la pluie menaçait, il portait un trench-coat, et il a sorti un pistolet d'une de ses poches, comme s'il était préparé à un incident de ce genre. Il rentrait du travail, il était en uniforme. Mais il ne portait pas d'arme au bureau. On était en temps de paix. Il n'était pas dans une zone de guerre, bon Dieu ! Il était gratte-papier dans une caserne aux portes de la ville ; il remuait de la paperasse à longueur de temps et il n'arrêtait pas de répéter qu'il s'ennuyait comme un rat mort, qu'il engraissait en attendant la retraite, et voilà qu'il sort ce pistolet dont j'ignorais jusqu'à l'existence.

Officier de l'armée américaine, le colonel Roderick Ferryman était posté à Fort Wyvern, depuis longtemps l'un des gros moteurs économiques qui alimentaient toute la région. Désaffectée dix-huit mois auparavant, la base était à présent à l'abandon, un des nombreux complexes militaires qui, jugés superflus, avaient été fermés à la fin de la guerre froide.

J'avais beau connaître Angela — et, dans une bien moindre mesure, son mari — depuis l'enfance, je n'avais jamais su ce que le colonel Ferryman fabriquait exactement dans l'armée.

Peut-être qu'Angela ne le savait pas très bien non plus. Jusqu'à cette veille de Noël.

— Rod… tenait le pistolet de la main droite, bras tendu, visant le singe, et il avait l'air plus terrifié que moi. Sinistre, il était. Les lèvres serrées. Blême, livide, un vrai cadavre. Il m'a jeté un coup d'œil, a vu ma lèvre en train de gonfler et mon menton ensanglanté, et il n'a même pas posé de question, il s'est retourné vers le singe, comme s'il avait peur de le quitter des yeux. Le singe avait toujours le dernier quartier de mandarine dans la patte, mais il ne mangeait plus. Il fixait le pistolet. Rod m'a dit : « Angie, va au téléphone, je vais te donner un numéro à appeler. »

— Vous vous souvenez du numéro ?

— Peu importe. Il n'est plus en service. J'ai reconnu le code, parce que c'était les trois mêmes premiers chiffres que le numéro de son bureau à la base.

— Il vous a fait appeler Fort Wyvern.

— Oui. Mais le type qui a décroché — il ne s'est même pas nommé, il n'a pas dit non plus dans quel service il était —, il a juste dit bonjour, et j'ai expliqué que le colonel Ferryman désirait lui parler. Rod a attrapé le téléphone de la main gauche, le pistolet toujours serré dans la droite. Il a dit à l'autre : « Je viens de trouver le rhésus chez moi, dans ma cuisine. » Il a écouté, les yeux fixés sur le singe, puis il a continué : « Qu'est-ce que j'en sais, moi, mais il est bien là en tout cas, et j'ai besoin d'aide pour le maîtriser. »

— Et le singe regardait sans broncher ?

— Quand Rod a raccroché, le singe l'a fixé de ses vilains petits yeux, l'air de le défier, furieux, puis il a lâché ce fichu bruit, cet horrible petit rire à donner la chair de poule. Et soudain, il a paru se désintéresser totalement de Rod, de moi, et du pistolet. Il a mangé le dernier quartier de mandarine et a entrepris d'en éplucher une autre.

Je saisis mon verre que je n'avais pas encore touché et Angela revint à la table pour prendre le sien, à moitié plein. Elle me surprit en trinquant avec moi.

— À quoi buvons-nous ?

— À la fin du monde.

— Par le feu ou la glace ?

— Rien d'aussi simple.

Et elle ne plaisantait pas.

Ses yeux semblaient de la couleur des tiroirs en acier inoxydable brossé de la morgue de Mercy Hospital, et son regard me transperça jusqu'à ce que, Dieu merci, elle s'abîme dans la contemplation de son verre.

— Rod a raccroché, et il m'a demandé de lui raconter ce qui s'était passé. Je le lui ai dit. Il avait des milliers de questions à poser, il n'arrêtait pas de revenir à ma lèvre en sang, de demander si le singe m'avait touchée, ou bien mordue, comme s'il n'arrivait pas à croire au coup de la pomme. Mais il éludait toutes mes questions. Il se contentait de répéter : « Angie, vaut mieux que tu ne saches rien. » J'ai compris ce qu'il voulait dire.

— Informations confidentielles, secrets militaires.

— Mon mari avait déjà participé à des projets sensibles, à des affaires de sécurité nationale, mais je croyais qu'il en avait fini avec ça. Il m'a dit qu'il ne pouvait rien dire. Ni à moi. Ni à personne en dehors du bureau. Pas un mot.

Angela fixait toujours son eau-de-vie, mais je pris une gorgée de la mienne. Elle me parut moins bonne qu'avant. En fait, cette fois j'y détectai une amertume sous-jacente, ce qui me rappela que les noyaux d'abricot contenaient du cyanure.

Trinquer à la fin du monde a tendance à vous faire penser au potentiel sinistre de toute chose, même d'un malheureux fruit banal.

Faisant appel à mon incorrigible optimisme, je pris une nouvelle gorgée en me concentrant sur le goût qui m'avait plu la première fois.

— Moins de quinze minutes après le coup de fil de Rod, trois types ont débarqué. Ils avaient dû venir de Fort Wyvern en ambulance ou un truc de ce genre pour donner le change, bien que je n'aie pas entendu de sirène. Aucun ne portait d'uniforme. Deux d'entre eux ont fait le tour par-derrière et sont entrés dans la cuisine sans frapper. Le troisième avait dû trafiquer la serrure de la porte d'entrée, aussi silencieux qu'un fantôme, parce qu'il a surgi sur le seuil de la salle à manger à la seconde où les autres entraient par-derrière. Rod tenait toujours le singe en joue, il avait les bras qui tremblaient de fatigue. Les trois types étaient, eux, équipés de fusils à fléchettes tranquillisantes.

Je songeai à la rue tranquille éclairée par des lampadaires, à la charmante architecture de la maison, aux deux magnolias, à la tonnelle couverte de jasmin. Aucun passant cette nuit-là n'aurait pu imaginer le drame qui se jouait derrière cette banale façade de stuc.

— Le singe n'a pas eu l'air surpris de les voir, continua Angela, on aurait dit qu'il les attendait. Il ne paraissait pas inquiet ; il n'a pas cherché à s'enfuir. L'un des hommes lui a fiché une fléchette tranquillisante dans le corps. Le rhésus a montré les dents, craché, mais il n'a même pas essayé de se débarrasser de la fléchette. Il a lâché ce qui restait de la seconde mandarine, s'est efforcé d'avaler le quartier qu'il avait dans la gueule, puis il s'est recroquevillé sur la table, il a soupiré et il s'est endormi. Ils sont partis avec le singe, et Rod les a accompagnés, et je n'ai jamais revu la bestiole de ma vie. Rod n'est rentré qu'à trois heures du matin, la soirée de Noël était terminée depuis longtemps, nous n'avons échangé nos cadeaux qu'en fin de journée, et à ce moment-là nous étions en enfer et rien n'allait jamais plus être comme avant. Il n'y avait pas d'issue et je le savais.

Elle vida son verre et le reposa sur la table avec une telle violence que je crus entendre une détonation.

Jusque-là, elle n'avait montré que peur et mélancolie, aussi profondément enfouis qu'un cancer de la moelle. Maintenant la colère jaillissait d'une source encore plus profonde.

— J'ai dû les laisser prélever leurs foutus échantillons de sang le lendemain de Noël.
— Qui ?
— Le projet de Wyvern.
— Quel projet ?
— Et une fois par mois depuis — leur échantillon. Comme si mon corps ne m'appartenait pas, comme si je devais payer un loyer de sang juste pour obtenir le droit de continuer à vivre.
— Cela fait un an et demi que Wyvern est désaffecté.
— Pas en totalité. Certaines choses ne meurent pas. Elles ne peuvent pas mourir. Même si on souhaite leur mort.
Malgré sa minceur frisant la maigreur, Angela avait toujours été jolie à sa manière. Un teint de porcelaine, un front gracieux, des pommettes hautes, un nez fin, une bouche généreuse, faite pour sourire, qui venait équilibrer les lignes verticales de son visage — ces qualités, associées à son altruisme, la rendaient ravissante même si sa boîte crânienne lui tendait la peau, même si son squelette était trop mal dissimulé derrière l'illusion d'immortalité que fournit la chair. Mais à cet instant, elle avait un visage dur, froid et laid, tout en angles sous l'effet de la meule de la colère.
— Si je refuse un jour de leur donner leur échantillon mensuel, ils me tueront. J'en suis sûre. Ou ils m'enfermeront dans un hôpital secret où ils pourront me garder à l'œil.
— Pourquoi cet échantillon ? De quoi ont-ils peur ?
Elle parut sur le point de répondre, puis elle serra les lèvres.
— Angela ?
Je donnais moi-même un échantillon tous les mois, pour le docteur Cleveland, et Angela se chargeait souvent de la prise de sang. Dans mon cas, c'était destiné à un examen susceptible de détecter les premiers

indices de cancers de la peau et des yeux à partir de subtiles modifications de ma formule sanguine. Ces prises de sang avaient beau être indolores et pour mon bien, je supportais mal cette invasion, et je savais que je les supporterais encore plus mal si elles étaient obligatoires et non volontaires.

— Peut-être que je ne devrais pas te le dire. Même si tu as besoin de le savoir… pour pouvoir te défendre. Tout te révéler revient à allumer une mèche d'explosif. Tôt ou tard, ton propre univers finit par se désintégrer.

— Le singe était-il porteur d'une maladie ?

— J'aimerais bien que ce soit le cas. Ce serait bien, n'est-ce pas ? Peut-être que je serais guérie maintenant. Ou morte. La mort serait mieux que ce qui m'attend.

Elle s'empara du verre vide, le serra à le briser, et je crus un instant qu'elle allait le jeter en travers de la pièce.

— Le singe ne m'a pas mordue, insista-t-elle. Il ne m'a pas griffée, ni même touchée, nom de Dieu. Mais ils ne veulent pas me croire. Je ne suis même pas sûre que Rod m'ait crue. Ils refusent de prendre le moindre risque. Ils m'ont obligée… Rod m'a obligée à subir une stérilisation.

Ses yeux s'embuèrent de larmes qui scintillèrent comme les bougies votives dans leurs coupelles en verre rouge.

— J'avais quarante-cinq ans à l'époque, et je n'avais pas eu d'enfant, parce que j'étais *déjà* stérile. Nous avons tout fait, tout essayé pour avoir un bébé — spécialistes de la fécondité, traitement aux hormones, tout, tout — et rien n'a marché.

Oppressé par la souffrance dans la voix d'Angela, j'avais du mal à rester sur ma chaise, à la regarder sans broncher. J'avais envie de me lever et de la prendre dans mes bras. À mon tour de jouer les infirmières.

— Et ces salauds m'ont quand même imposé l'opération, continua-t-elle, la voix vibrant de colère, une opération *définitive*, ils ne se sont pas contentés de me ligaturer les trompes, ils m'ont retiré les ovaires, ils m'ont charcutée, privée de tout espoir. (Sa voix faillit se briser, mais elle se reprit.) J'avais quarante-cinq ans, et de toute façon, je n'y croyais plus, du moins je faisais comme si. Mais qu'on m'enlève tout… Quelle humiliation ! Cela devenait irréversible. Ils n'ont même pas voulu m'expliquer pourquoi. Rod m'a conduite à la base le lendemain de Noël, soi-disant pour un entretien à propos du singe, de son comportement. Il a refusé d'en dire plus. Très mystérieux. Il m'a emmenée dans cet endroit… un endroit dont la plupart des gens de la base ne connaissaient même pas l'existence. Ils m'ont placée sous sédatifs contre ma volonté, ils m'ont opérée sans mon autorisation. Et une fois la chose faite, ces salauds *n'ont jamais voulu m'expliquer pourquoi !*

Je me levai. J'avais les épaules douloureuses et les jambes en coton. J'étais loin de me douter que j'entendrais une histoire pareille.

Je voulais réconforter Angela, mais je me gardai de m'approcher d'elle. Son verre était toujours prisonnier de son poing serré. La colère avait hérissé son visage de lames de couteaux. Elle n'aurait pas supporté que je la touche.

Après être resté debout devant la table pendant des secondes qui me parurent interminables, ne sachant pas trop quoi faire, je me dirigeai vers la porte de derrière pour vérifier qu'elle était bien verrouillée.

— Je sais que Rod m'aimait, reprit-elle, sans que la colère dans sa voix baisse d'un cran. Cela lui a brisé le cœur, ça l'a complètement démoli, de faire ce qu'il avait à faire. Cela lui a brisé le cœur de coopérer avec eux, de me faire opérer sans mon consentement. Il n'a jamais plus été le même après.

En me retournant, je vis qu'elle serrait toujours son verre. La lueur des bougies jouait sur les lames hérissant son visage.

— Et si ses supérieurs avaient compris combien nous avions toujours été proches l'un de l'autre, Rod et moi, ils auraient su qu'il ne supporterait pas longtemps de me dissimuler la vérité, d'autant qu'elle m'avait tant fait souffrir.

— Il a fini par tout vous raconter.

— Oui. Et je lui ai pardonné, je lui ai sincèrement pardonné ce qu'on m'avait fait, mais cela ne l'a pas soulagé pour autant. Il n'y avait rien à faire pour le guérir de son désespoir. Un désespoir aussi violent que sa peur. (La voix vibrante de colère d'Angela se teinta de compassion, de chagrin.) Cette peur le hantait au point qu'il n'était plus capable de se réjouir de rien. Il a fini par se suicider... et après sa mort, on ne pouvait plus rien m'arracher.

Elle ouvrit son poing. Elle regarda fixement son verre et le posa délicatement sur la table.

— Angela, qu'est-ce qui clochait chez ce singe ?

Elle ne répondit pas.

La lueur des bougies dansait dans ses yeux. Son visage grave ressemblait à un mausolée de pierre élevé à la mémoire d'une déesse défunte.

Je répétai ma question :

— Qu'est-ce qui clochait chez ce singe ?

Quand Angela se décida enfin à parler, sa voix n'était plus qu'un murmure :

— Ce n'était pas un singe.

Je savais que j'avais bien entendu, mais cela n'avait aucun sens.

— Pas un singe ? Mais vous avez dit...

— Il avait l'apparence d'un singe.

— L'apparence ?

— Et c'était un singe, bien sûr.

Là j'étais complètement perdu.

— Il l'était sans l'être, murmura-t-elle. Voilà ce qui clochait chez lui.

Elle ne me paraissait plus très sensée. Je commençais à me demander si son histoire ne tenait pas plus du fantasme que de la vérité — et si elle savait faire la différence.

Se détournant des cierges, elle croisa mon regard. Elle n'était plus laide, sans être redevenue jolie pour autant. Son visage était gris cendre, plein d'ombres.

— Peut-être que je n'aurais pas dû t'appeler. La mort de ton père m'a bouleversée. Je n'avais pas les idées claires.

— Vous avez dit qu'il fallait que je sache... pour me défendre.

Elle hocha la tête :

— Effectivement. C'est vrai. Il faut que tu saches. Ta vie tient à si peu de chose. Il faut que tu saches qui te hait.

Je lui tendis la main, mais elle l'ignora.

— Angela, plaidai-je. Je veux savoir ce qui est vraiment arrivé à mes parents.

— Ils sont morts, partis. Je les aimais, Chris, je les considérais comme des amis, mais ils sont morts.

— Il faut que je sache malgré tout.

— Si tu penses que quelqu'un doit payer pour leur mort... il faut que tu comprennes que cela n'arrivera jamais. Pas de ton vivant. Du vivant de personne. Peu importe ce que tu sauras de la vérité, on ne pourra faire payer personne. Quoi que tu tentes.

Je me rendis compte que je serrais les poings.

— On verra, repris-je après un silence.

— Ce soir j'ai démissionné de mon poste à l'hôpital.

En révélant cette triste nouvelle, elle parut se recroqueviller, au point de ressembler à une enfant flottant dans des vêtements d'adulte ; elle redevenait la petite fille qui apportait du thé glacé, des médicaments et des oreillers à sa mère malade.

— Je ne suis plus infirmière.

— Qu'allez-vous faire ?

Elle ne répondit pas.

— Vous n'avez jamais voulu faire autre chose, lui rappelai-je.

— À quoi bon maintenant ! Panser des plaies en temps de guerre est vital. Panser des plaies en pleine fin du monde, c'est de la folie. De plus je suis en devenir, en devenir. Tu ne le vois donc pas ?

Non, je ne voyais rien.

— Je suis en devenir. Un autre moi. Une autre Angela. Quelqu'un que je ne veux pas être. Une chose à laquelle je n'ose même pas songer.

Je ne savais toujours pas quoi penser de son discours apocalyptique. S'agissait-il d'une réaction rationnelle devant les secrets de Wyvern ou des conséquences du désespoir causé par la mort de son mari ?

— Si tu insistes pour tout savoir, une fois que tu sauras, il ne te restera plus qu'à croiser les bras, à boire ce que tu aimes le plus en regardant tout s'effondrer autour de toi.

— J'insiste.

— Bien, il doit être temps de tout déballer, dit Angela avec une ambivalence manifeste. Mais… mon Dieu ! Chris, cela va te briser le cœur. Je pense qu'il faut que tu saches… mais cela va te briser le cœur.

La tristesse allongeait ses traits.

Lorsqu'elle se détourna de moi et traversa la cuisine, je lui emboîtai le pas.

Elle m'arrêta d'un geste :

— Il va falloir que j'allume des lampes pour trouver ce que je cherche. Attends ici, je reviens avec le tout.

Je la regardai traverser à tâtons la salle à manger plongée dans le noir. Dans la salle de séjour, elle n'alluma qu'une lampe, puis disparut de ma vue.

Je me mis à tourner en rond dans la pièce, l'esprit en ébullition. Le singe était et n'était pas un singe, voilà ce qui clochait chez lui. Cela ne pouvait avoir de sens que dans un univers à la Lewis Carroll, avec Alice au fond du terrier magique.

Je vérifiai la porte de derrière. Toujours verrouillée.

Je tirai le rideau pour jeter un coup d'œil dehors. Pas de trace d'Orson.

Les arbres ondulaient. Le vent s'était de nouveau levé.

Apparemment le Pacifique nous envoyait un changement de temps. Le vent poussant des nuages déchiquetés devant la lune, un éclat argenté parut s'étendre sur le paysage. En fait, ce qui bougeait, c'était les ombres des nuages, et le mouvement de la lumière n'était qu'illusion. Il n'empêche que le jardin se transforma en un ruisseau gelé, où la lumière coulait en gazouillant comme l'eau sous la glace.

Quelque part dans la maison s'éleva un cri bref. Aussi ténu et désespéré qu'Angela elle-même.

13.

Le cri fut si bref et si creux qu'il aurait pu ne pas avoir plus de réalité que le déplacement du clair de lune dans le jardin, n'être que le fantôme d'un bruit hantant une salle de mon esprit. Être et ne pas être, comme le singe.

Mais quand le rideau s'échappa de mes doigts et retomba silencieusement contre la vitre, un bruit sourd résonna dans la maison et vibra dans les murs.

Le second cri fut plus fugace et plus ténu que le premier — mais il s'agissait indubitablement d'un gémissement de douleur teintée de terreur.

Peut-être Angela s'était-elle tout simplement tordu la cheville en tombant d'un escabeau. Peut-être ne s'agissait-il que du murmure du vent et de bruissement d'ailes dans les avant-toits. Oui, et la lune est un fromage et le ciel, un gâteau en chocolat constellé d'étoiles en sucre.

J'appelai Angela.

Pas de réponse.

Elle aurait dû m'entendre. Son silence était de mauvais augure.

Jurant dans ma barbe, je tirai le Glock de la poche de ma veste et cherchai désespérément le cran de sûreté à la lueur des bougies.

Un seul bouton paraissait susceptible d'être le bon. Je le pressai : un rayon lumineux rouge jaillit d'un petit trou sous le canon et traça un rond sur la porte du réfrigérateur.

Soucieux de posséder une arme d'utilisation suffisamment simple pour un aimable professeur de littérature, mon père s'était offert un viseur laser, en payant un supplément. Brave homme.

Sans y connaître grand-chose en armes à feu, je savais néanmoins que certains modèles de pistolets comportaient des systèmes de sécurité avec des dispositifs intérieurs qui se désengageaient lorsqu'on appuyait sur la détente, pour se réengager, après le coup de feu. Peut-être avais-je affaire à une arme de ce genre. Sinon, je risquais soit d'être incapable de tirer en cas de besoin, soit de me trouer un pied en tâtonnant dans la panique.

Je ne possédais pas la formation ad hoc pour ce qui m'attendait, mais je n'avais personne à qui refiler la corvée. Je dois avouer que la tentation fut grande de prendre mes jambes à mon cou, de sauter sur mon vélo, de foncer me mettre à l'abri, puis de passer un appel d'urgence anonyme à la police. Mais après, je n'aurais jamais plus été capable de me regarder en face — voire de croiser le regard d'Orson.

Je n'aimais pas trop la manière dont mes mains tremblaient. Le temps manquait cependant pour des exercices de relaxation ou de méditation.

Avant de passer dans la salle à manger, je faillis rengainer mon pistolet et prendre un couteau dans le tiroir qu'Angela m'avait montré.

La raison prévalut. Je n'avais pas plus l'habitude des armes blanches que des armes à feu.

Et puis tailler dans la chair d'un de mes semblables me semblait exiger plus de cruauté que d'appuyer sur une queue de détente. Je pensais être capable de faire le nécessaire si ma vie — ou celle d'Angela — étaient en danger, mais il y avait fort à parier que je m'en sortirais mieux au tir que dans le corps à corps indispensable pour éviscérer quelqu'un. En cas de confrontation, la moindre hésitation serait fatale.

À treize ans, j'assistais sans broncher à des crémations. Mais des années après, je ne me sentais toujours pas prêt à contempler le spectacle plus sinistre d'un embaumement.

Je traversai la salle à manger au pas de course, en détournant la tête de la lampe allumée et criai de nouveau le nom d'Angela. Toujours pas de réponse.

Il fallait que j'arrête de l'appeler. C'était le meilleur moyen de signaler ma position à l'intrus qui se trouvait peut-être dans la maison.

Plissant les yeux devant l'éclat aveuglant de l'entrée, je jetai un coup d'œil dans le bureau. Personne.

Je poussai la porte des toilettes restée entrebâillée. Malgré l'obscurité, il me fut facile de vérifier que l'endroit était vide.

Me sentant nu sans ma casquette que j'avais laissée sur la table de la cuisine, j'éteignis le plafonnier de l'entrée. Une pénombre bienvenue se fit.

L'escalier tournait et disparaissait dans l'ombre. Apparemment, rien n'était allumé au premier étage — ce qui m'arrangeait. Mes yeux presque nyctalopes restaient mon plus gros atout.

Je songeai à appeler la police sur mon téléphone cellulaire.

Mais après le lapin que je venais de lui poser, Lewis Stevenson devait être à ma recherche. Auquel cas, il se déplacerait lui-même à la réception de mon appel. Peut-être accompagné du chauve à la boucle d'oreille.

Manuel Ramirez ne me serait d'aucun secours, puisqu'il assurait la permanence au commissariat. Et le chef Stevenson n'était sans doute pas le seul flic compromis de Moonlight Bay ; rien ne prouvait que tous les autres, à part Manuel, ne trempaient pas dans ce complot. En fait, malgré notre amitié, j'avais tout intérêt à me méfier aussi de Manuel tant que je n'en saurais pas plus long sur la situation.

Je montai l'escalier en tenant le Glock à deux mains, prêt à déclencher le viseur laser au moindre mouvement. Tout en me répétant que l'héroïsme serait déjà de ne pas faire un carton sur Angela.

Sur le palier à mi-étage, je me rendis compte que la seconde volée de marches était encore plus sombre que la première. Je poursuivis mon ascension en silence.

À ma grande surprise, mon cœur battait paisiblement. Je n'aurais jamais cru être capable de m'adapter aussi rapidement à la perspective d'une violence imminente. Je commençais même à sentir naître en moi un *enthousiasme* déconcertant au vu du danger.

Il y avait quatre portes sur le palier du premier étage. Trois étaient fermées. Une lumière douce baignait la quatrième, entrouverte, la plus éloignée de l'escalier.

Passer devant trois portes closes sans vérifier que les pièces derrière étaient bien vides ne me plaisait guère. Trop risqué.

Mais à cause de mon XP, et notamment de la vitesse à laquelle mes yeux se mettaient à picoter et à larmoyer à la moindre exposition à un éclairage violent, j'allais être obligé de jouer les explorateurs avec le pistolet dans la main droite et la minitorche dans la gauche. Une opération malaisée ; une perte de temps dangereuse. De plus, même si j'opérais vite et accroupi, la minitorche trahirait instantanément ma présence à un assaillant potentiel avant que l'étroit faisceau ne le localise.

Il ne me restait plus qu'à exploiter mes atouts, c'est-à-dire me servir de l'obscurité, me fondre dans l'ombre. J'avançai dos au mur, silencieux, en ne cessant de jeter des coups d'œil autour de moi.

En fait, la deuxième porte à gauche était entrebâillée et le mince filet de lumière qui s'en échappait ne révélait pas grand-chose de la pièce derrière. Du canon de mon arme, je poussai la porte.

La chambre principale. Confortable. Un lit fait au carré. Un plaid de couleurs gaies drapait l'accoudoir d'une chaise longue et un journal plié attendait sur le pouf. Sur la coiffeuse étincelait une rangée de flacons de parfum anciens.

Une des lampes de chevet était allumée, mais l'abat-jour plissé tamisait l'éclat de l'ampoule de faible voltage.

Pas le moindre signe d'Angela.

Un placard, ouvert. Peut-être qu'Angela était venue chercher quelque chose là-dedans. Non, visiblement il ne contenait rien d'autre que des vêtements accrochés à des cintres et des boîtes à chaussures.

La porte de la salle de bains contiguë bâillait. Éclairé ainsi à contre-jour, je devais faire une cible idéale, si quelqu'un m'épiait de là-dedans.

Je m'approchai de la salle de bains en rasant le mur, le canon du Glock pointé vers l'espace noir entre le chambranle et la porte. Cette dernière s'ouvrit sans résistance sous ma poussée.

L'odeur m'empêcha de franchir le seuil.

Je sortis la minitorche de ma poche. Le faisceau éclaira une flaque rouge sur un carrelage blanc. Les murs étaient éclaboussés de sang.

Angela gisait, affalée par terre, sa tête rejetée en arrière reposant sur la cuvette des W.-C. Ses yeux étaient aussi écarquillés, pâles et vides que ceux du cadavre de la mouette que j'avais trouvé un jour sur la plage.

Sa gorge semblait avoir été tranchée plusieurs fois à l'aide d'un couteau mal aiguisé. Je fus incapable de la regarder de trop près, ni trop longtemps.

L'odeur n'était pas seulement celle du sang. En mourant, Angela s'était souillée. Un courant d'air m'envoyait la puanteur dans les narines.

La fenêtre était ouverte. Une fenêtre à châssis, non le genre de fenestrons habituel dans ce genre de lieu, mais une ouverture suffisamment grande pour permettre à l'assassin de s'échapper, assassin qui devait être généreusement éclaboussé du sang de sa victime.

Et si la fenêtre donnait sur le toit de la véranda, le tueur pouvait être entré et reparti par ce chemin.

Orson n'avait pas aboyé — mais cette pièce s'ouvrait sur la façade, et le chien était derrière la maison.

À moitié dissimulées par les manches de son pull, les mains d'Angela reposaient sur le sol. Elle avait l'air si innocent. Une enfant de douze ans.

Toute sa vie, elle s'était dépensée sans compter pour les autres. Et voilà qu'indifférent à son altruisme, quelqu'un venait de lui voler cruellement tout ce qui lui restait.

Angoissé, tremblant convulsivement, je me détournai.

Je n'étais pas venu voir Angela pour l'interroger. Je n'étais pas la cause de sa fin odieuse. Elle m'avait appelé, et bien qu'elle se soit servie de son téléphone de voiture, quelqu'un avait su qu'il fallait la faire taire définitivement et vite. Peut-être ces conspirateurs sans visage avaient-ils jugé que son désespoir la rendait dangereuse. Elle avait démissionné de son poste à l'hôpital. Elle avait le sentiment de ne plus avoir de raisons de vivre. Et elle était terrifiée à l'idée d'être *en devenir*, quoi qu'elle ait voulu dire par là. N'ayant plus rien à perdre, elle devenait incontrôlable. Ils l'auraient tuée même si je n'avais pas répondu à son appel.

Et pourtant, je haletais, asphyxié, submergé de culpabilité, à deux doigts de me noyer dans des courants glacés.

La nausée suivit, progressa telle une grosse anguille gluante dans mes entrailles, me remonta dans la gorge, et aurait jailli de ma bouche si je ne l'avais pas repoussée.

Il fallait que je sorte de là, mais j'étais pétrifié. Écrasé sous une masse de terreur et de culpabilité.

Mon bras droit pendait, tiré comme un fil à plomb par le poids de l'arme. La minitorche, que je serrais dans la main gauche, dessinait des motifs en dents de scie sur le mur.

J'étais incapable de rassembler mes pensées qui roulaient, lourdes, tels des paquets d'algues enchevêtrées dans la vase.

Sur la table de nuit la plus proche, le téléphone sonna.

Je ne bronchai pas. J'avais la conviction étrange que celui qui appelait n'était autre que l'auteur des bruits de respiration sur mon répondeur, qui s'efforcerait de me voler un élément vital avec ses halètements de limier, comme s'il pouvait aspirer mon âme par la ligne téléphonique. Pas question d'entendre son fredonnement sourd, à donner la chair de poule.

Le téléphone se tut enfin, mais sa sonnerie stridente m'avait Dieu sait comment éclairci les idées. J'éteignis la minitorche, la fourrai dans ma poche, levai le gros pistolet... il y avait de la lumière sur le palier.

À cause de la fenêtre ouverte et des traces de sang sur son cadre, j'avais cru être seul dans la maison avec le cadavre d'Angela. Erreur. L'intrus était toujours là — à l'affût dans le couloir, me coupant l'issue de l'escalier.

Le tueur ne pouvait être sorti de la salle de bains par la chambre ; une traînée de taches de sang sur la moquette crème aurait trahi son passage. Mais pourquoi se serait-il échappé de l'étage pour y remonter immédiatement par une porte ou une fenêtre du rez-de-chaussée ?

Si, après réflexion, il s'était refusé à laisser un témoin derrière lui et avait décidé de revenir me régler mon compte, il n'aurait pas allumé pour annoncer sa présence. Il aurait préféré me surprendre.

Prudemment, les yeux plissés pour me protéger de la lumière aveuglante, je sortis dans le couloir. Désert.

Les trois portes fermées à mon arrivée étaient à présent grandes ouvertes, et les pièces, violemment éclairées.

14.

Tel le sang jaillissant d'une blessure, le silence montait des entrailles de la maison. Puis il y eut un bruit, mais il venait de l'extérieur : le sifflement du vent sous les avant-toits.

Une étrange partie semblait se jouer. Je n'en connaissais pas les règles. J'ignorais tout de l'identité de mon adversaire. J'étais coincé.

En abaissant un interrupteur, je créai un flot d'ombres apaisant dans le couloir, ce qui rendit les trois pièces allumées d'autant plus éblouissantes.

Je n'avais qu'une envie : courir jusqu'à l'escalier, descendre, sortir, m'enfuir… loin. Mais cette fois il n'était pas question de laisser de pièces inexplorées sur mes arrières. Au risque de finir comme Angela, avec la gorge tranchée.

Si je voulais m'en sortir vivant, il fallait que je garde mon calme. Que je réfléchisse. Que je m'approche de chaque porte avec prudence. Que je progresse lentement vers la sortie, sans oublier de surveiller ce qui se passait dans mon dos.

Je plissai moins les yeux, tendis davantage l'oreille, et n'entendant rien, allai me planter sur le seuil de la pièce en face de la chambre principale. Je restai dans l'ombre, me servant de ma main gauche comme visière pour me protéger de la violence de l'éclairage.

Cette pièce aurait fait une chambre d'enfants idéale si Angela avait pu en avoir. À défaut, elle renfermait un placard à outils doté de nombreux tiroirs, un tabouret à dossier, et deux hauts établis disposés en L. C'était là qu'Angela se consacrait à son passe-temps : la fabrication de poupées.

Un coup d'œil rapide dans le couloir. Toujours seul.

Bouge, sinon tu fais une cible trop facile.

Je poussai la porte à fond. Personne ne se dissimulait derrière.

J'entrai dans la pièce éclairée, perpendiculairement au couloir afin de couvrir les deux espaces.

Angela avait visiblement un don : la trentaine de poupées disposées dans la vitrine à l'extrémité de la pièce en témoignait. Ses créations étaient vêtues de costumes inventifs, cousus avec soin par Angela elle-même : des tenues de cow-boys, des costumes marins, des robes du soir à paniers... Mais le plus extraordinaire dans ces poupées, c'était leur visage. Angela sculptait chaque tête avec patience et un talent indéniable, avant de les cuire dans un four installé au garage. Certaines étaient en biscuit. D'autres, de porcelaine glacée. Toutes étaient peintes à la main avec un tel souci du détail que les visages avaient l'air vrai.

Angela avait vendu des poupées et en avait offert un grand nombre. Celles qui restaient étaient manifestement ses préférées, celles dont elle n'avait pas voulu se séparer. Malgré les circonstances, menacé par un psychopathe armé d'un couteau mal aiguisé, je pris le temps de remarquer que chaque visage était unique — comme si Angela ne se contentait pas de fabriquer des poupées, mais imaginait avec amour les traits qu'auraient pu avoir les enfants qu'elle n'avait jamais portés.

J'éteignis le plafonnier, ne laissant qu'une lampe allumée sur un établi. Dans la soudaine vague d'ombres, les poupées parurent bouger sur leurs étagères, comme si elles s'apprêtaient à sauter par terre. Leurs yeux peints — certains reflétant la lumière, d'autres au regard noir et fixe — semblaient m'observer intensément.

J'avais une trouille d'enfer. Génial.

Ce n'était rien que des poupées. Elles ne représentaient pas de danger pour moi.

De retour dans le couloir, je balayai les lieux avec mon Glock. Personne.

La pièce suivante était une salle de bains. Même en plissant les yeux pour filtrer l'éclat de la porcelaine, du verre, des miroirs et des carreaux de céramique jaune, je pus me rendre compte qu'elle était vide.

Je tendais la main vers le commutateur quand j'entendis un bruit derrière moi. Venant de la chambre principale. Des petits coups secs comme si on tapait du poing sur du bois. Du coin de l'œil, je perçus un mouvement.

Je virai sur moi-même, serrant de nouveau le Glock à deux mains, comme si je savais ce que je faisais, imitant Willis, Stallone, Schwarzenegger, Eastwood et Cage sortis d'une centaine de films de traque, comme si je croyais vraiment qu'ils savaient ce qu'ils faisaient. Pas de malabar au regard dément brandissant un couteau : j'étais toujours seul.

Le mouvement que j'avais vu était celui de la porte de la chambre principale que l'on fermait de l'intérieur. Dans le rai de lumière entre la porte et le chambranle, une ombre tordue se dessina, se tortilla et disparut. Le battant se ferma avec le bruit sec d'un coffre de banque.

Cette pièce était vide quand je l'avais quittée, et je n'avais croisé personne depuis que je me trouvais dans le couloir. Seul le tueur pouvait y être — et seulement s'il était rentré par la fenêtre de la salle de bains donnant sur le toit de la véranda où il devait se cacher quand j'avais découvert le corps d'Angela.

Mais si le tueur était de nouveau dans la chambre principale, il ne pouvait s'être glissé derrière moi, quelques instants plus tôt, pour allumer les lumières du premier étage. J'avais donc affaire à deux intrus. Et j'étais pris entre les deux.

Battre en retraite ? Avancer ? De toute façon, c'était un merdier qui m'attendait et je n'avais pas mes bottes en caoutchouc.

Ils devaient penser que j'allais foncer vers l'escalier. Mais comme il est toujours plus sûr de jouer la surprise, je me ruai sur la porte de la chambre principale, sans l'ombre d'une hésitation. Je l'enfonçai d'un coup de pied et surgis à l'intérieur en brandissant le Glock, prêt à tirer sur tout ce qui bougerait.

J'étais seul.

La lampe de la table de nuit brillait toujours.

Pas d'empreintes sanglantes sur le tapis : personne n'était donc passé par la salle de bains pour venir fermer cette porte.

Il valait mieux vérifier. Cette fois, je ne pris pas ma minitorche : je préférai me contenter du faible éclairage de la lampe de la chambre, parce que je n'avais ni besoin ni envie de revoir tous les détails. La fenêtre était toujours ouverte. L'odeur, toujours aussi répugnante. La forme avachie contre les toilettes était bien Angela. Malgré l'ombre qui la voilait, je distinguai sa bouche béante d'étonnement, ses yeux écarquillés et fixes.

Je me retournai pour jeter un coup d'œil nerveux vers le couloir. Personne ne m'avait suivi.

Déconcerté, je battis en retraite dans la chambre.

Le courant d'air venant de la salle de bains n'était pas assez fort pour avoir fait claquer la porte. Et j'avais vu l'ombre déformée.

L'espace sous le lit avait beau être assez haut pour dissimuler un homme, ce dernier aurait été inconfortablement comprimé entre le sol et les ressorts. De toute façon, il n'aurait pas eu le temps de s'y faufiler avant que je fasse mon entrée fracassante.

Le placard, ouvert, n'abritait visiblement aucun intrus. Il fallait tout de même que j'en aie le cœur net. La minitorche révéla une trappe d'accès au grenier dans le plafond. Même si une échelle pliante était fixée à l'arrière de cette trappe, personne n'aurait pu être suffisamment rapide pour grimper dans le grenier et replier l'échelle en l'espace de deux ou trois secondes.

Deux portes-fenêtres drapées de rideaux flanquaient le lit. Elles se révélèrent toutes les deux verrouillées de l'intérieur.

Il n'était pas sorti par là, mais cela constituait peut-être une issue pour moi. Pas question de remettre les pieds dans le couloir.

Surveillant la porte de la chambre du coin de l'œil, j'essayai d'ouvrir une des portes-fenêtres à petits carreaux. Coincée par la peinture. Et les vitres étaient si épaisses que je ne pourrais en briser une pour sortir.

Je tournais le dos à la salle de bains. Soudain, j'eus l'impression que des araignées gigotaient à l'intérieur de ma colonne vertébrale. Angela se trouvait derrière moi, non plus avachie contre les toilettes mais debout, dégoulinante de sang, les yeux aussi luisants et plats que des pièces en argent. Sa plaie béante bouillonnerait lorsqu'elle tenterait de parler.

Je virai sur moi-même, terrifié : ce n'était qu'un effet de mon imagination, mais l'énorme soupir de soulagement qui m'échappa prouvait combien j'avais cru à cette vision fantastique.

Et j'y croyais encore : je m'attendais à entendre Angela se remettre péniblement debout dans la salle de bains. L'angoisse que m'avait causée sa mort était déjà supplantée par la peur pour ma propre vie. Angela avait cessé d'être un être humain pour moi. Pour devenir une chose, la mort elle-même, un monstre, un rappel brutal que nous sommes tous condamnés à trépasser, à pourrir et à retourner à l'état de poussière. J'ai honte d'avouer que je la haïssais un peu parce que je m'étais senti obligé de monter l'aider ; je la haïssais de m'avoir attiré dans ce piège ; je me haïssais de la haïr, ma tendre infirmière ; je la haïssais de me pousser à me haïr moi-même.

Parfois il n'y a pas plus sombre que vos propres pensées : le minuit sans lune de l'esprit.

J'avais les mains moites. La crosse du pistolet était trempée de sueur.

Cessant de poursuivre des fantômes, je retournai à contrecœur dans le couloir. Une poupée m'y attendait.

L'une des plus grandes de la collection d'Angela, près de soixante centimètres de haut. Assise par terre, jambes écartées, elle me faisait face dans la lumière venant de la seule pièce que je n'avais pas encore explorée, celle qui se trouvait en face de la salle de bains du couloir. Elle tendait les bras, et quelque chose pendait de ses doigts.

Cela ne présageait rien de bon.

Rien de bon, et je m'y connais.

Au cinéma, l'apparition de cette poupée aurait inévitablement été suivie de l'entrée dramatique d'un type superbaraqué, genre mauvais. Un vrai colosse aux traits dissimulés par un masque de hockey supercool. Ou une cagoule. Armé d'une tronçonneuse, ou d'un pistolet à clous à air comprimé, ou, dans le style moins branché, d'une hache assez grosse pour décapiter un dinosaure.

Je jetai un coup d'œil vers l'atelier, encore à demi éclairé par la lampe de l'établi. Pas d'intrus en vue.

Avance. La salle de bains du couloir. Toujours vide. Je serais bien allé aux toilettes. Mais ce n'était pas le moment.

On se rapproche de la poupée. Elle portait des tennis, un jean et un T-shirt, tous noirs. L'objet qu'elle tenait était une casquette bleu marine avec deux mots brodés au fil rouge rubis au-dessus de la visière : *Mystery Train.*

Une seconde, je crus qu'il s'agissait d'une réplique exacte de ma casquette. Puis je vis qu'il s'agissait de la mienne, que j'avais laissée en bas sur la table de la cuisine.

Entre deux coups d'œil vers le haut de l'escalier et la porte ouverte sur la seule pièce que je n'avais pas fouillée, j'arrachai la casquette aux petites mains en porcelaine et me l'enfonçai sur le crâne.

Même dans des circonstances et un éclairage des plus ordinaires, n'importe quelle poupée peut prendre un aspect étrange ou mauvais. Ce n'était pas le cas de celle-là : aucun des traits de ce visage en biscuit ne semblait malveillant, mais cela n'empêcha pas la peau de ma nuque de se recroqueviller comme une guirlande d'Halloween.

Ce qui m'effrayait, ce n'était pas l'étrangeté de la poupée mais son étrange familiarité : elle me ressemblait. Elle avait été fabriquée à mon image.

J'en fus à la fois touché et terrifié. Angela m'avait suffisamment aimé pour sculpter minutieusement mes traits, afin de conserver un tendre souvenir de moi dans une de ses créations préférées. Mais tomber à l'improviste sur son double réveille des peurs primitives — comme si en effleurant ce fétiche, je lui abandonnais mon âme qui se retrouvait piégée à l'intérieur, tandis qu'un esprit maléfique, jusque-là prisonnier de la poupée, venait s'installer dans mon corps. Lequel esprit, jubilant devant sa liberté toute neuve, se mettrait à rôder dans la nuit, en quête de crânes de vierges à fracasser et de cœurs de bébés à dévorer, tout en se faisant passer pour moi.

En temps ordinaire — si tant est que cela existe — j'ai une imagination inhabituellement fertile. Bobby l'appelle, railleur, le cirque aux trois cents pistes de mon esprit. C'est sans aucun doute une qualité que j'ai héritée de mon père et de ma mère, qui étaient suffisamment intelligents pour savoir qu'on ne sait jamais grand-chose, suffisamment curieux pour ne jamais cesser d'apprendre, et suffisamment perspicaces pour comprendre que tout est porteur de possibilités infinies. Quand j'étais petit, ils me lisaient A. A. Milne, Beatrix Potter, mais aussi, certains de ma précocité, des vers de Donald Justice et de Wallace Stevens. De ce jour, mon esprit n'a cessé de bouillonner d'images issues de ces poèmes. Dans les moments extraordinaires — comme en cette nuit de vols de cadavres — mon imagination me nuit. Et dans le cirque aux trois cents pistes de mon esprit, tous les tigres rêvent de tuer leur dompteur et tous les clowns dissimulent des couteaux de boucher et des cœurs noirs de méchanceté sous leurs vêtements trop amples.

Avance, bourrique.

La dernière pièce. On vérifie, en protégeant ses arrières, puis on descend l'escalier quatre à quatre.

Évitant superstitieusement tout contact avec mon sosie de porcelaine, je me dirigeai vers la porte ouverte de la pièce en face de la salle de bains du couloir. Une chambre d'amis, meublée simplement.

Plissant les yeux sous la visière de ma casquette, je ne vis aucun intrus. Le lit, haut sur pattes, ne révélait qu'un espace vide.

Dans cette pièce, pas de placard, mais une longue commode en noyer et une armoire massive à deux portes avec deux tiroirs côte à côte en dessous. L'espace derrière les portes de l'armoire était suffisamment grand pour dissimuler un adulte armé ou non d'une tronçonneuse.

Une autre poupée m'attendait. Celle-là était assise au centre du lit, bras tendus comme l'autre, mais aveuglé par la lumière, je ne parvenais pas à distinguer ce qu'elle tenait entre ses mains roses.

J'éteignis le plafonnier. Il restait une lampe de chevet allumée pour me guider.

J'entrai à reculons dans la chambre d'amis, prêt à tirer sur quiconque surgirait dans le couloir.

L'armoire formait une masse à ma vision périphérique. Si les portes s'ouvraient d'un coup, je n'aurais même pas besoin du viseur laser pour faire des trous dedans avec quelques balles de neuf millimètres.

Heurtant le lit, je me détournai de la porte et de l'armoire pour examiner la poupée. Dans chacune de ses paumes ouvertes, elle tenait un œil. Pas un œil peint à la main. Pas un œil de verre issu de la réserve de la créatrice de poupées. Un œil humain.

Les portes de l'armoire étaient immobiles sur leurs gonds.

Seul le temps tournait, bougeait, avançait, progressait dans le couloir.

J'étais aussi coi que des cendres dans une urne, mais la vie continuait en moi : mon cœur battait comme jamais, affolé de panique dans sa cage de côtes.

Je regardai de nouveau l'offrande qui remplissait ces petites mains de porcelaine — des yeux bruns injectés de sang, laiteux et humides, choquants et choqués dans leur nudité sans paupières. Je sus que l'une de leurs dernières visions avait été une camionnette blanche s'arrêtant devant un pouce en l'air. Puis un homme au crâne rasé avec une boucle d'oreille.

Pourtant j'étais sûr de ne pas avoir affaire à ce même chauve en l'occurrence. Ces petits jeux, ces railleries, ces parties de cache-cache n'étaient pas son genre. Il devait préférer l'action rapide, brutale et violente.

J'avais plutôt l'impression d'avoir échoué dans une clinique pour jeunes sociopathes, où des enfants psychotiques s'amusaient, étourdis de liberté, après s'être sauvagement débarrassés de leurs gardiens. Je pouvais presque entendre leurs rires étouffés : des rires perlés macabres derrière de froides menottes.

Pas question que j'ouvre l'armoire.

J'étais monté pour aider Angela, mais elle n'avait plus besoin de rien. Tout ce que je voulais à présent, c'était descendre au rez-de-chaussée, sortir, sauter sur mon vélo et salut la compagnie !

Je me dirigeai vers la porte quand l'obscurité s'abattit sur moi. On avait relevé la manette du disjoncteur.

Une obscurité si dense que même moi, j'en étais gêné. Les fenêtres disparaissaient derrière de lourds rideaux, et la lune laiteuse ne trouvait pas d'orifices par lesquels se déverser. On se serait cru dans un four.

Je me précipitai vers la porte, à l'aveuglette, puis je changeai de trajectoire, soudain convaincu que quelqu'un me guettait dans le couloir et qu'une lame effilée n'attendait que moi sur le seuil.

Le dos au mur de la chambre, j'écoutai. Je retenais mon souffle, incapable de calmer mon cœur qui battait comme les fers de chevaux sur des pavés, un vrai défilé… j'avais l'impression que mon propre corps me trahissait.

À travers ce bruit de cavalcade effrénée, je perçus le grincement de gonds. Les portes de l'armoire s'ouvraient.

Mon Dieu !

C'était une prière, non un juron. Ou peut-être les deux.

Serrant de nouveau le Glock à deux mains, je visais ce que je pensais être l'emplacement de l'armoire.

Après réflexion, je déplaçai le canon de quelques centimètres à gauche. Puis à droite.

Cette obscurité absolue me désorientait. J'avais beau être certain de toucher l'armoire, je ne pouvais être sûr de placer mes balles au centre de l'espace au-dessus des deux tiroirs. Le premier coup de feu avait intérêt à faire mouche, parce que l'éclair trahirait ma position.

Je ne pouvais pas me risquer à vider mon chargeur au jugé. Avec une pluie de balles, j'avais probablement une chance de descendre l'enfoiré, mais si je ne parvenais qu'à le blesser ? Qu'à le foutre en rogne ?

Et une fois le chargeur vide — qu'est-ce que je faisais ?

Hein ?

Je progressai centimètre par centimètre vers le couloir… désert. Je tirai la porte derrière moi, histoire de faire obstacle à celui qui venait de jaillir de l'armoire — en supposant que les grincements ne sortaient pas de mon imagination.

Manifestement l'éclairage du rez-de-chaussée dépendait d'un autre compteur. Une lueur s'élevait dans la cage d'escalier au bout du couloir obscur.

Au lieu d'attendre de voir si quelque diable surgissait de la chambre d'amis, je courus vers l'escalier.

Une porte s'ouvrit derrière moi.

Haletant, descendant deux marches à la fois, j'étais presque arrivé au palier quand, me frôlant au passage, ma tête en miniature alla s'écraser sur le mur en face de moi.

Surpris, je levai un bras pour me protéger les yeux. Un shrapnell de porcelaine vint me tatouer le visage et le torse.

Mon talon droit glissa sur le rebord de la marche. Je plongeai en avant et m'aplatis contre le mur du palier, mais j'étais toujours debout.

Piétinant les éclats de mon double de porcelaine, je fis volte-face pour affronter mon agresseur.

Le corps décapité de la poupée, vêtue fort à propos de noir, fonçait sur moi. Je baissai la tête, et il rebondit contre le mur.

Quand je visai le haut des marches plongé dans l'obscurité, il n'y avait personne sur qui tirer — à croire que la poupée s'était elle-même arraché la tête pour me la jeter dessus avant de se précipiter dans la cage d'escalier.

Les lumières du rez-de-chaussée s'éteignirent.

Dans l'obscurité menaçante, s'éleva une odeur de brûlé.

15.

Tâtonnant dans les ténèbres, je finis par trouver la rampe. Je saisis le bois lisse d'une main moite et entrepris de descendre jusqu'au rez-de-chaussée.

L'obscurité semblait posséder d'étranges propriétés, s'enrouler et se tortiller autour de moi. Je compris soudain pourquoi : des serpents d'air chaud envahissaient la cage d'escalier.

Des vrilles, puis des tentacules et finalement une grosse masse palpitante de fumée à l'odeur âcre m'enveloppèrent telle une anémone de mer géante un plongeur.

Toussant, suffoquant, au bord de l'asphyxie, je rebroussai chemin, dans l'espoir de m'échapper par une fenêtre du premier étage, exception faite bien entendu de celle de la salle de bains où Angela attendait.

Je regagnai le palier et montai trois ou quatre marches avant de m'arrêter. À travers le rideau de fumée et les larmes qui m'embuaient les yeux, je distinguai une lueur palpitante.

Le feu.

On avait allumé deux foyers, un à chaque étage. Les enfants psychotiques invisibles jouaient toujours leur folle partie, et ils paraissaient affreusement nombreux. Cela me rappela la véritable armée d'hommes lancée à ma poursuite qui avait paru jaillir du sol devant l'entreprise de pompes funèbres, comme si Sandy Kirk possédait le pouvoir de faire sortir les morts de leur tombe.

Je redescendis l'escalier quatre à quatre, vers le seul espoir d'air pur. Que je trouverais, dans le meilleur des cas, au point le moins élevé, puisque la fumée et les émanations montent tandis que le foyer aspire de l'air frais à sa base pour s'alimenter.

Chaque respiration me faisait tousser, accentuait mon impression de suffoquer et alimentait ma panique : je pris le parti de retenir mon souffle jusqu'à ce que je me retrouve dans le vestibule. Là, je tombai à genoux, m'allongeai par terre et découvris que je pouvais respirer. L'air était brûlant et fétide, mais tout étant relatif, il m'enivra plus encore qu'un souffle frais venu du Pacifique.

Mais je ne m'abandonnai pas pour autant au plaisir de respirer. J'inspirai plusieurs fois afin de me nettoyer les poumons et de recréer suffisamment de salive pour cracher un peu de la suie qui me souillait la bouche.

Puis je redressai la tête histoire de tester la qualité de l'air et d'évaluer la hauteur de la précieuse zone sûre. Pas terrible. Dix à quinze centimètres. Mais cette nappe devrait me permettre de sortir de la maison.

À condition, bien sûr, que j'évite les surfaces de moquette en feu.

L'obscurité régnait toujours, et la fumée était d'une épaisseur aveuglante : j'avançai en rampant, dans la direction où je pensais trouver la porte d'entrée, l'issue la plus proche. La première chose que je rencontrai dans ces ténèbres fut le canapé, ce qui signifiait que j'avais franchi l'arche de la salle de séjour : une erreur d'au moins quatre-vingt-dix degrés par rapport à mon objectif.

Des éclairs orange traversaient à présent l'air relativement respirable au ras du sol, illuminant les spirales de fumée comme la foudre tombant sur une plaine. Le nez sur la moquette, j'avais l'impression que les fibres de Nylon beige étaient un vaste champ d'herbes sèches, éclairé de manière intermittente par un orage électrique. Cet étroit espace vivable en dessous de la couche de fumée semblait être un autre monde dans lequel je serais tombé en franchissant une porte entre deux dimensions.

Ces funestes pulsations étaient les reflets des flammes courant ailleurs dans la pièce, mais elles ne me fournissaient pas assez de lumière pour m'aider à trouver la sortie. Leur clignotement stroboscopique ne contribuait qu'à accroître ma confusion et à me ficher une peur de tous les diables.

Tant que je ne voyais pas les flammes, je pouvais encore me convaincre que l'incendie ravageait une partie éloignée de la maison. Plus question de se voiler la face à présent. Mais soyons honnête, ces reflets ne m'apportaient rien, puisque j'étais incapable de dire si les flammes se trouvaient à quelques centimètres ou à des mètres de moi, si le feu progressait ou non dans ma direction. Rien, sinon un regain d'angoisse.

Soit je souffrais davantage des effets de l'inhalation de fumée que je ne le croyais, ce qui déformait ma perception du temps, soit l'incendie s'étendait avec une rapidité inhabituelle. Les pyromanes avaient dû employer un accélérateur, peut-être de l'essence.

Bien décidé à retrouver la porte d'entrée, j'aspirai désespérément l'air de plus en plus étouffant au niveau du sol et traversai la pièce sur le ventre, en enfonçant les coudes dans la moquette pour progresser, me cognant dans les meubles, jusqu'à ce que je heurte violemment du front l'âtre en brique de la cheminée. J'étais plus éloigné que jamais de l'entrée, et je me voyais mal remonter le conduit de la cheminée comme le Père Noël.

J'avais la tête qui tournait. Une migraine divisait mon crâne le long d'une diagonale courant de mon sourcil gauche à la base de mes cheveux. À cause de la fumée et des gouttes de sueur salée qui coulaient dedans, les yeux me brûlaient. Je ne m'étranglais plus, mais j'avais des haut-le-cœur provoqués par les émanations âcres qui envahissaient jusqu'à l'air plus pur près du sol, et je commençais à me dire que je risquais d'y laisser ma peau.

M'efforçant de me rappeler l'emplacement de la cheminée par rapport à l'arche de l'entrée, je longeai l'âtre, puis bifurquai vers le milieu de la pièce.

Il me semblait absurde d'être incapable de trouver le moyen de sortir de cette pièce. Je n'étais ni dans une demeure ancestrale ni dans un château, nom de Dieu ! mais dans une modeste maison comptant sept pièces plutôt petites et deux salles de bains et demie, et même l'agent immobilier le plus futé du pays n'aurait pas été fichu de concocter un descriptif donnant l'impression qu'elle pouvait accueillir à l'aise le prince de Galles et sa suite.

Aux infos du soir, on voit parfois des reportages sur des victimes d'incendies, et on ne comprend jamais très bien pourquoi ces gens n'ont pas réussi à sortir par une porte ou par une fenêtre, alors qu'il devait bien s'en trouver une à moins de trois mètres. On en conclut qu'ils devaient être ivres. Ou en plein trip. Ou assez stupides pour se précipiter dans les flammes afin de récupérer le minou de la maison. Soit, cela peut paraître ingrat de ma part alors que je venais moi-même d'être sauvé par un chat. Mais à présent je comprenais comment on pouvait mourir dans ces circonstances. La fumée et l'obscurité désorientent encore plus que les drogues ou l'alcool, et plus on respire l'air pollué, plus le cerveau perd de son agilité, jusqu'à ce que les idées s'égaillent dans tous les sens sans que la panique elle-même parvienne à les rassembler.

En montant à l'étage pour voir ce qu'il était arrivé à Angela, j'avais été épaté par mon calme et ma sérénité malgré la menace d'une violence imminente. Sous l'emprise d'une bonne dose d'orgueil masculin, j'avais même senti grandir en moi un *enthousiasme* déconcertant pour le danger.

C'est fou ce que tout peut changer en dix minutes. Maintenant que je prenais brutalement conscience que je n'arriverais jamais à afficher ne serait-ce que la moitié de l'aplomb de Batman dans de telles circonstances, le romantisme du danger perdait de sa séduction.

Soudain, surgissant de cette lugubre obscurité, quelque chose me frôla avant de me toucher le cou et le menton : et ce quelque chose était vivant. Dans le cirque de mon esprit, je vis Angela Ferryman sur le ventre, ranimée par quelque rite vaudou, rampant à ma rencontre, afin de planter un baiser froid et sanglant sur ma gorge. Les effets de la privation d'oxygène devenaient si graves que même cette vision hideuse ne suffit pas à m'éclaircir les idées et par réflexe, je pressai la détente du Glock.

Dieu merci, je tirai carrément dans la mauvaise direction, car, dans l'écho de la détonation, je reconnus la truffe froide sur ma gorge et la langue chaude sur mon oreille : mon bon vieux chien, mon compagnon fidèle, mon cher Orson.

— Salut, vieux, croassai-je.

Il me lécha la figure. Son haleine sentait le chien, mais je pouvais difficilement le lui reprocher.

Je clignai furieusement des yeux pour tenter d'y voir plus clair : des éclairs rouges palpitaient dans la pièce. Mais je ne voyais toujours que l'ombre floue de sa gueule pleine de poils devant moi.

Je compris alors que s'il avait pu me retrouver, il pouvait me guider vers la sortie avant que nous ne nous embrasions dans une puanteur de jean et de fourrure carbonisés.

Je rassemblai suffisamment de forces pour me redresser en tremblant. L'anguille têtue de nausée me remonta dans la bouche, mais je l'étouffai.

Fermant les yeux, essayant de ne pas penser à la vague de chaleur intense qui venait de me submerger, j'attrapai en tâtonnant l'épais collier de cuir d'Orson, ce qui ne fut pas trop difficile puisqu'il était collé à mes jambes.

Orson gardait le museau plaqué au sol, pour avoir une chance de respirer, mais il fallait que je retienne mon souffle et que j'ignore la fumée qui me piquait le nez le temps qu'il me fasse traverser la maison. Il me guida en s'efforçant de me projeter dans le moins de meubles possible, et je ne doute pas une seconde qu'il s'amusait au milieu de cette tragédie et de cette situation terrifiante. Je me pris le chambranle en pleine figure, sans y laisser de dents, une chance. Néanmoins, pendant cette courte expédition, je remerciai Dieu à plusieurs reprises de m'avoir imposé l'épreuve du XP et non la cécité.

À l'instant même où je me dis que j'allais m'évanouir si je ne me couchais pas sur la moquette pour respirer un peu, je sentis un courant d'air froid sur mon visage, et quand j'ouvris les yeux, je voyais. Nous étions dans la cuisine que l'incendie n'avait pas touchée. La fumée ne l'envahissait pas non plus puisque le vent entrant par la porte de derrière la refoulait dans la salle à manger.

Sur la table attendaient les bougies dans leurs coupelles rubis, les verres, et la bouteille ouverte d'eau-de-vie d'abricot. Clignant les yeux devant ce spectacle chaleureux, j'en arrivai presque à croire que les événements des dernières minutes n'avaient été qu'un monstrueux cauchemar et qu'Angela, toujours perdue dans le gilet de feu son mari, allait revenir s'asseoir avec moi, remplir son verre, et terminer son étrange récit.

J'avais la bouche si desséchée et si amère que je faillis embarquer la bouteille d'eau-de-vie d'abricot. Mais Bobby Halloway aurait de la bière, ce que je préférais.

La porte de derrière était donc ouverte. Si intelligent que fût Orson, je doutais qu'il ait pu ouvrir une porte verrouillée pour venir me chercher, puisqu'il n'avait pas la clé. À l'évidence, les tueurs avaient pris la fuite par cette issue.

Une fois dehors, crachant pour expulser les dernières traces de fumée de mes poumons, je fourrai le Glock dans la poche de ma veste et j'examinai nerveusement le jardin en essuyant mes mains moites sur mon jean.

Tels des bancs de poissons sous la surface argentée d'une mare, des ombres de nuages traversaient la pelouse baignée de lune.

Seule bougeait la végétation agitée par le vent.

Poussant mon vélo, je contemplai la maison avec étonnement, ébahi qu'elle ne disparaisse pas entièrement dans les flammes. De l'extérieur, il n'y avait que d'infimes indices de l'incendie qui progressait de pièce en pièce : des flammèches s'enroulant aux rideaux des deux fenêtres de l'étage, des pétales blancs de fumée s'échappant des bouches d'aération du grenier sous les avant-toits.

Si l'on faisait abstraction du grondement des rafales de vent, un silence surnaturel régnait. Sans être une grande ville, Moonlight Bay a néanmoins une voix nocturne bien à elle : des ronronnements de moteurs, de la musique qui s'échappe d'un bar ou les accords de guitare d'un gosse qui s'exerce sur une terrasse, des aboiements de chiens, le frottement des grosses brosses du camion de nettoyage des rues, des voix de promeneurs, des rires des gamins du lycée réunis devant la

Millenium Arcade sur Embarcadero Way, et de temps à autre le sifflet mélancolique d'un train de voyageurs ou de marchandises à l'approche du passage à niveau d'Ocean Avenue... Mais cette nuit, rien. On se serait cru dans le quartier le plus mort d'une ville fantôme au fin fond du désert Mojave.

Apparemment, le coup de feu que j'avais tiré dans la salle de séjour n'avait pas claqué assez fort pour attirer l'attention.

Sous la tonnelle, dans le doux parfum du jasmin, poussant mon vélo qui cliquetait doucement, le cœur battant la chamade, je suivis Orson qui se dirigeait vers la grille. Il sauta sur le loquet pour le soulever d'une patte, un truc à lui dont j'avais déjà été le témoin. Je remontai l'allée jusqu'à la rue, en pressant le pas mais sans courir.

Nous avions de la chance : pas de témoins. Pas une voiture en vue. Pas l'ombre d'un piéton non plus.

Si un voisin me voyait fuir la maison au pas de course au moment même où elle s'embrasait, le chef Stevenson aurait un prétexte tout trouvé pour m'arrêter. Me descendre en cas de résistance. Ou que je résiste ou non.

J'enfourchai mon vélo et me retournai. Le vent agitait les feuilles des énormes magnolias et à travers les branches je vis le feu lécher les fenêtres du rez-de-chaussée et celles de l'étage.

En proie à un mélange de chagrin et d'exaltation, de curiosité et de terreur, de tristesse et de stupéfaction, je filai sur le trottoir, en quête d'une rue moins éclairée. Haletant bruyamment, Orson courait à mes côtés.

Nous étions pratiquement à une rue de la maison Ferryman quand j'entendis les vitres exploser sous l'effet de la chaleur.

16.

Des étoiles entre les branches, un clair de lune filtré par les feuilles, des chênes géants, une obscurité rassurante, la tranquillité des tombes — et, pour l'un de nous, l'odeur éternellement fascinante d'écureuils invisibles : nous étions de retour dans le cimetière jouxtant l'église catholique Sainte-Bernadette.

Mon vélo appuyé contre une stèle en granit surmontée de la tête auréolée d'un ange, j'étais adossé à une autre stèle ornée d'une croix.

À plusieurs rues de là, les hurlements des sirènes se turent brusquement quand les voitures de pompiers pilèrent devant la maison Ferryman.

Pris d'une quinte de toux, j'avais renoncé à aller directement chez Bobby. Orson qui commençait également à faiblir se débarrassa de la puanteur tenace du feu par une série d'éternuements violents.

Puisque mes voisins immédiats étaient trop morts pour s'en offenser, je crachai une salive tachée de suie sur les racines du chêne le plus proche, en espérant que je n'étais pas en train de tuer ce colosse qui avait survécu à deux siècles de tremblements de terre, d'orages, d'incendies, d'insectes, de maladies et, plus récemment, à la manie moderne de l'Amérique d'ouvrir un petit centre commercial avec vendeur de beignets à chaque coin de rue. À en juger par le goût dans ma bouche, j'aurais aussi bien pu manger des briques de charbon de bois trempant dans de l'huile de moteur.

Ayant passé moins de temps dans la maison en feu que son maître, Orson se remit plus vite que moi. J'étais encore en train de cracher mes poumons qu'il se baladait déjà entre les tombes, reniflant avec diligence des rongeurs arboricoles à queues fournies.

Entre deux hoquets et crachats, je lui parlai lorsqu'il se montrait, et il lui arrivait de relever sa noble tête noire et de faire semblant d'écouter, de remuer la queue pour m'encourager, bien qu'il fût parfois incapable de se détourner des traces d'écureuil.

— Bon Dieu ! Mais qu'est-ce qui a bien pu se passer dans cette maison ? Qui l'a tuée, pourquoi se livraient-ils à ces petits jeux avec moi, que signifiait ce truc avec les poupées, pourquoi ne se sont-ils pas contentés de me trancher la gorge pour me faire cramer avec elle ?

Orson secoua la tête, et je pris un malin plaisir à interpréter sa réaction. Il ne savait pas. Il était complètement largué. Il n'avait aucune idée. Aucune. Il ignorait pourquoi on ne m'avait pas tranché la gorge.

— Je ne pense pas que ce soit à cause du pistolet. Ils étaient plusieurs, au moins deux, probablement trois, ils auraient donc pu me neutraliser s'ils l'avaient voulu. Et même s'ils lui ont tranché la gorge, ils devaient aussi avoir des armes à feu. C'est vrai, quoi, ils ne plaisantent pas ces gens-là, ce sont des tueurs. Ils arrachent les yeux des gens rien que pour le plaisir.

Orson inclina la tête de côté, l'air de réfléchir. *Peut-être que c'était le Glock. Et peut-être pas. Ou peut-être finalement. Qui sait ? Qu'est-ce que c'est qu'un Glock, d'abord ? Et cette odeur, là ? Cette si drôle d'odeur. Ce parfum luxuriant. Du pipi d'écureuil ? Excusez-moi, maître Snow, j'ai à faire.*

— Je ne pense pas qu'ils aient mis le feu à la maison pour me tuer. Ce n'était pas ce qu'ils cherchaient. Sinon, ils auraient tenté leur chance plus ouvertement. Ils ont allumé l'incendie pour dissimuler le meurtre d'Angela. Voilà la raison, c'est tout.

Sniff, sniff : exit l'air vicié de la maison en flammes, bonjour l'odeur revigorante de l'écureuil.

— Bon Dieu ! Angela était si bonne, si généreuse, continuai-je, amer. Elle ne méritait pas un tel sort.

Orson interrompit, très brièvement, sa séance de reniflage. *La souffrance humaine. Affreux. Affreux. Tristesse, mort, désespoir. Mais il n'y a rien à y faire. Rien à y faire. C'est comme ça, l'essence même de l'existence humaine. Affreux. Viens donc renifler les écureuils avec moi, maître Snow, tu te sentiras mieux.*

Une boule se forma dans ma gorge, dont l'origine était plus prosaïque que le chagrin : je crachai une huître noire entre les racines de l'arbre.

— Si Sasha me voyait, je me demande si je lui rappellerais encore James Dean !

J'avais la peau du visage huileuse ; je m'essuyai d'une main tout aussi huileuse.

Sur l'herbe des tombes et les surfaces polies des stèles de granit, les ombres des feuilles agitées par le vent dansaient tels des feux follets.

Malgré le peu de lumière ambiante, il était visible que la paume de la main que je venais de me passer sur la figure était noire de suie.

— Je dois être une vraie puanteur ambulante !

Aussitôt, Orson se désintéressa des écureuils pour se ruer sur moi. Il renifla énergiquement mes chaussures, mes jambes, mon torse, fourrant finalement son museau sous mon aisselle.

Parfois je le soupçonne non seulement de comprendre davantage que ses frères de race, mais d'être doté de sens de l'humour et d'un esprit sarcastique.

Je le repoussai et lui pris la tête à deux mains :

— Tu ne sens pas la rose non plus, mon vieux. Et tu fais un drôle de chien de garde ! Peut-être qu'ils étaient déjà dans la maison avec Angela à notre arrivée, et qu'elle ne le savait pas. Mais comment se fait-il que tu ne leur aies pas mordu les fesses à leur départ ? S'ils se sont échappés par la porte de la cuisine, ils ont dû te passer sous le nez. J'aurais dû retrouver un gang de méchants se tenant le cul en hurlant de douleur dans le jardin, non ?

Orson soutenait mon regard. Visiblement choqué par la question, l'accusation implicite. Oui, choqué. C'était un chien pacifique. Un chasseur de balles en caoutchouc, un lécheur de visages, un philosophe et un bon compère. *De plus, maître Snow, ma mission était d'empêcher les méchants d'entrer dans la maison, non d'en sortir. Bon débarras ! Qui a envie de fréquenter des méchants ? Des méchants et des puces ? Bon débarras.*

Les yeux dans les yeux d'Orson, je fus envahi d'un sentiment d'étrangeté — ou peut-être s'agissait-il d'une poussée de folie passagère — et, l'espace d'un instant, j'imaginai être capable de lire ses véritables pensées, fort différentes du dialogue que j'inventais pour lui. Différentes et troublantes.

Je le lâchai, mais il ne se détourna pas, les yeux toujours rivés sur les miens.

Je soutins son regard, incapable de faire autrement.

Souffler un mot de cette expérience à Bobby Halloway m'aurait valu le conseil de subir une lobotomie : pourtant je sentais que le chien avait peur pour moi. Qu'il me plaignait de tant lutter pour ne pas admettre l'ampleur de mon chagrin. Qu'il avait pitié de moi parce que je ne parvenais pas à avouer que la perspective de me retrouver seul au monde me terrifiait. Mais surtout, il avait peur pour moi, comme s'il me voyait menacé d'une catastrophe imminente dont j'étais inconscient : une grande bagnole, d'un blanc étincelant, aussi grosse qu'une montagne, qui me réduirait en poussière et laisserait une trace incandescente sur son passage.

— Quoi, quand, où ?

Le regard d'Orson avait une intensité sidérante. Digne de celui d'Anubis, le gardien à la tête de chien des tombes égyptiennes, qui pèse le cœur des morts. Décidément, mon chien n'avait rien d'une Lassie, d'un toutou Disney insouciant, mignon à croquer et doté de trésors d'espièglerie.

— Tu sais que tu me fous les boules parfois ?

Orson cligna des yeux, secoua la tête, s'éloigna d'un bond et se mit à tourner en rond parmi les tombes, reniflant l'herbe et les feuilles mortes de chêne, faisant mine d'être de nouveau un simple chien.

En fait, peut-être que je m'étais fait peur tout seul. Peut-être que dans le reflet de mon regard dans ses yeux noirs, j'avais vu des vérités sur mon âme que je n'étais pas prêt à affronter.

— Ce serait l'interprétation Halloway.

Pris d'une frénésie soudaine, Orson s'enfonça dans une couche de feuilles odorantes encore humides de l'arrosage de l'après-midi, fourra sa truffe dedans, haleta et battit le sol de sa queue.

Les écureuils. Les écureuils ont baisé ici même, ici même. Des écureuils. Ici même. Une odeur d'écureuil, de musc, de chaleur, ici même, maître Snow, viens renifler par ici, vite, vite, ça sent le foutre d'écureuils.

— Tu es déconcertant.

J'avais toujours un goût de cendres dans la bouche, mais je ne crachais plus les glaires de Satan. Je devrais être capable de rejoindre la maison de Bobby à présent.

Avant de reprendre mon vélo, je me mis à genoux et me tournai vers la pierre tombale à laquelle je m'étais adossé.

— Alors Noah ? Ça va, on repose toujours en paix ?

Je n'avais pas besoin de la minitorche pour lire les lettres gravées dans la pierre. Je les connaissais par cœur, et j'avais passé des heures à m'interroger sur le nom du défunt et les dates inscrites en dessous :

NOAH JOSEPH JAMES
5 juin 1888-2 juillet 1984

Noah Joseph James, l'homme aux trois prénoms. Ce n'est pas ton nom qui m'étonne, mais ta singulière longévité.

Quatre-vingt-seize ans.

Quatre-vingt-seize printemps, étés, automnes et hivers.

Contre toute attente, j'ai déjà vécu vingt-huit ans. Si madame Chance me veut du bien, je verrai peut-être mes trente-huit ans. Si les médecins se révèlent de mauvais pronostiqueurs, si les lois de la probabilité cessent d'opérer, si le destin prend des vacances, peut-être que je vivrai jusqu'à quarante-huit ans. J'aurais vécu la moitié de la vie accordée à Noah Joseph James.

J'ignore qui il était, ce qu'il a fait de son presque siècle sur terre, s'il avait une femme avec qui partager sa vie ou s'il en a enterré trois, si les enfants qu'il a engendrés sont devenus prêtres ou tueurs en série. Peu m'importe. Je lui ai imaginé une vie fabuleuse. Il a beaucoup voyagé ; il est allé à Bornéo et au Brésil, à Mobile Bay pendant le Jubilé et à La Nouvelle-Orléans pour Mardi Gras, dans les îles grecques baignées de soleil et dans la mystérieuse terre de Shangrila au sommet de la forteresse du Tibet. Il a aimé et il a été profondément aimé en retour ; il était un guerrier et un poète, un aventurier et un érudit, un musicien, un artiste, un marin qui a sillonné toutes les mers du globe, qui a audacieusement repoussé les limites qui lui étaient imposées, si tant est qu'il y en eût. Aussi longtemps qu'il ne reste qu'un nom pour moi, il peut être tout ce que je veux, et je peux vivre sa longue, longue vie au soleil par procuration.

— Hé, Noah, je parie qu'à l'époque de ta mort, les entrepreneurs de pompes funèbres ne sortaient pas armés.

Je récupérai ma bicyclette appuyée contre la pierre tombale voisine, protégée par l'ange de granit.

Orson lâcha un grondement sourd. Je le sentis soudain tendu, sur le qui-vive. Tête levée, oreilles dressées. Malgré la pénombre, je crus voir qu'il avait la queue entre les pattes.

Suivant la direction de son regard, j'aperçus une grande silhouette aux épaules voûtées qui rôdait parmi les tombes. Malgré l'effet adoucissant des ombres, l'homme n'était qu'angles et arêtes, un squelette en costume noir, à croire qu'un des voisins de Noah venait de sortir de son cercueil pour partir en visite.

Il s'arrêta au bout de la rangée de tombes dans laquelle nous nous trouvions, Orson et moi, et consulta un drôle d'objet dans sa main gauche. Cela semblait avoir la taille d'un téléphone cellulaire, avec un écran lumineux.

Il pianota sur le clavier de l'appareil. Une mélodie de notes électroniques emplit brièvement le cimetière, qui ne ressemblait pas au bruit d'un téléphone.

À l'instant où un foulard de nuages s'écartait de la lune, l'inconnu rapprocha l'écran vert pomme pas mûre de son visage pour mieux voir les données qu'il affichait, et cela me permit de l'identifier. Je n'arrivais à distinguer ni ses cheveux ni ses yeux roux, mais même de profil, le visage taillé à la serpe et les lèvres minces m'étaient affreusement familiers : Jesse Pinn, l'assistant de l'entrepreneur de pompes funèbres.

Il n'était pas conscient de notre présence, alors que nous nous tenions à moins de neuf ou dix mètres à sa gauche.

Nous jouâmes les statues de granit. Orson ne grognait plus, bien que le bruit du vent dans les chênes eût aisément masqué ses grondements.

Pinn releva la tête, jeta un coup d'œil à sa droite, vers Sainte-Bernadette, puis consulta de nouveau son écran. Il finit par se diriger vers l'église.

Toujours sans nous voir.

Je regardai Orson.

Qui me regarda.

Oubliés les écureuils ! Nous nous lançâmes sur les traces de Pinn.

17.

L'ordonnateur des pompes funèbres se dirigea d'un bon pas vers l'arrière de l'église, sans jamais se retourner. Il descendit un large escalier de pierre qui menait au sous-sol.

Je lui collai aux talons de crainte de le perdre de vue. Me figeant à environ deux mètres du haut des marches, je me penchai pour voir ce qu'il fabriquait.

S'il levait le nez, je n'aurais pas le temps de reculer, mais cela ne me préoccupait guère. Il paraissait tellement absorbé par sa tâche que les appels des trompettes célestes et le tumulte des morts se relevant de leur tombe n'auraient peut-être pas même attiré son attention.

Il étudia le mystérieux appareil au creux de sa main, l'éteignit et le fourra dans une poche intérieure de sa veste. D'une autre poche, il tira un second instrument, mais la pénombre ne me permettait pas de distinguer ce que c'était. Contrairement au premier, il ne comportait pas d'éléments lumineux.

Malgré le chuintement du vent dans les feuilles des chênes, j'entendis une série de cliquetis et de grincements. Laquelle fut suivie de plusieurs claquements.

Au quatrième, je crus reconnaître ce son caractéristique. Il s'agissait d'un pistolet de déverrouillage. Un appareil équipé d'un fin picot que l'on introduit dans le canon de la serrure, sous la gorge. Quand on presse sur la détente, un ressort en acier plat se relève, libérant le pêne dormant.

Manuel Ramirez m'avait fait une démonstration un jour. Seules les forces de l'ordre étaient en droit de se servir de ces engins ; un civil en possédant se mettait dans la plus parfaite illégalité.

Jesse Pinn avait beau être capable de se coller sur le visage une expression de commisération aussi convaincante que celle de Sandy Kirk, vu qu'il incinérait des victimes de meurtre pour couvrir des crimes passibles de la peine de mort, bafouer la loi ne devait pas trop le gêner. Peut-être avait-il des limites. Peut-être, par exemple, ne se résoudrait-il jamais à balancer une religieuse du haut d'une falaise. Sauf qu'au souvenir de l'expression de son visage anguleux et de la lueur meurtrière de son regard lorsqu'il s'était approché de la fenêtre du crématorium, je n'aurais pas misé un centime sur la survie de la religieuse.

Il lui fallut tirer à cinq reprises pour dégager le pêne dormant. Après avoir prudemment testé la porte, il remit le pistolet dans sa poche.

La porte s'ouvrit sur un sous-sol éclairé. Pinn se figea dans un déséquilibre inconfortable sur le seuil pendant une trentaine de secondes, l'oreille tendue, les cheveux dressés sur la tête comme du chaume par le vent ; puis, il se redressa et entra, repoussant la porte derrière lui sans la refermer complètement.

— Reste ici, murmurai-je à Orson.

Je descendis l'escalier, et mon chien toujours obéissant me suivit.

Je tendis l'oreille : aucun bruit dans le sous-sol.

Orson glissa son museau dans l'interstice de quarante centimètres, reniflant à qui mieux mieux, et ne recula pas quand je lui grattai le sommet du crâne.

Me penchant au-dessus de lui, je glissai le nez dans le vide à mon tour, non pour renifler, mais pour voir ce qui se cachait derrière le battant. Les yeux plissés pour éviter l'éblouissement, je découvris une salle de six mètres sur douze aux murs et au plafond en béton, qui abritait l'équipement pour l'église et l'aile des salles de catéchisme : cinq chaudières à gaz, un gros chauffe-eau, des compteurs électriques et des appareils que je ne reconnus pas.

Jesse Pinn arrivait devant une autre porte, fermée.

Je battis en retraite et décrochai mon étui à lunettes de ma poche de poitrine. Le Velcro s'ouvrit avec un bruit qui me fit penser à un pet de serpent, Dieu sait pourquoi, puisque je n'ai jamais entendu un serpent lâcher un gaz. Ma fameuse imagination flamboyante sombrait dans le scatologique.

Le temps que je chausse mes lunettes, Pinn avait disparu derrière la porte entrebâillée.

— C'est un sol en béton, murmurai-je à Orson. On n'entendra pas mes Nike, mais le grattement de tes griffes, si. Reste ici.

Je me glissai à l'intérieur.

Orson resta dehors, au pied de l'escalier. Peut-être que pour une fois il m'avait obéi parce que je lui avais donné une raison logique de le faire.

Ou peut-être qu'à cause d'une odeur, il savait qu'aller plus loin était déconseillé. Les chiens ont un sens olfactif des milliers de fois plus développé que le nôtre, qui leur fournit plus de données que tous les sens humains associés.

Avec mes lunettes de soleil, j'étais protégé de la lumière tout en voyant encore assez pour m'orienter. Évitant le centre très exposé, je longeai les chaudières, ce qui me permettrait aussi de me cacher si j'entendais Pinn revenir.

Sous l'effet de la sueur, mon écran solaire avait perdu de son efficacité, mais je comptais sur la couche de suie pour me protéger. Mon visage devait être à peu près dans le même état que mes mains qui semblaient gantées de soie noire.

En arrivant derrière la seconde porte, j'entendis deux voix dans le lointain, masculines, dont l'une appartenait à Pinn. Des voix étouffées : impossible de distinguer le dialogue.

Je jetai un coup d'œil vers l'entrée, d'où Orson m'observait, une oreille dressée.

La seconde porte donnait sur une longue pièce étroite pratiquement vide. Seules quelques lampes étaient allumées, pendant au bout de chaînes entre des canalisations d'eau et des conduits de chauffage, mais je gardai mes lunettes sur le nez.

En fait, cette salle formait un L, et la seconde branche, à droite, était plus longue et plus large que la première, mais toujours aussi peu éclairée. Elle devait servir de réserve, car en me dirigeant vers les voix, je passai sur la pointe des pieds devant des cartons de fournitures, des décorations de fêtes, et des classeurs contenant les archives de l'église. Voyant que partout les ombres s'agglutinaient comme des congrégations de moines encapuchonnés, je retirai mes lunettes.

J'entendais à présent plus distinctement les voix, mais l'acoustique était tellement mauvaise que je ne comprenais pas un traître mot. Si Pinn ne criait pas, il vibrait de colère, à en juger par son ton menaçant. Son interlocuteur semblait chercher à le calmer.

Une crèche grandeur nature occupait la moitié de la largeur de la pièce. Rien n'y manquait : Joseph et la Sainte Vierge devant le berceau du Christ, les Rois Mages, les chameaux, les ânes, les agneaux et les anges annonciateurs. Construite en bois, l'étable renfermait de vraies bottes de paille ; un artiste de talent avait peint les traits et les costumes des personnages et des animaux en plâtre protégé par une laque imperméable qui leur donnait un éclat surnaturel dans cette pénombre. Les outils, pots de peinture et autres fournitures autour de la crèche indiquaient qu'on la réparait avant de la bâcher en attendant Noël.

Je commençai à distinguer des mots du dialogue de Pinn avec l'inconnu. Je me faufilai entre les personnages, dont certains me dominaient de toute leur taille. Le plus déroutant, c'était qu'aucun des figurants de la crèche ne se trouvait à sa place. L'un des Rois Mages avait la tête dans la trompette levée d'un ange, et Joseph semblait converser avec un chameau. L'Enfant-Jésus reposait tout seul dans son berceau, posé sur une botte de foin. Marie avait un sourire béat et un regard idolâtre, sauf que l'objet de son attention n'était pas son fils, mais un seau en fer galvanisé. Un autre Roi Mage avait le nez dans les fesses d'un chameau.

Je traversai cette crèche livrée au chaos et me figeai dans l'ombre protectrice d'un ange joueur de luth. En jetant un coup d'œil par-dessus son aile, je vis Jesse Pinn en pleine lumière à environ six mètres de moi, qui harcelait un autre homme au pied de l'escalier montant au rez-de-chaussée de l'église.

— On vous a prévenu, grondait presque Pinn. Combien de fois vous a-t-on prévenu ?

Pinn me cachait l'autre homme. Ce dernier s'exprimait d'un ton calme et mesuré, et je n'arrivais pas à entendre ce qu'il disait.

L'air écœuré, l'assistant de Kirk se mit à faire nerveusement les cent pas, en passant une main dans ses cheveux hirsutes.

Son interlocuteur n'était autre que le père Tom Eliot, curé de Sainte-Bernadette.

— Imbécile, pauvre con ! s'écria Pinn, furieux et amer. Crétin de moulin à paroles à la gloire de Dieu.

Un mètre soixante-dix, rondouillard, le père Tom avait le visage expressif et mobile d'un comique-né. Sans être membre de son église, j'avais eu l'occasion de converser avec lui : c'était, me semblait-il, un homme bon enfant doté d'un solide sens de l'humour et d'un amour de la vie presque puéril. On comprenait aisément pourquoi ses paroissiens l'adoraient.

Pinn ne devait pas faire partie de ceux-là. Levant une main squelettique, il pointa un doigt osseux vers le prêtre :

— Vous me rendez malade, pauvre connard suffisant.

Manifestement le père Tom avait décidé de ne pas relever ces attaques verbales.

Marchant de long en large, Pinn fendait l'air de sa main, comme s'il s'efforçait de charger ses mots d'une vérité susceptible d'être comprise du prêtre.

— On ne veut plus de vos conneries, ni de vos ingérences. Je ne vais pas vous menacer de vous casser la gueule moi-même, bien que ce ne soit pas l'envie qui m'en manque. Je n'ai jamais aimé la danse, mais c'est sûr que je ne détesterais pas faire des claquettes sur votre tronche de débile. Mais pas de menaces comme avant, non, pas cette fois, plus jamais. Je ne vais même pas vous menacer de les envoyer vous régler votre compte, cela vous ferait bien trop plaisir. Père Eliot, le martyr, souffrant pour Dieu. Vous adoreriez ça, non ? Être un martyr, mourir dans d'atroces souffrances sans une plainte.

Tête baissée, bras ballants, le père Tom avait l'air d'attendre patiemment la fin de l'orage.

Sa passivité décupla la fureur de Pinn. L'assistant de Kirk enfonça son poing droit dans sa main gauche, comme s'il avait besoin d'entendre le claquement de la chair contre la chair. Son visage était à présent aussi méprisant que furieux.

— Une de ces nuits, vous allez vous réveiller au milieu d'eux, ou peut-être qu'ils vous attaqueront par surprise dans le clocher ou dans la sacristie quand vous serez agenouillé sur le *prie-Dieu* [1], et vous vous livrerez à eux dans l'extase, une extase de malade, vous délectant de la douleur, souffrant pour votre Dieu — c'est comme ça que vous verrez les choses —, souffrant pour votre cher Dieu, souffrant pour vous assurer le paradis. Pauvre con. Connard d'attardé. Vous seriez foutu de prier pour eux, de prier frénétiquement pour eux pendant qu'ils vous réduisent en charpie. Pas vrai ?

Le prêtre rondouillard restait muet, les yeux rivés au sol.

Pour ma part, j'eus du mal à garder le silence. J'avais des questions à poser à Jesse Pinn. Des tonnes.

Mais en ces lieux, il n'y avait pas de flammes de four crématoire avec lesquelles lui griller la plante des pieds pour l'obliger à parler.

Cessant ses allées et venues, Pinn s'arrêta devant le père Tom, le dominant de toute sa taille :

— Plus de menaces, curé. Cela ne sert à rien. Sinon à vous titiller à la perspective de souffrir pour Votre Seigneur. Alors voilà ce qui va se passer si vous continuez à vous mêler de nos affaires — on fera la peau de votre sœur. La jolie Laura.

Le père Tom releva la tête et regarda Pinn en face, toujours muet.

— Je la tuerai moi-même, promit Pinn. Avec ce flingue.

Il tira un pistolet de sous son veston, où j'aperçus un holster. Malgré la distance et la pénombre, le canon me parut d'une longueur inhabituelle.

Instinctivement, je fourrai la main dans ma poche de veste et la refermai sur la crosse du Glock.

---

1. En français dans le texte. (*N.d.T.*)

— Relâchez-la.

— Nous ne la relâcherons jamais. Elle est trop… intéressante. En fait, avant de tuer Laura, je la violerai. Elle a de sacrés restes, même si elle devient bizarre.

Laura Eliot, qui avait été une amie et une collègue de ma mère, était effectivement une jolie femme. J'avais beau ne pas l'avoir vue depuis un an, je me rappelais parfaitement ses traits. Elle était censée avoir trouvé un emploi à San Diego quand Ashdon avait supprimé son poste. Papa et moi avions reçu une lettre d'elle, un peu déçus qu'elle ne se soit pas déplacée pour nous dire au revoir. Manifestement, c'était une histoire montée de toutes pièces : elle se trouvait toujours dans la région, retenue contre son gré.

Le père Tom retrouva sa voix :

— Dieu vous aide !

— Je n'ai pas besoin d'aide. Quand je lui fourrerai l'arme dans la bouche, juste avant de presser la détente, je lui annoncerai que son frère prétend qu'il la verra bientôt, bientôt en enfer, et je lui ferai sauter la cervelle.

— Dieu me vienne en aide.

— Qu'est-ce que vous avez dit ? ricana Pinn.

Le père Tom resta coi.

— Dieu me vienne en aide, c'est ça ? Pas l'ombre d'une chance. Après tout, vous n'êtes plus l'un des siens, n'est-ce pas ?

Devant cette étrange affirmation, le père Tom s'adossa au mur et se couvrit le visage de ses mains. Pleurait-il ?

— Pensez aux jolis traits de votre sœur, reprit Pinn. Et maintenant imaginez sa boîte crânienne en train de se tordre, de se déformer et d'exploser sous l'impact de la balle.

Il tira dans le plafond. Le canon de son arme était équipé d'un silencieux, ce qui expliquait sa longueur, si bien que le coup de feu ne fit pas plus de bruit qu'un poing s'enfonçant dans un oreiller.

La balle heurta l'abat-jour en métal rectangulaire suspendu juste au-dessus de l'ordonnateur. La lampe se mit à se balancer follement au bout de ses chaînes ; une lame glaciale découpa des arcs lumineux dans la salle.

Dans ce balancement régulier, la silhouette d'épouvantail de Pinn bondit vers d'autres ombres qui battaient des ailes tels des corbeaux. L'ordonnateur remit son pistolet dans son étui, sous son veston.

Les chaînes de la lampe folle s'enroulèrent avec force, produisant un son étrange, comme si des enfants de chœur aux yeux de lézard, vêtus de soutanes et de surplis ensanglantés, sonnaient les cloches discordantes d'une messe satanique.

Le son aigu et les ombres errantes parurent exciter Jesse Pinn. Il lâcha un cri inhumain, primitif et psychotique, ce braillement qui vous réveille parfois la nuit et vous amène à vous interroger sur l'espèce fautive. À l'instant où ce son éclaboussé de salive jaillit de ses lèvres, il envoya deux coups de poing dans l'estomac du prêtre.

Je quittai l'abri de l'ange joueur de luth tout en essayant de tirer le Glock de ma poche, mais ce dernier se coinça dans la doublure.

Quand le père Tom se courba en deux sous l'impact des coups, Pinn croisa les mains et le frappa à la nuque.

Le prêtre s'effondra par terre. Je réussis enfin à extraire le pistolet de ma poche.

Pinn balança un coup de pied dans les côtes du curé.

Je levai le Glock, visai le dos de Pinn et déclenchai le viseur laser. Le point rouge fatal se dessina entre ses omoplates ; je m'apprêtais à lui intimer l'ordre d'arrêter lorsqu'il lâcha le prêtre et recula d'un pas.

Je restai coi.

— Si vous n'êtes pas un élément de la solution, vous êtes un élément du problème. Si vous ne pouvez pas être un élément de l'avenir, cessez de vous mettre en travers du chemin.

Cela avait tout d'une conclusion. J'éteignis le viseur laser et battis en retraite derrière l'ange à l'instant même où Pinn se détournait du père Tom. Il ne me vit pas.

Dans le cliquètement des chaînes, Jesse Pinn tourna les talons, et le bruit métallique parut provenir non de l'abat-jour mais de l'intérieur de son corps, comme si des criquets migraient dans son sang. Son ombre bondit devant et derrière lui jusqu'à ce qu'il sorte du champ de la lampe affolée, se fonde dans l'obscurité et disparaisse dans l'autre branche du L.

Je remis le Glock dans ma poche.

Le père Tom Eliot gisait en bas des marches, en position fœtale, recroquevillé sur sa douleur.

J'envisageai une seconde d'aller m'assurer qu'il n'était pas grièvement blessé et de l'interroger sur la signification de la confrontation à laquelle je venais d'assister, mais je ne tenais pas trop à révéler ma présence. Je ne bougeai pas.

Un ennemi de Jesse Pinn ne pouvait être qu'un de mes alliés — mais comment être sûr du bon vouloir du père Tom ? Bien qu'adversaires, le prêtre et l'assistant des pompes funèbres étaient les acteurs d'un univers clandestin dont j'ignorais jusqu'à l'existence quelques heures avant, si bien qu'ils avaient plus en commun ensemble qu'avec moi. À ma vue, le père Tom pouvait très bien appeler Jesse Pinn à l'aide, et ce dernier reviendrait au pas de course, veste noire battant au vent, le braillement inhumain s'échappant de ses lèvres fines.

En outre, Pinn et sa bande détenaient la sœur du prêtre. Cela leur donnait un moyen de pression sur le curé, avantage que je n'avais pas.

La musique glaçante des chaînes entortillées diminua progressivement, et l'épée de lumière décrivit un arc de plus en plus petit.

Sans un cri de protestation, ni même un grognement involontaire, le prêtre s'agenouilla tant bien que mal et se releva. Il était incapable de se tenir droit. Bossu comme un singe, n'ayant plus rien de comique, une main sur la rampe, il entreprit de monter péniblement les marches grinçantes menant à l'église.

En arrivant en haut, il éteindrait les lampes et je me retrouverais dans une obscurité que sainte Bernadette elle-même aurait jugée intimidante. Il était temps de lever le camp.

Avant de traverser à nouveau la crèche de personnages grandeur nature, je regardai l'ange — et je crus voir dans ses yeux peints le bleu des miens. J'étudiai le reste de ses traits, et malgré la pénombre, j'acquis la conviction que cet ange et moi avions le même visage.

Cette ressemblance me paralysa. Comment cet ange sosie pouvait-il avoir échoué ici ? J'ai rarement vu mon propre visage en pleine lumière, mais j'ai entrevu son reflet dans les miroirs de ma maison plongée dans la pénombre, et là, l'éclairage était le même. C'était moi, sans aucun doute possible : un moi béatifié et idéalisé, mais bien moi.

Depuis mon expérience dans le garage de l'hôpital, le moindre incident, le moindre objet semblait prendre un sens. Plus question de me raconter qu'il ne s'agissait que de coïncidences. Où que mon regard se portât, le monde dégoulinait d'étrangeté.

Il est sûr que je courais droit à la folie en considérant l'existence entière comme un vaste complot dirigé par de supermanipulateurs omniscients. Le sain d'esprit comprend que les êtres humains sont incapables d'organiser des complots sur une grande échelle, car certains des traits les plus caractéristiques de notre espèce sont notre inattention au détail, notre tendance à céder à la panique, et notre incapacité de tenir notre langue. À l'échelle cosmique, nous sommes à peine capables de lacer nos chaussures. S'il existe, effectivement, un ordre secret de l'univers, ce n'est pas de notre fait, et nous ne sommes probablement même pas capables de le saisir.

Le prêtre montait l'escalier.

Ébahi, j'examinai l'ange.

Souvent à l'époque de Noël, j'avais longé à vélo la rue où se dressait Sainte-Bernadette lors de mes promenades nocturnes. La crèche était installée sur la pelouse devant l'église, chaque personnage à sa place, aucun des Rois Mages porteurs de présents ne jouant les proctologues de chameaux — et cet ange ne faisait pas partie du décor. Ou alors je ne m'étais pas rendu compte de sa présence. L'explication la plus plausible, c'était que la scène était trop brillamment éclairée pour que je me risque à l'admirer ; l'ange Christopher Snow faisait partie du décor, mais j'en avais toujours détourné le regard, en clignant des yeux.

Le prêtre était parvenu à la moitié de l'escalier et il accélérait le pas.

Je me rappelai alors qu'Angela Ferryman assistait à la messe à Sainte-Bernadette. Puisqu'elle fabriquait des poupées, on avait dû la prier de mettre son talent au service de la construction de la crèche.

Énigme résolue.

Mais je ne comprenais toujours pas pourquoi elle avait donné mon visage à un ange. Si l'on voulait absolument m'intégrer dans la crèche, c'était sous les traits de l'âne qu'il fallait me représenter. Manifestement, Angela se faisait une idée de moi plus haute que je ne le méritais.

C'est alors que je la revis affalée sur le sol de la salle de bains, les yeux fixés sur un point plus lointain qu'Andromède, tête rejetée sur la cuvette des toilettes, la gorge tranchée.

Soudain j'eus la conviction d'avoir raté un détail important en découvrant son pauvre corps abîmé. Dégoûté par le sang, en proie au chagrin, dans un état de choc et de peur, j'avais évité de la regarder trop longtemps — tout comme, pendant des années, j'avais évité de regarder les personnages de la crèche brillamment éclairée devant l'église. J'avais vu un indice vital, mais sans l'enregistrer consciemment. Maintenant mon subconscient se moquait de moi.

Arrivé en haut des marches, le père Tom éclata en sanglots. Il s'assit sur le palier et pleura sans pouvoir s'arrêter.

Le visage d'Angela ne cessait de se dérober à mon souvenir. Plus tard, je trouverais le temps d'affronter et d'explorer, malgré moi, ces images de grand-guignol.

Ange, chameau, Mages, Joseph, âne, Sainte Vierge, agneau, je traversai silencieusement la crèche, passai devant les classeurs et les cartons de fournitures, retrouvai la salle plus étroite et presque vide, et me dirigeai vers la sortie.

Les murs en béton renvoyaient l'écho des sanglots angoissés du prêtre qui diminuèrent progressivement jusqu'à ressembler aux cris d'une sorte de fantôme à peine capable de se faire entendre à travers la barrière froide séparant ce monde de l'au-delà.

Sombre, je me rappelai la douleur atroce de mon père dans la morgue de l'hôpital, la nuit de la mort de ma mère.

Pour des raisons qui m'échappent en partie, je muselle mon angoisse. Lorsqu'un de ces cris sauvages monte en moi, je le mastique jusqu'à le vider de sa substance et je finis par le ravaler.

Dans mon sommeil, je grince des dents — ce qui n'a rien d'étonnant — au point qu'il m'arrive de me réveiller avec des mâchoires douloureuses. Peut-être est-ce par crainte de laisser s'exprimer dans mes rêves des sentiments que je choisis de taire à l'état de veille.

En me dirigeant vers la sortie, j'étais sûr que, cireux, livide, avec des yeux gonflés comme des cloques, l'ordonnateur allait me sauter dessus, surgir de l'ombre à mes pieds ou jaillir d'une chaudière tel un diable de sa boîte. Mais il n'était nulle part en vue.

Dehors, Orson vint me rejoindre, abandonnant les tombes derrière lesquelles il s'était caché de Pinn. L'autre devait être parti.

Mon chien me dévisagea avec grande curiosité — ou du moins le crus-je :

— Je ne sais pas trop ce qui s'est passé là-dedans. Je ne sais pas ce que cela signifiait.

Orson parut en douter. Il a le chic pour prendre l'air dubitatif : impassible, les yeux fixés dans les miens.

— Je t'assure.

Je partis récupérer mon vélo. L'ange de granit qui veillait sur mon moyen de transport ne présentait pas l'ombre d'une ressemblance avec moi.

Le vent avait laissé place à une brise caressante, et les chênes se taisaient.

Un filigrane de nuages passait devant la lune argentée.

Un vol d'hirondelles de cheminée piqua du toit de l'église pour se poser dans les arbres, et quelques rossignols se mirent à chanter, comme si le cimetière redevenait un lieu sanctifié maintenant que Pinn l'avait quitté.

Tenant mon vélo par le guidon, je contemplai les alignements de tombes :

— « ... l'obscurité a fini par se durcir autour d'elles, se changeant en terre. » C'est de Louise Glück, une grande poétesse.

Orson haleta comme pour appuyer mes dires.

— Je ne sais pas ce qui s'est passé ici, mais je crois que beaucoup de gens vont mourir avant que cela se termine — et il risque d'y avoir des gens que nous aimons dans le lot. Peut-être même moi. Ou toi.

Le regard d'Orson était grave.

Soudain les rues de ma ville derrière le cimetière me paraissaient bien plus terrifiantes que n'importe quelle fosse commune.

— Allons boire une bière.

J'enfourchai mon vélo, Orson dansa sur l'herbe du cimetière, et nous laissâmes les morts derrière nous.

MINUIT

18.

Le cottage est la résidence idéale pour un dingue de surf comme Bobby. Il se dresse sur la branche sud de la baie, au bout de la pointe, seule construction à six cents mètres à la ronde. Cerné de houle.

De la ville, les lumières de la maison paraissent si éloignées de celles qui parsèment la courbe intérieure de la baie que les touristes croient voir un bateau ancré dans le chenal, au-delà de nos eaux protégées. Les habitants de longue date se servent du cottage comme point de repère.

La maison a été bâtie il y a quarante-cinq ans, avant que l'on n'impose de nombreuses restrictions à la construction le long du littoral, et elle n'a jamais eu de voisins parce qu'à l'époque, les terrains bon marché abondaient le long de la côte où non seulement les conditions atmosphériques étaient meilleures mais où il existait des possibilités de raccordements aux divers réseaux. Le temps que les terrains sur le littoral — puis dans les collines derrière — se remplissent, les règlements édictés par la Commission des côtes de Californie avaient rendu toute construction impossible sur les pointes de la baie.

Bobby avait bien l'intention de s'éteindre dans cet endroit singulier, dans un linceul de fracas de brisants

— mais pas avant la moitié du premier siècle du nouveau millénaire.

Aucune route ne menait à la pointe ; seul un large sentier rocheux serpentait entre les dunes basses, retenues de manière précaire par des bouquets éparpillés d'herbes hautes.

Les branches de la baie sont des formations naturelles, des presqu'îles incurvées, vestiges des bords d'un gros volcan éteint. La baie elle-même est un cratère volcanique recouvert de sable par des milliers d'années de marées. Près de la côte, la pointe sud fait une centaine de mètres de large, mais elle se rétrécit pour ne plus en mesurer que trente à son extrémité.

J'étais presque arrivé chez Bobby quand je dus mettre pied à terre pour pousser mon vélo. Des amoncellements de sable vallonnaient le chemin. Si la Jeep de Bobby les traversait sans problème, il était impossible de pédaler dedans.

Cette promenade, généralement paisible, invitait à la méditation. Cette nuit-là, la pointe était sereine, mais elle avait l'allure étrange d'un paysage lunaire, et je ne cessais de regarder derrière moi, sûr d'être poursuivi.

De plain-pied, le cottage était en teck, avec un toit en planches de cèdre. D'un gris argenté patiné par les intempéries, le bois acceptait la caresse du clair de lune comme un corps de femme celle d'un amant. La maison était ceinte sur trois côtés d'une large terrasse couverte meublée de rocking-chairs et de balancelles.

Il n'y avait pas un arbre en vue. Le paysage n'était que sable et herbes folles. L'œil se lassait vite de cette monotonie pour se fixer plus volontiers sur le ciel, l'océan et le scintillement de Moonlight Bay, qui paraissait plus éloignée qu'elle ne l'est en réalité.

Pour me donner le temps de me calmer, j'appuyai mon vélo contre la balustrade de la terrasse sur la façade, contournai le cottage et marchai jusqu'à la pointe. Avec Orson, je m'arrêtai au sommet de l'à-pic de neuf mètres surplombant la plage.

L'océan était si étale qu'il aurait été difficile de prendre une vague, et le *ride* n'aurait pas duré longtemps. C'était presque une marée de quadrature, bien qu'on soit en plein quatrième quartier de lune. Les vagues étaient aussi un peu hachées, à cause d'un vent de mer, dont les bourrasques suffisamment fortes créaient des clapots, mais à l'intérieur de la baie, c'était pratiquement le calme plat.

Mieux vaut un vent de terre qui lisse la surface de l'océan. Il fait jaillir des embruns à la crête des vagues, les fait tenir plus longtemps, et les creuse avant qu'elles ne se brisent.

Bobby et moi pratiquons le surf depuis l'âge de onze ans : lui, le jour, nous deux, la nuit. De nombreux surfeurs apprécient les clairs de lune, mais ils sont plus rares les nuits sans lune, et Bobby et moi, nous préférons par-dessus tout les vagues déchaînées sous un ciel sans l'ombre d'une étoile.

Nous avons été des grommets ensemble, des débutants enquiquinants comme la pluie, mais nous sommes devenus des passionnés avant l'âge de quatorze ans, et nous étions accros à l'époque où Bobby passa son bac et moi l'équivalent par correspondance. Bobby est un peu plus qu'un dingue du surf maintenant, il est un vrai mensch, et les gens du monde entier se tournent vers lui pour savoir où trouver les gros rouleaux.

Dieu que j'aime l'océan la nuit ! C'est de l'obscurité liquide et nulle part au monde je ne me sens aussi bien que dans cette houle noire. La seule lumière ambiante est celle du plancton bioluminescent, qui luit lorsqu'on le dérange, et bien qu'un banc puisse donner à une vague entière un éclat vert citron intense, celui-là n'agresse pas mes yeux. L'océan nocturne ne renferme rien qui m'obligerait à me protéger le regard ou à le détourner.

Le temps que je revienne au cottage, Bobby m'attendait à la porte. Comme nous sommes amis, tout l'éclairage chez lui est branché sur rhéostat ; il avait tout réduit à l'intensité de lueurs de bougies.

Comment avait-il su que j'étais arrivé ? Mystère. Ni Orson ni moi n'avions fait le moindre bruit. Mais Bobby le sait toujours, c'est tout.

Malgré la fraîcheur de mars, il était pieds nus, en jean et il arborait une chemise hawaïenne — il ne possède rien d'autre — mais il avait fait une concession à la saison en enfilant un ras de cou en coton blanc à manches longues sous la chemise à manches courtes, ornée de perroquets narquois et de luxuriantes feuilles de palmier.

Quand je franchis le perron, Bobby me fit un *shaka*, le signe du surfeur, plus facile à faire que celui de *Star Trek* qui s'en inspire certainement. On replie les trois doigts du milieu sur la paume, on tend le pouce et l'auriculaire, et on agite paresseusement la main. Cela signifie plein de trucs — bonjour, qu'est-ce qui se passe, restons cool, super surf — rien que des sens amicaux, et cela ne sera jamais interprété comme une insulte à moins que vous ne vous adressiez à un non-surfeur, un membre de gang de L.A., par exemple, auquel cas cela peut vous valoir une balle entre les deux yeux.

J'avais hâte de raconter à Bobby tout ce que j'avais appris depuis le coucher du soleil, mais il aime bien prendre son temps. S'il le prenait un poil de plus, il serait mort. Lorsqu'il n'est pas sur sa planche, il apprécie la tranquillité. Il s'en repaît. Si vous voulez être pote avec lui, il faut que vous appreniez à accepter sa vision de la vie : rien de ce qui se passe à plus de cinq cents mètres de la plage n'a suffisamment d'importance pour qu'on s'embête avec, et aucun événement n'est jamais assez chic ni solennel pour justifier qu'on s'embarrasse d'une cravate. Il réagit mieux à une conversation languide qu'au bavardage à bâtons rompus, aux sous-entendus qu'aux affirmations péremptoires.

— Tu me sers une bière ?

— Corona, Heineken, Löwenbräu ?

— Corona.

Bobby traversa le living-room.

— Et le truc à queue boit quelque chose ce soir ?

— Une Heineken.

— Blonde ou brune ?

— Brune.

— Cela a dû être une rude nuit pour les chiens.

— La totale.

Le cottage se compose d'une grande salle de séjour, d'un bureau d'où Bobby surveille les vagues du monde entier, d'une chambre, d'une cuisine, et d'une salle de bains. Les murs sont lambrissés de teck huilé, sombre et chaud ; les fenêtres sont grandes, le sol est en ardoise et l'ameublement, confortable.

La décoration — outre le cadre naturel — se limite à huit étonnantes aquarelles de Pia Klick, une femme dont Bobby est toujours amoureux, bien qu'elle l'ait quitté pour s'installer à Waimea Bay, sur la côte nord de Oahu. Il voulait l'accompagner, mais elle lui a affirmé avoir besoin d'être seule à Waimea, qu'elle appelle son pays spirituel ; l'harmonie et la beauté de l'endroit sont censées lui apporter la sérénité d'esprit nécessaire pour décider si oui ou non elle va vivre son destin. Je ne sais pas ce que cela veut dire. Bobby non plus. Pia racontait qu'elle resterait là-bas un mois ou deux. Cela fait presque trois ans qu'elle y est. À Waimea, les rouleaux se forment sur de très grandes profondeurs. Les vagues sont aussi hautes que des murailles. Pia prétend qu'elles sont vert jade transparent. Parfois je rêve de longer ce rivage et d'entendre le tonnerre de ces brisants. Une fois par mois, Bobby appelle Pia ; ou c'est l'inverse. Leur conversation peut durer quelques minutes, ou des heures. Elle n'a pas d'autre homme dans sa vie et elle aime Bobby. Pia est l'une des personnes les plus gentilles, les plus douces et les plus intelligentes de ma connaissance. Je ne comprends pas pourquoi elle agit ainsi. Bobby non plus. Le temps passe. Il attend.

Dans la cuisine, il sortit une bouteille de Corona du réfrigérateur et me la tendit.

Je la débouchai et bus une gorgée. Ni citron vert, ni sel, pas de chichis avec moi.

Bobby ouvrit une bouteille de Heineken pour Orson.

— La moitié ou le tout ?

— C'est la nuit de tous les excès.

Malgré mes nouvelles sinistres, j'étais en plein dans le rythme tropical du royaume Bobby.

Il vida la bouteille dans un grand bol en métal émaillé posé par terre, celui qui est réservé à Orson. Sur le bol il a peint ROSEBUD en majuscules, une référence à la luge de *Citizen Kane*.

Loin de moi l'intention de transformer mon compagnon canin en alcoolique. Il ne boit pas de bière tous les jours et généralement il partage une bouteille avec moi. Mais il a ses petits plaisirs, et je ne voudrais pas l'en priver. De toute façon, avec ses quarante-cinq kilos, il faut plus d'une bière pour le soûler. Mais qu'il en boive deux et il donne une nouvelle dimension au terme de noceur.

Pendant qu'Orson lapait bruyamment sa Heineken, Bobby s'ouvrit une Corona et s'adossa au réfrigérateur.

Je m'appuyai au placard près de l'évier. Il y a une table et des chaises dans la cuisine, mais Bobby et moi, on préfère s'appuyer.

Nous sommes semblables sur bien des plans. Même taille, pratiquement le même poids, même carrure.

Malgré ses cheveux châtain foncé et ses yeux noir corbeau au point d'en avoir des reflets bleus, on nous a déjà pris pour des frères.

Nous avons tous les deux une collection de durillons dus au surf, et, adossé au réfrigérateur, Bobby se servait distraitement de la plante d'un pied pour frotter les durillons de l'autre. Il s'agit de calcifications noueuses qui se développent à cause du frottement constant contre la planche de surf ; on s'en fait sur les orteils et sur le dessus des pieds quand on a ramé allongé sur la planche. On en a aussi sur les genoux, et Bobby en a en bas des côtes.

Bien sûr, je ne suis pas hâlé comme lui. Il est plus que hâlé d'ailleurs. On dirait un vrai dieu du soleil, doré toute l'année, et l'été, il ressemble à un toast bien beurré. Il danse le mambo avec les mélanomes et peut-être un jour mourrons-nous tous deux à cause de ce soleil qu'il courtise et que je fuis.

— Il y a eu une succession incroyable de vagues courtes aujourd'hui. Hautes de deux mètres, forme parfaite.

— C'est superlent maintenant.

— Oui, ça s'est calmé vers le crépuscule.

Nous sirotions nos bières. Orson se léchait joyeusement les babines.

— Alors ton père est mort.

J'acquiesçai. Sasha avait dû le prévenir.

— C'est bien.

— Oui.

Bobby n'est ni cruel ni insensible. Il voulait dire que c'était bien que mon père ne souffre plus.

Entre nous, on se dit souvent beaucoup en peu de mots. Ce n'est pas seulement à cause de nos ressemblances physiques qu'on nous prend pour des frères.

— Tu es arrivé à temps à l'hôpital. C'est bien.

— Oui.

Il ne me demanda pas comment je faisais face. Il le savait.

— Donc après l'hosto, tu as fait deux ou trois numéros dans un spectacle de comiques à la peau noircie au charbon.

Je posai une main noire de suie sur mon visage dans le même état.

— Quelqu'un a tué Angela Ferryman et mis le feu à sa maison pour dissimuler le meurtre. J'ai failli rejoindre le grand onaula-loa au ciel.

— Qui est ce quelqu'un ?

— J'aimerais bien le savoir. Les mêmes ont volé le corps de papa.

Bobby but une gorgée de bière sans commenter.

— Ils ont tué un vagabond et ont échangé son corps avec celui de mon père. Mais peut-être que tu n'as pas envie de savoir tout cela.

Il pesa un instant le pour et le contre entre la sagesse de l'ignorance et la séduction de la curiosité.

— Je peux toujours oublier que tu me l'as dit, si cela paraît intelligent.

Orson rota. La bière lui donne de l'aérophagie.

Puis il remua la queue et regarda Bobby d'un air implorant.

— Terminé pour toi, face de poils.

— J'ai faim, repris-je.

— Et tu es crade. Va prendre une douche et enfiler des fringues propres. Je vais préparer des tacos.

— Je pensais me laver dans l'océan.

— On se les gèle dehors.

— Je dirais qu'il fait dans les quinze degrés.

— Je parle de la température de l'eau. Crois-moi, ça caille. Il vaut mieux prendre une douche.

— Orson a besoin d'un grand nettoyage lui aussi.

— Emmène-le sous la douche avec toi. Les serviettes ne manquent pas.

— T'es un frère.

— Ouais, je suis tellement chrétien que je ne surfe plus sur les vagues, je marche dessus.

Au bout de quelques minutes au royaume Bobby, j'étais détendu et disposé à distiller mes nouvelles. Bobby est plus qu'un ami cher. C'est un tranquillisant.

Soudain il se redressa et tendit l'oreille.

— Quoi ?

— Quelqu'un.

Je n'avais entendu que le rugissement faiblissant du vent. Avec les fenêtres fermées et l'océan si paisible, je ne percevais même pas le bruit des vagues, mais Orson était lui aussi sur le qui-vive.

Bobby sortit de la cuisine pour voir qui pouvait être ce visiteur.

— Attends, frère, lui dis-je en lui tendant le Glock.

Il jeta un coup d'œil dubitatif au pistolet :

— Restons simples.

— Le vagabond, tu sais. Ils lui ont arraché les yeux.

— Pourquoi ?

Je haussai les épaules.

— Parce que c'était faisable ?

Bobby réfléchit à ce que je venais de dire. Puis il tira une clé d'un poche de son jean et ouvrit un placard à balais qui, selon mes souvenirs, n'avait encore jamais été muni d'une serrure. Il en sortit un fusil à pompe à poignée pistolet.

— Voilà qui est nouveau.

— Un anti-gros bras.

Il se passait quelque chose au royaume Bobby.

— Restons simples, fis-je, incapable de résister.

Orson et moi suivîmes Bobby sur la terrasse en façade. Le vent avait une vague odeur de varech.

Le cottage était orienté au nord. Il n'y avait pas de bateaux dans la baie — du moins pas de bateaux éclairés. À l'est, la ville scintillait sur le rivage et dans les collines.

Autour du cottage, l'extrémité de la pointe n'était que dunes basses et herbes hautes argentées sous la lune. Pas une âme en vue.

Orson se planta en haut des marches et se figea, tête dressée, truffe en action : il avait visiblement repéré une odeur plus intéressante que celle du varech.

Se fiant peut-être à un sixième sens, Bobby n'eut même pas besoin de regarder le chien pour confirmer ses propres soupçons.

— Reste ici. Si je fais fuir quelqu'un, retiens-le en lui expliquant qu'il n'a pas le droit de s'en aller tant qu'on lui aura pas validé son ticket de parking.

Pieds nus, il partit à travers les dunes jeter un coup d'œil à la pente raide dominant la plage. Quelqu'un aurait très bien pu surveiller le cottage de là-bas.

Bobby longea la crête, étudiant la pente et la plage en dessous, en se tournant régulièrement pour surveiller le territoire le séparant de la maison. Tenant le fusil à deux mains, il menait ses recherches avec une rigueur toute militaire.

De toute évidence, ce n'était pas la première fois qu'il se livrait à ce petit exercice. Il ne m'avait pas dit qu'il s'était fait harceler ou déranger par des intrus. D'ordinaire, lorsqu'il avait un problème grave, il m'en faisait part.

Quel secret gardait-il ?

19.

La truffe coincée entre deux montants de la balustrade de la terrasse, Orson regardait non dans la direction de Bobby mais vers la ville. En grondant.

Pourtant il n'y avait personne en vue.

Avec la régularité d'un moteur, le chien continuait à gronder.

À l'ouest, Bobby venait d'atteindre l'extrémité de la pointe, en longeant toujours la crête. Il n'était plus guère qu'une forme grise se découpant sur la noirceur du ciel et de l'océan.

Pendant que j'avais le dos tourné, quelqu'un aurait pu l'attaquer avec une soudaineté et une violence telles qu'il n'aurait pas eu le temps de crier, et je n'en aurais rien su. Cette silhouette grise et floue qui remontait vers la maison pouvait être n'importe qui.

— Tu me fiches les boules, lançai-je au chien grondeur.

J'avais beau plisser les yeux, je ne voyais rien dans la direction qu'Orson continuait à fixer. Seules les herbes hautes bougeaient. Le vent en train de retomber ne soufflait même plus assez fort pour soulever le sable sur les dunes.

Orson cessa de gronder et franchit le perron d'un bond, comme à la poursuite d'une proie. Il trottina jusqu'au sable à quelques mètres à gauche des marches et leva la patte pour vider sa vessie.

Lorsqu'il revint sur la terrasse, ses flancs étaient agités de frémissements. Se tournant de nouveau vers la ville, il se mit à gémir nerveusement.

J'aurais préféré qu'il se mette à aboyer.

Je passai de l'autre côté de la terrasse pour avoir à la fois la cour sableuse en façade et Bobby — s'il s'agissait bien de lui — dans mon champ de vision. Mais il ne tarda pas à disparaître derrière la maison.

Orson ne gémissait plus. Je me retournai : il avait disparu.

Je le crus parti en chasse, malgré la discrétion de son départ. Je revins sur mes pas, m'approchai du perron : pas l'ombre du chien sur les dunes baignées de clair de lune.

C'est alors que je l'aperçus sur le seuil de la porte d'entrée, en train de regarder fixement l'extérieur d'un air méfiant. Il avait battu en retraite dans la salle de séjour. Les oreilles collées au crâne. La tête baissée. Les poils hérissés comme s'il venait de subir un choc électrique. Il ne grondait plus, il ne gémissait plus, il tremblait convulsivement.

Orson est bien des choses — étrange, notamment — mais il n'est ni trouillard ni stupide. Il devait avoir une bonne raison d'agir ainsi.

— Qu'est-ce qui se passe, mon vieux ?

Sans même m'accorder un regard, le chien continua à fixer le paysage nu au-delà de la terrasse. Malgré ses crocs à nu, il ne grondait pas. Il semblait en proie au dégoût, à la répulsion.

En me retournant, je surpris un mouvement du coin de l'œil : la silhouette floue d'un homme courbé en deux, longeant le cottage d'est en ouest, progressant rapidement à longues enjambées sur les dunes dominant la plage, à une douzaine de mètres de moi.

Je virai sur moi-même, brandissant le Glock. Ou l'homme en pleine course s'était affalé par terre, ou il s'agissait d'un fantôme.

Se pouvait-il que ce soit Pinn ? Non. Orson n'aurait pas eu peur de lui, ni d'un type dans son genre.

Je traversai la terrasse, franchis le perron, et restai planté là dans le sable, à scruter les dunes environnantes. Des touffes d'herbes hautes ondulaient dans la brise. Les lumières de la côte se reflétaient sur les vagues de la baie. Rien d'autre ne bougeait.

Telle une bande déchiquetée dévoilant le visage blanc et desséché d'un pharaon momifié, un long nuage effilé se détacha du menton de la lune.

Peut-être avais-je confondu l'ombre d'un nuage avec un homme. Possible. Mais j'en doutais.

Je jetai un coup d'œil à la porte ouverte du cottage. Orson s'était encore éloigné du seuil. Pour une fois, la nuit le mettait mal à l'aise.

Je ne me sentais pas complètement à l'aise non plus.

Des étoiles. La lune. Du sable. Des herbes. Et la sensation d'être observé.

De la pente qui descendait à pic vers la plage ou d'un creux entre deux dunes, à travers un écran d'herbes, on m'épiait. Un regard peut paraître pesant, et celui-là venait vers moi comme une série de vagues, non des vaguelettes mais d'énormes rouleaux.

Le chien n'était plus le seul à avoir les poils hérissés.

À l'instant où je commençais à me dire que Bobby mettait affreusement longtemps à revenir, il fit son apparition à l'angle est du cottage. Il approchait, soulevant des nuages de sable, sans me regarder, les yeux ne cessant d'aller d'une dune à une autre.

— Orson est mort de trouille.

— Je n'y crois pas.

— Je t'assure. Cela ne lui est encore jamais arrivé. Il a du cran, ce clebs.

— Eh bien, si c'est le cas, je le comprends. Cela a bien failli m'arriver.

— Il y a quelqu'un là-bas.

— Ils sont plusieurs.

— Qui est-ce ?

Bobby ne répondit pas. Il rajusta sa prise sur le fusil, en scrutant l'obscurité.

— Ils sont déjà venus, c'est ça ?

— Exact.

— Pourquoi ? Qu'est-ce qu'ils veulent ?

— Je ne sais pas.

— Qui est-ce ?

Pas de réponse.

— Bobby ?

Une grande masse pâle, d'environ trente mètres de haut, se matérialisa lentement dans l'obscurité au-dessus de l'océan : un banc de brouillard, révélé par une coulée de lune, qui s'étendait du nord au sud. Qu'il vienne sur terre ou reste au large toute la nuit, le brouillard créait une pression apaisante. Silencieux, un vol de pélicans rasa la péninsule et s'évanouit au-dessus des eaux noires de la baie. Quand la brise cessa de souffler, les longues herbes baissèrent la tête et s'immobilisèrent, si bien que je distinguai à présent le bruit des vagues venant mourir sur la plage, qui tenait plus de la berceuse que du roulement de tonnerre.

De la pointe, un cri étrange, proche de l'appel d'un plongeon, déchira le silence. Une réponse, aiguë et effrayante, s'éleva des dunes proches de la maison.

Cela me rappela ces vieux westerns où on voit les Indiens communiquer dans la nuit en imitant des cris d'oiseaux ou de coyotes, afin de coordonner leurs mouvements juste avant d'attaquer le cercle des wagons des pionniers.

Bobby tira dans un monticule de sable voisin ; il me fit sursauter au point que je crus m'être pété l'aorte.

Quand les derniers échos de la détonation renvoyés par la baie s'évanouirent, quand les dernières répercussions furent absorbées par le vaste oreiller de brouillard, je lui demandai la raison de son geste.

Au lieu de me répondre, Bobby réarma et tendit l'oreille.

Pinn avait tiré dans le plafond du sous-sol de l'église pour souligner la menace qu'il venait de faire au père Tom Eliot.

Finalement, quand les cris de plongeon se turent, Bobby dit, semblant se parler à lui-même :

— Ce n'est probablement pas nécessaire, mais une fois de temps en temps, cela ne fait pas de mal de leur rappeler qu'ils ne sont pas à l'abri d'une volée de chevrotines.

— Qui est-ce ? À qui veux-tu faire peur ?

Je l'avais déjà vu mystérieux, mais jamais aussi énigmatique.

Les dunes continuaient à retenir toute son attention, et une bonne minute s'écoula avant que Bobby ne me regarde comme s'il découvrait ma présence.

— Rentrons. Tu vas nettoyer ton déguisement Denzel Washington à la manque et je vais préparer quelques tacos.

Ce n'était pas la peine d'insister. Soit il jouait les mystérieux pour titiller ma curiosité et soigner sa réputation d'étrangeté, soit il avait de bonnes raisons de ne pas confier ce secret même à moi. De toute façon, il était dans cette zone Bobby où il est aussi inaccessible que sur sa planche, en plein tube.

Je le suivis à l'intérieur ; on m'observait toujours, c'était palpable. Le regard de l'espion inconnu me picotait le dos. Avant de refermer la porte d'entrée, je scrutai l'obscurité une dernière fois, mais nos visiteurs restaient bien cachés.

La salle de bains est vaste et luxueuse : sol en granit noir, placards en teck couverts de plaques de granit noir, et des hectares de miroirs biseautés. L'énorme cabine de douche peut accueillir quatre personnes, ce qui en fait le lieu idéal pour savonner un chien.

Corky Collins — qui a construit la jolie maison de Bobby longtemps avant sa naissance — était un type sans prétention, mais avec un faible pour le confort. D'où le spa pour quatre tapissé de marbre dans l'angle opposé à la douche. Peut-être que Corky — qui s'appelait Toshiro Tagawa avant de changer de nom — avait des fantasmes d'orgies avec trois ondines ou qu'il aimait tout simplement être propre comme un sou neuf.

Jeune homme, diplômé surdoué de la faculté de droit en 1941 à vingt et un ans à peine, Toshiro avait été interné à Manzanar, le camp où l'on garda prisonniers de loyaux Américains d'origine japonaise durant toute la Seconde Guerre mondiale. Après la guerre, furieux et humilié, il se mua en militant, bien décidé à défendre les opprimés. Au bout de cinq ans, il avait perdu sa foi en l'égalité de tous devant la justice et en était arrivé à penser que, si on leur en donnait l'occasion, la plupart des opprimés deviendraient des oppresseurs enthousiastes.

Il décida de se spécialiser dans les préjudices corporels. Sa capacité d'apprentissage étant aussi élevée que les monolithes produits par un typhon du Pacifique sud, il ne tarda pas à devenir l'avocat le plus coté de la région de San Francisco.

Quatre ans plus tard, ayant fait de confortables économies, il laissa tomber son cabinet. En 1956, à l'âge de trente-six ans, il construisit cette maison sur la péninsule sud de Moonlight Bay, dépensant des sommes astronomiques pour effectuer les raccordements d'électricité, d'eau et de téléphone. Doté d'un sens de l'humour à froid qui empêchait son cynisme de virer à l'amertume, Toshiro Tagawa changea officiellement son nom en Corky Collins le jour de son emménagement dans le cottage et il consacra chacun des jours du reste de son existence à la plage et à l'océan.

Il fut bientôt couvert de durillons de surf, sur les orteils et les pieds, sous les genoux, en bas des côtes. Par souci d'entendre le tonnerre des vagues, Corky ne mettait pas toujours de protège-tympans lorsqu'il surfait, ce qui lui valut une exostose ; le canal de l'oreille interne se resserre quand il est rempli d'eau froide, et du fait d'abus répétés, une tumeur osseuse bénigne réduit le canal auditif. À l'âge de cinquante ans, Corky était sourd de manière intermittente de l'oreille gauche. Tout surfeur a le nez qui coule abondamment après une session, quand ses sinus se vident d'un coup, éliminant toute l'eau salée rentrée dans les narines pendant un ride ; et cette horreur se produit généralement quand vous êtes en grande conversation avec une superbe nana en string. Après vingt ans de sessions tumultueuses et de narines transformées en chutes du Niagara, Corky développa une exostose des sinus, requérant un passage sur le billard pour soulager les migraines et restaurer un drainage normal. À chaque anniversaire de l'opération, il donnait une fête. Les années d'exposition à l'éclat du soleil et à l'eau salée lui valurent aussi un ptérygion, l'œil du surfeur, un voile qui se forme sur la conjonctive et peut s'étendre à la cornée. Sa vue se dégrada progressivement.

Il y a neuf ans, il échappa à la chirurgie ophtalmique en mourant — tué ni par un mélanome ni par un requin, mais par l'océan soi-même. Corky avait beau avoir soixante-neuf ans à l'époque, il a pris des monstres de vagues, des mastodontes de six mètres de haut, un tonnerre ambulant que la plupart des surfeurs d'un tiers de son âge n'auraient jamais osé affronter, et selon les témoins, il délirait de joie, hurlait de bonheur, n'arrêtant pas de décoller, léchant la crête, se faisant régulièrement prendre de plein fouet — jusqu'à ce qu'il se gaufre un max en étant maintenu par terre par un brisant. Un monstre de cette taille peut peser des milliers de tonnes, ce qui est une sacrée masse d'eau, contre quoi on ne peut pas lutter, et même un bon nageur peut être retenu au fond une minute ou plus, avant de retrouver l'air. L'ennui c'est que Corky revint à la surface au pire instant, pour se faire marteler par la vague suivante et il se noya.

Les surfeurs d'un bout à l'autre de la Californie partageaient l'opinion que Corky Collins avait eu une vie et une mort idéales. Exostose à l'oreille, exostose des sinus, ptérygion aux deux yeux — rien de tout cela n'avait d'importance pour lui, et lui semblait préférable à l'ennui ou une maladie cardiaque, mieux qu'une retraite confortable acquise au prix d'une vie entière coincé dans un bureau. La vie était le surf, la mort, le surf, la puissance de la nature vaste et infinie, et on avait le cœur qui battait en songeant à la douceur du passage de Corky sur une terre qui posait tant de problèmes à d'autres.

Bobby hérita du cottage.

Il en resta comme deux ronds de flan. Nous connaissions tous les deux Corky Collins depuis l'année de nos onze ans, quand nous nous étions aventurés pour la première fois à l'extrémité de la presqu'île avec nos porte-planches sur nos vélos. Il jouait les mentors auprès de tous les débutants avides d'expérience et impatients de maîtriser l'endroit où les vagues se brisaient à la pointe. Il n'agissait pas en propriétaire du spot, mais tout le monde respectait Corky comme s'il avait possédé le littoral de Santa Barbara à Santa Cruz. Il ne supportait pas les amateurs qui bâclaient une bonne vague, en coupant la voie aux autres, mais il était l'ami et le gourou de tous ceux d'entre nous qui étaient amoureux de l'océan et en harmonie avec lui. Corky avait des amis et des admirateurs par légions, qu'il connaissait parfois depuis trente ans, si bien que nous ne comprenions pas pourquoi il avait légué tous ses biens à Bobby qu'il ne connaissait que depuis huit ans.

En guise d'explication, l'exécuteur testamentaire remit à Bobby une lettre de Corky, laquelle était un chef-d'œuvre de concision :

Bobby,

Tu n'accordes pas d'importance à ce que la majorité des gens juge important. C'est ce que l'on appelle la sagesse.

Pour ce que tu estimes important, tu es prêt à te donner corps et âme. C'est ce que l'on appelle l'élégance.

Nous n'avons que l'océan, l'amour et le temps. Dieu t'a donné l'océan. Par tes actes, tu trouveras l'amour partout. Alors je te donne du temps.

Corky voyait en Bobby un homme qui avait une connaissance innée, depuis l'enfance, de ces vérités que Corky n'avait découvertes qu'à l'âge de trente-six ans. Il voulait rendre hommage à ce savoir et l'encourager. Que Dieu le bénisse pour ça.

L'été après sa première année à Ashdon College, quand Bobby hérita de la maison et d'une modeste somme en liquide, il laissa tomber ses études. Cela rendit ses parents fous furieux. Mais il put se permettre de ne pas tenir compte de leur colère, parce que la plage, l'océan et l'avenir lui appartenaient.

De toute façon, comme ses vieux ont passé leur vie à tempêter contre un truc ou un autre, Bobby est immunisé. Propriétaires et rédacteurs du journal de la ville, ils se considéraient comme des défenseurs infatigables d'une gestion éclairée de la cité : sous-entendu ils estimaient la plupart de leurs concitoyens soit trop égoïstes pour bien faire, soit trop bêtes pour savoir ce qui était le mieux pour eux. Ils pensaient que Bobby partagerait ce qu'ils appelaient leur « passion pour les grands problèmes de notre temps », mais leur fils voulait échapper à l'idéalisme bruyamment proclamé de sa famille — et à l'envie, la rancœur, et l'égotisme mal dissimulés qui en découlaient. Bobby ne souhaitait rien d'autre que la paix. Ses vieux voulaient aussi la paix, pour toute la planète, la paix dans tous les recoins du vaisseau spatial Terre, mais ils étaient incapables de l'instituer au sein de leur propre foyer.

Et avec le cottage et le capital de départ pour créer l'entreprise qui lui permettait à présent de vivre, Bobby trouva la paix.

Les aiguilles de chaque horloge sont des cisailles, qui nous taillent petit bout par petit bout, et chaque horloge à affichage numérique nous aveugle jusqu'à l'implosion. Le temps est si précieux qu'il n'est pas à vendre. Ce que Corky avait donné à Bobby, ce n'était pas vraiment du temps, mais la chance de vivre sans montre, sans conscience de l'existence des horloges, ce qui donne l'impression que les secondes s'écoulent plus lentement, avec moins de furie meurtrière.

Mes parents ont essayé de m'offrir la même chose. Mais à cause de mon XP, j'entends parfois le tic-tac du temps qui passe. Peut-être arrive-t-il aussi à Bobby de l'entendre. Peut-être n'est-il possible à aucun d'entre nous d'y échapper.

En fait, le désespoir d'Orson en cette nuit où il avait contemplé les étoiles d'un air si abattu, en repoussant toutes mes tentatives de le réconforter, était peut-être dû à une conscience du passage du temps. On nous raconte que l'esprit simple des animaux est incapable de concevoir leur propre mortalité. Pourtant chacun d'entre eux possède un instinct de survie et reconnaît le danger. S'il lutte pour survivre, il comprend la mort, quoi que puissent en raconter savants et philosophes.

Ce n'est pas du sentimentalisme New Age. C'est du simple bon sens.

Sous la douche de Bobby, je frottai énergiquement Orson qui frissonnait encore. L'eau était chaude. Ses frissons n'avaient rien à voir avec le bain.

Le temps que je le sèche avec plusieurs serviettes et que je lui ébouriffe le poil à l'aide d'un sèche-cheveux laissé par Pia Klick, il ne frissonnait plus. Pendant que j'enfilais un jean et un sweater en coton bleu à manches longues de Bobby, il regarda plusieurs fois la fenêtre aux carreaux dépolis, comme s'il se méfiait de ce qui se trouvait derrière, mais sa confiance semblait revenir.

Je nettoyai ma veste en cuir et ma casquette avec des mouchoirs en papier. Elles empestaient encore la fumée, la casquette plus que la veste.

Dans la pénombre, je distinguais à peine les mots brodés au-dessus de la visière : *Mystery Train.* Je les frottai du doigt, en revoyant cette salle aveugle en béton où j'avais trouvé ma casquette, dans un des bâtiments désaffectés de Fort Wyvern.

Les paroles d'Angela Ferryman me revinrent en mémoire, sa réaction quand je lui avais dit que Fort Wyvern était fermé depuis un an et demi : *Certaines choses ne meurent pas. Elles ne peuvent pas mourir. Même si on souhaite leur mort.*

J'eus un autre flash-back de la scène dans la salle de bains de la maison d'Angela : ses yeux écarquillés par la mort et le rond surpris de sa bouche. J'eus de nouveau la conviction d'être passé à côté d'un détail important, mais je ne parvenais toujours pas à revoir nettement le visage ensanglanté de mon amie infirmière.

Nous sommes en train de tout bousiller, Chris… mais jamais nous n'avons autant merdé… et il n'y a déjà plus aucun moyen de revenir en arrière, de défaire ce qui est.

Les tacos qui débordaient de lamelles de poulet, de laitue, de fromage et de salsa étaient un vrai délice. Nous les dégustâmes assis à la table de la cuisine, au lieu de les avaler penchés au-dessus de l'évier comme d'habitude, et fîmes glisser le tout avec de la bière.

Bien que Sasha l'eût nourri plus tôt, Orson quémanda des morceaux de poulet, mais il eut beau jouer de son charme, il ne parvint pas à me convaincre de lui ouvrir une autre Heineken.

Nous écoutions l'émission de Sasha, qui venait de commencer. Il était minuit passé. Sans me mentionner ni dédier la chanson, elle passa *Heart Shaped World* de Chris Isaak, parce que c'est une de mes préférées.

Résumant au maximum les événements de la soirée, je racontai à Bobby l'incident dans le garage de l'hôpital, la scène au four crématoire de Kirk, et l'armée d'hommes sans visage qui m'avait poursuivi dans les collines derrière l'entreprise de pompes funèbres.

Son seul commentaire fut :

— Tabasco ?

— Quoi ?

— Pour relever la salsa ?

— Non. Ça emporte suffisamment la gueule comme ça.

Il alla prendre une bouteille de Tabasco dans le réfrigérateur et en versa sur son premier taco.

Sasha passait à présent *Two Hearts* de Chris Isaak.

Je ne cessai de jeter des coups d'œil par la fenêtre voisine de la table, en me demandant si quelqu'un nous observait de l'extérieur. Au début, je crus que Bobby ne partageait pas mon inquiétude, jusqu'à ce que je me rende compte que lui aussi examinait l'obscurité, en feignant la désinvolture.

— On baisse le store ?

— Non. Ils pourraient croire que je leur attache de l'importance.

Nous ferions mine de ne pas être intimidés.

— Qui sont-ils ?

Silence : j'attendis, patiemment.

— Je ne suis pas sûr, finit-il par répondre.

Ce n'était pas une réponse honnête, mais je n'insistai pas.

En poursuivant mon récit, plutôt que de m'exposer aux sarcasmes de Bobby, j'omis le chat qui m'avait guidé vers la buse dans les collines, mais je décrivis la collection de crânes disposés sur les deux dernières marches du déversoir. Je lui racontai que j'avais vu le chef Stevenson s'entretenir avec le chauve à la boucle d'oreille et que j'avais trouvé le pistolet sur mon lit.

— Belle bête, s'exclama-t-il, admiratif devant le Glock.

— Papa avait opté pour le viseur laser.

— Sympa !

Parfois Bobby est aussi maître de soi qu'un roc, si calme qu'on finit par se demander s'il écoute vraiment. Gamin, il n'était comme ça que de temps à autre, mais plus il vieillit, plus ce sang-froid étrange s'accentue. Je venais de lui raconter une histoire stupéfiante et, à le voir, on aurait dit qu'il écoutait des résultats de basket.

Jetant un coup d'œil à l'obscurité derrière la fenêtre, je me demandai si quelqu'un ne m'avait pas dans son collimateur, peut-être dans le faisceau croisé d'un appareil à infrarouge. Non, s'ils avaient voulu nous tuer, ils nous auraient pulvérisés quand nous étions dans les dunes.

Je racontai à Bobby tout ce qui s'était passé dans la maison d'Angela Ferryman.

— De l'eau-de-vie d'abricot ! s'exclama-t-il avec une grimace.

— Je n'en ai pas beaucoup bu.

— Deux verres de cette saleté et tu parles aux phoques (vomir dans l'argot du surfeur).

Le temps que je lui dise que Jesse Pinn avait terrorisé le père Tom à l'église, nous avions englouti trois tacos chacun. Il en fourra une autre paire et l'apporta à table.

Sasha passait *Graduation Day*.

— C'est un vrai festival Chris Isaak ce soir.

— Elle les passe pour moi.

— J'avais compris, je ne pensais pas que Chris Isaak l'y obligeait sous la menace d'un flingue.

Nous finîmes les derniers tacos en silence.

Quand Bobby se décida enfin à poser une question, c'était juste pour m'interroger sur une phrase d'Angela :

— Elle t'a dit que c'était un singe sans en être un.

— Si je me souviens bien, elle a dit exactement… « Il avait l'apparence d'un singe. Et c'était un singe. Il l'était sans l'être. Voilà ce qui clochait chez lui. »

— Tu crois qu'elle avait toute sa tête ?

— Elle était désespérée, terrifiée, littéralement, mais elle n'avait pas pété les plombs. De plus, quelqu'un l'a tuée pour la faire taire, il doit donc y avoir du vrai dans ce qu'elle a dit.

Bobby hocha la tête et but une gorgée de bière.

Son silence s'éternisa. Je finis par le rompre :

— Et maintenant ?

— C'est à moi que tu parles ?

— Je ne m'adressais pas au chien.

— Laisse tomber.

— Quoi ?

— Tire un trait dessus, oublie et vis ta vie.

— Je savais que tu dirais ça.

— Alors pourquoi me poser la question ?

— Bobby, peut-être que la mort de ma mère n'était pas un accident.

— Cela m'en a tout l'air, effectivement.

— Et peut-être que le cancer de mon père était davantage qu'un simple cancer.

— Et tu vas partir en croisade pour te venger ?

— Ces gens ne peuvent pas s'en tirer comme ça.
— Bien sûr que si. Cela arrive tous les jours.
— Eh bien, cela ne devrait pas être le cas.
— Certes, mais c'est comme ça.
— Tu sais, Bobby, la vie ne se résume peut-être pas au surf, au cul, à la bouffe et à la bière.
— Certes, mais cela devrait.
— Soit, repris-je les yeux fixés sur l'obscurité extérieure, eh bien, moi, je n'ai pas les boules.
Bobby soupira et s'adossa à sa chaise.
— Écoute, quand tu attends de prendre une vague, que les conditions sont épiques, avec des rouleaux supergros le long de la côte, et qu'arrive une série de six mètres, limite pour toi, mais que tu sais que tu peux les prendre, si tu te contentes d'attendre et de laisser passer, là tu as les boules. Mais disons qu'arrive une série de neuf mètres, de vrais monstres qui vont t'en faire baver, te nettoyer de ta planche et te maintenir en dessous, au point que tu te surprends à prier. Si tu as le choix entre y aller et te faire nettoyer ou attendre et que tu préfères attendre, là, ce n'est pas avoir les boules, c'est choisir la sagesse. Même le plus grand rebelle du surf a besoin de ce genre d'expérience. Et le mec qui y va quand même, tout en sachant qu'il va se prendre une tasse, eh bien, c'est un con.
La longueur de son discours me toucha, cela voulait dire qu'il s'inquiétait vraiment pour moi.
— Donc tu me traites de con.
— Pas encore. Tout dépend de ce que tu vas faire.
— Donc je suis un con en devenir.
— Disons que ton potentiel con dépasse l'échelle de Richter.
Je secouai la tête.
— De mon point de vue, cela ne se présente pas comme une série de neuf mètres.
— Disons douze, alors.

— Non, six, au pire.

Il leva les yeux au ciel.

— D'après ce qu'Angela a raconté, tout est parti d'un projet de Fort Wyvern, c'est ça.

— Elle est montée à l'étage chercher quelque chose qu'elle voulait me montrer — une sorte de preuve, je pense, un truc que son mari devait avoir mis de côté. De toute façon, tout a été détruit par le feu.

— Fort Wyvern. L'armée. Les militaires.

— Et ?

— On parle du gouvernement là, dit Bobby. Mon vieux, le gouvernement, ce n'est même pas une série de douze mètres. C'est carrément du trente mètres. Un vrai tsunami.

— Nous sommes en Amérique.

— Nous y étions.

— J'ai un devoir en l'occurrence.

— Lequel ?

— Un devoir moral.

Fronçant les sourcils, se pinçant l'arête du nez entre le pouce et l'index, comme si mon discours lui avait filé la migraine, il reprit :

— Je suppose que si, en écoutant le journal du soir, tu apprends qu'une comète va détruire la Terre, tu vas enfiler tes collants, mettre ta cape et t'envoler dans l'espace intersidéral pour dévier cette salope vers l'autre bout de la galaxie.

— À condition que la cape ne soit pas chez le teinturier.

— Pauvre con.

— Pauvre con.

20.

— Regarde, me dit Bobby. Les données arrivent. Elles viennent du satellite météo du gouvernement britannique. Tu les traites et tu peux mesurer la hauteur de n'importe quelle vague, n'importe où dans le monde, à quelques centimètres près.

Il n'avait pas allumé de lampe dans son bureau. Inutile : les écrans vidéo démesurés des diverses stations de travail lui fournissaient suffisamment de lumière et plus qu'assez pour moi. Des diagrammes de Gantt, des cartes, des photos satellite agrandies et des cartes de situations atmosphériques dynamiques se déplaçaient sur les écrans. Un feu d'artifice de couleurs.

Je n'ai pas adopté l'informatique et je ne le ferai jamais. Avec des lunettes de soleil, je lis difficilement ce qui s'inscrit à l'écran, et je ne peux risquer de passer des heures devant un écran même filtré avec tous ces UV qui se ruent sur moi. En soi, ce sont des émissions de niveau relativement faible, mais si l'on tient compte de l'effet cumulatif, quelques heures devant un ordinateur seraient pour moi l'équivalent d'un orage électrique. Non, je préfère écrire à la main, sur des carnets.

Cette pièce bourrée jusqu'à la gueule d'informatique est le cœur de Surfcast, le service de prévisions de surf de Bobby qui fournit des données quotidiennes par fax à des abonnés du monde entier, possède un site Internet, ainsi qu'un numéro d'appel pour les informations sur le surf. Quatre employés travaillent dans des bureaux à Moonlight Bay, reliés par modem à cette pièce, mais c'est Bobby lui-même qui, au final, se charge de l'analyse des données et des prévisions.

Le long des côtes des océans du monde, environ six millions de surfeurs pratiquent régulièrement leur sport, et cinq millions et demi d'entre eux se satisfont de vagues de deux mètres, voire de deux mètres cinquante. Jusqu'à la fin des années quatre-vingt, il n'existait aucun moyen de prévoir avec certitude où et quand déferleraient des séries de deux mètres. Les dingues de surf pouvaient passer des journées à la plage, à contempler des semblants de vagues, alors qu'à quelques centaines de kilomètres de là, des brisants roulaient vers la grève, velours côtelé jusqu'à l'horizon. Un pourcentage significatif de ces accros du surf préfère verser quelques dollars à Bobby pour savoir où cela bouge plutôt que de se fier exclusivement au bon vouloir de Kahuna, le dieu du surf.

Quelques dollars ! À lui seul le numéro vert reçoit huit cent mille appels chaque année, à deux dollars pièce. L'ironie, c'est que Bobby le flemmard et le rebelle du surf est probablement devenu la personne la plus riche de Moonlight Bay — bien que personne n'en ait conscience et qu'il redistribue la plus grande partie de sa fortune.

— Écoute, me dit-il en se laissant tomber sur une chaise devant un des ordinateurs. Avant que tu ne coures sauver le monde et qu'on ne te fasse sauter la cervelle, réfléchis un peu à ceci.

Orson pencha la tête pour voir l'écran ; Bobby pianota sur son clavier pour afficher de nouvelles données.

— Dimanche.

— Celui qui vient ?

— Dans deux nuits, tu voudras être ici. Plutôt que mort, je veux dire.

— Ça s'annonce gros ?

— Colossal.

Environ trois ou quatre cents surfeurs sur cette planète ont l'expérience, le talent et les *cojones* pour chevaucher des monstres de vagues, et une poignée d'entre eux paient grassement Bobby pour leur repérer du surf vraiment géant, même s'il est traître et risque de les tuer. Quelques-uns de ces dingues sont des hommes riches prêts à sauter dans le premier avion pour défier des monstres, dans lesquels ils se font souvent traîner par un assistant sur un Jet Ski, parce que prendre ces vagues de la manière habituelle est difficile, voire impossible. Dans le monde, on ne peut trouver des vagues de neuf mètres et plus que trente jours par an, et elles se présentent souvent dans des endroits exotiques. Avec son matériel, Bobby peut annoncer leur arrivée avec deux à trois jours d'avance, et ses prédictions sont si fiables que ses clients les plus exigeants ne se sont jamais plaint.

— Regarde, dit Bobby. Moonlight Bay. Dimanche après-midi, dimanche soir et jusqu'à lundi matin à l'aube, des monstres.

— Des trois mètres cinquante, c'est ça ?

— Trois à trois mètres cinquante, oui, avec des pointes possibles à quatre. Elles nous arrivent de Hawaii.

— Hypervivant.

— Complètement. Bien, continua-t-il en se tournant vers moi, tu choisis quoi ? Ces séries que nous envoie Hawaii ou le tsunami mortel de Wyvern ?

— Les deux.

— Kamikaze.

— Trouillard.

— Enfoiré.

— Pauvre con.

— Dois-je en conclure que tu n'as pas l'intention de me suivre sur ce terrain ?

Bobby se redressa :

— Écoute, tu ne peux pas aller voir les flics, ni le FBI. Ils sont tous à la solde de l'autre camp. Qu'est-ce que tu peux espérer apprendre à propos d'un projet ultrasecret à Wyvern ?

— J'ai déjà déterré plusieurs éléments.

— Ouais, et le prochain truc que tu apprendras signera ton arrêt de mort. Écoute, Chris, tu n'es ni Sherlock Holmes ni James Bond. Au mieux, tu es Nancy Drew.

— Je te rappelle que Nancy Drew a un taux de réussite irréel. Elle a coincé cent pour cent des salauds qu'elle a poursuivis. Je serais honoré d'être considéré comme l'égal d'une reine de la lutte contre le crime.

— Kamikaze.

— Trouillard.

— Enfoiré.

— Pauvre con.

Bobby eut un petit rire, secoua la tête, gratta sa barbe naissante :

— Tu me donnes envie de gerber.

— Toi aussi.

Le téléphone sonna :

— Salut la belle, j'adore ta nouvelle formule, Chris Isaak en boucle. Programme *Dancin'* pour moi, d'accord ? (Il me passa le combiné :) C'est pour toi, Nancy.

J'aime la voix radiophonique de Sasha. Elle est juste subtilement différente de sa voix réelle, légèrement plus profonde, plus douce et plus soyeuse, mais cela fait de l'effet. Dès que j'entends Sasha à la radio, j'ai envie de me glisser sous la couette avec elle. J'en ai toujours envie, le plus souvent possible, mais lorsqu'elle prend sa voix radiophonique, cela devient urgent. Cette voix s'empare d'elle dès l'instant où elle met un pied dans le studio, et la suit même lorsqu'elle n'est pas à l'antenne, jusqu'à ce qu'elle parte de son boulot.

— Dans une minute, cette chanson se termine, et il faut que je fasse un peu de baratin avant le prochain titre, donc je serai brève. Quelqu'un vient de passer à la station, cherchant à entrer en contact avec toi. Une question de vie ou de mort, paraît-il.

— Qui ?

— Je ne peux pas le nommer au téléphone. J'ai promis. Quand j'ai dit que tu étais probablement chez Bobby… cette personne a refusé de t'appeler là-bas ou d'aller t'y rejoindre.

— Pourquoi ?

— Je ne sais pas exactement. Mais… cette personne était vraiment nerveuse, Chris. « J'ai fréquenté la nuit. » Tu vois qui je veux dire ?

J'ai fréquenté la nuit.

Un vers d'un poème de Robert Frost.

Mon père m'avait transmis sa passion pour la poésie. J'avais passé le virus à Sasha.

— Oui. Je crois le savoir.

— C'est urgent, paraît-il. Une question de vie ou de mort. Que se passe-t-il, Chris ?

— On attend des grosses vagues dimanche après-midi.

— Ce n'est pas ce que je voulais dire.

— Je sais. Je te dirai le reste plus tard.

— Des grosses vagues donc. À ma portée ?

— Trois mètres cinquante.

— Bon, je crois que je me contenterai de pique-niquer sur la plage.

— J'aime ta voix.

Bien qu'il n'ait entendu qu'une moitié de la conversation, Bobby se fia à son étrange intuition pour interpréter le ton et le but de l'appel de Sasha.

— Dans quoi vas-tu aller te fourrer ?

— Un truc à la Nancy Drew. Cela ne t'intéresserait pas.

Bobby et moi précédions un Orson encore mal à l'aise sur la terrasse quand la radio de la cuisine se mit à swinguer avec *Dancin'* de Chris Isaak.

— Sasha est une femme qui inspire une crainte mêlée de respect.

— Irréelle.

— Si tu crèves, tu la perds. Elle est étrange, mais pas à ce point.

— Quinze pour toi.

— Tu as tes lunettes de soleil ?

— Ouais, dis-je en tapotant ma poche de chemise.

— Tu as mis de l'écran solaire ?

— Oui, maman.

— Abruti.

— J'ai pensé…

— Il était temps.

— Je travaille à un nouveau livre.

— Tu t'es enfin décidé à te secouer.

— Il traite de l'amitié.

— Je suis dedans ?

— Incroyable, mais vrai, oui.

— Tu as changé mon nom, j'espère ?

— Je t'appelle Igor. Le truc… c'est que j'ai peur que les lecteurs n'accrochent pas, parce que toi et moi — tous mes amis — on vit des vies tellement différentes.

S'arrêtant en haut du perron, Bobby me lança son regard de mépris patenté.

— Je croyais qu'il fallait être futé pour écrire des livres.

— Ce n'est pas une loi fédérale.

— Manifestement non. Mais un foudre de guerre littéraire devrait savoir que chacun de nous vit une vie différente.

— Ah oui ? Maria Cortez, par exemple ?

Petite sœur de Manuel Ramirez, Maria a vingt-huit ans, notre âge à Bobby et moi. Elle est esthéticienne, et son mari, mécanicien auto. Ils ont deux enfants, un chat et un petit pavillon avec un gros crédit à rembourser.

— Elle ne vit pas sa vie dans son salon, à coiffer des gens — ou dans sa maison, à passer l'aspirateur. Elle vit sa vie entre ses deux oreilles. Il y a un monde à l'intérieur de son crâne, et probablement beaucoup plus étonnant et plus génial que toi ou moi, avec nos encéphalos plats, sommes capables de l'imaginer. Nous sommes six milliards d'individus sur cette planète, six milliards de petits mondes dans le gros. Les vendeurs de chaussures et les cuisiniers de fast-food qui ont l'air barbants comme la pluie de l'extérieur mènent pour certains des existences bien plus dingues que la tienne. Six milliards d'histoires, toutes des épopées, pleines de tragédies et de triomphes, de bon et de mauvais, de désespoir et d'espoir. Toi et moi, nous ne sommes pas si extraordinaires que ça, vieux frère.

J'en restai un instant sans voix.

— Je ne te connaissais pas ces talents de philosophe.

Il haussa les épaules.

— Cette petite perle de sagesse ? C'est juste un truc que j'ai lu sur un biscuit chinois.

— Il devait être drôlement gros.

— Un vrai monolithe, connard, dit-il avec un sourire en coin.

La grande muraille de brouillard éclairée par la lune se dressait à cinq cents mètres de la côte, ni plus près ni plus loin qu'avant. L'air nocturne était aussi immobile que dans la morgue de l'hôpital.

Nous franchîmes le perron. Personne ne nous tira dessus. Personne ne lâcha non plus le fameux cri du plongeon.

Mais ils étaient toujours là, dissimulés dans les dunes ou derrière la crête de l'à-pic dominant la plage. Je sentais le poids de leur regard, aussi peu rassurant que l'énergie émanant d'un crotale figé en position d'attaque.

Bobby avait laissé son fusil à l'intérieur, mais il restait sur le qui-vive. Me raccompagnant à mon vélo sans cesser d'examiner l'obscurité qui nous entourait, il révéla soudain davantage d'intérêt pour mon histoire qu'il n'avait voulu en admettre jusque-là :

— Ce singe dont Angela a parlé…

— Oui ?

— À quoi il ressemblait ?

— À un singe.

— Un chimpanzé, un orang-outan, quoi ?

— Il s'agissait d'un rhésus. Je ne te l'ai pas dit ?

— De quelle taille ?

— D'après elle, une soixantaine de centimètres de haut, dans les treize kilos.

Inutile de préciser que ce n'est pas une espèce qu'on trouve communément en Californie. Les seuls primates que l'État compte dans ses bois et ses champs sont des êtres humains.

— J'en ai surpris un en train de me regarder par une fenêtre un soir. Le temps que je sorte, il avait disparu.

— Quand cela ?

— Il y a environ trois mois.

Orson vint se placer entre nous, comme pour se faire rassurer.

— Tu les as vus depuis ?

— Six ou sept fois. Toujours la nuit. Ils sont secrets. Mais ils deviennent plus audacieux depuis quelque temps. Ils se déplacent en bande.

— En bande ?

— Les zèbres se déplacent en troupeaux. Les cerfs en hardes. Pour les loups, ou les singes, on parle de bandes, mais en l'occurrence, il vaudrait mieux employer le terme de troupe.

— Tu t'es renseigné, on dirait. Comment se fait-il que tu ne m'en aies pas parlé ?

Il resta coi, le regard fixé sur les dunes.

— C'est là qu'ils sont maintenant ?

— Peut-être.

— Combien sont-ils dans cette troupe ?

— Je ne sais pas. Six ou huit, je dirais.

— Tu as acheté un fusil. Tu les crois dangereux ?

— Peut-être.

— Tu les as signalés à quelqu'un ? À la SPA, par exemple ?

— Non.

— Pourquoi ?

— Pia me rend dingue, déclara-t-il après un silence.

Pia Klick. Partie pour un ou deux mois à Waimea ; là-bas depuis trois ans.

Je ne voyais pas le lien entre Pia et le fait que Bobby n'ait pas signalé les singes aux autorités, mais je sentis qu'il allait m'expliquer.

— Elle prétend avoir découvert qu'elle est la réincarnation de Kaha Huna.

Kaha Huna est la déesse hawaïenne du surf qui ne s'est jamais incarnée et qui n'a donc pas la moindre chance de se réincarner.

Étant donné que Pia n'était pas une *kamaaina*, une native de Hawaii, mais une *haole* née à Oskaloosa dans le Kansas qu'elle n'a quitté qu'à l'âge de dix-sept ans, elle semblait bien mal placée pour être une *uber wahine* mythologique.

— Il lui manque des références.

— Elle ne plaisante pas.

— C'est sûr qu'elle est assez jolie pour être Kaha Huna. Ou toute autre déesse, si on va par là.

Dans la pénombre, je ne pouvais pas lire le regard de Bobby, mais il avait une expression sinistre. Je ne l'avais encore jamais vu comme ça. J'ignorais même que ce fût possible.

— Elle essaie de savoir si être Kaha Huna exige d'elle qu'elle reste célibataire.

— Ouh là !

— Elle pense qu'elle ne devrait probablement pas vivre avec un mec ordinaire, c'est-à-dire un mortel. Ce serait un rejet blasphématoire de son destin.

— Rude ! dis-je plein de sympathie.

— Mais cela ne poserait pas de problèmes qu'elle se mette à la colle avec la réincarnation actuelle de Kahuna.

Kahuna est le dieu mythique du surf. Il est en grande partie une création des surfeurs modernes qui tirent sa légende de la vie d'un ancien sorcier hawaïen.

— Et tu n'es pas la réincarnation de Kahuna.

— Pas question.

J'en déduisis que Pia s'efforçait de le convaincre qu'il était, effectivement, le dieu du surf.

— Elle est si intelligente, tellement bourrée de talent, reprit Bobby, manifestement malheureux et perdu.

Pia était sortie diplômée *summa cum laude* d'UCLA. Elle avait payé ses études en peignant des portraits ; à présent ses œuvres hyperréalistes se vendaient à des prix impressionnants et partaient aussi vite qu'elle daignait les produire.

— Comment peut-on être aussi intelligent et bourré de talent… pour en arriver là ? s'exclama Bobby.

— Peut-être que tu es Kahuna après tout.

— Ce n'est pas drôle, répliqua-t-il, ce qui était étonnant de sa part parce que Bobby avait une certaine tendance à voir de l'humour partout.

Sous le clair de lune, l'herbe des dunes pendait lamentablement, sans l'ombre d'un frémissement dans la nuit sans vent. Le chant doux des vagues qui montait de la plage ressemblait à la mélopée murmurée d'une foule lointaine en prière.

Cette histoire Pia était fascinante, mais les singes m'intéressaient davantage, on le comprendra aisément.

— Ces dernières années… dit Bobby, avec ces trucs New Age de Pia… parfois ça va, mais quelquefois on a l'impression de passer des jours dans une machine à laver.

En surf, être dans une machine à laver, c'est l'instant désagréable où, submergé par la vague, on est roulé dans tous les sens en attendant de remonter à la surface.

— Parfois, quand je raccroche après une conversation avec elle, je suis tout retourné, elle me manque, j'ai envie d'être avec elle… Dans ces moments-là, j'arriverais presque à me convaincre qu'elle est effectivement Kaha Huna. Elle est tellement sincère. En plus elle n'a pas un discours délirant quand elle aborde ce sujet. C'est justement sa sérénité qui rend la chose encore plus troublante, cette espèce de certitude tranquille.

— Je ne savais pas qu'il t'arrivait d'être troublé.

— Moi non plus.

Soupirant, enfonçant son pied nu dans le sable, il commença à établir le lien entre Pia et les singes :

— Quand j'ai vu ce singe à la fenêtre la première fois, cela m'a fait rire. J'ai cru que c'était un animal de compagnie qui s'était enfui… mais la deuxième fois, j'en ai vu plusieurs. Et c'était aussi étrange que toute cette connerie de Kaha Huna, parce qu'ils ne se comportaient pas du tout comme des singes.

— Qu'est-ce que tu veux dire ?

— Les singes sont joueurs, ils se marrent. Ceux-là... pas du tout. Des petits monstres déterminés, graves, à te ficher la chair de poule. M'observant, surveillant la maison, non par curiosité, mais dans un but bien précis.

— Lequel ?

— Ils étaient si étranges... fit Bobby en haussant les épaules.

Comme il semblait à court de mots, j'en empruntai un à Lovecraft :

— Hideux ?

— Oui, c'est ça. Je savais que personne ne me croirait. J'ai même cru avoir une hallucination. J'ai pris un appareil, mais j'ai été infoutu de prendre une photo. Tu sais pourquoi ?

— Le pouce sur l'objectif ?

— Ils ne voulaient pas qu'on les photographie. Dès qu'ils ont aperçu l'appareil, ils ont foncé se cacher, à une vitesse démente. (Il me jeta un coup d'œil pour voir ma réaction et se retourna vers les dunes :) Ils savaient qu'ils avaient affaire à un appareil photo.

Je ne pus résister :

— Attends, tu es sûr de ne pas donner dans l'anthropomorphisme ? Tu sais, cette manie d'attribuer des traits et des comportements humains à des animaux ?

— Après cette nuit, poursuivit-il sans relever, je n'ai pas rangé l'appareil photo. Je l'ai laissé sur un élément de cuisine, à portée de main. Je me disais que s'ils revenaient, j'aurais peut-être une chance de les surprendre avant qu'ils ne comprennent ce qui se passait. Une nuit, il y a environ six semaines, je suis allé passer deux heures sur ma planche, sans emporter l'appareil à la plage.

— Pourquoi ?

— Cela faisait une semaine que je n'avais pas vu ces foutues bestioles. Je me suis dit que je ne les reverrais peut-être jamais. En rentrant, après avoir enlevé ma combinaison, je suis allé dans la cuisine prendre une bière dans le réfrigérateur. Quand j'ai relevé le nez, j'ai vu des singes aux deux fenêtres, accrochés au cadre, qui me regardaient. J'ai tendu la main vers mon appareil… disparu.

— Tu l'as égaré.

— Non, il a bel et bien disparu. Je n'avais pas fermé la porte à clé en sortant ce soir-là. Maintenant je le fais systématiquement.

— Tu es en train de me dire que les singes l'ont pris ?

— Le lendemain, j'ai acheté un appareil jetable. Je l'ai posé lui aussi sur l'élément à côté du four. Cette nuit-là, je suis sorti, en laissant les lumières allumées, j'ai fermé la porte à clé, et je suis descendu à la plage.

— Bon surf ?

— Lent. Mais je voulais leur donner une occasion. Et ils l'ont saisie. Pendant mon absence, ils ont brisé une vitre, ouvert la fenêtre et volé l'appareil jetable. Rien d'autre. Juste l'appareil.

Je comprenais maintenant pourquoi il gardait son fusil dans un placard à balais muni d'une serrure.

Ce cottage sur la péninsule, sans voisins, m'avait toujours paru une retraite idéale. La nuit, après le départ des surfeurs, le ciel et l'océan forment une sphère dans laquelle la maison se dresse comme un monument dans ces presse-papiers en verre qui se remplissent de tourbillons de neige lorsqu'on les secoue, bien qu'en l'occurrence le blizzard fût remplacé par une quiétude profonde et une glorieuse solitude. Mais cette solitude rassurante venait de se transformer en un isolement inquiétant. La nuit était grosse de menaces.

— Et ils m'ont laissé un avertissement.

J'imaginai un mot péniblement écrit en script — FAIS GAFFE À TES FESSES. Signé, LES SINGES.

Mais ils étaient trop malins pour laisser une trace écrite, et bien plus directs.

— L'un d'eux a chié sur mon lit.

— Génial !

— Ils ont le goût du secret, apparemment. J'ai décidé de ne même pas essayer de les photographier. Si je réussissais à les prendre au flash une nuit... je pense qu'ils seraient furibards.

— Ils te font peur. Je ne savais pas que tu te troublais, ni que tu pouvais avoir peur. J'en apprends de drôles sur toi ce soir, mon frère.

— Je n'ai pas peur.

— Mais tu as acheté le fusil.

— Parce que j'estime que ce n'est pas mal de les défier de temps à autre, de montrer à ces petits salopards que je protège mon territoire, qu'ici je suis chez moi, bordel ! Mais je n'ai pas vraiment peur. Ce ne sont jamais que des singes.

— Tout en n'en étant pas.

— Il y a des jours où je me demande si Pia ne m'a pas filé un virus New Age en m'appelant de Waimea — elle est obsédée par Kaha Huna, et moi par les singes du Nouveau Millénaire. C'est comme ça que les journaux les surnommeraient, non ?

— Les singes du Nouveau Millénaire. Ça sonne bien.

— Voilà pourquoi je ne les ai pas signalés. Je ne tiens pas à devenir une cible des médias ou de Dieu sait qui. Je ne veux pas être l'abruti qui a vu des extraterrestres dans un vaisseau spatial en forme de grille-pain à quatre fentes. Ma vie ne serait jamais plus la même.

— Tu deviendrais un monstre de foire comme moi.

— Exactement.

Mon impression d'être observé s'accentua. Je faillis piquer un truc à Orson, à savoir lâcher un grognement sourd montant du fond de la gorge.

Toujours entre Bobby et moi, le chien, silencieux, restait sur le qui-vive, une oreille dressée. Il ne tremblait plus, mais il ne prenait pas à la légère ce qui nous observait depuis l'obscurité environnante.

— Maintenant que je t'ai dit pour Angela, tu sais que les singes ont un lien avec ce qui se passait à Fort Wyvern. Ce n'est plus un fantasme de journal à scandale. C'est réel, tangible, et nous pouvons agir.

— Se passe.

— Quoi ?

— D'après ce qu'Angela t'a dit, Wyvern n'est pas complètement désaffecté.

— Mais la base est abandonnée depuis dix-huit mois. S'il y avait encore des employés impliqués dans une opération là-bas, ça se saurait. Même s'ils vivaient sur la base, ils viendraient en ville faire des courses, voir un film.

— Tu dis qu'Angela a appelé ça Armageddon. La fin du monde.

— Oui. Et alors ?

— Peut-être que si tu travailles à un projet de destruction de la planète, tu n'as pas le temps de venir te faire une toile en ville. Quoi qu'il en soit, je le répète, on a affaire à un mastodonte, Chris. Au gouvernement. Aucune chance de survivre si on surfe ces eaux-là.

Je redressai mon vélo.

— Malgré ces singes et ce que tu as vu, tu vas rester les bras croisés ?

— Si je garde mon calme, peut-être qu'ils finiront par partir. Ils ne viennent pas toutes les nuits. Seulement une ou deux fois par semaine. Si j'arrive à les avoir à l'usure… j'ai peut-être une chance de retrouver l'existence que j'avais avant.

— Ouais, mais peut-être qu'Angela n'exagérait pas. Peut-être qu'il y a un risque que rien ne soit plus jamais comme avant.

— Alors pourquoi enfiler tes collants et ta cape, si c'est une cause perdue ?

— Pour XPman, il n'y a pas de causes perdues.

— Kamikaze.

— Trouillard.

— Abruti.

— Amateur, conclus-je affectueusement en poussant mon vélo dans le sable.

Orson lâcha un faible gémissement de protestation quand nous quittâmes la sécurité relative de la maison, mais il ne tenta pas de résister. Il resta près de moi, reniflant l'air nocturne alors que nous repartions vers la ville.

Nous avions parcouru une dizaine de mètres lorsque Bobby nous rejoignit en courant.

— Tu sais quel est ton problème ?

— Mes choix en amitié ?

— Ton problème, c'est que tu veux laisser une trace. Tu veux laisser quelque chose derrière toi qui dise, j'étais là.

— Pas du tout.

— Conneries.

— Surveille ton langage. Pas devant le chien.

— C'est pour cela que tu écris tes articles, tes livres. Pour laisser une trace.

— J'écris parce que j'aime ça.

— T'arrêtes pas de râler à ce propos.

— Parce que c'est le truc le plus dur que j'aie jamais fait, mais c'est tout de même satisfaisant.

— Tu sais pourquoi c'est dur ? Parce que c'est contre nature.

— Peut-être pour ceux qui ne savent ni lire ni écrire.

— On n'est pas là pour laisser une trace, mon frère. Des monuments, des legs, des traces — c'est là qu'on se plante, toujours. On est là pour jouir du monde, nous pénétrer de son étrangeté, tirer plaisir de notre présence sur terre.

— Tu entends, Orson ? Revoilà Bobby le philosophe.

— Le monde est la perfection totale tel qu'il est, de la beauté pure d'un horizon à l'autre. Les traces que nous essayons de laisser… ne sont que des graffiti. Rien ne peut améliorer le monde qui nous a été donné. Toute trace laissée n'est que du vandalisme.

— L'œuvre de Mozart.

— Du vandalisme.

— Michel-Ange.

— Des graffiti.

— Renoir.

— Idem.

— Bach, les Beatles.

— Des graffiti sonores.

En suivant notre conversation, Orson commençait à s'agiter.

— Matisse, Beethoven, Wallace Stevens, Shakespeare.

— Des vandales, des hooligans.

— Dick Dale, dis-je, citant le nom sacré du roi de la guitare surf, le père de toute la musique surf.

Bobby tiqua, mais affirma tout de même :

— Graffiti.

— Tu es un malade.

— Je suis la personne la plus saine que tu connaisses. Laisse tomber cette croisade inutile, Chris.

— Je dois vraiment être en train de nager au milieu d'un banc de flemmards si on taxe de croisade une simple curiosité.

— Vis. Gave-toi de vie. Jouis. C'est pour ça que tu es là.

— Je m'amuse à ma manière. Ne t'en fais pas — je suis aussi con et aussi dingue que toi.

— Tu rêves.

Je tentai de le contourner avec mon vélo ; il se planta devant moi.

— D'accord, dit-il, résigné. D'accord. Mais pousse le vélo d'une main et tiens le Glock de l'autre jusqu'à ce que tu puisses enfourcher ta bécane. Et là, pédale comme un malade.

Je tapotai la poche de ma veste, qui pendait sous le poids du pistolet. J'avais déjà tiré accidentellement une balle chez Angela. Il m'en restait neuf.

— Mais ce ne sont que des singes.

— Tout en n'en étant pas.

— Il y a autre chose que je devrais savoir ? lui demandai-je en le regardant droit dans les yeux.

Il se mordit la lèvre inférieure.

— Peut-être que je suis Kahuna.

— Ce n'est pas ce que tu t'apprêtais à me dire.

— Non, mais c'est moins dingue que ce que j'allais dire. Le chef de la bande… je ne l'ai vu qu'à une certaine distance, dans l'obscurité, à peine plus qu'une ombre. Il est plus grand que les autres.

— De combien ?

Bobby me regarda droit dans les yeux.

— Je crois que c'est un type qui fait à peu près ma taille.

Quand j'attendais le retour de Bobby sur la terrasse, j'avais vu quelque chose bouger du coin de l'œil : l'image floue d'un homme au pas allongé. Disparue aussi vite qu'une illusion.

— Un homme ? Courant avec les singes du Millénaire, menant la bande ? Tarzan à Moonlight Bay ?

— Enfin, j'espère que c'est un homme.

— Qu'est-ce que tu sous-entends ?

Bobby haussa les épaules et détourna les yeux.

— Je dis seulement que je n'ai pas vu que des singes. Ils sont accompagnés de quelqu'un ou de quelque chose de grand.

Je regardai vers les lumières de la ville.

— C'est à croire que toute la ville est assise sur des explosifs.

— Voilà ce que je voulais dire. Reste hors de portée de l'explosion.

Tenant le vélo d'une main, je tirai le Glock de la poche de ma veste.

— Avant que tu te lances dans tes périlleuses et stupides aventures, XPman, il y a un truc que tu ne dois pas oublier.

— Encore de la sagesse de surfeur.

— Quoi qu'il se soit passé — ou se passe encore — à Wyvern, cela doit impliquer une grande équipe de scientifiques. Des mecs supersavants. Des types du gouvernement et de l'armée, aussi, et en pagaille. L'élite du système. Des gens qui font bouger les choses. Tu sais pourquoi ils y participaient avant que cela foire ?

— Des factures à payer, une famille à nourrir ?

— Chacun d'entre eux voulait laisser une trace.

— Ce n'est pas une question d'ambition. Je veux juste savoir pourquoi mon père et ma mère devaient mourir.

— T'as la tête aussi dure qu'une coquille d'huître.

— Peut-être, mais il y a une perle à l'intérieur.

— Une merde de mouette fossilisée, oui !

— Tu as le chic avec les mots. Tu devrais écrire un bouquin.

Il eut un rictus aussi mince qu'un zeste de citron.

— Je préférerais baiser un cactus.

— Cela ressemble un peu à ça. Mais en jouissif.

— Cette vague va te faire subir le cycle de rinçage et te rejeter avec l'eau du linge.

— Peut-être. Mais ce sera une super expérience. Et n'est-ce pas toi qui rabâche que nous sommes ici-bas pour jouir de la vie ?

Enfin vaincu, il me céda le passage, leva la main droite et fit le signe de *shaka*.

Je tins mon vélo avec la main du pistolet pour répondre par celui de *Star Trek*.

Bobby me fit comprendre que je pouvais aller me faire voir.

Orson à mes côtés, je poussai le vélo dans le sable, me dirigeant vers la partie rocheuse de la péninsule. J'entendis Bobby dire quelque chose derrière moi, mais je ne compris pas ses paroles.

Je m'arrêtai et me tournai. Il repartait vers le cottage.

— Qu'est-ce que tu disais ?

— Voilà le brouillard.

J'aperçus alors d'imposantes masses blanches qui descendaient de l'ouest, une avalanche de vapeur tourbillonnante patinée de clair de lune.

Les lumières de la ville paraissaient distantes d'un continent.

LA NUIT

21.

Le temps qu'Orson et moi sortions des dunes pour retrouver la chaussée en grès, nous étions enveloppés de brouillard, et malgré la poussière de clair de lune qui réussissait à percer cette masse, il faisait aussi noir que dans un four.

On ne voyait plus les lumières de la ville.

Cette véritable purée de pois semblait modifier ma perception des sons. Le rude murmure des vagues se brisant sur la grève avait l'air de venir de tous les côtés à la fois, comme si nous étions sur une île et non plus sur une péninsule.

Rouler à vélo dans cette obscurité collante me paraissait des plus hasardeux. La visibilité ne cessait de changer, passant de carrément nulle à deux mètres maximum. Et même s'il n'y avait ni arbres ni obstacles dangereux sur la pointe, il restait l'à-pic dominant la plage. Il suffisait que je perde une seconde le sens de l'orientation pour passer par-dessus le guidon de mon vélo et m'écraser en bas.

De plus, pour prendre de la vitesse sans perdre l'équilibre, il faudrait que je tienne le guidon à deux mains, ce qui voulait dire ranger le pistolet dans ma poche. Et après ma conversation avec Bobby, je n'avais pas trop envie de lâcher le Glock. Dans cette purée de pois, on pouvait me surprendre, sans me laisser le temps de réagir.

Poussant le vélo de la main gauche, je marchais d'un bon pas, feignant l'insouciance et l'assurance. Orson qui trottait juste devant moi était inquiet, lui aussi. Il ne cessait de tourner la tête d'un côté et de l'autre.

Le cliquetis des rayons et de la chaîne trahissait ma position. Si l'on veut empêcher un vélo de faire du bruit, il faut le porter, ce que je pouvais faire d'un bras, mais seulement sur des distances courtes.

Mais ce bruit avait-il vraiment de l'importance ? Les singes devaient posséder des sens aiguisés capables de détecter les stimuli les plus faibles ; en fait, ils pouvaient sans doute me suivre à la trace.

Et Orson aussi pourrait les sentir. Dans cette obscurité nébuleuse, sa silhouette noire était à peine visible ; impossible de savoir s'il avait le poil hérissé, indice imparable de la proximité des singes.

En quoi ces créatures étaient-elles différentes des rhésus ordinaires ?

En apparence du moins, le singe de la cuisine d'Angela était un spécimen type de son espèce, malgré sa grande taille. Angela avait seulement précisé qu'il avait « d'affreux yeux jaune foncé », mais pour ce que j'en savais, cela faisait partie du spectre des couleurs des iris de ce groupe de primates. Bobby n'avait pas évoqué de détail particulier à propos de la troupe qui le harcelait, à part son comportement bizarre et la taille hors normes de son chef flou : ni crânes mal formés, ni troisième œil au milieu du front, ni verrous au cou indiquant qu'ils sortaient tout droit du laboratoire secret de Heather Frankenstein, arrière-arrière-arrière-arrière-petite-fille du savant du même nom.

Les chefs du projet de Fort Wyvern avaient craint que le singe dans la cuisine d'Angela ne la griffe ou ne la morde. Comment ne pas en conclure que l'animal était porteur d'une maladie contagieuse transmissible par le sang, la salive ou autres liquides organiques ? L'examen auquel on avait soumis Angela venait confirmer cette hypothèse. Pendant quatre ans, on lui avait prélevé du sang tous les mois : la période d'incubation de la maladie devait être fort longue.

La guerre biologique. Les dirigeants de tous les pays de la planète niaient se livrer à des préparatifs pour un conflit aussi odieux. Évoquant le nom de Dieu, au mépris du jugement de l'histoire, ils signaient solennellement d'épais traités garantissant que jamais, au grand jamais, ils ne s'engageraient dans cette recherche monstrueuse. En attendant, chaque nation s'employait à fabriquer des cocktails de charbon, des aérosols de peste bubonique, et une série tellement mirobolante de nouveaux virus et bactéries exotiques que nulle part on ne verrait jamais pointer un savant fou au bureau du chômage.

Mais pourquoi imposer cette stérilisation à Angela ? Bien sûr, certaines maladies augmentent les risques de donner naissance à des enfants malformés. Cependant, d'après ce que Angela m'avait dit, les gens de Wyvern ne l'avaient pas stérilisée pour protéger ses descendants. Ils semblaient avoir été motivés non par la compassion, mais par une peur voisine de la panique.

Angela avait pratiquement nié que le singe fût porteur d'une maladie. *J'aimerais bien que ce soit le cas. Ce serait bien, n'est-ce pas ? Peut-être que je serais guérie maintenant. Ou morte. La mort serait mieux que ce qui m'attend.*

Si ce n'était pas une maladie, de quoi s'agissait-il ?

Soudain le cri de plongeon que nous avions déjà entendu perça la nuit et le brouillard, m'arrachant à mes réflexions.

Orson se figea, moi aussi, et le cliquetis du vélo stoppa.

Le cri semblait venir du sud-ouest, et au bout de quelques secondes, une réponse s'éleva, apparemment sur ma droite. On nous suivait.

Le son se déplaçait de manière si trompeuse dans le brouillard que je ne pouvais évaluer la distance nous séparant de ces cris. J'aurais parié un poumon qu'ils nous talonnaient.

Les vagues battaient comme un cœur dans l'obscurité. Quelle chanson de Chris Isaak Sasha passait-elle en ce moment ?

Orson se remit en marche, et je suivis son exemple, en accélérant le pas. Nous n'avions rien à gagner en tergiversant. Nous ne serions à l'abri qu'une fois de retour en ville… et encore !

Nous avions parcouru une douzaine de mètres quand le sinistre ululement retentit de nouveau. Également suivi d'un écho.

Cette fois je me gardai bien de m'arrêter.

Mon cœur cognait, et il ne ralentit pas quand je me rappelai qu'il ne s'agissait que de singes. Et non de prédateurs. Des mangeurs de fruits, de baies, de noix. Des membres d'un royaume pacifique.

Je revis soudain le visage sans vie d'Angela. Je compris alors l'erreur d'interprétation que j'avais faite, choqué par la découverte de son cadavre. Avec sa blessure en dents de scie, sa gorge semblait avoir été tranchée plusieurs fois par un couteau mal aiguisé. En réalité, on avait mordu dans la chair, avant de l'arracher et de la mastiquer. La blessure m'apparaissait à présent dans toute son horreur.

D'autres détails me revenaient à présent en mémoire : des traces blêmes sur ses mains. Peut-être même une sur son visage. Des morsures. Des singes. Mais pas des singes ordinaires.

Les agissements des tueurs dans la maison d'Angela — les poupées, la partie de cache-cache — m'avaient fait l'effet de jeux d'enfants déments. Il devait y avoir plus d'un singe dans les lieux : suffisamment petits pour se dissimuler dans des endroits inaccessibles à un homme, d'une rapidité si peu humaine qu'ils avaient eu l'air de fantômes.

Le nouveau cri qui s'éleva dans la purée de pois suscita des ululements sourds venant cette fois de deux directions.

Orson et moi avancions vite, mais je résistai à l'envie de prendre mes jambes à mon cou. Si je me mettais à courir, on pourrait interpréter, avec raison, ma hâte comme un signe de peur. Et pour un prédateur, qui dit peur dit faiblesse. À la moindre manifestation de faiblesse, ils risquaient d'attaquer.

Je serrais le Glock si fort qu'il semblait soudé à ma main. Combien cette troupe comptait-elle de membres ? Peut-être seulement trois ou quatre ou dix, voire plus. Pour moi qui n'avais jamais tiré un coup de feu de ma vie, à part celui qui était parti accidentellement chez Angela, espérer abattre toutes ces bêtes avant qu'elles ne me terrassent tenait de l'utopie.

Ce n'était pas le moment de nourrir mon imagination enfiévrée d'idées noires, mais je ne pouvais m'empêcher de me demander à quoi ressemblaient des dents de rhésus. À des prémolaires émoussées ? Non. Même les herbivores — à supposer que le rhésus en fût un — avaient besoin de déchirer la peau d'un fruit, d'ouvrir des enveloppes de graines, des coquilles. Ils devaient avoir des incisives, voire des dents pointues, comme les humains. Et si ces spécimens particuliers avaient traqué Angela, le rhésus n'était pas devenu prédateur : ils ne seraient donc pas équipés de crocs. Pourtant certains grands singes en possédaient. Les babouins avaient d'énormes dents acérées. Mais en l'occurrence, la puissance de morsure du rhésus n'était pas en cause, parce que quelle que fût la nature de leur dentition, ces spécimens particuliers avaient été suffisamment équipés pour tuer Angela Ferryman sauvagement et rapidement.

C'est alors que je sentis plus que je ne vis un mouvement à quelques mètres de moi. Une petite forme sombre et floue s'approchait avec légèreté.

La créature me frôla la jambe et s'évanouit dans le brouillard sans me laisser le temps de la voir clairement.

Orson grondait mais avec retenue, comme s'il tentait de maintenir la menace à distance sans franchement la défier. Face au mur de grisaille ondulant et tremblotant dans l'obscurité, de l'autre côté du vélo, il devait avoir le poil hérissé.

Je gardais les yeux fixés au ras du sol, m'attendant presque à découvrir le regard brillant et jaune foncé dont Angela avait parlé. Mais la forme qui se dressa brusquement devant moi était de ma taille. Voire plus grande. Ombre informe tel un ange de la mort flottant dans un rêve, elle semblait plus illusoire que réelle, terrifiante justement parce que mystérieuse. Pas d'yeux jaunes menaçants. Pas de traits nets. Pas de contours distincts. Homme ou grand singe, ou ni l'un ni l'autre : le chef de la bande, qui s'évanouit en une seconde.

Orson et moi nous immobilisâmes de nouveau.

Je regardai autour de moi en tendant l'oreille, en quête du moindre son. Mais la bande se déplaçait silencieusement dans le brouillard.

J'avais l'impression d'être un plongeur dans les profondeurs, pris au piège de courants aveuglants fourmillant de plancton et d'algues, qui, venant d'apercevoir un requin, s'attend à le voir revenir le trancher en deux.

Je sentis un frôlement à l'arrière de mes jambes, puis on tira sur mon jean : il ne pouvait s'agir d'Orson, le coupable produisait un vilain sifflement. Je donnai un coup de pied au jugé, et la chose s'évanouit.

Orson jappa de surprise, comme s'il venait de faire une rencontre de son côté.

Je l'appelai et il me rejoignit aussitôt.

Je lâchai le vélo qui s'écrasa en cliquetant sur le sable. Saisissant le pistolet à deux mains, je me mis à tourner sur moi-même, en quête d'une cible.

Un pépiement aigu et furieux s'éleva. Des voix de singes. Une bonne demi-douzaine.

Si j'en tuais un, les autres s'égailleraient peut-être. Ils risquaient aussi de réagir comme l'amateur de mandarines devant le balai brandi par Angela dans sa cuisine : avec une agressivité démente.

De toute façon, la visibilité était quasi nulle, et comme je ne pouvais distinguer ni leurs yeux ni leur ombre, je n'osais pas gâcher de munitions en tirant à l'aveuglette. Une fois le Glock vide, je ferais une proie trop facile.

Tout à coup, les pépiements se turent.

Les nuages denses étouffaient jusqu'au bruit des vagues à présent. Je n'entendais plus que les halètements d'Orson et ma propre respiration rapide.

La grande forme noire du chef de bande se dessina de nouveau dans la grisaille ambiante. Elle descendait en piqué comme si elle avait des ailes, bien que cette apparence de vol fût sûrement illusoire.

Orson gronda, et je fis un bond en arrière, déclenchant le viseur laser. Un point rouge déchira le brouillard. Le chef de bande, silhouette floue derrière une vitre dépolie, fut entièrement avalé par la brume avant que je puisse braquer le laser sur lui.

Et la collection de crânes sur les marches en béton du déversoir ? Et si le collectionneur n'était pas un ado sociopathe se livrant à des travaux pratiques en vue de se préparer à sa future carrière ? Et si les crânes étaient des trophées réunis et rangés par les singes ? Une idée étrange et troublante.

Une pensée encore plus troublante me vint à l'esprit : peut-être que mon crâne et celui d'Orson — dénudés de toute chair, les orbites creuses et lisses — viendraient compléter la collection.

Orson jappa quand un singe lui sauta sur le dos en crachant. Il tourna la tête, montra les crocs, et s'efforça de mordre l'intrus, tout en tentant de le désarçonner.

Nous étions si proches que malgré la faible luminosité et les tourbillons de brouillard, je distinguais les yeux jaunes. Brillants, froids et féroces. Qui me fixaient. Impossible de tirer sur l'agresseur sans toucher Orson.

Le singe avait à peine atterri sur le dos de mon chien qu'il le quitta d'un bond. Il me heurta de plein fouet, treize kilos de muscles tendus, me déséquilibra, me grimpa sur le torse en s'agrippant à ma veste en cuir, me réduisant à l'impuissance.

Une seconde, nous restâmes face à face, les yeux dans les yeux. La créature qui montrait les dents et crachait furieusement avait une haleine écœurante. Ce singe qui n'en était pas tout à fait un avait une expression tellement étrange dans son regard nu qu'il en était terrifiant.

Il m'arracha ma casquette du crâne ; je le frappai avec le canon du Glock. Serrant son trophée, le singe tomba par terre. Un coup de pied bien placé lui fit lâcher la casquette. Hurlant, il s'évanouit en titubant dans la purée de pois.

Orson se rua à sa poursuite, en aboyant, toute peur oubliée. Je le rappelai ; il n'obéit pas.

C'est alors que l'ombre du chef de bande se dressa devant lui, plus fugace qu'avant, forme sinueuse se gonflant comme une cape. Elle disparut presque aussi vite, mais sa vue avait calmé Orson, qui reconsidéra le bien-fondé de cette poursuite.

— Nom de Dieu ! m'exclamai-je quand, gémissant, le chien abandonna.

Je récupérai la casquette par terre, la pliai et la fourrai dans la poche intérieure de ma veste.

Tremblant, je vérifiai que j'étais entier, que je n'avais pas été mordu. Si j'avais été griffé, je ne sentais rien, ni sur les mains, ni au visage. Non, j'étais indemne. Dieu soit loué ! Si le singe était porteur d'une maladie exclusivement transmissible par les liquides organiques, je n'avais pas pu l'attraper.

En revanche, j'avais senti son haleine fétide lorsque nous étions face à face, respiré l'air qu'il exhalait. Si la maladie se transmettait par l'air, j'étais déjà en possession d'un aller simple pour la morgue.

Percevant un infime cliquetis derrière moi, je virai sur moi-même : on tirait mon vélo. À plat sur le flanc, peignant le sable avec ses rayons, la roue arrière était la seule partie encore visible, et elle allait disparaître dans la purée de pois quand je la saisis d'une main.

Le voleur de bicyclette et moi luttâmes brièvement, et je gagnai la partie, ce qui me laissa penser que j'étais opposé à un des singes rhésus et non au chef de bande. Je redressai le vélo, l'appuyai contre moi, et relevai le Glock.

Orson me rejoignit.

De nervosité, il se soulagea de nouveau, évacuant le reste de sa bière. J'étais un peu surpris de n'avoir pas mouillé mon pantalon.

Un temps je respirai avec effort, tremblant si violemment que même en agrippant le Glock à deux mains, je ne parvenais pas à l'empêcher de tressauter. Je finis par me calmer. Mon cœur s'employa avec moins de diligence à faire péter ma cage thoracique.

Comme les coques de bateaux fantômes, de grandes murailles de brume voguaient autour de nous, flottille sans fin, tirant derrière elles un silence surnaturel. Ni pépiements. Ni hurlements ni sifflements. Ni cris de plongeurs. Pas le moindre soupir de vent, ni murmure de vagues. À croire que, sans le savoir, j'avais été tué lors de la dernière confrontation, et que je me trouvais à présent dans une antichambre glaciale extérieure au couloir de la vie, attendant que la porte s'ouvre pour le Jugement dernier.

Finalement il devint évident que la séance de jeux était terminée. Tenant le Glock d'une seule main, je me mis à pousser le vélo. Orson trottait à mes côtés.

J'étais sûr que la troupe nous surveillait toujours, de loin. Je ne distinguais rien dans le brouillard, mais ils étaient bien là, aucun doute là-dessus.

Des singes. Sans être des singes. Apparemment échappés d'un laboratoire de Wyvern.

La fin du monde, avait dit Angela.

Ni par le feu.

Ni par la glace.

Pis.

Des singes. La fin du monde causée par des singes.

Une apocalypse avec des primates.

Armageddon. La fin, l'apocalypse, le jour du Jugement dernier, on ferme la porte et on éteint tout à jamais.

C'était littéralement, complètement dingue. Chaque fois que j'essayais de classer les faits dans un ordre logique, je prenais une vague de première en pleine poire, j'étais rendu muet par un mur d'impondérables.

L'attitude de Bobby, sa volonté de rester à distance des problèmes insolubles du monde moderne pour être le roi des glandeurs m'avait toujours paru un choix de vie légitime. À présent, il me paraissait non seulement légitime, mais sensé, logique et sage.

Parce que je ne devais pas survivre à l'âge adulte, mes parents m'ont appris à jouer, à m'amuser, à nourrir ma capacité d'émerveillement, à vivre le plus possible sans soucis et sans craintes, à jouir de l'instant sans trop me préoccuper de l'avenir : en bref, à faire confiance à Dieu et à croire que, comme tout le monde, je ne suis pas là par hasard ; à me féliciter autant de mes limites que de mes dons, parce qu'ils font partie d'un dessein qui dépasse mon entendement. Mes parents ont compris qu'il fallait m'initier à l'autodiscipline, bien sûr, et au respect des autres. Mais ces attitudes vous viennent naturellement quand vous êtes convaincu que votre existence a une dimension spirituelle et que vous êtes un élément soigneusement conçu de la mystérieuse mosaïque de la vie. Bien qu'il semblât peu vraisemblable que je survive à mes parents, mon père et ma père se sont préparés à cette éventualité dès que ma maladie a été diagnostiquée : ils ont souscrit une grosse assurance-vie qui me permettrait à présent de vivre confortablement, dussé-je ne plus tirer un sou de mes livres et de mes articles. Né pour le jeu, le plaisir et l'émerveillement, destiné à ne jamais travailler, à ne jamais être encombré des responsabilités qui pèsent sur la plupart de mes semblables, je pourrais abandonner l'écriture et devenir un tel passionné de surf que, par comparaison, Bobby Halloway ferait figure de drogué compulsif du travail avec autant de don pour la fête qu'un chou-fleur. En outre, je pourrais devenir un vrai petit branleur sans en concevoir l'ombre d'une culpabilité, sans scrupules ni doutes, parce qu'on m'a formé pour être ce que l'humanité entière aurait pu devenir si nous ne nous étions pas fait éjecter du Paradis pour non-respect des termes du contrat de location. Comme tous ceux qui sont nés d'un homme et d'une femme, je suis soumis aux caprices du destin. À cause de ma maladie, j'ai simplement une conscience un peu plus aiguë que la plupart de mes semblables des machinations dudit destin, et cette conscience est libératrice.

Pourtant, tout en poussant mon vélo, je continuais à chercher un sens à ce que j'avais vu et entendu depuis le coucher du soleil.

Avant que la troupe ne vienne nous harceler Orson et moi, j'essayais de déterminer ce que ces singes avaient de différent. Je revins à cette énigme : contrairement aux rhésus ordinaires, ils étaient audacieux et non timides, ombrageux plutôt que joyeux. La différence la plus évidente, c'était leur caractère soupe au lait, leur méchanceté. Toutefois leur potentiel de violence n'était pas le trait dominant qui les séparait des autres rhésus, mais seulement la conséquence d'une autre différence plus profonde que je reconnaissais tout en me refusant inexplicablement à l'envisager.

Les tourbillons de brouillard commençaient à se dissiper. Des traînées de lumière perçaient la purée de pois : les immeubles et les lampadaires de la côte.

Orson gémit de plaisir — ou de soulagement — devant ces signes de civilisation, mais nous n'étions pas plus à l'abri en ville qu'à l'extérieur.

Une fois dans Embarcadero Way, je m'arrêtai pour tirer ma casquette de ma poche. Je me l'enfonçai sur le crâne et baissai la visière. Elephant Man remettant son harnachement.

Orson me contempla, la tête inclinée de côté, et souffla comme pour marquer son approbation. Après tout, en sa qualité de chien d'Elephant Man, il avait tout intérêt à ce que je sois élégant : sa propre image en dépendait.

Grâce aux lampadaires, la visibilité avait augmenté d'une trentaine de mètres. Telles les marées fantômes d'une mer morte depuis longtemps, le brouillard venu de la baie arrosait les rues ; chacune des gouttelettes de brume reflétait la lumière dorée à la vapeur de sodium et la transmettait à la suivante.

Si des membres de la troupe nous suivaient toujours, ils allaient être obligés de le faire à distance, afin d'éviter d'être vus. Tels des acteurs dans une reprise du *Double Assassinat dans la rue Morgue* de Poe, il leur faudrait se contenter de rôder dans les parcs, les allées non éclairées, sur les balcons, les rebords de fenêtre élevés, les parapets et les toits.

À cette heure tardive, il n'y avait ni passants ni automobilistes en vue. La ville semblait abandonnée.

J'eus soudain la sensation désagréable que ce silence et ce vide annonçaient la désolation effrayante qui s'abattrait sur Moonlight Bay dans un avenir relativement proche. Notre petit bourg se préparait à devenir une ville fantôme.

J'enfourchai mon vélo et remontai Embarcadero Way. L'homme qui m'avait contacté par l'intermédiaire de Sasha, à la station de radio, m'attendait à bord de son bateau dans la marina.

En pédalant sur l'avenue déserte, je songeai de nouveau aux singes du Millénaire. J'étais sûr d'avoir identifié la principale différence entre les rhésus ordinaires et cette troupe extraordinaire qui rôdait secrètement dans la nuit, mais j'avais du mal à admettre ma propre conclusion, si inévitable fût-elle : ces singes étaient plus intelligents que les représentants ordinaires de l'espèce.

D'une intelligence supérieure.

Ils avaient compris à quoi servait l'appareil photo de Bobby et l'avaient volé. Ils lui avaient aussi fauché le nouveau.

Ils avaient reconnu mon visage parmi les trente poupées dans l'atelier d'Angela, et ils s'en étaient servis pour me provoquer. Ensuite, ils avaient allumé un incendie pour dissimuler le meurtre d'Angela.

Les grosses têtes de Fort Wyvern participaient peut-être à des recherches secrètes concernant la guerre bactériologique, mais cela n'expliquait pas pourquoi leurs singes de laboratoire étaient notoirement plus intelligents que leurs congénères.

Mais que recouvrait ce « notoirement plus intelligents » ? Peut-être cette intelligence n'était-elle pas suffisante pour décrocher le pactole à la Roue de la fortune. Pas suffisante non plus pour enseigner la poésie au niveau universitaire, diriger avec succès une station de radio, faire des prévisions destinées aux surfeurs du monde entier, ni écrire un best-seller figurant sur la liste du *New York Times* — mais peut-être l'était-elle assez pour leur permettre d'être le fléau, l'animal nuisible le plus dangereux et le plus incontrôlable auquel ait jamais été confrontée l'humanité. Imaginez les dégâts que pourraient causer les rats, avec quelle rapidité ils se multiplieraient, s'ils possédaient ne serait-ce que la moitié de l'intelligence humaine, ce qui leur permettrait de déjouer les pièges et d'éviter les poisons.

Ces singes s'étaient-ils vraiment échappés d'un laboratoire ? Si tel était le cas, comment avaient-ils pu devenir aussi intelligents ? Que cherchaient-ils ? Quel était leur objectif ? Pourquoi n'avait-on pas déclenché une vaste opération pour les récupérer et les remettre dans des cages qu'ils ne pourraient plus fuir ?

Ou étaient-ils des instruments aux mains de quelqu'un de Wyvern ? Comme les flics se servent de chiens policiers. Comme la marine recourt à des dauphins pour repérer les sous-marins ennemis et, en temps de guerre — dit-on —, pour coller des explosifs magnétiques aux coques de bateaux cibles.

Les questions se bousculaient dans ma tête. Toutes plus folles les unes que les autres.

Selon les réponses, les ramifications de l'intelligence supérieure de ces singes pourraient provoquer un cataclysme. Les conséquences possibles pour la civilisation étaient particulièrement alarmantes quand on songeait à la méchanceté de ces animaux et à leur hostilité apparemment instinctive.

La prédiction de fin du monde d'Angela n'était peut-être pas tirée par les cheveux, elle était peut-être en fait moins pessimiste que ne le serait mon diagnostic de la situation si je devais — un jour — connaître tous les faits. Il était sûr qu'Angela avait connu la fin du monde.

J'avais aussi l'intuition que ces singes n'étaient qu'une partie de l'iceberg. Qu'un chapitre d'une épopée. Nous n'étions pas au bout de nos surprises.

Par comparaison avec le projet de Wyvern, la fameuse boîte de Pandore, qui avait libéré toutes les malédictions pesant sur l'humanité — guerres, peste, maladies, famines, inondations —, risquait de se révéler du pipi de chat.

Dans ma hâte d'arriver à la marina, je pédalais trop vite pour permettre à Orson de rester à ma hauteur. Il galopait, oreilles au vent, soufflant comme un phoque, mais il se faisait lentement mais sûrement distancer.

En vérité, je pédalais à fond non parce que j'avais hâte d'arriver à destination, mais parce que inconsciemment je voulais semer le raz de marée de terreur qui nous pourchassait. Il n'y avait pas moyen d'y échapper, bien sûr, et je pouvais toujours pédaler comme un fou, je ne distancerais rien d'autre que mon chien.

Me rappelant les ultimes paroles de mon père, je passai en roue libre pour qu'Orson puisse suivre sans efforts héroïques.

Ne jamais abandonner un ami. Les amis sont tout ce qu'on a pour nous aider à traverser la vie — et ils sont les seules créations de ce monde que nous pouvons espérer retrouver dans le suivant.

22.

Dans un son doux presque aussi tendre que celui de la rencontre de deux épidermes un soir de noces, des vagues basses glissaient entre les pilotis et clapotaient contre la digue. L'air humide sentait à la fois l'eau de mer, le varech, la créosote, le fer en train de rouiller, ensemble d'odeurs léger et agréable auquel se mêlaient d'autres parfums que je n'aurais su identifier.

Blottie dans le coin abrité de la baie, la marina ne peut accueillir qu'environ trois cents bateaux, dont seulement six sont les résidences à plein temps de leurs propriétaires. Bien que la voile ne constitue pas le pivot de la vie mondaine de Moonlight Bay, la liste d'attente pour les emplacements est fort longue.

Poussant mon vélo, je me dirigeai vers l'extrémité de la jetée principale, parallèle à la côte. Les pneus chuintaient et rebondissaient doucement sur les planches inégales trempées de rosée. Un seul bateau était éclairé à cette heure de la nuit. La faible lueur des lampadaires m'ouvrait le chemin dans le brouillard.

Comme la flotte de pêche s'amarre plus loin sur la pointe nord de la baie, la marina plus protégée est réservée aux bateaux de plaisance. On y voit des sloops, des ketchs, et des yawls du plus modeste au plus impressionnant — les plus nombreux étant les premiers —, des yachts à moteur surtout de prix et de taille gérables, quelques baleiniers et même deux péniches aménagées. Le plus gros yacht à voiles — en fait le plus gros bateau — à quai en ce moment est le *Sunset Dancer*, un cotre Windship de dix-huit mètres. Des yachts à moteur, le plus grand est le *Nostromo*, un voilier Bluewater de dix-sept mètres, celui vers lequel je me dirigeais.

À l'extrémité de la jetée principale, je m'engageai sur un ponton perpendiculaire avec des bateaux des deux côtés. Le *Nostromo* était le dernier à droite.

J'ai fréquenté la nuit.

C'était le code que Sasha avait utilisé pour évoquer l'homme qui, passé à la station de radio dans l'espoir de me trouver, avait refusé qu'on prononce son nom au téléphone et décliné l'invitation à se rendre chez Bobby pour me parler. La phrase était un vers de Robert Frost, que la plupart des oreilles curieuses ne risquaient guère de connaître, et j'avais compris que Sasha parlait de Roosevelt Frost, le propriétaire du *Nostromo*.

Quand j'appuyai mon vélo contre le filin près de la passerelle menant au mouillage de Roosevelt, les bateaux ballottèrent sous l'effet de la marée. Ils grincèrent et gémirent comme des vieillards arthritiques geignant dans leur sommeil.

Jusqu'à cette nuit, Moonlight Bay avait été un havre de paix, préservé de la criminalité infestant le reste du monde, et je n'avais jamais éprouvé le besoin de mettre une chaîne à mon vélo avant de l'abandonner. Certes, d'ici la fin de ce week-end, notre pittoresque petite ville risquait de plonger le pays dans des meurtres, des mutilations, des lynchages de prêtres, mais il n'y aurait vraisemblablement pas d'augmentation spectaculaire des vols de deux-roues.

Très en pente à cause de la marée basse, la passerelle était glissante de condensation. Orson la descendit avec autant de précaution que moi.

Nous étions presque arrivés qu'une sorte de murmure grogné parut jaillir du brouillard juste au-dessus de ma tête.

— Qui va là ?

Je faillis en tomber de surprise.

Le Bluewater 563 est un élégant voilier blanc, discret, à deux ponts avec une timonerie dotée d'un toit en dur et de parois en toile sur le pont supérieur. La seule lumière à bord venait des cabines arrière et principale au centre du navire, sur le pont inférieur. Le pont supérieur et la timonerie étaient obscurs, drapés de brouillard, et je ne pouvais voir qui venait de parler.

— Qui va là ? reprit le murmure, un peu plus sec cette fois.

Je reconnus alors la voix de Roosevelt Frost.

— C'est moi, Chris Snow, murmurai-je à mon tour.

— Protège tes yeux, petit.

Je suivis son conseil ; une torche se braqua sur moi. Elle s'éteignit presque aussitôt, et Roosevelt reprit, toujours dans un murmure :

— C'est ton chien qui t'accompagne ?

— Oui, monsieur.

— Il n'y a rien d'autre ?

— Pardon ?

— Rien, personne d'autre ?

— Non, monsieur.

— Monte à bord alors.

Roosevelt n'était qu'une ombre au bastingage, et malgré la distance relativement courte, je ne pouvais distinguer ses traits parce qu'il se fondait dans la purée de pois, la nuit, et disparaissait dans sa propre noirceur.

Poussant Orson devant moi, je montai à bord et nous gravîmes rapidement les marches conduisant au pont supérieur.

Roosevelt Frost m'attendait avec un fusil. À ce compte-là, l'Association nationale du fusil n'allait pas tarder à installer son siège à Moonlight Bay. Il ne me tenait pas en joue, mais j'étais sûr qu'il me couvrait depuis qu'il m'avait identifié dans le faisceau de sa torche.

Il n'avait pas besoin de son arme pour être impressionnant. Un cou de taureau. Des épaules larges comme un boute-hors de voile d'étai. Un torse de camionneur. Des mains à l'envergure aussi grande que le diamètre d'un gouvernail. Voilà le type qu'Achab aurait dû prendre à son bord pour faire la peau à Moby Dick. Les journalistes avaient surnommé la Massue cette ancienne star du football des années soixante et du début des années soixante-dix. À soixante-trois ans, homme d'affaires prospère propriétaire d'un magasin de vêtements pour hommes, d'un petit centre commercial, et de la moitié des parts du Moonlight Bay Inn and Country Club, il paraissait encore capable de pulvériser n'importe quel mastodonte gonflé aux stéroïdes, limite mutant génétique, jouant dans les équipes contemporaines.

— Salut le chien, murmura-t-il.

Orson souffla.

— Tiens-moi ça, petit, fit Frost en me tendant le fusil.

Il avait une étonnante paire de jumelles hypersophistiquées autour du cou. Il les porta à ses yeux et balaya le ponton que je venais d'emprunter.

— Comment pouvez-vous y voir quoi que ce soit ?

— Ce sont des jumelles de vision nocturne. Elles magnifient dix-huit mille fois la lumière disponible.

— Mais le brouillard…

Roosevelt pressa un bouton et un mécanisme ronronna à l'intérieur.

— Elles sont aussi équipées d'un infrarouge qui ne montre que les sources de chaleur.

— Cela ne doit pas manquer dans la marina.

— Pas quand les moteurs de bateaux sont à l'arrêt. De plus, je m'intéresse exclusivement aux sources de chaleur mouvantes.

— Des gens !

— Peut-être.

— Qui ?

— Quiconque aurait pu te suivre. Bon, tais-toi, petit.

J'obtempérai. Roosevelt examina donc la marina, ce cher Roosevelt, ancienne star du football et homme d'affaires local qui, finalement, n'était pas tout à fait ce dont il avait l'air.

Non que j'en fusse surpris. Depuis le coucher du soleil, les gens que j'avais croisés avaient révélé des dimensions de leur vie que j'étais loin de soupçonner. Même Bobby avait des secrets : le fusil dans le placard à balais, la troupe de singes. Quand je songeais à Pia Klick qui se prenait pour la réincarnation de Kaha Huna, détail que Bobby avait gardé pour lui, je comprenais mieux son refus de tout ce qui avait un parfum New Age, dont mes commentaires innocents sur mon étrange chien. Au moins Orson était-il resté lui-même cette nuit — quoique, vu ce qui se passait, je n'aurais pas été surpris outre mesure qu'il se dresse soudain sur ses pattes arrière pour se lancer dans un numéro de claquettes digne d'un pro.

— Personne ne te file, dit Roosevelt en baissant ses jumelles et en récupérant son fusil. Par ici, petit.

À sa suite, je traversai le pont supérieur jusqu'à une écoutille à tribord.

— Viens ici, le chien, dit Roosevelt à Orson qui s'attardait près du bastingage.

Le chien ne traînait pas parce qu'il sentait un rôdeur sur la jetée, mais parce qu'il était avec Roosevelt d'une timidité qui ne lui ressemblait guère.

Le passe-temps de notre hôte était la « communication animale » — concept typiquement New Age qui avait alimenté de nombreux débats télévisés, bien que Roosevelt restât discret sur ce don et ne l'employât qu'à la demande de voisins et d'amis. La seule mention de communication animale faisait écumer Bobby de rage bien avant que Pia ne décide qu'elle était la déesse du surf en quête de son Kahuna. Roosevelt prétendait être capable de détecter les angoisses et les désirs d'animaux domestiques en difficulté qu'on lui amenait. Il ne demandait rien en échange de ses services, mais son peu d'intérêt pour l'argent ne convainquait pas Bobby : « Bon Dieu, Snow, j'ai jamais dit que c'était un charlatan essayant de se faire du blé. Il a de bonnes intentions. Mais il a dû aller heurter tête en avant un poteau de but une fois de trop. »

Selon Roosevelt, le seul animal avec lequel il n'avait jamais pu établir de communication était mon chien. Orson représentait un défi pour lui, et il ne ratait jamais une occasion de le baratiner.

— Allons, viens par ici, vieux.

Visiblement à contrecœur, Orson accepta l'invitation. Ses griffes cliquetèrent sur le pont.

Fusil à la main, Roosevelt Frost franchit l'écoutille et descendit un escalier en fibre de verre moulé baigné d'une lueur nacrée à sa base. Il baissa la tête, voûta ses énormes épaules, plaqua les bras contre le corps pour se faire plus petit, mais peine perdue, il paraissait toujours en danger de rester coincé dans l'étroit passage.

Orson hésita, la queue entre les pattes, puis descendit à la suite de Roosevelt. Je fermai la marche. L'escalier menait à une sorte de terrasse sous le pont supérieur arrière en cantilever.

Orson renâclait à entrer dans la cabine, pourtant chaleureuse et accueillante dans le halo d'une lampe de chevet. Avant de nous suivre, il se secoua vigoureusement pour se débarrasser des gouttes de brouillard condensé, éclaboussant le pont arrière. On aurait dit qu'il avait attendu par égard pour nous, pour éviter de nous arroser.

Roosevelt ferma la porte à clé derrière Orson et vérifia par deux fois qu'elle était bien verrouillée.

La cabine principale se composait d'une cuisine américaine avec des placards en acajou décoloré et un plancher assorti en faux acajou, d'un coin repas, et d'un salon avec canapé et fauteuils disposés au milieu d'un spacieux espace. Par respect pour moi, le tout n'était éclairé que par une veilleuse dans une vitrine remplie de trophées de football et par deux grosses bougies vertes posées sur des soucoupes sur la table du coin repas.

Cela embaumait le café ; Roosevelt m'en offrit une tasse.

— Désolé pour ton père.

— Au moins, c'est fini.

Il haussa les sourcils.

— Vraiment, tu crois ?

— Je veux dire pour lui.

— Mais pas pour toi. Pas après ce que tu as vu.

Je fronçai les sourcils.

— Comment savez-vous ce que j'ai vu ?

— La rumeur, répondit-il mystérieux.

— Que…

Il leva une main grande comme un battoir.

— Nous allons en discuter. C'est la raison pour laquelle je t'ai demandé de venir. Mais je suis encore en train de réfléchir à ce qu'il faut que je te dise. Laisse-moi en venir au fait à ma façon, petit.

Le café servi, le géant retira son coupe-vent en Nylon, le posa sur le dossier d'un des énormes fauteuils et s'assit à la table. Il m'invita à m'asseoir en face de lui et poussa une autre chaise du pied.

— Assieds-toi, le chien, dit-il en offrant le troisième siège à Orson.

Bien que ce fût un rite quand nous rendions visite à Roosevelt, Orson fit mine de ne pas comprendre. Il alla s'allonger par terre devant le réfrigérateur.

— C'est inacceptable, l'informa calmement Roosevelt.

Orson bâilla.

D'un pied, notre hôte fit doucement bouger la chaise qu'il destinait à Orson.

— Sois un bon chien.

Orson bâilla avec encore plus d'ostentation qu'avant. Il en faisait un peu trop.

— Si tu m'y obliges, je vais venir te chercher pour te mettre sur cette chaise. Ce qui sera embarrassant pour ton maître qui aimerait que tu te conduises en hôte courtois.

Il avait un bon sourire ; et il n'y avait pas la moindre trace de menace dans sa voix. Son large visage était celui d'un Bouddha noir, et son regard pétillait de gentillesse et d'amusement.

— Sois un bon chien.

Orson balaya le sol de sa queue, se reprit, et s'arrêta. Il me regarda et pencha la tête.

Je haussai les épaules.

Roosevelt fit de nouveau bouger la chaise.

Orson se redressa.

D'une poche de son coupe-vent, Roosevelt sortit un biscuit pour chien en forme d'os. Il le plaça devant la bougie pour qu'Orson puisse le voir clairement. Entre son pouce et son index énormes, le biscuit paraissait une minuscule amulette, mais c'était en fait un morceau de choix. Roosevelt le posa sur la table devant la chaise réservée au chien.

D'un œil intéressé, Orson suivit la main tenant le biscuit. Il s'approcha puis se figea. Il était encore plus distant que d'habitude.

Roosevelt sortit un autre biscuit, qu'il fit tourner à la lueur des bougies, comme s'il s'agissait d'une pierre précieuse, puis le posa près du premier.

Orson avait beau gémir de désir, il ne vint pas s'asseoir. Il baissa timidement la tête, puis jeta à notre hôte un coup d'œil par en dessous. Ce dernier était le seul humain qu'Orson ne regardait pas volontiers dans les yeux.

Roosevelt tira un troisième biscuit du coupe-vent. Le plaçant sous son gros nez souvent cassé, il inspira profondément, voluptueusement, comme s'il en savourait l'arôme incomparable.

Relevant la tête, Orson se mit à renifler aussi.

Roosevelt eut un sourire entendu, adressa un clin d'œil au chien… et se fourra le biscuit dans la bouche. Il le croqua avec un plaisir évident, le fit glisser avec une gorgée de café, et soupira d'aise.

Là, il m'impressionnait. Je ne l'avais encore jamais vu faire ça.

— Quel goût ça a ?

— Pas mauvais. Ça sent le blé pilé. Tu en veux un ?

— Non. Non, merci.

À voir les oreilles dressées d'Orson, Roosevelt avait toute son attention. Si cet énorme humain noir à la voix douce se mettait à apprécier les biscuits, il en resterait moins pour les chiens jouant les difficiles.

Du coupe-vent, Roosevelt tira encore un biscuit. Il se le colla contre les narines et inspira si profondément qu'il faillit me priver d'oxygène. Il ferma les yeux, fit mine d'être parcouru d'un frisson d'extase, à deux doigts de la pâmoison. Il paraissait sur le point de se livrer à une véritable orgie.

L'inquiétude d'Orson devint palpable. Il bondit sur la chaise en face de la mienne, celle que Roosevelt lui avait désignée, s'assit et avança sa truffe à deux centimètres du nez de Roosevelt. Ensemble, ils reniflèrent le biscuit en danger.

Au lieu de le fourrer dans sa bouche, Roosevelt le posa délicatement sur la table à côté des deux autres.

— Bon chien.

Je n'étais pas sûr de croire en la prétendue capacité de Roosevelt de communiquer avec les animaux, mais il était indiscutablement un psychologue du genre canin de premier ordre.

Orson renifla les biscuits sur la table.

— Attention ! fit Roosevelt.

Le chien regarda son hôte.

— Tu ne les manges que si je t'y autorise.

Le chien se lécha les babines.

— Je te jure, le chien, que si tu les croques sans ma permission, il n'y aura plus jamais, jamais, un seul biscuit pour toi.

Orson lâcha un petit gémissement plaintif.

— Je ne plaisante pas, reprit Roosevelt, gentil mais ferme. Je ne peux pas t'obliger à me parler si tu ne le veux pas. Mais je suis en droit d'exiger que tu fasses preuve d'un minimum de savoir-vivre lorsque tu es à mon bord. Pas question que tu te contentes d'engouffrer les biscuits à peine arrivé, comme une bête sauvage.

Orson regarda Roosevelt dans les yeux comme pour jauger sa détermination.

Roosevelt ne broncha pas.

Apparemment convaincu qu'il ne s'agissait pas d'une menace en l'air, le chien reporta son attention sur les trois biscuits. Il les contempla avec un tel désir désespéré que je me dis que je devrais essayer de croquer un de ces trucs, après tout.

— Bon chien, répéta Roosevelt.

Il prit une commande à distance sur la table et pressa un bouton, bien que le bout de son doigt parût trop large pour enfoncer moins de trois boutons à la fois. Derrière

Orson, des portes en tambour se relevèrent, révélant deux étagères de matériel électronique étincelant de diodes lumineux.

Orson en oublia un instant d'adorer les biscuits interdits.

Dans le dressoir, un grand moniteur vidéo s'alluma. L'écran partagé en quatre montrait des vues floues de la marina et de la baie nappée de brouillard autour du *Nostromo*.

— Qu'est-ce que c'est que ça ?

— Sécurité, dit Roosevelt en reposant la commande à distance. Des détecteurs de mouvements et des sensors infrarouges repéreront quiconque s'approchera du bateau et nous alerteront aussitôt. Puis un objectif télescopique isolera automatiquement l'intrus et zoomera sur lui, ce qui nous permettra de savoir à quoi nous avons affaire.

— Et à quoi avons-nous affaire ?

Le géant avala délicatement deux petites gorgées de café.

— Peut-être en sais-tu déjà trop à ce sujet.

— Qu'est-ce que vous voulez dire ? Qui êtes-vous ?

— Je ne suis rien d'autre que ce que je suis. Rien que le bon vieux Rosie Frost. Si tu crois que je fais partie de ceux qui sont derrière tout cela, tu te trompes.

— Qui ça ? Derrière quoi ?

— Avec un peu de chance, ils ne sont même pas conscients que je suis au courant pour eux, dit-il en regardant l'écran.

— Qui ? Les gens de Wyvern ?

Il se retourna vers moi.

— Il ne s'agit plus seulement de Wyvern. Il y a des habitants de la ville dans le coup maintenant. Combien ? Je l'ignore. Deux cents, cinq cents, mais probablement pas plus que ça, du moins pas encore. Mais il est sûr que cela s'étend progressivement à d'autres… et que cela a déjà dépassé le cadre de Moonlight Bay.

— Vous faites exprès d'être énigmatique ? lançai-je, frustré.

— Le plus possible, oui.

Roosevelt se leva, prit la cafetière, et sans autre commentaire, remplit nos tasses. Il avait manifestement l'intention de me livrer les informations au compte-gouttes, comme il obligeait ce pauvre Orson à attendre patiemment ses biscuits.

Le chien lécha le plateau de la table autour des trois trophées, sans même les effleurer au passage.

Roosevelt se rassit.

— Si vous n'êtes pas complice de ces gens, comment en savez-vous aussi long sur eux ? repris-je.

— Je n'en sais pas si long que ça.

— Apparemment beaucoup plus que moi.

— Je sais seulement ce que les animaux me disent.

— Quels animaux ?

— Eh bien, pas ton chien, ça c'est sûr.

Orson leva les yeux.

— C'est un vrai sphinx, dit Roosevelt.

Sans le savoir, j'avais dû traverser un miroir magique peu après le coucher du soleil.

Je décidai de respecter les règles délirantes de ce nouveau domaine :

— Donc… à part mon chien flegmatique, qu'est-ce que ces animaux vous disent ?

— Il n'est pas question que tu saches tout. Mais il faut que tu en saches suffisamment pour que tu comprennes qu'il vaut mieux que tu oublies ce que tu as vu dans le garage de l'hôpital et à l'entreprise de pompes funèbres.

Je me redressai sur ma chaise, comme tiré par mes cheveux hérissés sur mon crâne.

— Vous êtes l'un d'eux.

— Non. Détends-toi, petit. Tu es en sécurité avec moi. Depuis combien de temps sommes-nous amis ? Cela fait plus de deux ans que tu as débarqué ici avec ton chien. Et je crois que tu sais que tu peux me faire confiance.

En fait, j'étais au moins à moitié sûr que je pouvais toujours me fier à lui, même si je commençais à douter de la justesse de mon jugement sur les gens.

— Mais si tu n'oublies pas ce que tu as vu, si tu essaies de contacter des autorités en dehors de la ville, tu vas mettre des vies en danger.

Ma cage thoracique se serra.

— Vous venez de me dire que je pouvais vous faire confiance, et voilà que vous me menacez.

Il parut blessé.

— Je suis ton ami, petit. Jamais je ne te menacerais. Je te rapporte juste ce que…

— Ouais. Ce que les animaux vous ont raconté.

— Ce sont les gens de Wyvern qui veulent à tout prix que rien de tout cela ne transpire, pas moi. Quoi qu'il en soit, *personnellement* tu ne cours aucun danger même si tu essaies de contacter des autorités extérieures, du moins pas au début. Ils ne te toucheront pas. Pas toi. Ils te vénèrent.

J'en clignai les yeux de stupéfaction :

— Ils me vénèrent ?

— Oui. Ils te craignent.

Je me rendis compte qu'Orson me fixait, les trois biscuits momentanément oubliés.

La phrase de Roosevelt était plus que déconcertante, complètement dingue.

— Pourquoi me craindrait-on ?

— À cause de ce que tu es.

Mon esprit fit un looping, vira et culbuta comme une mouette en plein exercice de voltige.

— Et qui suis-je ?

Roosevelt fronça les sourcils et se passa pensivement une main sur le menton.

— Comment veux-tu que je le sache ? Je ne fais que répéter ce que j'ai entendu.

Ce que les animaux t'ont dit, Dr Doolittle satanique.

Le mépris de Bobby commençait à me gagner.

— L'important, c'est que les gens de Wyvern ne te tueront pas à moins que tu ne les y contraignes, à moins que ce ne soit le seul moyen de te faire taire.

— Vous avez dit à Sasha que c'était une question de vie ou de mort.

Roosevelt acquiesça, l'air grave.

— Et c'est vrai. Pour elle et pour d'autres. D'après ce que je sais, ces salauds vont chercher à te contrôler en tuant un à un ceux que tu aimes jusqu'à ce que tu acceptes de laisser tomber, d'oublier ce que tu as vu et de passer à autre chose.

— Ceux que j'aime ?

— Sasha. Bobby. Même Orson.

— Ils vont tuer mes amis pour me faire taire ?

— Jusqu'à ce que tu te taises. Un par un, ils les tueront un par un jusqu'à ce que tu la fermes pour sauver ceux qui restent.

J'étais prêt à risquer ma peau pour découvrir ce qui était arrivé à mon père et à ma mère — et pourquoi — mais je ne pouvais mettre la vie de mes amis en jeu.

— C'est monstrueux. Tuer des innocents…

— Voilà à qui tu as affaire.

Mon crâne semblait sur le point de se fendre sous la pression de ma frustration.

— À qui ai-je affaire ? J'ai besoin de quelque chose de plus précis que « les gens de Wyvern ».

Roosevelt sirota son café sans répondre.

Peut-être était-il mon ami, et peut-être son avertissement, si j'en tenais compte, sauverait-il la vie de Sasha ou de Bobby, mais j'avais une furieuse envie de le frapper. Et je l'aurais fait, je l'aurais bourré de coups de poing si je n'avais pas risqué de me bousiller les mains.

Orson avait posé une patte sur la table, non dans l'intention de pousser les biscuits par terre avant de s'enfuir avec, mais pour regarder derrière moi sans perdre l'équilibre.

Je me retournai. Un chat était assis sur l'accoudoir du canapé, éclairé en contre-jour par la veilleuse de la vitrine remplie de coupes de football. Il devait être gris pâle. Dans la pénombre, on ne distinguait que ses yeux étincelants, d'un vert tacheté d'or.

Il aurait pu s'agir du chat que j'avais rencontré dans les collines derrière l'entreprise Kirk.

23.

Telle une sculpture égyptienne gardant la tombe d'un pharaon, le chat, immobile, semblait prêt à passer l'éternité assis sur l'accoudoir du canapé.

Il avait beau n'être qu'un chat, lui tourner le dos me mettait mal à l'aise. Je changeai de place pour m'installer face à Roosevelt Frost, ce qui me permettait de surveiller du coin de l'œil l'ensemble du coin salon.

— Depuis quand avez-vous un chat ?

— Il n'est pas à moi. Il ne fait que passer.

— Je crois bien l'avoir vu ce soir.

— Effectivement.

— C'est ce qu'il vous a raconté, c'est ça, lâchai-je avec une trace de sarcasme à la Bobby.

— Mungojerrie et moi avons eu une conversation, oui.

— Pardon ?

Roosevelt désigna le canapé.

— Mungojerrie, répéta-t-il.

En digne fils de mon père, il ne me fallut qu'un instant pour me rappeler d'où sortait ce nom exotique mais curieusement familier :

— L'un des chats d'Eliot.

— La plupart de ces chats portent des noms tirés du poème d'Eliot.

— Ces chats ?
— Les nouveaux chats comme Mungojerrie.
— Ces nouveaux chats ?
J'avais du mal à suivre.
— Ils préfèrent ces noms-là, poursuivit Roosevelt en ignorant ma question. Je ne saurais te dire ni pourquoi ni comment ils les ont trouvés.
— Ils préfèrent ? À vous entendre, on croirait qu'ils ont choisi leur nom.
— C'est presque ça.
— Comme c'est étrange ! fis-je en secouant la tête.
— Après toutes ces années de communication animale, il m'arrive encore de trouver cela bizarre, moi aussi.
— Bobby Halloway pense que vous avez pris trop de coups sur la tête.
Roosevelt sourit.
— Il n'est pas le seul de cet avis. Mais j'étais footballeur, tu sais, pas boxeur. Qu'est-ce que tu en dis, Chris ? Que j'ai de la bouillie à la place du cerveau ?
— Non, monsieur. Vous êtes aussi intelligent que n'importe qui.
— D'un autre côté, intelligence et bizarrerie ne s'excluent pas mutuellement, n'est-ce pas ?
— J'ai rencontré trop de collègues universitaires de mes parents pour vous contredire sur ce point.
Du salon, Mungojerrie continuait à nous observer, et de sa chaise, Orson fixait toujours le chat non avec une agressivité typiquement canine mais avec un considérable intérêt.
— Je t'ai déjà raconté comment j'en suis venu à ce truc de communication animale ?
— Non, monsieur. Je ne vous ai jamais posé la question.
Attirer l'attention sur une telle excentricité aurait paru aussi impoli que de mentionner une infirmité

physique : j'avais toujours fait mine d'accepter cet aspect de Roosevelt comme allant de soi.

— Eh bien, voilà. Il y a environ neuf ans, j'avais un chien vraiment génial, Sloopy, noir et fauve, environ deux fois moins gros que ton Orson. Un vulgaire corniaud, mais il sortait de l'ordinaire.

Orson délaissa le chat pour se tourner vers Roosevelt.

— Sloopy avait un caractère idéal. Joueur, de bonne composition, pas une ombre chez lui. Puis son humeur a changé. Soudain, il s'est replié sur lui-même, il est devenu introverti, nerveux, voire dépressif. Vu son âge, dix ans, je l'ai emmené chez le véto, en m'attendant au pire. Mais le véto n'a rien trouvé. Sloopy faisait un peu d'arthrite, chose qu'un ancien arrière vieillissant avec des genoux abîmés par le foot peut comprendre, mais ce n'était pas assez grave pour le gêner, et rien d'autre ne clochait. Pourtant il n'arrêtait pas de cafarder.

Mungojerrie longeait le dossier du canapé, venant vers nous.

— Un jour, j'ai lu un article dans le journal sur une femme de Los Angeles qui se présentait comme une spécialiste de la communication animale. Une certaine Gloria Chan. Elle avait participé à plein de débats télévisés, conseillé un tas de gens du cinéma pour les problèmes de leurs animaux, et écrit un livre. Le journaliste s'ingéniait à la faire passer pour un de ces charlatans typiques d'Hollywood. Il l'avait visiblement cataloguée. Tu te souviens qu'à la fin de ma carrière dans le football, j'ai tourné quelques films. J'ai rencontré une masse de célébrités, acteurs, stars du rock, comiques. Et aussi des metteurs en scène et des producteurs. Des sympas, d'autres plutôt intelligents, mais la plupart étaient tellement frappadingues que jamais tu n'aurais osé les approcher sans porter une arme bien planquée.

Le chat descendit sur l'autre accoudoir du canapé. Il s'accroupit, muscles tendus, tête baissée, oreilles aplaties sur le crâne, comme s'il s'apprêtait à franchir d'un bond les deux mètres le séparant de la table.

Sur le qui-vive, Orson était de nouveau concentré sur Mungojerrie, Roosevelt et ses biscuits complètement oubliés.

— Comme j'avais à faire à Los Angeles, je suis parti avec Sloopy. Nous sommes descendus en bateau, en longeant la côte. Je n'avais pas le *Nostromo* à l'époque. Je possédais un Chris-Craft de dix-huit mètres vraiment chouette. J'ai jeté l'ancre à Marina Del Rey, loué une voiture, et j'ai vaqué à mes occupations pendant deux jours. Des amis dans le milieu du cinéma m'ont donné le numéro de Gloria qui a accepté de me recevoir. Je suis allé chez elle avec Sloopy un jour en fin de matinée ; elle vivait dans les Palisades.

Sur son accoudoir, le chat était toujours prêt à bondir. Les muscles littéralement bandés. Une panthère grise en miniature.

Raide, Orson était aussi immobile que le chat. Il émit un cri d'angoisse aigu et retomba dans le silence.

— Gloria était une Sino-Américaine de la quatrième génération. Un petit calibre, une poupée. Une vraie beauté. Des traits délicats, des yeux immenses. Une miniature qu'un Michel-Ange chinois aurait sculptée dans du jade. Avec un physique pareil, on s'attendait à une voix de petite fille, mais non, elle parlait comme Lauren Bacall, avec des intonations rauques de fumeuse. Sloopy s'est pris d'affection pour elle. En deux temps trois mouvements, mon chien était assis sur ses genoux, et elle lui parlait, le caressait, tout en m'expliquant ce qui le rendait aussi mélancolique.

Mungojerrie sauta par terre pour bondir aussitôt sur la chaise que j'avais abandonnée afin de le surveiller du coin de l'œil.

Un frisson nous parcourut Orson et moi.

Debout, pattes avant sur la table, Mungojerrie fixait mon chien.

Ce dernier poussa un autre petit cri angoissé... sans quitter le chat des yeux.

— Selon Gloria, Sloopy était déprimé surtout parce que je ne passais plus une seconde avec lui, continua Roosevelt, ignorant le chat. « Vous êtes constamment avec Helen, me dit-elle. Et Sloopy sait que Helen ne l'aime pas. Il pense qu'il va vous falloir choisir entre Helen et lui, et il sait que vous serez obligé d'opter pour elle. » J'étais stupéfait, parce que effectivement je fréquentais une dénommée Helen ici à Moonlight Bay, mais Gloria n'avait aucun moyen de le savoir. J'étais littéralement obsédé par cette femme, je lui consacrais tout mon temps libre, et comme elle n'aimait pas les chiens, cela voulait dire que Sloopy restait seul. Je me disais qu'elle finirait par craquer pour lui, puisque même Hitler n'aurait pu résister au charme de ce clebs. En réalité, Helen commençait à m'apprécier à peu près autant que les chiens, mais je ne le savais pas encore.

Les yeux fixés sur Orson, Mungojerrie montra les crocs.

Orson eut un mouvement de recul.

— Gloria m'a ensuite parlé des deux ou trois autres trucs qui ennuyaient Sloopy, dont le pick-up Ford que je venais d'acheter. Son arthrite n'était pas trop grave, mais le pauvre chien ne pouvait pas monter et descendre de la camionnette aussi facilement que d'une voiture, et il mourait de peur de se casser quelque chose.

Crocs toujours à nu, le chat cracha.

Orson tiqua, et un bref cri d'angoisse lui échappa, comme un jet de vapeur jaillissant d'une bouilloire.

Roosevelt poursuivit, apparemment inconscient du drame félino-canin en train de se jouer :

— Gloria et moi avons déjeuné et passé tout l'après-midi à évoquer son travail de communication avec les animaux. Elle m'a confié qu'elle ne possédait pas de dons particuliers, que loin d'être un non-sens psychique paranormal, il s'agissait juste d'une sensibilité aux autres espèces que nous portons tous en nous mais que nous avons refoulée. Selon elle, c'était à la portée de tous, et à la mienne si je m'initiais aux techniques et si j'y passais suffisamment de temps, ce qui m'a paru parfaitement absurde.

Mungojerrie cracha de nouveau, avec un peu plus de férocité ; Orson tiqua de nouveau, et je vous jure que le chat sourit ou du moins afficha ce qui ressemblait fort à un sourire.

Plus étrange encore, Orson parut lui rendre son sourire… et là ce n'était pas un effet de mon imagination, parce que tous les chiens sourient. Le mien haletait joyeusement, babines retroussées, comme si leur confrontation n'avait été qu'une joyeuse blague.

— Vraiment, petit, qui refuserait d'apprendre un truc pareil ?

— Effectivement, fis-je, hébété.

— Gloria m'a donc initié, et cela a pris affreusement longtemps, des mois et des mois, mais j'ai fini par être aussi bon qu'elle. La première chose à faire, c'est de se convaincre qu'on en est capable, et ce n'est pas simple. Il faut mettre de côté ses doutes, son cynisme, toutes ses idées préconçues. Mais surtout, le plus dur, c'est de passer outre la peur du ridicule. Des tas de gens ont été incapables de franchir cet obstacle, et je suis un peu surpris d'avoir réussi.

Orson se pencha au-dessus de la table pour montrer ses crocs à Mungojerrie.

Les yeux du chat s'écarquillèrent de terreur.

Silencieux, mais menaçant, Orson grinça des dents.

— Sloopy est mort trois ans plus tard, continua Roosevelt avec une note de mélancolie. Dieu que je l'ai pleuré ! Mais j'avais passé trois années fascinantes et merveilleuses, parce que j'étais en phase avec lui.

Crocs toujours à nu, Orson gronda doucement, et le chat gémit. Orson gronda de nouveau, le chat lâcha un miaulement de peur pathétique — et ils sourirent tous les deux.

— Mais qu'est-ce qu'il se passe ici, bordel ? m'exclamai-je.

Orson et Mungojerrie parurent surpris par ma nervosité.

— Ils s'amusent, c'est tout, dit Roosevelt.

Je le regardai, stupéfait.

À la lueur des bougies, son visage luisait comme du teck foncé bien astiqué.

— Ils s'amusent à railler les stéréotypes.

Mes oreilles me jouaient des tours, ce n'était pas possible :

— Railler les stéréotypes ?

— Oui, c'est ça. Bien sûr, ils ne l'expliqueraient pas en ces termes, mais c'est bien ce qu'ils font. Les chiens et les chats sont censés se haïr. Ils s'amusent à tourner cette idée reçue en dérision.

Roosevelt affichait à présent un sourire aussi niais que ceux du chat et du chien. Il avait les lèvres d'un rouge très foncé, presque noir, et des dents aussi grandes et aussi blanches que des morceaux de sucre.

— Je retire ce que j'ai dit. Tout bien réfléchi, vous êtes complètement givré, dingue à enfermer.

Il hocha de nouveau la tête, toujours tout sourire. Soudain, comme les rayons d'une lune noire, la folie s'inscrivit sur son visage :

— Tu n'aurais aucun mal à me croire si tu étais noir, me jeta-t-il, hargneux, en frappant du poing sur la table si fort que les tasses vibrèrent dans leurs soucoupes et faillirent se renverser.

Si j'avais pu reculer, je l'aurais fait : son accusation me laissa pantois. Jamais je n'avais entendu mes parents proférer le moindre propos raciste ; on m'avait élevé sans préjugés. En effet, s'il existait un comble du paria au monde, c'était bien moi. J'étais une minorité à moi tout seul, une minorité d'un membre : le rôdeur de la nuit comme certains copains me surnommaient quand j'étais petit, avant que je ne rencontre Bobby, toujours prêt à prendre ma défense. Je n'étais pas un albinos, j'étais pigmenté, mais pour de nombreuses personnes, j'étais plus étrange que Bo-Bo, le garçon à la face de chien. Aux yeux de certains, j'étais purement et simplement sale, souillé, comme si ma fragilité génétique face aux ultraviolets pouvait se transmettre par un éternuement ; d'autres me craignaient et me méprisaient plus qu'un monstre de foire, ne serait-ce que parce que j'étais leur voisin.

À moitié levé, penché au-dessus de la table, agitant un poing gros comme un cantaloup, Roosevelt Frost s'exprimait avec une haine qui me stupéfiait et me rendait malade :

— Sale raciste ! Petit Blanc !

J'en avais du mal à parler :

— De... depuis quand la couleur m'importe-t-elle ? Comment le pourrait-elle ?

Roosevelt avait l'air sur le point de m'arracher de ma chaise pour m'étrangler jusqu'à que ma langue lèche mes chaussures. Il montra les dents et gronda, gronda comme un chien, vraiment, ce qui éveilla mes soupçons.

— Mais qu'est-ce qui se passe ici, bordel ? m'écriai-je de nouveau, m'adressant cette fois au chien et au chat.

Roosevelt gronda de nouveau.

— Allez, petit, dit-il en me voyant bouche bée, fais-moi au moins la grâce d'un petit grognement si tu n'arrives pas à m'insulter. Allez, vas-y, petit, tu peux le faire.

Orson et Mungojerrie attendaient, les yeux rivés sur moi.

Roosevelt gronda une fois de plus, en donnant une intonation interrogative à son râle, et finalement je l'imitai.

Il recommença, plus fort ; je renchéris.

— Hostilité, dit-il avec un large sourire. Chiens et chats. Noirs et Blancs. Juste une petite mise en boîte des stéréotypes.

Il se rassit, et ma stupéfaction laissa place à l'impression de vivre un miracle. J'étais à deux doigts d'une révélation qui changerait ma vie à jamais, mettrait au jour des dimensions qui m'échappaient encore ; mais j'eus beau chercher à m'en emparer, elle demeura insaisissable, tel un supplice de Tantale.

Je regardai Orson. Ses yeux d'encre.

Puis Mungojerrie.

Le chat me montra les crocs.

Orson l'imita.

Une frayeur froide et vague circula dans mes veines, pour plagier Shakespeare, non parce que je pensais que le chien et le chat risquaient de me mordre, mais à cause de ce qu'impliquait cet étalage amusé de crocs. Une vague frayeur, mais aussi un délicieux frisson d'émerveillement et d'enivrante exaltation.

Je me demandai un instant si Roosevelt n'avait pas arrosé mon café, bien que cela ne lui ressemblât guère. Arrosé avec des hallucinogènes. J'étais désorienté tout en ayant les idées plus claires que jamais, comme si je venais d'accéder à un état de plus grande conscience.

Le chat me cracha à la figure, et je lui rendis la pareille.

Orson grogna, et j'en fis autant.

En nous voyant ainsi, je songeai soudain à ces tableaux mignons mais un peu tartes, à la mode il y a quelques années, qui représentent des chiens en train de jouer au poker. Soit, il n'y avait qu'un chien parmi nous, et nous n'étions pas en train de battre le carton, mais plus je pensais à ces tableaux, plus je me rapprochais de la révélation, de l'épiphanie, de la compréhension de toutes les ramifications de ce qui venait de se passer à cette table…

… je fus tiré de ma réflexion par un bip sortant du dispositif électronique de sécurité dans le dressoir.

Roosevelt et moi nous tournâmes vers le moniteur vidéo : les quatre panoramiques sur l'écran se fondirent en un seul. Le système automatique zooma sur l'intrus et le révéla dans l'étrange lumière accentuée d'un objectif de vision nocturne.

Notre visiteur se dressait dans des tourbillons de brouillard au bout du ponton auquel était amarré le *Nostromo*. Il avait l'air tout droit sorti du jurassique : environ un mètre trente, des airs de ptérodactyle, un long bec effilé.

Mon esprit débordait de tant de spéculations fiévreuses — et j'étais tellement désorienté par les autres événements de la nuit — que j'étais mûr pour voir l'étrange partout. Mon rythme cardiaque s'accéléra. Ma bouche se dessécha. Si le choc ne m'avait pas cloué sur place, je me serais redressé d'un bond, en renversant ma chaise. Cinq secondes de plus et je me serais vraiment tourné en ridicule, mais Roosevelt me sauva de l'humiliation. Soit il était par nature plus réfléchi que moi, soit il avait vécu si longtemps avec l'étrange qu'il démêlait rapidement le vrai du faux.

— Un héron bleu, dit-il. En train de pêcher en nocturne.

Je connaissais le héron bleu aussi bien que tous les oiseaux vivant autour de Moonlight Bay. Maintenant que Roosevelt avait nommé le visiteur, je le reconnaissais.

Annulez le coup de téléphone à Spielberg !

Pour ma défense, je ferais remarquer que malgré sa physiologie élégante et sa grâce indéniable, ce héron a une aura prédatrice féroce et un froid regard reptilien qui le classent parmi les survivants de l'époque des dinosaures.

Figé, l'oiseau fixait intensément l'onde. Soudain il poignarda l'eau de son bec, saisit un petit poisson et redressa la tête pour avaler sa prise. Certains meurent pour que d'autres vivent.

Vu ma hâte à attribuer des qualités surnaturelles à ce banal héron, je commençai à me demander si je n'accordais pas plus de sens qu'il n'en méritait à l'épisode qui venait de se produire avec le chat et le chien. La certitude laissa place au doute. La déferlante de l'épiphanie recula brusquement sans se briser, et je fus de nouveau submergé par la perplexité.

Roosevelt me tira de mes réflexions :

— Depuis que Gloria Chan m'a initié à la communication entre espèces, ce qui revient en fait à être cosmiquement doué pour l'écoute, ma vie s'en est trouvée considérablement enrichie.

— Cosmiquement doué pour l'écoute, répétai-je, en me demandant si Bobby serait encore capable de l'une de ses superbes improvisations sur une énormité pareille.

Pourvu que sa fréquentation des singes ne l'ait pas privé à jamais de ses facultés de sarcasme et de scepticisme. Le hasard est peut-être un principe fondamental de l'univers, mais certaines choses sont censées être éternelles, par exemple, la détermination de Bobby à mener une existence exclusivement consacrée à des choses fondamentales : le sable, le surf et le soleil.

— J'ai tiré beaucoup de joie de tous les animaux que j'ai rencontrés au cours des années, continua Roosevelt, avec autant de simplicité qu'un véto évoquant ses souvenirs. (Il tendit la main vers Mungojerrie, lui caressa la tête et le gratta derrière les oreilles. Le chat se laissa aller dans le grand battoir noir et ronronna.) Mais ces nouveaux chats que je côtoie depuis environ deux ans... ouvrent une dimension de communication bien plus exaltante. (Il se tourna vers Orson :) Et je suis sûr que tu es aussi intéressant que les chats.

Haletant, langue pendante, ce dernier afficha une expression de parfaite vacuité canine.

— Tu sais, le chien, tu ne m'as jamais trompé. Et après ton petit jeu avec le chat, tu ferais aussi bien de laisser tomber.

Ignorant Roosevelt, Orson regarda les trois biscuits sur la table.

— Tu peux toujours prétendre n'être que voracité canine, faire comme si rien ne t'importait davantage que ces biscuits, mais ce n'est pas à moi que tu vas faire avaler ça.

Le regard fixé sur les biscuits, Orson gémit de désir.

— C'est toi qui as amené Chris ici, mon vieux, alors pourquoi es-tu venu sinon pour parler ?

Le soir de Noël, plus de deux ans auparavant, moins d'un mois avant la mort de ma mère, Orson et moi avions traîné la nuit, selon notre habitude. Il était âgé d'un an à l'époque. Il avait été un chiot vif et joueur, sans jamais être aussi hyperactif que la plupart des très jeunes chiens. Toutefois, à un an, il n'était pas toujours capable de maîtriser sa curiosité et pas toujours aussi bien élevé qu'il a fini par le devenir. Nous étions sur le terrain de basket, où je faisais des paniers. J'expliquais à Orson que Michael Jordan pouvait s'estimer heureux que mon XP m'empêche de jouer sous les spots, quand il s'éloigna en courant. Je l'appelai ; il me jeta un coup d'œil et poursuivit son chemin. Quand je compris qu'il ne reviendrait pas, je sautai sur mon vélo sans prendre le temps de fourrer le ballon dans le filet attaché au guidon. Je me mis à pédaler derrière la boule de fourrure fugitive qui me balada littéralement : rues, allées, rues, Quester Park, la marina, et finalement l'appontement du *Nostromo*. Cette nuit-là, il sauta directement sur le pont arrière en aboyant comme un fou, ce qui lui arrivait rarement, et le temps que je fasse un dérapage à peine contrôlé sur les planches glissantes, Roosevelt était sorti de la cabine pour câliner et calmer le chien.

— Tu veux parler, dit Roosevelt. Tu es venu ici pour me parler, mais tu ne me fais pas confiance, je me trompe ?

Orson gardait les yeux fixés sur les biscuits.

— Même au bout de deux ans, tu me soupçonnes un peu d'avoir partie liée avec les gens de Wyvern, et tu vas continuer à jouer les toutous jusqu'à ce que tu sois sûr de moi.

Orson renifla les biscuits, lécha de nouveau la table autour, sans paraître même conscient qu'on lui adressait la parole.

— Ces nouveaux chats viennent de Wyvern, continua Roosevelt en se tournant vers moi. Certains sont de la première génération, les premiers fuyards, et d'autres appartiennent à la deuxième génération, celle qui est née en liberté.

— Des animaux de laboratoire ?

— La première génération, oui. Avec leurs descendants, ils sont différents des autres chats. Différents à de nombreux égards.

— Plus intelligents, dis-je me rappelant le comportement des singes.

— Tu en sais plus que je ne l'aurais cru.

— La nuit a été longue. Quel est leur niveau d'intelligence ?

— Difficile à dire, répondit-il, jouant manifestement les évasifs. Mais ils sont plus intelligents et différents à d'autres égards, aussi.

— Pourquoi ? Qu'est-ce qu'on leur a fait là-bas ?

— Je l'ignore.

— Comment se sont-ils échappés ?

— Je n'en sais pas plus long que toi.

— Pourquoi ne les a-t-on pas rattrapés ?

— Je n'en sais foutre rien.

— Sans vouloir vous vexer, monsieur, vous mentez très mal.

— Hélas ! fit Roosevelt avec un sourire. Écoute, petit, je n'ai pas la science infuse. Je sais seulement ce que me racontent les animaux. Mais ce n'est pas bon pour toi d'en savoir autant. Plus tu en sauras, plus tu voudras en savoir — et il faut que tu penses à tes amis et à ton chien.

— On dirait une menace, dis-je sans animosité.

Roosevelt haussa ses immenses épaules, sans pour autant provoquer de tornade. Étonnant.

— Si tu crois que j'ai été coopté par ceux de Wyvern, alors il s'agit d'une menace. Si tu penses que je suis ton ami, alors c'est un conseil.

Tout en ayant envie de faire confiance à Roosevelt, je partageais les doutes d'Orson. Certes, j'avais du mal à croire que cet homme fût capable de trahison, mais de ce côté du miroir magique, il me fallait partir du principe que tout visage était trompeur.

Sur les nerfs à cause de la caféine mais mourant d'envie d'en reprendre une dose, je me levai pour aller remplir ma tasse.

— Ce que je peux te dire, reprit Roosevelt, c'est qu'à Wyvern, il paraît qu'il y avait non seulement des chats mais aussi des chiens.

— Orson ne sort pas de Wyvern.

— D'où vient-il ?

Adossé au réfrigérateur, je sirotai mon café brûlant :

— C'est l'un des collègues de maman qui nous l'a donné. Leur chienne a eu une portée, et ils cherchaient des foyers d'accueil pour les chiots.

— L'un des collègues de ta mère à l'université ?

— Oui. Un professeur d'Ashdon.

Roosevelt Frost me regarda fixement, sans piper, et la pitié passa telle une ombre sur ses traits.

— Quoi ? fis-je d'une voix un peu trop tremblante à mon goût.

Roosevelt ouvrit la bouche et la referma. Il cherchait à éviter mon regard. Voilà que maintenant ils étudiaient tous les deux ces fichus biscuits, Orson et lui.

En revanche, le chat m'observait.

Si un chat en or pur et aux yeux de pierres précieuses, montant silencieusement la garde depuis des millénaires dans la salle la plus sacrée d'une pyramide sous une mer de sable, s'était soudain animé devant moi, il ne m'aurait pas paru plus mystérieux que celui-là avec son regard fixe semblant sorti d'un autre temps.

— Vous ne pensez tout de même pas que c'est de là que vient Orson ? De Wyvern ? Pourquoi le collègue de ma mère lui aurait-il menti ?

Roosevelt secoua la tête, comme s'il n'avait pas la réponse.

Il m'agaçait avec sa manie de fluctuer entre révélations et secrets. Je ne comprenais pas à quoi il jouait, je ne voyais pas pourquoi il était alternativement direct et muet.

Sous le regard hiéroglyphique du chat gris, à la lueur vacillante des bougies, dans l'air humide épaissi par un mystère aussi tangible que de l'encens, je poursuivis :

— Il ne vous manque plus qu'une boule de cristal, des anneaux en argent aux oreilles, un foulard et un accent gitan.

Impossible de le faire réagir.

Je me rassis : il fallait que j'essaie de le faire parler en lui faisant croire que j'en savais plus long que je ne voulais bien le dire, en exploitant le peu d'éléments dont je disposais. Peut-être se déciderait-il à se livrer s'il se rendait compte que certains de ses secrets n'en étaient pas.

— Il n'y avait pas que des chats et des chiens à Wyvern : il y avait aussi des singes.

Silence de Roosevelt qui continuait à éviter mon regard.

— Vous êtes au courant pour les singes, non ?

— Non, dit-il en jetant un coup d'œil au moniteur de la caméra de sécurité.

— Je vous soupçonne d'avoir pris un mouillage en dehors de la marina il y a trois mois justement à cause de ces singes.

Comprenant qu'il s'était trahi en regardant le moniteur, il se concentra de nouveau sur les biscuits pour chiens.

Il n'y avait qu'une centaine de mouillages disponibles dans les eaux de la baie à l'extérieur de la marina, et ils étaient aussi prisés que les emplacements à quai, bien qu'il fallût emprunter une autre embarcation pour rejoindre son bateau. Roosevelt avait sous-loué un emplacement à Dieter Gessel, un pêcheur dont le chalutier était amarré plus haut sur la pointe nord avec le reste de la flotte de pêche, mais qui avait conservé un vieux canot au mouillage pour sa retraite quand il achèterait un bateau de plaisance. On racontait que Roosevelt payait cinq fois le loyer que Dieter versait.

Je ne l'avais jamais encore interrogé là-dessus parce que ce n'était pas mes oignons.

— Chaque soir, vous quittez la marina pour le mouillage avec le *Nostromo* et vous y dormez. Chaque soir sans exception — sauf ce soir, puisque vous m'attendiez. Les gens pensaient que vous alliez acheter un second bateau, quelque chose de plus petit et de plus maniable, pour vous amuser avec. Voyant que ce n'était pas le cas, ils se sont dit : « Bah ! après tout, c'est un excentrique, ce vieux Roosevelt qui parle avec les animaux domestiques et Dieu sait quoi encore. »

Toujours pas de réaction.

Orson et lui semblaient si également fascinés par ces trois biscuits que je m'attendais presque à voir l'un ou l'autre oublier les règles et se jeter dessus.

— Depuis ce soir, je crois savoir pourquoi vous allez dormir là-bas. Vous vous dites que c'est plus sûr. Peut-être que les singes ne savent pas nager... ou du moins qu'ils n'en raffolent pas.

— D'accord, le chien, dit Roosevelt comme s'il ne m'avait pas entendu, même si tu refuses de me parler, tu as le droit de manger tes biscuits.

Orson osa regarder son inquisiteur dans les yeux, pour y chercher une confirmation.

— Vas-y.

Orson me lança un regard dubitatif ; après tout, l'autorisation de Roosevelt pouvait être une feinte.

— C'est lui l'hôte.

Le chien engloutit le premier biscuit et le croqua joyeusement.

Roosevelt se décida enfin à s'intéresser à moi, toujours avec cette expression de pitié déroutante.

— Les gens derrière le projet de Wyvern... peut-être avaient-ils de bonnes intentions. Certains, du moins. Et je pense que leur travail aurait pu avoir des retombées positives. (Il tendit la main pour caresser le chat qui s'étira, non sans garder ses yeux perçants rivés sur moi.) Mais il y a aussi un côté sombre à ce truc. Très sombre.

D'après ce qu'on m'a dit, les singes n'en sont qu'une manifestation.

— Qu'une manifestation ?

Roosevelt soutint mon regard très longtemps sans souffler mot, le temps qu'Orson engloutisse un deuxième biscuit, et lorsque enfin il reprit la parole, il s'exprimait d'une voix plus douce :

— Il y avait plus que des chats, des chiens et des singes dans ces labos.

— Vous ne faites allusion ni à des cobayes ni à des souris blanches, n'est-ce pas ?

— Il va y avoir beaucoup de changements, dit-il, les yeux dans le vague.

— On raconte que le changement est positif.

— Cela dépend.

Orson mangeait son troisième biscuit quand Roosevelt se leva. Il prit le chat dans ses bras, le serra contre lui, le caressa : il avait l'air de se demander s'il était bien nécessaire que j'en apprenne davantage.

— Je suis fatigué, mon petit, finit-il par dire, redevenant secret. Cela fait des heures que je devrais être au lit. On m'a demandé de t'avertir que tes amis sont en danger si tu ne prends pas le large, si tu continues à fourrer ton nez là-dedans.

— Le chat vous a prié de m'avertir.

— Exact.

En me redressant, je devins plus conscient du roulis. Un instant, pris de vertige, je dus m'agripper au dossier de ma chaise pour garder l'équilibre.

Ce symptôme physique s'accompagnait d'une agitation mentale, et ma prise sur la réalité semblait de plus en plus ténue. J'avais l'impression de tourner au sommet d'un tourbillon qui allait m'aspirer vers le bas de plus en plus vite, jusqu'à ce que je passe par l'entonnoir — ma propre version de la tornade de Dorothy — et que je me retrouve non pas à Oz, mais dans Waimea Bay à Hawaii, discutant gravement des avantages de la réincarnation avec Pia Klick.

— Et le chat, Mungojerrie, demandai-je, très conscient de la bizarrerie de la question, il est de mèche avec les gens de Wyvern ?

— Il leur a échappé.

Se léchant les babines pour s'assurer qu'il n'avait pas oublié la moindre miette, Orson sauta de sa chaise pour venir me rejoindre.

— En début de soirée, j'ai entendu parler du projet Wyvern en termes apocalyptiques… de fin du monde.

— Le monde tel que nous le connaissons.

— Vous y croyez vraiment ?

— Cela pourrait prendre cette tournure, oui. Mais peut-être que lorsque tout s'écroulera, ce sera pour le mieux. La fin du monde tel que nous le connaissons ne signifie pas nécessairement la fin du monde.

— Allez donc raconter ça aux dinosaures après la chute de la comète.

— J'ai mes moments de nervosité, c'est vrai.

— Si vous avez suffisamment peur pour aller dormir au mouillage tous les soirs et si vous pensez vraiment que ce qu'ils faisaient à Wyvern était dangereux, pourquoi ne quittez-vous pas Moonlight Bay ?

— J'y ai songé. Mais mes affaires sont ici. Ma vie est ici. En plus, fuir ne m'avancerait à rien. Je ne ferais que gagner un peu de temps. À la fin des fins, on ne sera plus à l'abri nulle part.

— J'ai entendu plus drôle.

— Je n'en doute pas.

— Et pourtant vous n'avez pas l'air déprimé.

Le chat dans les bras, Roosevelt nous escorta dehors :

— J'ai toujours été capable d'affronter ce que la vie me réservait, mon petit, les hauts comme les bas, tant que c'était digne d'intérêt. J'ai eu la chance d'avoir une existence bien remplie, variée, et la seule chose que je redoute, c'est l'ennui. Les choses risquent de devenir carrément terrifiantes ici dans la perle de la côte centrale, mais quoi qu'il arrive, cela promet de ne pas être ennuyeux.

Roosevelt avait davantage de points communs avec Bobby Halloway que je ne l'aurais cru.

— Eh bien… merci pour le conseil, monsieur.

Je m'assis sur la lisse et sautai sur le ponton. Orson me suivit.

Le héron bleu s'était envolé. Le brouillard tourbillonnait autour de moi, les eaux noires roulaient sous mes pieds, et tout le reste était aussi calme que dans un rêve de mort.

Je n'avais pas fait deux pas vers la passerelle que Roosevelt me rappelait.

— Petit ? La sécurité de tes amis est vraiment en jeu. Mais ton bonheur l'est aussi. Crois-moi, tu n'as pas intérêt à en savoir plus long. Tu as assez de problèmes comme ça… avec le style de vie qui t'est imposé.

— Je n'ai pas de problèmes. Juste des avantages et des inconvénients différents.

Il avait la peau si noire qu'il aurait pu être un mirage dans le brouillard, un effet d'ombres. On ne distinguait que les yeux du chat qu'il tenait dans ses bras, qui paraissaient désincarnés, mystérieux — des orbes vert luisant flottant dans l'air.

— Des avantages différents… tu y crois vraiment ?

— Oui, monsieur.

Est-ce que j'y croyais parce que c'était la vérité, ou parce que j'avais passé la majeure partie de ma vie à m'en persuader ? La réalité est souvent ce que nous en faisons.

— Laisse-moi te dire une dernière chose. Une dernière chose qui pourrait peut-être te convaincre de laisser tomber.

J'attendis.

Il finit par reprendre, d'une voix triste :

— La raison pour laquelle la plupart d'entre eux ne veulent pas te faire de mal, la raison pour laquelle ils préféreraient peser sur toi en tuant tes amis, la raison pour laquelle la plupart te vénèrent, c'est ta mère, ce qu'était ta mère.

Une peur glaciale me saisit, et mes poumons se contractèrent au point de me couper le souffle — sans que je sache pourquoi la déclaration énigmatique de Roosevelt m'affectait à ce point. Peut-être que j'en comprenais plus que je ne le pensais. Peut-être que la vérité attendait déjà dans les méandres de mon subconscient ou dans les abîmes de mon cœur que je veuille bien admettre son existence.

— Que voulez-vous dire ? finis-je par articuler.

— Si tu y réfléchis un instant, si tu y réfléchis vraiment, peut-être que tu comprendras que tu n'as rien à gagner et beaucoup à perdre en poursuivant ta croisade. La connaissance nous apporte rarement la paix, mon petit. Il y a un siècle, on ignorait tout de la structure atomique, de l'ADN, des trous noirs — mais sommes-nous plus heureux et plus comblés que les gens d'autrefois ?

Il terminait sa phrase quand le brouillard se referma sur l'endroit où il se tenait. J'entendis une porte de cabine se fermer doucement, puis le bruit sec d'un verrou qu'on poussait.

24.

Autour du *Nostromo*, le brouillard s'étirait lentement. Des créatures de cauchemar semblaient en surgir avant de s'y dissoudre.

À cause de la dernière révélation de Roosevelt, des pensées plus terrifiantes que ces monstres jaillirent dans mon esprit, mais je refusai d'y attacher de l'importance et donc de leur donner davantage de réalité. Peut-être Roosevelt avait-il raison. Si j'apprenais tout ce que je voulais savoir, il était possible que j'en vienne à regretter de ne pas être resté dans l'ignorance.

Bobby prétend que la vérité est douce mais dangereuse. Selon lui, aucun être humain ne supporterait de continuer à vivre s'il devait être brutalement confronté à ses vérités. J'en conclus qu'il ne sera jamais suicidaire.

En remontant la passerelle derrière Orson, je fis le point de la situation. Une sirène chantait, et j'étais le seul à entendre sa dangereuse mélopée ; je craignais de m'échouer sur les écueils de la vérité, mais il m'était impossible de résister à ce chant ensorcelant.

— Bon… tu m'expliqueras tout cela quand l'envie t'en prendra, je suis prêt à t'écouter, dis-je à mon chien en arrivant en haut de la passerelle.

Même si Orson avait pu me répondre, il ne paraissait pas d'humeur communicative.

Mon vélo m'attendait. Les poignées en caoutchouc étaient froides et glissantes, humides de condensation.

Derrière nous, les moteurs du *Nostromo* rugirent. Je me retournai : les halos des feux de position perçaient le brouillard.

Il était impossible de distinguer Roosevelt dans la timonerie, mais je savais qu'il était là. Malgré la proximité de l'aube, il préférait partir au mouillage, mauvaise visibilité ou non.

En poussant mon vélo vers la route, au milieu des bateaux qui gîtaient doucement, je regardai plusieurs fois derrière moi. Si Mungojerrie nous suivait, il était discret. En fait, je le soupçonnais de toujours se trouver à bord du *Nostromo*.

... la raison pour laquelle la plupart d'entre eux te vénèrent, c'est ta mère.

À l'instant où nous nous engagions sur la jetée conduisant à l'entrée de la marina, une odeur infecte monta de l'eau. La marée avait poussé un calmar, une physalie ou un poisson mort contre les piliers. Le cadavre en décomposition devait s'être coincé au-dessus du niveau de l'eau dans une des masses déchiquetées de bernacles collées aux caissons en béton. La puanteur était si forte que l'air humide en semblait imprégné, devenant aussi répugnant qu'un brouet à la table du diable. Je retins mon souffle et gardai la bouche fermée pour me préserver de cette véritable infection.

Le grondement des moteurs du *Nostromo* s'était assourdi depuis sa sortie de la marina. À présent le lointain bruit syncopé ressemblait davantage aux battements inquiétants du cœur d'un léviathan, comme si un monstre des abîmes s'apprêtait à jaillir des eaux du port de plaisance, pour couler tous les bateaux, détruire la jetée et nous plonger dans une tombe froide et humide.

Je me retournai de nouveau : ni chat ni poursuivant plus effrayant en vue.

— Nom de Dieu ! dis-je à Orson, cela commence à sentir la fin du monde.

Il souffla son accord tandis que nous laissions la puanteur de la mort derrière nous pour nous diriger vers la lueur des pittoresques lanternes de bateaux montées sur de massifs poteaux en teck à l'entrée de la jetée principale.

Soudain Lewis Stevenson, le chef de la police, toujours en uniforme, surgit de l'obscurité presque liquide à côté de la capitainerie.

— Là, je suis d'humeur.

Il avait une expression si étrange qu'à son apparition un frisson glacé s'enfonça tel un tire-bouchon dans ma colonne vertébrale. Ce que j'avais vu — ou crus voir — s'évanouit en un clin d'œil, et je me retrouvai tremblant et fort troublé, avec la sensation d'être confronté à un phénomène surnaturel et malveillant, sans comprendre pourquoi.

Le chef Stevenson serrait un pistolet impressionnant dans sa main droite. Bien qu'il ne fût pas en position de tir, il ne tenait pas son arme d'une manière normale. Il pointait le canon sur Orson, baigné par le halo des lanternes, à deux pas devant moi.

— Vous voulez deviner de quelle humeur je suis ? demanda Stevenson en s'immobilisant à moins de trois mètres de nous.

— Pas bonne, hasardai-je.

— Je ne suis pas d'humeur à ce qu'on se foute de ma gueule.

Le chef ne paraissait pas lui-même. Sa voix restait familière, le timbre et l'accent n'avaient pas changé, mais il s'était glissé une note dure là où je n'avais jamais perçu qu'autorité tranquille. D'habitude, son discours coulait avec la limpidité d'un ruisseau, qui donnait l'impression qu'on flottait dessus, au calme, au chaud, à l'abri ; cette nuit son débit était rapide, turbulent, froid et mordant.

— Je ne me sens pas bien, dit-il. Je ne me sens pas bien du tout. En fait je me sens horriblement mal, et je ne suis pas prêt à tolérer ce qui pourrait aggraver mon état. *Capito ?*

Bien que ce ne fût pas exactement le cas, j'acquiesçai :

— Oui, oui, monsieur, je comprends.

Statufié, Orson fixait le canon du pistolet du chef.

J'étais très conscient qu'en cette heure de la nuit, la marina était déserte. La capitainerie et le poste de mazoutage fermaient à six heures du soir. En dehors de Roosevelt Frost, seuls cinq propriétaires de bateaux vivaient à bord, et ils devaient dormir du sommeil du juste. Les quais étaient à peu près aussi animés que les rangées granitiques de couchettes éternelles au cimetière de Sainte-Bernadette.

Le brouillard étouffait nos voix. Personne ne risquait d'entendre notre conversation, ni d'être attiré par elle.

— Je ne peux pas obtenir ce dont j'ai besoin, continua Stevenson, les yeux toujours fixés sur Orson, parce que je ne sais même pas ce dont j'ai besoin. C'est pas dégueulasse, ça ?

Je sentis qu'il était sur le point de craquer, qu'il ne se maîtrisait qu'à grand-peine. Il avait perdu sa noblesse. Même sa beauté s'effaçait : ses traits étaient altérés sous l'effet de ce qui semblait être une fureur mêlée d'une angoisse tout aussi violente.

— Il vous arrive de ressentir ce vide, Snow ? De ressentir si fort un vide qu'il faut soit le combler, soit mourir, mais sans savoir où il réside, ni avec quoi vous êtes censé le combler ?

Je ne comprenais carrément rien à ce qu'il racontait, mais comme il n'avait pas l'air d'humeur à s'expliquer, je pris un air grave et hochai la tête :

— Oui, monsieur, je sais ce que c'est.

Il avait le front et les joues moites, mais l'humidité poisseuse de l'air n'y était pour rien : non, il luisait d'une sueur graisseuse. À voir son teint d'une blancheur presque surnaturelle, on avait l'impression que le brouillard sortait de lui, s'échappait en bouillonnant de sa peau, qu'il en était le créateur.

— Ça vous tombe dessus surtout la nuit.

— Oui, monsieur.

— Ça peut vous tomber dessus tout le temps, mais c'est la nuit le pire. (Son visage se tordit sous l'effet de ce qui semblait être du dégoût :) De quelle race il est ce foutu chien, d'abord ?

Son bras tenant l'arme se raidit, et je crus voir son doigt se crisper sur la détente.

Orson montra ses crocs, mais resta coi.

— Rien qu'un croisé de labrador. C'est un animal doux, il ne ferait pas de mal à une mouche.

Sa colère gonflant sans raison apparente, Stevenson continua :

— Rien qu'un croisé de labrador, hein ? Tu parles, oui. Rien n'est jamais rien que quelque chose. Pas ici. Pas maintenant. Plus maintenant.

Je fus tenté de tirer le Glock de ma poche. Je tenais le vélo de la main gauche. J'avais la droite libre, et le pistolet se trouvait dans ma poche droite.

Malgré son angoisse visible, Stevenson n'en restait pas moins un flic, et il réagirait sans aucun doute avec un professionnalisme meurtrier si je risquais le moindre geste menaçant. Je ne me fiais pas trop à l'étrange certitude de Roosevelt quant à la vénération que je suscitais. Même si je lâchais le vélo pour détourner son attention, Stevenson me descendrait avant que j'aie le temps d'extraire le Glock de ma poche.

En outre, je n'allais pas mettre le chef de la police en joue à moins d'y être contraint. Et si je le tuais, cela sonnerait la fin de mon séjour sur terre, sans que le soleil ait besoin d'intervenir.

Soudain Stevenson releva la tête et détourna les yeux d'Orson. Il respira profondément, puis se mit à haleter comme un chien de chasse sur la piste d'un gibier.

— Qu'est-ce que c'est que ça ?

Il avait l'odorat plus fin que moi. Je me rendis compte alors qu'une brise presque imperceptible poussait vers nous une trace de la puanteur due à la créature marine en décomposition sous la jetée principale.

Stevenson se comportait déjà assez étrangement pour me hérisser les poils de la nuque, mais sa bizarrerie s'accentua. Il se raidit, se voûta, allongea le cou et offrit son visage au brouillard, comme pour savourer l'odeur nauséabonde. Ses yeux brûlaient de fièvre dans son visage blême, et il reprit la parole, non sur le ton inquisiteur et cependant mesuré d'un flic mais avec une curiosité avide, nerveuse, quasi perverse :

— Qu'est-ce que c'est que ça ? Vous sentez ? Un cadavre, non ?

— En dessous de la jetée. Une sorte de poisson, je crois.

— Mort, mort et en décomposition. Quelque chose... Cela a quelque chose d'intéressant, non ? continua-t-il apparemment sur le point de se passer la langue sur les lèvres. Ouais, c'est ça. Elle a quelque chose d'intéressant.

Soit il perçut l'étrange crépitement dans sa voix, soit il sentit mon inquiétude, parce qu'il me jeta un regard angoissé et s'efforça de se calmer. Un vrai combat. Il vacillait au bord d'une corniche d'émotion en train de s'effriter.

Finalement il retrouva sa voix normale — ou presque.

— Il faut que je vous parle, qu'on arrive à une entente. Maintenant. Cette nuit. Pourquoi ne viendriez-vous pas avec moi, Snow ?

— Où cela ?

— Ma voiture de patrouille est garée là-bas.

— Mais mon vélo…

— Je ne vous arrête pas. Juste une petite conversation. Pour nous assurer que nous nous comprenons bien.

Monter dans une voiture de patrouille avec Stevenson était bien la dernière chose que je souhaitais. Mais si je refusais, il risquait de rendre l'invitation plus officielle en me plaçant en état d'arrestation.

Et même si j'essayais de résister, de m'enfuir à vélo en pédalant de toutes mes forces — où irais-je ? À quelques heures de l'aube, je n'avais pas le temps de rejoindre la ville voisine sur cette côte déserte. Mon XP limitait mon univers aux frontières de Moonlight Bay, où je pouvais être rentré chez moi à l'heure du lever de soleil, ou bien trouver un ami compréhensif prêt à m'offrir l'hospitalité.

— Là je suis d'humeur, répéta Lewis Stevenson, entre ses dents serrées, d'une voix de nouveau dure. Vous venez ?

— Oui, monsieur. D'accord.

D'un geste de son pistolet, il nous intima l'ordre de le précéder.

Je poussai mon vélo jusqu'au bout de la jetée, pas ravi, ravi à l'idée d'être suivi par le chef armé. Orson était nerveux lui aussi ; nul besoin de donner dans la communication animale pour s'en rendre compte.

La jetée en planches débouchait sur un trottoir en béton flanqué de parterres de ficoïdes glaciales dont les fleurs s'ouvrent au soleil et se referment la nuit. Dans la lueur de l'éclairage paysager, je vis des escargots traverser la chaussée, antennes luisantes, laissant des traînées de bave argentées, certains rampant du parterre droit à son jumeau de gauche, d'autres progressant laborieusement dans la direction opposée, comme si ces humbles mollusques partageaient l'impatience de l'humanité et son insatisfaction devant les termes de l'existence.

Je contournai les escargots avec mon vélo, et Orson les évita, non sans les renifler en passant.

Derrière nous s'éleva le craquement de coquilles écrasées, le chuintement de corps gélifiés que l'on piétine. Stevenson marchait non seulement sur les escargots en travers de son chemin, mais sur chaque malheureux gastéropode en vue. Il en tua quelques-uns d'un coup de talon, puis sauta à pieds joints sur d'autres, leur tombant dessus avec une telle violence que le claquement des semelles contre le béton ressemblait à des coups de marteau.

Je me gardai bien de me retourner.

Je craignais de voir la joie cruelle qui se peignait sur le visage des jeunes brutes qui me harcelaient pendant mon enfance, avant que je ne sois assez dégourdi et assez costaud pour me défendre. Déjà déroutante sur le visage d'un enfant, cette expression — les yeux en boutons de guêtre à l'aspect parfaitement reptilien même sans pupilles en fuseau, les joues rouges de haine, les lèvres blanches serrées dans un rictus dénudant des dents humides de salive — serait d'autant plus troublante sur celui d'un adulte, surtout un adulte armé et arborant un insigne.

La voiture pie de Stevenson était garée à un emplacement interdit à dix mètres à gauche de l'entrée de la marina, loin du halo de l'éclairage paysager, à l'ombre des branches d'un énorme laurier indien.

J'appuyai mon vélo contre le tronc de l'arbre sur lequel le brouillard s'accrochait comme de la mousse espagnole. Je me décidai enfin à me tourner vers le chef qui ouvrait la portière arrière côté passager de sa voiture.

Malgré la purée de pois, je lus sur son visage ce que j'avais redouté : la haine, la colère irrationnelle mais insatiable qui rend certains êtres humains plus dangereux que n'importe quelle bête sauvage de la planète.

Stevenson n'avait encore jamais dévoilé cette malveillance enfouie en lui. Jadis il paraissait incapable de méchanceté et encore moins de haine gratuite. M'aurait-il brusquement révélé qu'il n'était pas le vrai Lewis Stevenson mais un extraterrestre incarnant le chef que je l'aurais cru.

Agitant son pistolet, Stevenson s'adressa à Orson :

— Monte dans la voiture, mon vieux.

— Il sera très bien ici.

— Monte ! répéta l'autre.

Orson jeta un regard soupçonneux à la portière ouverte et gémit de méfiance.

— Il attendra ici. Il ne s'enfuit jamais.

— Je veux le voir dans la voiture, riposta Stevenson, glacial. Il y a un règlement contre les chiens errant sans laisse dans cette ville, Snow. Nous ne vous l'avons jamais imposé. Nous avons toujours regardé ailleurs, fait semblant de ne rien voir, à cause de… parce qu'un chien en est dispensé s'il appartient à un handicapé.

Je ne cherchai pas à contester le terme d'handicapé. De toute façon, ce mot m'intéressait moins que ceux que le chef avait failli prononcer avant de se reprendre : *à cause de ce qu'était ta mère*.

— Mais cette fois, je ne vais pas rester les bras croisés alors que ce foutu chien erre en ville, chie sur les trottoirs, profitant de son absence de laisse.

J'aurais pu souligner la contradiction entre le fait que le chien d'un handicapé était dispensé de l'obligation d'être tenu en laisse et l'affirmation qu'Orson exploitait son absence de laisse, mais je restai coi. Il était impossible d'espérer avoir le dernier mot tant que Stevenson serait dans cet état d'hostilité.

— Puisqu'il refuse de monter dans la voiture quand je le lui dis, obligez-le à obéir.

J'hésitai, cherchant une alternative crédible à une coopération docile. Seconde après seconde, notre situation devenait plus périlleuse. Je m'étais senti moins en danger quand nous étions suivis par la troupe dans le brouillard aveuglant sur la péninsule.

— Faites monter ce foutu chien et vite ! ordonna Stevenson, et le venin était si puissant dans sa voix qu'il aurait pu tuer des escargots sans marcher dessus, rien qu'en hurlant.

Il se trouvait en position de force avec son arme à la main, mais je me sentais un peu réconforté à l'idée qu'il ignorait que moi aussi j'étais armé. Pour l'instant, coopérer était la seule solution.

— Dans la voiture, vieux, dis-je à Orson, en m'efforçant de ne pas paraître apeuré, d'empêcher les battements de mon cœur à faire trembler ma voix.

Le chien obéit, malgré lui.

Lewis Stevenson claqua la portière arrière et ouvrit celle de l'avant.

— À vous, Snow.

Je m'installai à la place du passager pendant que Stevenson faisait le tour de la voiture pour se mettre au volant. Il ferma sa portière et m'ordonna de fermer la mienne, ce que j'avais espéré pouvoir éviter.

Généralement je ne souffre pas de claustrophobie, mais aucun cercueil ne m'aurait paru plus étroit que cette voiture de patrouille. Le brouillard qui pressait contre les vitres devenait aussi asphyxiant psychologiquement qu'un cauchemar d'enterré vivant.

Il semblait faire plus froid et plus humide à l'intérieur du véhicule qu'à l'extérieur. Stevenson fit tourner le moteur pour pouvoir allumer le chauffage.

La radio grésilla, et la voix bourdonnante de parasites d'un policier croassa comme un concert de grenouilles. Stevenson coupa la radio.

Orson se tenait debout entre les sièges, pattes avant posées sur la grille qui nous séparait de lui, observant la scène d'un œil inquiet. Le chef de police pressa un bouton sur le tableau de bord avec le canon de son arme, et les serrures des portes arrière se mirent en place avec le claquement réconfortant d'une guillotine.

J'avais espéré que Stevenson rengainerait son pistolet en montant dans la voiture, mais il n'en fit rien. Il posa l'arme sur sa jambe, canon pointé vers le tableau de bord. Dans la lueur verte des instruments de commande, je crus voir que son index était courbé autour du pontet et non sur la détente, mais cela ne réduisait pas vraiment son avantage.

Pendant un moment, il resta tête baissée et les yeux clos, comme s'il priait ou rassemblait ses idées.

Le brouillard se condensait sur le laurier indien et des gouttes d'eau glissaient des feuilles, tambourinant irrégulièrement sur le toit et le capot de la voiture.

L'air de rien, je fourrai les mains dans mes poches de veste. Je refermai la droite sur le Glock.

Je me dis que, mon imagination débordante aidant, j'exagérais la menace. Certes, Stevenson était d'une humeur massacrante, et à en croire la scène derrière le commissariat, il n'était pas le digne représentant de la loi qu'il avait longtemps prétendu être. Mais cela ne signifiait pas qu'il était animé d'intentions violentes. Peut-être souhaitait-il seulement parler et une fois la chose faite, nous laisserait-il repartir sans dommage.

Lorsqu'il releva enfin la tête, ses yeux ressemblaient à des louches de brouet amer dans des orbites creuses. Et quand il se tourna vers moi, une impression de malveillance inhumaine me glaça de nouveau le sang, comme à l'instant où il avait surgi des ténèbres à côté de la capitainerie, mais cette fois je sus pourquoi mes nerfs vibraient de peur. Brièvement, sous un certain angle, son regard liquide se rida d'une lueur jaune semblable à celle de nombreux animaux la nuit, une lumière intérieure froide et mystérieuse que je n'avais encore jamais vue dans le regard d'un être humain.

25.

L’éclat électrique et électrisant passa si vite dans le regard du chef Stevenson lorsqu’il se tourna vers moi qu’à tout autre moment, j’aurais certainement attribué ce phénomène à un reflet des lumières du tableau de bord. Mais depuis le coucher du soleil, j’avais vu des singes qui n’étaient pas seulement des singes, un chat qui était d’une certaine manière plus qu’un chat, j’avais pataugé dans des mystères coulant tels des fleuves dans les rues de Moonlight Bay et appris à trouver un sens dans l’apparemment insignifiant.

Les yeux du chef étaient de nouveau d’une noirceur d’encre terne et la colère dans sa voix n’était plus qu’un contre-courant sous une surface grise de chagrin et de désespoir.

— Tout est changé maintenant, tout, et c’est sans retour en arrière possible.

— Qu’est-ce qui a changé ?

— Je ne suis plus l’homme que j’étais. J’ai du mal à me rappeler comment j’étais, celui que j’étais. C’est parti.

Il donnait l’impression de parler autant pour lui-même que pour moi, en se lamentant à voix haute de cette perte d’identité imaginaire.

— Je n'ai rien à perdre. On m'a pris tout ce qui compte. Je suis un mort-vivant, Snow. Rien de plus. Vous avez une idée de l'effet que cela fait ?

— Non.

— Parce que même vous, avec votre vie merdique, à fuir la lumière du jour, à sortir seulement la nuit comme une limace émergeant de sous une pierre — même vous, vous avez des raisons de vivre.

Le chef de la police avait beau être un fonctionnaire élu de notre ville, il ne paraissait pas trop se soucier de s'assurer mon vote.

Je lui aurais bien dit d'aller se faire voir, mais il y a une marge entre jouer les vaillants héros et tout faire pour se prendre une balle entre les deux yeux.

Lorsqu'il se détourna pour contempler la traînée blanche de brouillard glissant sur le pare-brise, ce feu froid palpita de nouveau dans ses yeux, un éclair plus bref et plus faible qu'avant, mais d'autant plus troublant que je ne pouvais plus l'attribuer à mon imagination.

Baissant la voix comme s'il craignait d'être entendu, il reprit :

— Je fais d'affreux cauchemars, affreux, pleins de foutre et de sang.

Je n'aurais jamais songé que cette fameuse conversation pût virer à la confession de problèmes personnels.

— Cela fait une bonne année qu'ils ont commencé. Au début, ils ne sont apparus qu'une fois par semaine, puis la fréquence s'est accélérée. Et au départ, pendant un temps, les femmes des cauchemars étaient des inconnues, de purs produits de mes fantasmes. Comme ces rêves qu'on fait à la puberté, avec des filles soyeuses si plantureuses et si impatientes de se donner... sauf que dans ces rêves, je ne faisais pas seulement l'amour avec elles...

Ses pensées parurent dériver avec le brouillard bilieux vers des territoires plus sombres.

Je ne voyais que son profil, faiblement éclairé, luisant de sueur, mais Stevenson avait une telle expression de sauvagerie que je me pris à espérer qu'il ne me regarderait pas en face.

— Dans ces rêves, continua-t-il encore plus bas, je les bats, je les frappe au visage, je les bourre de coups de poing jusqu'à ce qu'elles deviennent méconnaissables, je les étrangle jusqu'à ce que leur langue gonflée sorte de leur bouche...

Quand il avait évoqué ses cauchemars, sa voix tremblait de terreur. Maintenant, outre sa peur, une excitation perverse indéniable le saisit, manifeste non seulement dans son ton rauque, mais aussi dans la nouvelle tension qui raidissait son corps.

— ... et lorsqu'elles hurlent de douleur, j'adore leurs cris, la souffrance sur leur visage, la vue de leur sang. Délicieux. Tellement bandant. Je me réveille frémissant de plaisir, gonflé de désir. Et parfois... malgré mes cinquante-deux ans, bordel, je jouis dans mon sommeil, ou à mon réveil.

Orson lâcha la grille et battit en retraite sur le siège arrière.

Je regrettais de ne pouvoir mettre davantage de distance entre Lewis Stevenson et moi. J'avais l'impression que l'habitacle exigu se refermait sur nous, que la voiture se faisait écraser par un de ces broyeurs hydrauliques dans les casses.

— C'est alors que Louisa, ma femme, a commencé à apparaître dans les rêves... et mes... mes deux filles. Janine. Kyra. Elles ont peur de moi dans ces rêves, et je leur donne toutes les raisons pour ça, parce que leur terreur m'excite. Je suis écœuré... mais aussi excité par ce que je fais avec elles, par ce que je leur fais...

On décelait encore la colère, le désespoir, et l'excitation perverse dans son attitude — ses intonations, sa respiration lente et bruyante, ses épaules voûtées — et dans la transformation subtile mais effrayante de ses traits, visible même de profil. Mais parmi ces désirs contradictoires qui guerroyaient pour prendre le contrôle de son esprit, on percevait aussi une volonté désespérée d'éviter de plonger dans l'abîme de la folie et de la sauvagerie, abîme au bord duquel il se tenait dans un équilibre précaire, et cet espoir s'exprimait dans l'angoisse qui s'emparait progressivement de lui.

— Les cauchemars se sont tellement aggravés, les choses que je faisais dedans ont fini par devenir tellement sales, sordides et répugnantes, que j'ai commencé à redouter de m'endormir. Je restais éveillé jusqu'à tomber de fatigue, jusqu'à ce qu'aucune quantité de caféine ne puisse plus me faire tenir debout, jusqu'à ce que même un glaçon appuyé contre ma nuque ne parvienne plus à empêcher mes yeux brûlants de se fermer. Et dès que je cédais au sommeil, mes rêves étaient plus intenses que jamais, comme si l'épuisement me faisait dormir plus profondément, me plongeait dans des ténèbres enfouies en moi, habitées de monstres plus horribles encore. Pleins de foutre et de sang, les premiers rêves que j'aie jamais faits en couleurs, des couleurs si intenses, et des sons aussi, leurs voix suppliantes et mes réponses cruelles, sans pitié, leurs cris et leurs pleurs, leurs convulsions et leurs râles quand je leur déchirais la gorge à pleines dents tout en les possédant.

Lewis Stevenson semblait voir ces images hideuses s'inscrire sur les paresseux tourbillons de brouillard, comme si le pare-brise était un écran sur lequel on projetait ses fantasmes déments.

— Et au bout d'un moment… j'ai cessé de lutter contre le sommeil. Un temps, je l'ai simplement subi. Puis une nuit — je ne me rappelle pas précisément quand — les rêves ont cessé de me terrifier pour devenir une pure jouissance, alors qu'avant ils m'inspiraient bien plus de culpabilité que de plaisir. Sans vouloir l'admettre au début, j'ai commencé à avoir hâte d'aller me coucher. Ces femmes m'étaient tellement précieuses quand j'étais éveillé, mais quand je dormais... j'étais excité à l'idée de les avilir, de les humilier, de leur infliger des tortures des plus imaginatives. Au réveil, je n'étais plus terrifié... mais dans un état d'étrange béatitude. Et je restais là allongé dans le noir à me demander si ce ne serait pas encore plus jouissif de commettre réellement ces atrocités. Rien qu'en songeant à réaliser ces rêves, je me sentais gonflé d'une puissance incroyable, et libre, complètement libre, comme jamais. L'impression d'avoir vécu jusque-là dans d'énormes menottes en acier, prisonnier de chaînes, alourdi par des blocs de pierre. Il me semblait que céder à ces désirs ne serait pas criminel, n'aurait aucune dimension morale. Ce ne serait ni bon ni mauvais. Mais formidablement libérateur.

Soit l'air dans la voiture de patrouille devenait de plus en plus vicié, soit l'idée d'inhaler les vapeurs exhalées par le chef me rendait malade, mais ma bouche s'emplit d'un goût métallique, comme si je venais de sucer une pièce, mon estomac se serra autour de quelque chose d'aussi froid qu'une roche arctique, et mon cœur devint une gangue de glace.

Je ne voyais pas pourquoi Stevenson me livrait les secrets de son âme troublée, mais je pressentais que ces confessions n'étaient que le prélude à une révélation haïssable que je regretterais d'avoir entendue. Il fallait que je le fasse taire avant qu'il ne me jette cet ultime secret à la figure, mais il était visiblement contraint de me narrer ces rêves horribles — peut-être parce que j'étais le premier à qui il osait se livrer. Le seul moyen de le faire taire serait de le tuer.

— Depuis quelque temps, poursuivit-il dans un murmure avide qui hanterait mon sommeil jusqu'à la fin de mes jours, ces rêves tournent tous autour de ma petite-fille, Brandy. Elle a dix ans. Une jolie gamine. Très jolie. Si fine, si jolie. Ce que je lui fais dans mes rêves. Ah ! ce que je lui fais. Vous n'imaginez pas la brutalité, la cruauté, l'exquise méchanceté de mon inventivité. Et au réveil, je suis au-delà de l'exaltation. En extase. Je repose près de ma femme qui dort sans se douter des étranges pensées qui m'obsèdent, qui ne peut s'en douter, et je vibre de puissance, de la conscience que la liberté absolue est à ma portée chaque fois que j'ai envie de tendre la main. N'importe quand. La semaine prochaine. Demain. Maintenant.

Au-dessus de nos têtes, les langues vertes du laurier frémirent sous le poids du brouillard condensé. Je sursautai au tambourinement soudain des grosses gouttes heurtant la voiture, presque surpris que les filets coulant sur le pare-brise et le capot ne soient pas sanguinolents.

Dans la poche de ma veste, je serrai le Glock de ma main droite. Après ce que Stevenson venait de me dire, je le voyais mal m'autoriser à sortir vivant de sa voiture. Je bougeai légèrement sur mon siège, le premier de plusieurs petits mouvements qui, sans éveiller ses soupçons, me permettraient de lui tirer dessus à travers ma veste, sans avoir à sortir le pistolet.

— La semaine dernière, murmura le chef, Kyra et Brandy sont venues dîner chez nous, et j'ai eu du mal à détourner les yeux de la gamine. Quand je la regardais, je la voyais nue, comme dans les rêves. Si mince. Si fragile. Vulnérable. Sa vulnérabilité, sa tendresse, sa faiblesse m'ont fait bander, et j'ai dû dissimuler mon état à Kyra et à Brandy. Et à Louisa. Je voulais... je voulais... il fallait que ...

Ses sanglots me surprirent : des vagues de chagrin et de désespoir le submergeaient, comme au début de son monologue. Son besoin étrange, sa faim obscène étaient noyés dans cette marée de tristesse et de haine de soi.

— Une partie de moi veut que je me suicide, mais seulement la plus petite, la plus petite et la plus faible, le fragment qui subsiste de l'homme que j'étais. Le prédateur que je suis devenu ne se tuera jamais. Jamais. Il est trop *vivant*.

Il pressa son poing gauche contre ses dents, mordant si violemment ses doigts recourbés que je n'aurais pas été surpris de voir du sang couler ; il étouffait les sanglots les plus déchirants que j'aie jamais entendus.

Dans cette nouvelle incarnation de Lewis Stevenson, il ne subsistait rien du maintien calme et tranquille qui avait toujours fait de lui une figure d'autorité et un représentant crédible de la loi. Du moins pas cette nuit, pas dans cet état d'esprit sinistre qui le tourmentait. Une émotion crue semblait couler en lui, à jets continus, sans accalmie, la marée montant inlassablement.

Ma peur fit place à de la pitié. Je faillis même lui poser une main réconfortante sur l'épaule, mais je me retins parce que je sentis que le monstre que je venais d'écouter n'avait pas été vaincu, ni même enchaîné.

Baissant son poing, tournant la tête vers moi, Stevenson révéla un visage déformé par un tourment abyssal, une souffrance telle que je dus regarder ailleurs.

Il fit de nouveau face au pare-brise. Dans le tambourinement des gouttes de condensation du brouillard, ses sanglots se calmèrent peu à peu.

— Depuis la semaine dernière, j'ai saisi tous les prétextes pour rendre visite à Kyra, afin de voir Brandy, reprit-il d'une voix tremblante qui prit soudain des accents avides de troll sans âme. Et parfois, tard dans la nuit, quand ce foutu état d'esprit m'envahit, quand je me sens si froid et si creux à l'intérieur que j'ai envie de hurler sans jamais plus m'arrêter, je pense que le seul moyen de combler le vide, le seul moyen d'interrompre ces élancements affreux dans mon bas-ventre, c'est de faire ce qui me rend heureux dans les rêves. Et cela va venir. Tôt ou tard, je vais passer à l'acte. Plutôt tôt que tard. (Son angoisse et son sentiment de culpabilité venaient de céder la place à une joie démoniaque et sereine.) Je vais le faire et le refaire. J'ai cherché des filles de l'âge de Brandy, neuf ou dix ans, aussi minces, aussi jolies qu'elle. Ce sera plus sûr de commencer par quelqu'un qui n'a aucun lien avec moi. Plus sûr mais moins satisfaisant. Mais qu'est-ce que ça va être bon ! Qu'est-ce que ça va être bon cette puissance, cette destruction, cette libération de tous ces fers qu'on vous oblige à supporter : je vais abattre les murs, être totalement, complètement libre, enfin ! Je vais la mordre cette fille, dès que je la surprendrai seule, je vais la mordre et la mordre encore. Dans mes rêves, je leur lèche la peau, et elle a un goût salé, puis je les mords, et je sens leurs cris vibrer dans mes dents.

Malgré la pénombre, je voyais ses veines battre follement sur ses tempes. Les muscles de ses mâchoires saillaient et la commissure de ses lèvres frémissait d'excitation. Il avait l'air plus bestial qu'humain, sinon pis.

Je serrais le Glock si fort qu'une douleur me transperçait le bras jusqu'à l'épaule. Je compris soudain que mon doigt s'était crispé sur la détente et que je courais le risque de tirer malgré moi, bien que je ne fusse pas encore en position de pointer le canon sur Stevenson. Au prix d'un effort considérable, je réussis à relâcher la pression.

— Qu'est-ce qui vous a rendu comme ça ? demandai-je.

Je vis de nouveau la lueur fugace dans son regard qui redevint aussitôt sombre et meurtrier.

— Un petit livreur, dit-il, énigmatique. Juste un petit livreur qui refusait de mourir.

— Pourquoi me parler de ces rêves, de ce que vous allez faire à ces filles ?

— Parce que, pauvre monstre, il faut que je te donne un ultimatum, et je tiens à te faire comprendre combien c'est sérieux, à quel point je suis dangereux, combien j'ai peu à perdre et combien cela me fera plaisir de t'étriper si jamais on en arrive là. Certains refusent de te toucher…

— À cause de ce qu'était ma mère.

— Tu en sais déjà si long que ça ?

— Mais je n'y comprends rien. Qu'était ma mère dans tout cela ?

Au lieu de me répondre, Stevenson enchaîna :

— Certains refusent de te toucher et ne veulent pas que je te touche non plus. Mais s'il le faut, je le ferai. Tu continues à fourrer ton nez partout et je te fends le crâne, j'en extrais la cervelle et je la file à bouffer aux poissons de la baie. Tu ne me crois pas ?

— Si, si, je vous crois, dis-je, et j'étais sincère.

— Comme tu as écrit un best-seller, tu réussiras peut-être à retenir l'attention de certains types des médias. Mais si tu passes le moindre coup de fil pour essayer de ficher le bordel, je m'attaque à cette putain d'animatrice radio. Je commencerai par elle. Je la bousillerai.

Son allusion à Sasha me rendit fou furieux, mais me fit aussi si peur que je me tins coi.

Il était clair à présent que l'avertissement de Roosevelt Frost n'avait effectivement été qu'un conseil. Là j'avais affaire à la menace, celle que Roosevelt, prétendant parler au nom du chat, m'avait annoncée.

À présent, Stevenson n'était plus blême mais empourpré, comme si, dès l'instant où il avait décidé de céder à ses désirs psychotiques, les cavités froides et vides en lui s'étaient remplies de feu.

Il tendit la main vers le tableau de bord pour éteindre le chauffage.

Il ne faisait pas de doute qu'il enlèverait une petite fille avant le prochain coucher du soleil.

Je trouvai le courage d'insister parce que je m'étais suffisamment tourné sur mon siège pour avoir le chef dans ma ligne de mire :

— Où est le corps de mon père ?

— À Fort Wyvern. Il faut procéder à une autopsie.

— Pourquoi ?

— Tu n'as pas à le savoir. Mais pour mettre fin à ta stupide petite croisade, je vais au moins te dire que c'est effectivement le cancer qui l'a tué. Un cancer quelconque. Tu n'as à te venger de personne, contrairement à ce que tu disais à Angela Ferryman.

— Pourquoi vous croirais-je ?

— Parce que je pourrais te tuer aussi facilement que te répondre — alors pourquoi mentirais-je ?

— Que se passe-t-il à Moonlight Bay ?

Le chef eut un rictus qu'on voit rarement en dehors des asiles de fous. Comme si la perspective de la catastrophe le nourrissait, il se redressa et parut enfler :

— Cette ville est sur des montagnes russes qui nous conduisent droit en enfer, et ce sera un voyage incroyable.

— Ce n'est pas une réponse.

— Il faudra que tu t'en contentes.

— Qui a tué ma mère ?

— C'était un accident.

— C'est ce que j'ai cru jusqu'à ce soir.

Son rictus mauvais, aussi fin qu'une coupure de rasoir, s'élargit :

— D'accord. Encore un truc puisque tu insistes. Tu as raison, ta mère a été tuée.

Mon cœur pesa soudain une tonne.

— Par qui ?

— Elle-même. Suicide. Le pied sur l'accélérateur, elle a foncé droit dans la pile du pont. Il n'y a jamais eu de défaillance mécanique. La pédale ne s'est pas coincée. C'était seulement la version officielle.

— Sale menteur !

Lentement, très lentement, Stevenson se passa la langue sur les lèvres, comme si son sourire avait un goût sucré.

— Je ne mens pas, Snow. Et tu sais ? Si j'avais su il y a deux ans ce qui allait m'arriver, combien tout allait changer, j'aurais buté ta vieille moi-même. Je l'aurais tuée à cause du rôle qu'elle a joué là-dedans. Je l'aurais emmenée quelque part, je lui aurais arraché le cœur, j'aurais rempli de sel le trou dans sa poitrine, je l'aurais brûlée sur un bûcher — tout ce qu'on fait pour s'assurer qu'une sorcière est bien morte. Quelle différence y a-t-il entre ses actes et les sorts que jettent des sorcières ? C'est de la science ou de la magie ? Quelle importance quand le résultat est le même ? Seulement j'ignorais ce qui allait arriver à ce moment-là, mais elle, non, c'est pour ça qu'elle est allée s'écraser contre du béton.

Une nausée huileuse me submergea parce que je sentais qu'il disait vrai. Je ne comprenais qu'une fraction de ce qu'il racontait, mais c'était déjà trop.

— Tu n'as rien à venger, monstre. Personne n'a tué tes parents. En fait, sous un certain angle, c'est ta vieille qui leur a réglé leur compte à tous les deux — à ton vieux et elle.

Je fermai les yeux. Je ne supportais pas de le regarder, non seulement parce qu'il tirait plaisir de la mort de ma mère mais parce qu'il était convaincu — avec raison ? — que sa disparition n'était que justice.

— Maintenant je veux que tu rampes à l'abri de ton rocher et que tu y restes, que tu n'en sortes plus jamais.

Nous ne permettrons pas que tout éclate au grand jour. Si le monde découvre ce qui s'est passé ici, si d'autres que ceux de Wyvern et nous sont au courant, on va mettre tout le comté en quarantaine. On va le sceller, nous tuer jusqu'au dernier, brûler tous les bâtiments, empoisonner tous les oiseaux, les coyotes et les chats d'appartement — et on fera probablement péter une bombe atomique ici pour faire bonne mesure. Et tout cela pour rien, de toute façon, parce que l'épidémie s'est déjà répandue loin d'ici, à l'autre bout du continent et au-delà. Nous sommes la source originelle, les effets sont plus voyants ici et ils s'aggravent plus vite, mais maintenant la peste va continuer à s'étendre sans nous. Voilà pourquoi aucun d'entre nous n'est prêt à mourir rien que pour permettre à un foutu politicien putassier de se targuer d'avoir agi.

Je rouvris les yeux : le chef braquait son pistolet sur moi. Le canon était à moins de soixante centimètres de mon visage. Maintenant mon seul avantage était qu'il ignorait que j'étais armé, et il ne me serait utile que si je tirais le premier.

J'avais beau savoir que cela ne servirait à rien, je tentai de discuter avec lui — peut-être parce que discuter était le seul moyen de me distraire de ce qu'il venait de révéler sur ma mère.

— Écoutez, nom de Dieu, il y a quelques minutes, vous disiez que vous n'aviez plus de raisons de vivre. Quoi qu'il se soit passé ici, peut-être que si nous obtenons de l'aide…

— J'étais d'humeur, me coupa-t-il. Tu n'écoutes pas ce que je dis ? Je t'ai dit que j'étais d'humeur. D'humeur salement mauvaise. Mais maintenant je suis d'une autre humeur. Meilleure. Je suis d'humeur à être tout ce qui est possible, à ouvrir les bras à ce que je suis en train de devenir au lieu d'essayer de résister. Le changement, petit. C'est rien d'autre. Le changement, un glorieux changement, tout change, toujours, éternellement, tout. Ce nouveau monde à venir — il sera éblouissant.

— Mais on ne peut…

— Si tu perces le mystère et que tu le révèles au monde entier, tu ne réussiras qu'à signer ton propre arrêt de mort. Tu tueras ta petite salope d'animatrice sexy et tous tes amis. Maintenant sors de la voiture, grimpe sur ton vélo, et ramène ton cul maigre chez toi. Enterre les cendres que Sandy Kirk choisit de te donner, quelles qu'elles soient. Et si tu ne peux pas vivre sans en savoir plus, si, par exemple, une morsure de chat t'a rendu trop curieux, installe-toi à la plage pendant quelques jours, en plein soleil, et tâche d'attraper un superbronzage.

Je n'arrivais pas à croire qu'il allait me laisser partir.

— Le chien reste avec moi, ajouta-t-il.

— Non.

Il agita son pistolet.

— Dehors.

— C'est mon chien.

— C'est le chien de personne. Et il n'y a pas à discuter.

— Qu'est-ce que vous voulez faire avec lui ?

— Une leçon de choses.

— Quoi ?

— Je vais l'emmener au garage municipal. Il y a une coupeuse à bois là-bas, pour les branches d'arbres.

— Pas question.

— Je vais lui foutre une balle dans la tête.

— Non.

— … le balancer dans la coupeuse…

— Faites-le sortir de la voiture.

— … fourrer la bouillie qui en sort dans un sac que je déposerai devant chez toi, histoire que t'oublies pas.

En regardant Stevenson, je compris qu'il avait plus que changé. Il n'était plus le même homme. C'était quelqu'un de nouveau. Quelqu'un qui était né de l'ancien Lewis Stevenson, comme un papillon d'une chrysalide, sauf que cette fois le processus s'était hideusement inversé : le papillon était rentré dans la chrysalide, et un ver en était sorti. Cette métamorphose cauchemardesque couvait depuis quelque temps, mais elle venait de culminer sous mes yeux. Ce qui restait de l'ancien chef avait disparu à jamais, et celui que je défiais du regard était entièrement mû par le besoin et le désir, sans l'inhibition d'une conscience, il n'était plus capable de sangloter comme il l'avait fait quelques minutes avant, et il était aussi dangereux que n'importe qui ou n'importe quoi sur la face de la terre.

S'il était porteur d'une infection fabriquée en laboratoire capable de provoquer un tel changement, allais-je l'attraper ?

Mon cœur luttait contre lui-même, multipliant les coups de poing.

Moi qui ne me serais jamais cru capable de tuer un autre être humain, je pensais pouvoir descendre cet homme, parce que non seulement je sauverais Orson mais ces filles et ces femmes qu'il avait l'intention d'attirer dans son cauchemar.

— Faites sortir mon chien, et tout de suite, dis-je avec plus de fermeté que je n'aurais cru.

Incrédule, il afficha son sourire de crotale :

— Qui est le flic, ici ? Tu as oublié, hein, le monstre ? Tu as oublié qui a le flingue ?

Si je tirais avec le Glock, je risquais de ne pas tuer le salaud sur le coup, même d'aussi près. Même si la première balle lui arrêtait le cœur, il pouvait appuyer sur la détente par réflexe et il ne me raterait pas.

— D'accord, d'accord, tu veux me regarder faire ?

Il se tourna à demi sur son siège, fourra le canon de son pistolet dans un des trous de la grille de sécurité et tira sur le chien.

La détonation fit tanguer la voiture, Orson couina.

— Non !

Pendant qu'il dégageait son pistolet de la grille, je pressai la détente de mon Glock. La balle déchira ma veste en cuir et déchiqueta la poitrine du chef. Il tira dans le plafond. Je tirai de nouveau, visant la gorge cette fois, et la vitre derrière lui explosa quand la balle ressortit par sa nuque.

26.

J'étais assommé, sous l'effet d'un sort, incapable de bouger, de battre un cil, le cœur lourd comme un fil à plomb, insensible, absent, je ne sentais plus le pistolet dans ma main, je ne voyais plus rien, pas même l'homme mort que je savais à l'autre bout de la banquette, brièvement aveuglé par le choc, désorienté par l'obscurité environnante, temporairement sourd soit à cause de la détonation, soit à cause d'un désir désespéré de ne pas entendre ma conscience disserter sur les conséquences de mon acte.

Le seul de mes sens qui fonctionnait encore était l'odorat. L'odeur âcre de la poudre, celle du sang, métallique, les vapeurs acides d'urine parce que Stevenson s'était souillé en mourant, et le parfum du shampooing à la rose de ma mère tourbillonnaient autour de moi, orage de senteurs et de puanteurs. Toutes étaient réelles sauf l'essence de rose, oubliée depuis longtemps qui venait de jaillir de ma mémoire avec toutes ses nuances délicates. « Une terreur extrême nous rend les gestes de notre enfance », a dit Chazal. Ce souvenir était une façon, dans ma terreur, de tendre la main à ma mère morte en espérant qu'elle l'envelopperait de la sienne.

Tout à coup, la vue, l'ouïe et toutes les sensations me revinrent, me faisant sursauter presque aussi violemment que Lewis Stevenson sous l'impact des deux balles de neuf millimètres. Je hurlai et haletai.

Tremblant convulsivement, je pressai le bouton de commande de l'ouverture des serrures.

Je descendis de la voiture et ouvris la portière arrière, tout en criant frénétiquement le nom d'Orson. Est-ce que je pourrais l'amener chez le vétérinaire à temps pour le sauver s'il était blessé ? Est-ce que je survivrais à sa mort ? Il ne pouvait pas être mort. Ce n'était pas un chien ordinaire, mais Orson, mon chien, étrange et particulier, mon compagnon et ami, à mes côtés depuis seulement trois ans mais essentiel parmi les éléments de mon univers obscur.

Et il était bien vivant. Il bondit de la voiture avec un tel enthousiasme qu'il faillit me renverser. Son couinement perçant, après le coup de feu, avait été un cri de terreur, non de douleur.

Je tombai à genoux sur le trottoir et lâchai le Glock pour prendre mon chien dans mes bras. Je le serrai contre moi, lui caressai la tête, lissai son poil noir, heureux de ses halètements, des battements accélérés de son cœur, du balayage de sa queue, même de sa puanteur humide et de l'odeur de céréale rance de son haleine parfumée au biscuit.

Je n'osai pas parler. Ma voix était une clé de voûte cimentée dans ma gorge. Si je réussissais à l'en détacher, un barrage entier s'effondrerait, un bredouillement de tristesse jaillirait de ma gorge, et toutes les larmes non versées pour mon père et pour Angela Ferryman risqueraient de m'engloutir.

Je ne m'autorise pas à pleurer. Je préférerais encore être un os réduit en poudre par les mâchoires du chagrin plutôt qu'une éponge qu'il ne cesserait de tordre.

Et, même si j'avais parlé, les mots n'auraient servi à rien. Orson avait beau être un chien spécial, il n'allait pas engager une conversation spirituelle avec moi — du moins pas tant que je ne me serais pas délivré de mon fardeau de raison pour demander à Roosevelt Frost de m'initier au langage animal.

Quand je pus me résoudre à lâcher Orson, je récupérai le Glock et me relevai pour examiner le parking de la marina. Le brouillard dissimulait la plupart des quelques voitures et des camping-cars appartenant à la poignée de gens qui habitaient leurs bateaux. Il n'y avait pas une âme en vue, et le silence régnait autour du ronronnement du ralenti du moteur de la voiture de patrouille. Apparemment le bruit de la détonation avait été absorbé par l'habitacle et le brouillard. Les maisons les plus proches se trouvaient en dehors du quartier commercial de la marina, à deux rues de là. Si quelqu'un avait été réveillé à bord d'un bateau, il avait dû penser que ces quatre explosions assourdies n'étaient rien d'autre que la pétarade d'une voiture ou le claquement des portes du rêve entre les mondes du sommeil et de la veille.

Je n'étais pas en danger immédiat de me faire prendre, mais je ne pouvais enfourcher mon vélo en espérant échapper au châtiment. Je venais de tuer le chef de la police, et s'il n'était plus l'homme que Moonlight Bay avait longtemps connu et admiré, si, de serviteur consciencieux du peuple, il s'était métamorphosé en un individu privé de tous les attributs essentiels de l'humanité, il me serait impossible d'apporter la preuve que ce héros était devenu le monstre même qu'il avait juré de combattre.

Les preuves médico-légales me confondraient. À cause de l'identité de la victime, des techniciens de police de premier plan des bureaux du comté et de l'État participeraient à l'enquête, et en passant la voiture de patrouille au peigne fin, ils ne rateraient rien.

Je ne pourrais jamais supporter d'être emprisonné dans une cellule exiguë éclairée à la bougie. Bien que ma vie soit limitée par la présence de la lumière, aucun mur ne doit m'enfermer entre le coucher et le lever du soleil. Jamais. L'obscurité des espaces clos n'a rien à voir avec celle de la nuit ; la nuit n'a pas de limites, elle offre à l'infini mystères, découvertes, merveilles, occasions de se réjouir. La nuit est le drapeau de la liberté sous lequel je vis, et ou je vis libre, ou je meurs.

La perspective de remonter dans la voiture de patrouille avec le mort et d'essuyer tous les endroits où j'aurais pu laisser des empreintes me donnait la nausée. De toute façon, ce serait une tentative dérisoire, parce que je ne manquerais pas d'oublier une surface critique.

En plus, je n'avais pas laissé que des empreintes derrière moi. Des cheveux. Un fil de mon jean. De minuscules fibres de ma casquette *Mystery Train*. Les poils d'Orson sur le siège arrière, les traces de ses griffes sur les garnitures. Et sans aucun doute d'autres indices aussi ou plus compromettants.

J'avais eu une sacrée chance. Personne n'avait entendu les coups de feu. Mais la chance comme le temps sont éphémères, et bien que ma montre contînt une puce et non un ressort, j'aurais juré que j'entendais les secondes s'égrener.

Orson était nerveux lui aussi, à en juger par la façon dont il humait l'air, à l'affût de singes ou autres menaces.

Je me ruai à l'arrière de la voiture pour ouvrir le coffre. Fermé à clé, comme je le craignais.

Les secondes s'égrenaient.

Me blindant, je retournai près de la portière avant restée ouverte. J'inspirai profondément, retins mon souffle et me penchai à l'intérieur.

Stevenson gisait tordu sur son siège, la tête rejetée en arrière contre le montant de la portière. Sa bouche était ouverte en un cri d'extase silencieux, et il avait les dents ensanglantées. On aurait cru qu'il venait de réaliser son rêve de mordre des petites filles.

Attiré par un faible courant d'air, pénétrant par la vitre en miettes, un voile de brouillard flottait vers moi, comme si le sang encore chaud qui tachait le devant de l'uniforme du mort dégageait de la vapeur.

Je dus me pencher plus loin que je ne l'aurais souhaité et poser un genou sur le siège du passager pour couper le moteur.

Les yeux noir olive de Stevenson étaient ouverts. Morts, vides, mais j'aurais juré qu'ils allaient s'animer et se fixer sur moi.

Avant que la main moite du chef ne m'agrippe, j'attrapai les clés de contact, sortis de la voiture et soufflai vigoureusement.

Dans le coffre, je trouvai comme prévu la grande mallette d'urgence. J'en sortis un épais rouleau de gaze et une paire de ciseaux.

Pendant qu'Orson faisait le tour du véhicule en reniflant avec application, je déroulai la gaze, la doublai en boucles d'un mètre cinquante avant de la couper avec les ciseaux. Je tordis l'ensemble, puis fis un nœud à l'extrémité supérieure, un autre au milieu, un autre en bas. Après avoir répété cet exercice, je liai les longueurs multiples par un dernier nœud — obtenant une mèche d'environ trois mètres cinquante.

Et les secondes s'égrenaient.

Je déroulai la mèche sur le trottoir, ouvris le clapet du réservoir de la voiture et dévissai le bouchon. Des vapeurs d'essence s'échappèrent.

Je rangeai les ciseaux et ce qui restait du rouleau de gaze dans la mallette. Je fermai le coffre.

Le parking demeurait silencieux et désert. On n'entendait que les gouttes de condensation tombant du laurier indien sur la voiture et les va-et-vient incessants de mon chien inquiet.

Bien que ce fût synonyme d'une nouvelle vision du cadavre de Stevenson, je remis les clés de contact à leur place. J'avais vu des épisodes des séries policières les plus populaires de la télévision, et je savais combien il était facile pour un criminel même chevronné de se faire piéger par un enquêteur ingénieux. Ou par une romancière de polar à succès s'amusant à résoudre des énigmes. Ou encore par une vieille fille institutrice en retraite. Tout cela entre le générique et une pub pour un déodorant. J'avais l'intention de laisser aux pros comme aux amateurs fourrant leur nez partout le moins d'éléments possible sur lesquels travailler.

Une bulle de gaz explosa au fond de l'œsophage du mort qui me croassa à la figure.

— Pilules Carter pour le foie, lui conseillai-je dans une vaine tentative de me dérider.

Aucune des quatre douilles en laiton ne se trouvait sur le siège avant. Malgré les armées de limiers amateurs prêts à frapper en fondant sur le moindre indice susceptible de les aider à identifier l'arme du crime, je n'eus pas le courage de chercher par terre, notamment sous les jambes de Stevenson.

De toute façon, même si je récupérais toutes les douilles, il restait toujours la balle fichée dans sa poitrine. S'il n'était pas grossièrement déformé, ce bout de plomb présenterait des stries que l'on pourrait comparer aux particularités de mon calibre. La perspective de la prison ne suffit cependant pas à m'inciter à sortir mon canif afin de me livrer à de la chirurgie exploratoire dans le but de récupérer la balle compromettante.

Aurais-je eu le cran de pratiquer ce genre d'autopsie impromptue que je ne l'aurais pas risqué. À supposer que le changement radical de personnalité de Stevenson — sa soif de violence toute neuve — ne fût qu'un symptôme de la maladie étrange dont il était porteur et à supposer que cette maladie pût se propager par contact avec des tissus infectés et des liquides organiques, cette sinistre tâche était hors de question. C'est aussi pourquoi j'avais pris garde de ne pas être en contact avec son sang.

Quand le chef m'avait raconté ses rêves de viol et de mutilation, l'idée que je respirais le même air que lui m'avait donné la nausée. Mais je doutais que son microbe fût transmissible par le souffle. S'il était contagieux à ce point, Moonlight Bay ne serait pas sur des montagnes russes en route vers l'enfer comme il l'avait prétendu, mais depuis longtemps au fond du trou sulfureux.

Les secondes s'égrenaient.

D'après la jauge du tableau de bord, le réservoir était presque plein. Parfait. Chez Angela tout à l'heure, la troupe m'avait appris la manière de détruire des preuves, voire de dissimuler un meurtre.

L'incendie devrait être suffisamment intense pour faire fondre les quatre douilles, la carrosserie de la voiture, et même des parties du châssis. De Lewis Stevenson, il ne resterait que des os calcinés, et la balle disparaîtrait effectivement. Nul doute qu'aucune de mes empreintes, qu'aucun de mes cheveux, qu'aucune des fibres de mes vêtements ne survivrait.

Une seconde balle avait traversé le cou du chef, pulvérisant la vitre de la portière côté conducteur. Elle gisait à présent quelque part sur le parking ou, avec un peu de chance, dans le lierre qui couvrait la pente remontant vers Embarcadero Way, où elle serait pratiquement impossible à retrouver.

Des brûlures de poudre compromettantes souillaient ma veste. J'aurais dû la détruire. Impossible. Je l'aimais trop. Top cool, elle était. Et le trou dans la poche la rendait encore plus cool.

— Faut bien donner une petite chance aux vieilles institutrices, marmonnai-je en claquant les portières avant et arrière.

Le rire bref qui m'échappa fut si sinistre qu'il me terrifia presque autant que l'éventualité de me retrouver derrière les barreaux.

J'éjectai le chargeur du Glock, retirai une cartouche, ce qui en laissait six, et le remit en place.

Orson qui gémissait d'impatience prit une extrémité de la mèche de gaze dans la gueule.

— D'accord, d'accord, dis-je en lui en tendant un bout.

Peut-être le prit-il simplement par curiosité, un des traits les mieux partagés par les chiens.

Quel drôle de truc blanc. On dirait un serpent, un serpent... mais ce n'est pas un serpent. Intéressant. Intéressant. L'odeur de maître Snow dessus. Peut-être bon à manger. Presque tout est bon à manger.

Le fait qu'Orson ait pris la mèche dans la gueule et gémisse d'impatience ne signifiait pas forcément qu'il comprenait son utilité, ni la nature de mon plan. Son intérêt, qui tombait étrangement à pic, n'était peut-être que pure coïncidence.

Ouais. Bien sûr. Comme les tirs de feux d'artifice le jour de la Fête nationale.

Le cœur battant, sûr qu'on finirait par me surprendre, je récupérai la gaze tordue dans la gueule du chien et nouai minutieusement la cartouche à une de ses extrémités.

Orson m'observait avec attention.

— Ça te va comme nœud, ou tu préfères le faire toi-même ?

Je descendis la cartouche dans le réservoir. Son poids tira la gaze jusqu'au fond. Telle une mèche, le tissu fin se mettrait immédiatement à absorber l'essence.

Orson courait nerveusement en rond : *Dépêche-toi. Allez, dépêche, maître Snow.*

Je laissai près d'un mètre cinquante de mèche dépasser du réservoir. Elle pendait sur la carrosserie et traînait par terre.

Après avoir récupéré mon vélo, je me baissai pour allumer l'extrémité du cordeau avec mon briquet. La gaze visible avait beau ne pas être imbibée d'essence, elle brûla plus vite que je ne l'aurais cru. Trop à mon goût.

J'enfourchai mon vélo et me mis à pédaler comme si j'avais à mes trousses tous les diables de la terre et de l'enfer, ce qui devait être le cas. Orson galopant à mes côtés, je traversai d'une traite le parking, remontai la rampe, m'engageai dans un Embarcadero Bay désert, passant devant les restaurants et les magasins fermés alignés le long du front de mer.

L'explosion arriva trop vite, et fut moins violente que je ne l'aurais cru. Je fus entouré d'une lueur orange : le flamboiement était réfracté par le brouillard sur une distance considérable.

Sans réfléchir, je freinai, virai de cent quatre-vingts degrés, et posai un pied par terre pour regarder.

On ne distinguait pas grand-chose ; un noyau de lumière d'un blanc-jaune vif entouré de volutes orange, tout cela adouci par le brouillard épais.

Mais le pire était dans ma tête : le visage de Lewis Stevenson en train de se cloquer, de fumer, de dégager une graisse brûlante comme du bacon dans une poêle.

— Mon Dieu ! dis-je d'une voix si rauque et si tremblante que je ne la reconnus pas.

Allumer la mèche était pourtant la seule solution. Les flics sauraient que Stevenson avait été assassiné, mais les preuves du modus operandi venaient de disparaître.

Je fis chanter ma chaîne, entraînant mon complice canin loin du port, par un dédale de rues et d'allées, m'enfonçant dans le cœur trouble, opaque, de Moonlight Bay. Malgré le poids du Glock dans la poche, ma veste en cuir ouverte flottait comme une cape, et je fuyais inaperçu, évitant la lumière pour plusieurs raisons désormais, ombre parmi les ombres, tel le fameux Fantôme de l'Opéra, monté à présent sur roues et déterminé à terroriser le monde en surface.

Être capable d'avoir encore une vision aussi fabuleusement romantique de moi-même à la suite d'un meurtre n'est pas très glorieux de ma part. Pour ma défense, je dirais seulement qu'en transformant les événements en aventure flamboyante dont je tiendrais le premier rôle, j'essayais désespérément de surmonter ma peur, et, plus désespérément encore, d'éliminer les souvenirs de la tuerie. J'avais aussi besoin d'oublier les images atroces du corps en combustion que mon imagination fertile produisait, fantômes jaillissant en série des murs noirs d'une baraque de foire.

Quoi qu'il en soit, cette tentative tremblante ne dura que le temps que j'atteigne l'allée derrière le Grand Théâtre, au sud d'Ocean Avenue, où un éclairage de sécurité incrusté de crasse donnait au brouillard une couleur brun pollué. Je sautai de mon vélo, le laissai s'écraser sur la chaussée, me penchai au-dessus d'une poubelle et régurgitai le peu que je n'avais pas digéré de mon dîner chez Bobby Halloway.

Je venais d'assassiner un homme.

Nul doute que la victime méritait de mourir. Tôt ou tard, sous un prétexte ou un autre, Lewis Stevenson m'aurait tué, malgré la volonté des autres conspirateurs de m'accorder une dispense spéciale : j'avais en quelque sorte agi en état de légitime défense. Et pour sauver Orson.

Il n'en restait pas moins que j'avais tué un être humain ; ces circonstances atténuantes ne changeaient rien à l'immoralité de l'acte. Les yeux vides, noirs de mort de Stevenson me hantaient. Sa bouche, ouverte dans un cri silencieux ; ses dents ensanglantées. On se souvient aisément des choses vues, bien moins facilement des sons, des goûts, des sensations tactiles ; et il est pratiquement impossible d'extraire une odeur de sa mémoire. Et pourtant je m'étais souvenu du parfum du shampooing de ma mère, et à présent l'odeur métallique du sang frais de Stevenson demeurait si âcre que je m'accrochai à la poubelle comme au bastingage d'un bateau en pleine tempête.

En fait, j'étais secoué non seulement parce que j'avais tué, mais parce que j'avais détruit le corps et les preuves avec efficacité et sang-froid. Apparemment j'étais doué pour le crime. J'avais l'impression qu'une partie de l'obscurité dans laquelle je vivais depuis vingt-huit ans s'était insinuée en moi pour se nicher dans une cavité inconnue de mon cœur.

Purgé mais sans me sentir mieux pour autant, je repris mon vélo et guidai Orson à travers les ruelles jusqu'à la station-service Shell à l'angle de San Rafael Avenue et de Palm Street.

Au distributeur extérieur, j'achetai une canette de Pepsi pour me débarrasser du goût âcre dans ma bouche. Ensuite, j'ouvris le robinet d'eau pour permettre à Orson de se désaltérer.

— Quel veinard tu fais d'avoir un maître aussi attentif. Qui te donne à boire, à manger, qui te brosse. Qui est toujours prêt à tuer quiconque te menace.

Le regard pénétrant qu'il me lança fut déconcertant même dans l'obscurité. Puis il me lécha la main.

— Merci.

Il se remit à laper l'eau courante, s'interrompit et secoua sa gueule dégoulinante.

Je fermai le robinet.

— Où maman t'a-t-elle trouvé ?

Il me regarda de nouveau droit dans les yeux.

— Quel était le secret de ma mère ?

Son regard ne flancha pas. Il connaissait les réponses à mes questions. Il ne parlait pas, c'est tout.

27.

Dieu hante peut-être vraiment les abords de l'église Sainte-Bernadette, jouant de la guitare acoustique et accompagné par un groupe d'anges, ou disputant des parties d'échecs mentales. Peut-être est-Il là dans une dimension qui nous échappe, s'affairant à tirer des plans pour de nouveaux univers d'où des problèmes comme la haine, l'ignorance, le cancer et la mycose du sportif auront été éliminés dès la phase préparatoire. Peut-être flotte-t-Il au-dessus des bancs en chêne ciré, comme dans une piscine où l'eau serait des nuages d'encens au parfum corsé et d'humbles prières, peut-être se cogne-t-Il silencieusement aux piliers et aux angles du plafond de la cathédrale tandis qu'Il médite rêveusement, en attendant que les paroissiens viennent lui confier leurs soucis.

Mais cette nuit, j'étais sûr que Dieu se tenait à distance du presbytère adjacent à l'église dont la vue me donna la chair de poule. L'architecture de la maison en pierre d'un étage — comme celle de l'église elle-même — était du roman revu et corrigé dont on avait gommé les aspects trop typiquement français afin que l'ensemble s'intègre mieux dans le climat plus clément de la Californie. Luisantes de brouillard, les ardoises noires du toit en pente étaient aussi épaisses que les écailles du front renfrogné d'un dragon, et derrière les yeux noirs et vides des fenêtres — dont les oculus de chaque côté de la porte d'entrée — gisait un royaume sans âme. Le presbytère ne m'avait encore jamais semblé menaçant, et je savais qu'il me mettait mal à l'aise à cause de la scène dont j'avais été le témoin entre Jesse Pinn et le père Tom dans le sous-sol de l'église.

Je pénétrai dans le cimetière. Noah Joseph James, qui avait vécu quatre-vingt-seize ans, resta aussi silencieux que d'habitude quand je le saluai en appuyant ma bécane contre sa stèle.

Prenant mon téléphone cellulaire, je composai le numéro sur liste rouge du studio de KBAY. Sasha décrocha au bout de quatre sonneries, alertée par une lumière bleue qui clignotait sur le mur en face d'elle lorsqu'elle était au micro. Elle me mit en attente et je l'entendis annoncer le programme.

Orson reprit sa chasse aux odeurs d'écureuils.

Des écheveaux de brouillard dérivaient tels des esprits égarés parmi les tombes.

Sasha passa deux spots publicitaires « sandwich » — des pubs dont le début et la fin sont enregistrés, ce qui laisse un intervalle pour un commentaire en direct au milieu. Elle les fit suivre d'un résumé de la carrière d'Elton John, puis annonça *Japonese Hands* en parlant sur les six premières mesures. Apparemment le festival Chris Isaak était terminé.

Elle me prit en ligne :

— Je passe deux titres à la file, tu as un peu plus de cinq minutes, bébé.

— Comment as-tu su que c'était moi ?

— Il n'y a qu'une poignée de gens à avoir ce numéro, et la plupart dorment à cette heure. En plus, quand il s'agit de toi, j'ai de l'intuition à revendre. Dès que j'ai vu la lampe du téléphone clignoter, mes parties inférieures se sont mises à me picoter.

— Tes parties inférieures ?

— Mes parties basses féminines. J'ai hâte de te voir, Snowman.

— Se voir serait un bon début. Dis-moi, qui d'autre travaille ce soir ?

— Doogie Sassman.

C'était son ingénieur du son, l'homme aux manettes.

— Vous êtes seuls tous les deux ?

— Tu es jaloux, tout à coup ? Comme c'est mignon ! Mais tu n'as rien à craindre. Je ne réponds pas aux critères de Doogie.

Quand Doogie n'était pas assis devant une console, il passait le plus clair de son temps à chevaucher une Harley-Davidson de ses jambes massives. Un mètre quatre-vingts, cent cinquante kilos. Sa crinière blonde et sa barbe naturellement ondulée étaient si luxuriantes et si soyeuses qu'il fallait résister à l'envie de les caresser, et la fresque colorée qui couvrait pratiquement chaque centimètre carré de ses bras et de son torse avait dû permettre à un tatoueur d'envoyer son fils à l'université. Pourtant Sasha ne plaisantait qu'à moitié lorsqu'elle affirmait ne pas répondre aux critères de Doogie. Auprès du sexe opposé, il avait plus de succès que Winnie l'Ourson à la puissance dix. Depuis six ans que je le connaissais, je l'avais vu avec quatre femmes différentes, de vrais canons qui auraient pu assister à une remise des oscars vêtues d'un jean et d'une chemise en flanelle, sans une once de maquillage, et éclipser toutes les starlettes présentes.

Selon Bobby, Doogie Sassman (choisir la proposition qui convient) a vendu son âme au diable, est le maître secret de l'univers, possède les organes génitaux les plus impressionnants de la planète, ou encore produit des phéromones sexuelles plus puissantes que la gravité terrestre.

J'étais heureux que Doogie travaille ce soir-là, parce qu'il était de loin le plus costaud de tous les ingénieurs du son de KBAY.

— Mais je croyais qu'il y aurait quelqu'un d'autre en plus.

Sasha savait que je n'étais pas jaloux de Doogie, et elle perçut l'inquiétude dans ma voix :

— Tu es au courant des restrictions budgétaires imposées par la fermeture de Fort Wyvern et la perte de l'audience militaire la nuit. Même avec une équipe squelettique, c'est à peine si nous dégageons un bénéfice sur cette tranche horaire. Qu'est-ce qui se passe, Chris ?

— Les portes de la station sont fermées à clé, n'est-ce pas ?

— Oui. Tous les oiseaux de nuit sont tenus d'être prudents.

— Même s'il fait jour à ton départ, promets-moi de te faire accompagner de Doogie ou de quelqu'un de l'équipe du matin jusqu'à ton Explorer.

— Qui est en cavale ? Dracula ?

— Promets-moi.

— Mais enfin, Chris, que…

— Je te le dirai plus tard. Promets, c'est tout.

— D'accord, soupira-t-elle. Tu as des ennuis ? Est-ce que…

— Tout va bien, Sasha. Ne t'inquiète pas. Promets-moi, nom de Dieu, c'est tout.

— C'est fait…

— Dis-le.

— Bon Dieu ! D'accord, d'accord. Je te promets. Et si je mens, je vais en enfer. Mais tu as intérêt à me raconter après, avec force détails sinistres comme les histoires qu'on racontait autour du feu le soir au camp scout. Tu m'attendras à la maison ?

— Tu porteras ton uniforme de scout ?

— La seule partie que je pourrais reproduire, ce sont les chaussettes.
— Cela suffira.
— L'idée t'excite, hein ?
— J'en vibre déjà.
— Tu es le mal incarné, Christopher Snow.
— Exact, je suis un tueur.
— À tout bientôt, mon tueur.
Après notre conversation, je restai planté au milieu du cimetière. Pas le moindre chant de rossignol ; même les hirondelles de fenêtre étaient parties se coucher. Nul doute que les vers s'activaient, mais ils se livrent toujours à leur tâche solennelle dans un silence respectueux.
— J'ai besoin de conseils d'ordre spirituel. Allons voir le père Tom, lançai-je à Orson.
En passant derrière l'église, je tirai le Glock de la poche de ma veste. Dans une ville où le chef de la police rêvait de battre et de torturer des petites filles et où les entrepreneurs de pompes funèbres sortaient équipés de holsters, je ne pouvais tabler sur le fait que le prêtre ne serait armé que des paroles de Dieu.

De la rue, le presbytère avait paru plongé dans l'obscurité, mais derrière, il y avait de la lumière à deux fenêtres du premier étage.
Après la scène dans le sous-sol de l'église, je n'étais pas trop surpris que le curé de Sainte-Bernadette soit incapable de trouver le sommeil. Il était près de trois heures du matin, soit quatre heures après la visite de Jesse Pinn, mais le père Tom retardait l'instant d'éteindre sa lampe.
— Fais le chat, glissai-je à Orson.
Je franchis le plus silencieusement que je pus le perron et la terrasse.

La porte était verrouillée. J'avais espéré qu'un homme de Dieu mettrait un point d'honneur à se fier à son Créateur plutôt qu'à un verrou.

Pas question de frapper ni de repasser côté façade pour sonner. Avec un meurtre à mon actif, il me semblait idiot d'hésiter à me rendre coupable de violation de propriété. En revanche, j'espérais bien éviter d'entrer par effraction, parce que le bruit de verre cassé risquait d'alerter le prêtre.

Quatre fenêtres à guillotine donnaient sur la terrasse couverte. Je les essayai une à une : la troisième n'était pas fermée. Le bois du cadre avait gonflé sous l'effet de l'humidité. Je mis le Glock dans ma poche parce que j'avais besoin de mes deux mains pour soulever le châssis, qui céda avec force craquements et grincements, une vraie bande-son de film d'horreur.

Orson souffla comme s'il voulait signifier son mépris pour mes piètres talents de malfaiteur. Nul n'est prophète en son pays.

J'attendis le temps de m'assurer que mon vacarme n'avait pas été entendu de l'étage, puis me glissai dans une pièce aussi noire que l'intérieur du sac d'une sorcière.

— Viens, mon vieux, dis-je à Orson que je n'avais pas l'intention de laisser dehors, seul et désarmé.

Le chien sauta à l'intérieur, et je baissai le châssis le plus silencieusement possible, avant de le verrouiller. Je ne pensais pas que des membres de la troupe ou d'autres espions nous surveillaient, mais je n'avais pas envie de faciliter la tâche de quiconque voudrait nous suivre dans le presbytère.

J'allumai brièvement ma minitorche : nous étions dans une salle à manger. Deux portes — l'une à droite, l'autre dans le mur opposé à la fenêtre.

Éteignant la minitorche, tirant de nouveau le Glock de ma poche, j'essayai la porte la plus proche, à droite.

Elle ouvrait sur la cuisine. La luminosité des chiffres des horloges digitales des deux fours et du micro-ondes me permit de rejoindre la porte battante donnant sur un couloir sans m'écraser contre le réfrigérateur.

Le couloir menait à un vestibule. Sur un guéridon en demi-lune à trois pieds poussé contre un mur, se dressait un autel dédié à la Vierge. Un cierge dans une coupelle rouge rubis tremblotait au-dessus du centimètre de cire qui restait.

Dans cette pulsation lumineuse, le visage de porcelaine de Marie exprimait davantage la douleur que la béatitude. Elle semblait savoir que le locataire du presbytère était plus un prisonnier de la peur qu'un apôtre de la foi.

Suivi d'Orson, je montai les deux larges volées d'escalier menant au premier étage. Le monstre de foire criminel et son copain à quatre pattes.

L'escalier débouchait dans l'angle d'un couloir en L. À gauche, l'obscurité régnait. Dans la branche face à moi, on avait déplié une échelle attachée à une trappe ; un éclairage venant d'un coin éloigné du grenier enveloppait d'une lueur fantomatique les degrés de l'échelle.

Une lumière plus vive venait d'une porte ouverte sur la droite. Je m'en approchai sans bruit et jetai un coup d'œil prudent à l'intérieur : la chambre du père Tom, monacale, avec un crucifix au-dessus du simple lit de pin foncé. Pas de prêtre ; il devait se trouver au grenier. Le lit était ouvert mais non défait.

Avec les deux lampes de chevet allumées, l'endroit était trop éblouissant pour moi, mais je m'intéressais surtout au secrétaire placé à l'autre extrémité de la chambre. Sous une lampe de bureau en bronze gisait un cahier ouvert et un stylo. On aurait dit un journal.

Orson gronda doucement.

Posté en bas de l'échelle, il contemplait d'un air soupçonneux le grenier faiblement éclairé. Lorsqu'il me regarda, je lui fis signe de se taire et de me rejoindre.

Au lieu d'escalader l'échelle comme un animal savant, il obtempéra. Au moins pour l'instant, il semblait encore apprécier la nouveauté de l'obéissance.

J'étais sûr que le père Tom ferait suffisamment de bruit en descendant du grenier pour m'alerter. Néanmoins, je postai Orson juste derrière la porte, d'où il pouvait voir l'échelle.

Tournant la tête pour m'épargner l'éclat des lampes de chevet, je m'approchai du secrétaire. Un coup d'œil en passant par la porte entrebâillée de la salle de bains attenante me permit de m'assurer qu'elle était vide.

Sur le bureau, à côté du journal, je découvris une carafe de ce qui semblait être du scotch et un verre à whisky plein aux deux tiers d'un liquide ambré. Le prêtre l'avait siroté sec, sans glace. Ou peut-être pas siroté du tout.

Je pris le journal. L'écriture du père Tom était aussi serrée et précise qu'un tapuscrit. Je m'installai dans le coin le plus sombre de la pièce et parcourus le dernier paragraphe de la page dans lequel le prêtre parlait de sa sœur. Il s'était interrompu au beau milieu d'une phrase :

Quand la fin viendra, je ne serai peut-être pas capable de me sauver. Je sais que je ne pourrai pas sauver Laura, parce qu'elle n'est déjà foncièrement plus ce qu'elle était. Elle est déjà ailleurs. Il ne reste pas grand-chose d'elle que son enveloppe physique — et peut-être que cela aussi a changé. Ou Dieu a emporté son âme en son sein en laissant son corps habité par l'entité qu'elle est devenue — ou Il l'a abandonnée. Et nous abandonnera donc tous. Je crois en la miséricorde du Christ. J'y crois parce que je n'ai pas d'autre raison de vivre. Et si je crois, je dois être fidèle à ma foi et sauver qui je peux. S'il m'est impossible de sauver Laura, ou moi-même, je peux au moins secourir ces créatures pitoyables qui viennent à moi pour être délivrées de ce supplice et de cette mainmise. Jesse Pinn ou ceux qui lui donnent des ordres peuvent toujours tuer Laura, mais elle n'est plus Laura, Laura a disparu depuis longtemps, et il n'est pas question de laisser leurs menaces interrompre mon travail. Qu'ils me tuent s'ils le souhaitent, mais en attendant...

Orson faisait le guet sur le seuil de la chambre.

J'ouvris le journal à la première page ; la première note datait du 1er janvier de cette année :

Voilà neuf mois que Laura est retenue prisonnière, et j'ai abandonné tout espoir de la revoir un jour. Et si l'on m'en donnait l'occasion, je refuserais peut-être, Dieu me pardonne, parce que j'aurais trop peur d'affronter ce qu'elle risque d'être devenue. Chaque nuit, je prie la Sainte Vierge d'intercéder auprès de son Fils pour qu'Il délivre Laura des souffrances de ce monde.

Pour bien comprendre la situation et l'état de la sœur du curé, il aurait fallu que je cherche le ou les volumes précédents du journal, mais le temps manquait.

Un bruit sourd provint du grenier. Je me figeai, les yeux fixés sur le plafond. À la porte, Orson dressa une oreille.

Au bout de trente secondes de silence, je me replongeai dans le journal. Je le feuilletai rapidement, conscient que le temps pressait, lisant au hasard.

Le prêtre évoquait surtout ses doutes et ses angoisses théologiques. Il luttait quotidiennement pour se rappeler — se convaincre, se supplier de se rappeler — que sa foi le soutenait depuis longtemps et qu'il serait complètement perdu s'il ne pouvait se raccrocher à elle dans cette crise. Ces parties, sombres, auraient pu être fascinantes de par le portrait qu'elles dressaient d'un psychisme torturé, mais elles ne révélaient rien sur le complot de Wyvern qui avait contaminé Moonlight Bay. Nul besoin de s'y attarder.

Je tombai alors sur une page, puis sur quelques autres où l'écriture précise du père Tom se muait en un gribouillage informe. Il avait dû rédiger ces passages incohérents, délirants et paranoïaques après avoir sérieusement abusé du scotch.

L'entrée datée du 5 février était plus troublante — trois pages d'une écriture élégante, d'une précision obsessionnelle :

Je crois en la miséricorde du Christ. Je crois en la miséricorde du Christ. Je crois en la miséricorde du Christ. Je crois en la miséricorde du Christ.

Ces mots étaient répétés, ligne après ligne, près de deux cents fois. Aucune de ces phrases ne semblait avoir été écrite à la hâte ; chacune était si minutieusement tracée sur la page qu'un tampon encré n'aurait pu produire de résultats plus réguliers. On percevait le désespoir et la terreur dont le prêtre était la proie en écrivant, comme si le tumulte de ses émotions s'était insinué dans le papier par le biais de l'encre, afin d'en rayonner à jamais.

Je crois en la miséricorde du Christ.

Quel incident en ce 5 février avait-il pu conduire le père Tom au bord de l'abîme émotionnel et spirituel ? Qu'avait-il vu ? Je me demandai s'il n'avait pas rédigé cette incantation passionnée mais désespérée après avoir vécu un cauchemar semblable aux rêves de viol et de mutilation qui avaient perturbé — puis ravi — Lewis Stevenson.

Feuilletant toujours, je tombai sur une observation intéressante le 11 février. Elle était enfouie au milieu d'un long passage torturé dans lequel le prêtre débattait avec lui-même de l'existence et de la nature de Dieu, jouant tour à tour le sceptique et le croyant, et je ne l'aurais pas remarqué si mon œil n'avait pas été attiré par le mot *troupe*.

Cette nouvelle troupe, que je me suis engagé à libérer, me donne de l'espoir précisément parce qu'elle est l'antithèse de la troupe initiale. Il n'y a rien de mauvais dans ces dernières créatures, aucune soif de violence, aucune rage...

Un cri lugubre retentit dans le grenier : un gémissement de peur et de douleur, si étrange et si pathétique qu'il fit jaillir en moi une terreur mêlée de sympathie. On aurait dit la voix d'un enfant, de trois ou quatre ans, perdu, terrifié, dans une détresse extrême.

Orson en fut tellement affecté qu'il bondit dans le couloir.

Je glissai le journal du prêtre sous la ceinture de mon jean, contre mes reins ; il était trop encombrant pour tenir dans une poche.

Je retrouvai Orson au pied de l'échelle pliante, les yeux levés vers le doux halo venant du grenier. Il tourna son regard expressif vers moi, et je sus que s'il avait pu parler, il m'aurait incité à intervenir.

Ce chien ne se contente pas d'être une énigme ambulante et de révéler plus d'intelligence que ses congénères, il semble en outre posséder un sens parfaitement défini de la responsabilité morale. Avant les événements que je rapporte, il m'était arrivé de m'interroger à demi sérieusement sur la réincarnation. Et si c'était plus qu'une superstition ? En effet, je voyais très bien Orson sous l'aspect d'un professeur dévoué, ou encore d'un policier engagé, voire d'une petite nonne sage dans une vie antérieure, re-né dans un corps réduit, boule de fourrure dotée d'une queue.

Bien entendu, des réflexions de ce genre font de moi le candidat idéal pour la récompense Pia Klick rendant hommage aux réussites exceptionnelles dans le domaine de la spéculation loufoque. L'ironie, c'était que les origines d'Orson, que je ne tarderais pas à découvrir, sans être surnaturelles, se révéleraient plus étonnantes qu'aucun scénario que Pia et moi aurions pu concocter dans une collaboration fiévreuse.

Le cri déchira de nouveau le silence, et Orson en fut si troublé qu'il lâcha un gémissement de détresse heureusement trop faible pour être entendu du grenier. Plus encore que la première fois, le cri semblait être celui d'un jeune enfant.

On entendit alors une voix qui parlait trop doucement pour qu'on saisisse ses paroles. J'avais beau être sûr que c'était celle du père Tom, je n'arrivais pas à déterminer s'il avait un ton réconfortant ou menaçant.

28.

Si j'avais écouté mon instinct, j'aurais fui le presbytère sur-le-champ pour foncer chez moi : je me serais préparé du thé, tartiné un scone de confiture de citron, j'aurais glissé un film de Jackie Chan dans le magnétoscope et passé les deux heures suivantes sur le canapé, avec une couverture sur les genoux, après avoir mis ma curiosité aux abonnés absents.

Mais comme mon orgueil m'interdisait d'admettre que j'étais doté d'un sens des responsabilités moins développé que celui de mon chien, je fis signe à Orson d'attendre. Je grimpai ensuite l'échelle, le Glock serré dans la main droite et le journal volé du père Tom battant inconfortablement contre mes reins.

Tels des corbeaux battant frénétiquement des ailes contre les barreaux d'une cage, des images noires des rêves psychotiques de Lewis Stevenson s'agitaient dans ma tête. Le chef avait fantasmé sur des gamines de l'âge de sa petite-fille, mais le cri que je venais d'entendre ressemblait à celui d'un enfant bien plus jeune. Si le curé de Sainte-Bernadette était victime de la même démence que Stevenson, je n'avais aucune raison d'espérer qu'il se contente de s'attaquer aux enfants de dix ans et plus.

Arrivé presque en haut de l'échelle, une main sur la rampe branlante, je jetai un coup d'œil en bas : Orson m'observait. Respectant mes ordres, il n'avait pas tenté de me suivre.

Cela faisait près d'une heure qu'il obéissait, qu'il n'avait pas commenté mes ordres d'un souffle sarcastique ni levé les yeux au ciel. Un vrai record pour lui. En fait, un record amélioré d'une bonne demi-heure, une performance digne des jeux Olympiques.

Je poursuivis mon escalade. J'étais à peu près sûr que j'allais me prendre un coup de talon ecclésiastique dans la tête à mon arrivée en haut. Eh bien, non. J'avais dû être drôlement silencieux.

La trappe s'ouvrait au milieu d'un petit carré vide cerné d'un dédale de cartons de diverses tailles, de vieux meubles, et autres objets non identifiés — entassés sur environ deux mètres de haut. L'ampoule qui pendait juste au-dessus de ma tête était éteinte, et la seule lumière provenait de la gauche, sur la façade de la maison.

Je me hissai dans le grenier et m'accroupis, bien que j'eusse pu largement tenir debout. Le toit roman pointu offrait tout l'espace voulu entre mon crâne et les chevrons. Je ne redoutais pas de me cogner contre une poutre, mais je craignais encore qu'un ecclésiastique fou ne me fracasse le crâne, me tire une balle entre les deux yeux, ou encore me poignarde, et je tenais à me faire le plus petit possible. Si j'avais pu ramper sur le ventre, je n'aurais pas hésité une seconde.

L'air humide dégageait une odeur de temps distillé avant d'être mis en bouteille : poussière, remugle de vieux cartons, moisi, le parfum du bois des chevrons grossièrement sciés, et la vague puanteur du cadavre d'une petite créature, un oiseau ou une souris, en décomposition dans un coin sombre.

À gauche de la trappe, il y avait deux entrées dans le labyrinthe, l'une d'environ un mètre cinquante de large, l'autre de moins d'un mètre. Partant du principe que le passage le plus large ouvrait le chemin le plus direct à travers le grenier encombré et était donc celui qu'empruntait régulièrement le prêtre pour rejoindre son captif — si captif il y avait — je me glissai silencieusement dans l'autre. Je préférais surprendre le père Tom plutôt que de le rencontrer au hasard d'un tournant.

J'étais entouré de cartons, fermés par des ficelles, ou emmaillotés de bandes de ruban adhésif effilochées qui me frôlaient le visage comme des antennes d'insectes. J'avançai lentement, une main devant moi, parce que, n'y voyant goutte, j'avais peur de déclencher un vacarme en faisant tomber quelque chose.

À un carrefour en T, je m'arrêtai. Je tendis l'oreille en retenant mon souffle : rien.

Je me penchai prudemment pour examiner ce nouveau couloir plus étroit au milieu du labyrinthe. À gauche, la lumière sur la façade paraissait légèrement plus forte qu'avant. À droite ce n'étaient que ténèbres, même à mes yeux, où une créature hostile tapie dans l'ombre devait me guetter, prête à me sauter dessus.

Me réconfortant à la pensée que les trolls vivaient sous les ponts, que les méchants gnomes préféraient les caves, que les diablotins ne s'établissaient que dans les machines et que les lutins — étant des démons — n'oseraient jamais s'aventurer dans un presbytère, je pris à gauche, tournant le dos à l'obscurité impénétrable.

Soudain un cri perçant me glaça le sang : je virai sur moi-même, arme au poing, certain que trolls, gnomes malfaisants, lutins, diablotins, fantômes, zombies et enfants de chœur mutants et psychotiques fonçaient sur moi. Mon coup de folie passa ; une chance que je n'aie pas pressé la détente ! Je compris que le cri venait encore de la zone éclairée sur la façade de la maison.

Ce troisième gémissement qui avait couvert le bruit de mon demi-tour sur moi-même pour affronter la horde imaginaire provenait de la même source que les deux autres, mais là dans le grenier, il avait un son différent. Il faisait moins penser à la voix d'un enfant souffrant. C'était plus déconcertant, plus étrange, hors normes, comme si plusieurs mesures de musique Theremin venaient de s'échapper d'une gorge humaine.

Je faillis rebrousser chemin, mais je m'étais aventuré trop loin pour tourner des talons. Et peut-être s'agissait-il vraiment d'un enfant en danger.

En plus, si je battais en retraite, mon chien saurait que j'avais eu peur. Il était l'un de mes trois plus proches amis dans un monde où seuls comptent la famille et les amis, et comme je n'avais plus de famille, je tenais à ce qu'il conserve sa haute opinion de moi.

Les cartons sur ma gauche cédèrent la place à des chaises de jardin en osier, un bric-à-brac de paniers, une vieille commode surmontée d'un miroir ovale tellement crasseux que je n'y projetais même pas d'ombre, des objets non identifiables drapés de bâches, et de nouveaux cartons.

Après un virage, j'entendis la voix du père Tom. Il parlait doucement, d'une voix apaisante, mais je ne distinguais pas ce qu'il disait.

Je m'enfonçai dans un barrage de toiles d'araignée, tiquant lorsqu'elles s'accrochèrent à mon visage et frôlèrent ma bouche telles des lèvres fantômes. De la main gauche, je me débarrassai des fils qui pendaient de mes joues et de la visière de ma casquette. Ils avaient un goût de champignon amer : grimaçant, je m'efforçai de recracher le tout sans faire trop de bruit.

Étant en quête de révélations, j'étais contraint de suivre la voix du prêtre comme la flûte du joueur de

Hamelin. Tout en luttant contre l'envie d'éternuer provoquée par une poussière qui puait tellement le renfermé qu'elle devait dater du siècle dernier.

Après un nouveau virage, je me retrouvai presque au bout du passage. À environ deux mètres de l'extrémité de cet étroit couloir de cartons se trouvait le sous-œuvre du toit en forte pente sur la façade de la maison. Les chevrons, les entretoises, les entraits, et le dessous du doublage du toit, auquel les ardoises étaient fixées, baignaient dans une lumière d'un jaune boueux venant d'une source invisible à droite.

Je fus soudain très conscient du faible craquement des planches sous mes pieds. Il n'était pas plus fort, ni plus suspect que le bruit ordinaire de bois qui travaillait dans ces combles, mais il risquait néanmoins de trahir ma présence.

La voix du père Tom devint plus claire, mais je ne saisissais encore qu'un mot sur cinq.

Une autre voix s'éleva, haut perchée et tremblante. Elle ressemblait à celle d'un très jeune enfant — mais cela n'avait rien d'aussi ordinaire. Ce n'était pas aussi musical qu'un babillage enfantin. Loin d'être aussi innocent. Je n'arrivais pas à distinguer ce qu'elle disait. Plus j'écoutais, plus elle devenait étrange, jusqu'à ce qu'elle me fige sur place — mais je n'osai pas me figer trop longtemps.

Mon passage débouchait sur un autre, longeant un flanc du grenier. Je risquai un œil dans cette ligne droite.

À gauche, ce n'était qu'obscurité, mais, à droite, se trouvait la façade de la maison, où je croyais découvrir la source de la lumière et le prêtre avec son prisonnier gémissant. En fait, la lampe restait hors de vue, après le prochain virage, le long du mur.

Je m'engageai dans ce passage large de deux mètres, à moitié courbé en deux par nécessité à présent, car à ma gauche, j'avais la pente du toit. Je passai devant l'embouchure noire d'une autre allée de piles de cartons et de vieux meubles — puis m'arrêtai à deux pas de l'angle, séparé de la lampe par le dernier mur d'objets entassés.

Soudain une ombre frétillante sauta en travers des chevrons : un éventail de flèches avec un gonflement bulbeux au centre… je faillis hurler de terreur. Je relevai le Glock.

Une araignée au bout de son fil. Elle devait se balancer si près de la source de lumière que son image était projetée, démesurément grossie, sur les surfaces devant moi.

Pour un tueur impitoyable, j'étais bien trop nerveux. Peut-être que le coupable était le Pepsi à la caféine, que j'avais bu pour me rincer la bouche. À mon prochain assassinat suivi d'une séance de vomissements, j'aurais intérêt à avaler une boisson sans caféine mais aromatisée au Valium, afin d'éviter de ternir mon image de machine à tuer précise et dénuée d'émotions.

Le danger de l'araignée écarté, je me rendis compte que j'étais suffisamment proche du curé pour distinguer ce qu'il disait :

— … douloureux, oui, bien sûr, cela fait très mal. Mais maintenant je t'ai retiré le transpondeur, je l'ai extrait et écrasé, comme ça ils ne peuvent plus te suivre.

Je songeai aussitôt à Jesse Pinn dans le cimetière plus tôt dans la nuit, avec cet instrument bizarre à la main, écoutant de faibles sons électroniques et lisant des données sur un petit écran vert lumineux. Manifestement il traquait le signal émis par le transpondeur implanté chirurgicalement dans cette créature. Un singe ? Sans être un singe ?

— Je n'ai pas dû inciser trop profondément, continua le prêtre. Le transpondeur était juste en dessous de la couche de graisse sous-cutanée. J'ai stérilisé l'incision et j'ai recousu. Si seulement je savais jusqu'à quel point tu me comprends, si tant est que tu me comprennes, conclut-il en soupirant.

Dans son journal, il faisait allusion aux membres d'une nouvelle troupe moins hostile et moins violente que la première, et il disait s'être engagé à les libérer. Pourquoi cette nouvelle troupe, par opposition à l'ancienne ? Pourquoi les lâchait-on dans le monde extérieur avec des transpondeurs greffés sous la peau ? Comment ces singes plus intelligents avaient-ils pu naître ? Je n'en avais pas la moindre idée. Mais il était clair que le prêtre se considérait comme un abolitionniste des temps modernes luttant pour les droits des opprimés et que ce presbytère était un arrêt clé sur une voie clandestine menant à la liberté.

Lors de sa confrontation avec le père Tom dans le sous-sol de l'église, Pinn avait dû croire que ce fugitif était parti après avoir subi une intervention chirurgicale superficielle et que son mouchard ne recevait plus que le signal d'un transpondeur extrait de la créature qu'il était censé identifier. En réalité, le fugitif récupérait dans le grenier.

Le mystérieux visiteur du prêtre geignit doucement, comme s'il souffrait, et le prêtre le réconforta dans un babillage périlleusement proche du langage bêtifiant de bébé.

Puisant du courage dans le souvenir de la passivité du prêtre devant l'assistant des pompes funèbres, je franchis les deux pas qui me séparaient du dernier mur de cartons. Adossé au bout de la rangée, je pliai un peu les genoux pour m'adapter au plafond bas. De là, pour voir le prêtre et la créature qui l'accompagnait, il me suffisait de me pencher et de tourner la tête vers la droite.

J'hésitais encore à révéler ma présence à cause des passages délirants et paranoïaques frisant l'incohérence du journal du prêtre, ses *Je crois en la miséricorde du*

Christ répétés deux cents fois. Peut-être n'était-il pas toujours aussi docile qu'en présence de Jesse Pinn.

Parmi les odeurs de moisi, de poussière et de vieux cartons, j'en détectai une nouvelle, plus médicale, mélange d'alcool, d'iode, et de lotion antiseptique.

Quelque part dans le passage voisin, la grosse araignée remonta sur son fil, s'éloignant de la lampe, et l'ombre amplifiée diminua rapidement sur le toit en pente, se réduisant à un point noir avant de disparaître.

— J'ai de l'antibiotique en poudre, des gélules de divers dérivés de pénicilline, mais pas d'analgésique efficace. Je le regrette. Mais ce monde d'ici-bas est souffrance, n'est-ce pas ? Une vallée de larmes. Tu vas t'en sortir. Guérir. Je te le promets. Dieu va s'occuper de toi à travers moi.

Le curé de Sainte-Bernadette était-il un saint ou un démon, l'un des derniers habitants rationnels de Moonlight Bay ou un fou total ? Impossible à dire. Je ne disposais pas d'assez de données ; le pourquoi de ses actes m'échappait totalement.

Je n'étais sûr que d'une chose : même si le père Tom avait toute sa raison et agissait bien, il avait trop de fils déconnectés sous le crâne pour qu'on lui confie un bébé à tenir sur les fonts baptismaux.

— J'ai une formation médicale de base, expliquait le prêtre à son malade, parce que trois ans après le séminaire, on m'a envoyé en mission en Ouganda.

Je crus entendre le malade : un marmonnement qui tenait à la fois du roucoulement du pigeon et du ronronnement plus guttural du chat.

— Je suis sûr que tout ira très bien, continua le père Tom. Mais il faut vraiment que tu restes ici quelques jours pour que je t'administre des antibiotiques tout en surveillant la cicatrisation de ta plaie. Tu me comprends ? Tu comprends quelque chose à ce que je raconte ? répéta-t-il avec une pointe de frustration et de désespoir.

J'allais me pencher quand l'Autre répondit au prêtre. L'Autre : c'est le mot qui me vint à l'esprit pour qualifier le fugitif quand je l'entendis parler de si près, parce que sa voix ne pouvait appartenir ni à un enfant, ni à un singe, ni à rien qui sortît du Grand Livre de la création du Seigneur.

Je me figeai. Mon doigt se crispa sur la détente du Glock.

La voix de l'Autre ressemblait en même temps à celle d'une petite fille et à celle d'un singe. En fait, on avait l'impression qu'un ingénieur du son très créatif d'Hollywood s'était amusé à mixer des voix humaines et animales, jusqu'à créer la voix idéale d'un extraterrestre.

Le plus troublant dans la voix de l'Autre, ce n'était ni sa tonalité, ni ses inflexions, ni même la sincérité et l'émotion qui s'en dégageaient. Non, le plus terrible, c'est qu'on sentait que ce discours avait un sens. C'était plus qu'un babillage de sons sortis du monde animal. Ce n'était pas de l'anglais, bien sûr, et sans être polyglotte, j'aurais juré qu'il ne s'agissait pas non plus d'une langue étrangère, cela n'avait pas la complexité nécessaire. Cela faisait plutôt penser à une suite de sons exotiques grossièrement accolés comme des mots, une tentative véritable mais primitive de langage, avec un petit vocabulaire polysyllabique, sur un rythme haché.

L'Autre semblait avoir un besoin pathétique de communiquer. En l'écoutant, je me surpris à être ému par la nostalgie, la solitude et l'angoisse perçant dans sa voix. Et je ne les imaginais pas. Elles étaient aussi réelles que les planches sous mes pieds, la pile de cartons contre mon dos, et les battements lourds de mon cœur.

Quand l'Autre et le prêtre se turent, je me sentis incapable de risquer un coup d'œil. Quelque aspect qu'ait le visiteur du prêtre, je le soupçonnais de ne pas avoir celui d'un vrai singe, comme les membres de la troupe d'origine responsable du harcèlement de Bobby que nous avions rencontrée Orson et moi au sud de la pointe. S'il présentait une quelconque ressemblance avec un rhésus, il ne s'en distinguerait pas seulement par la nuance jaune foncé maléfique des yeux des autres singes.

Je redoutais ce que je risquais de voir, mais pas parce que je craignais d'être confronté à la laideur possible de cet Autre créé en laboratoire. J'avais la poitrine si serrée que je respirais mal et la gorge si gonflée que je ne déglutissais plus qu'avec effort. Non, ce que je redoutais, c'était de croiser le regard de cette entité et d'y lire mon propre isolement, mon propre désir désespéré d'être normal, que je niais avec suffisamment de succès depuis vingt-huit ans pour être satisfait de mon sort. Mon bonheur est fragile. J'avais entendu la terrible nostalgie dans la voix de cette créature et senti qu'elle était semblable à celle autour de laquelle j'avais depuis longtemps formé une perle d'indifférence et de résignation sereine. Je craignais, en croisant le regard de l'Autre, d'y détecter une parenté avec moi qui briserait la perle pour me renvoyer à ma vulnérabilité.

Je tremblais de tous mes membres.

C'est aussi la raison pour laquelle je ne peux pas, je n'ose pas, je refuse d'exprimer ma douleur ou mon chagrin quand la vie me blesse ou que la mort m'enlève un être cher. Le chagrin conduit trop aisément au désespoir. Dans le terrain fertile du désespoir, l'apitoiement sur soi a tout ce qu'il faut pour pousser et s'épanouir. Je ne peux pas me permettre de me laisser aller à m'apitoyer sur mon sort, parce qu'en énumérant mes limites et en m'appesantissant dessus, je creuserais un trou si profond que je ne pourrais jamais plus m'en extraire. Il faut que je cultive un côté froid et indifférent pour survivre, que j'enferme mon cœur dans une carapace sans fissure lorsqu'il s'agit de pleurer les morts. Je suis capable d'exprimer mon affection pour les vivants, de serrer mes amis dans mes bras, de donner mon cœur sans craindre qu'on m'exploite. Mais le jour où mon père meurt, il faut que je fasse des plaisanteries sur la mort, les fours crématoires, la vie, tout, parce que je ne peux risquer — je le refuse — de passer de la douleur au désespoir et à l'apitoiement, pour finir par tomber dans l'abîme de rage, de solitude et de haine de soi qui va avec l'état de monstre. Je ne peux me permettre de trop aimer les morts. Même si je veux désespérément m'en souvenir avec affection, il faut que je les laisse partir — et vite. Il faut que je les boute hors de mon cœur dès l'instant où ils refroidissent sur leur dernier lit. De même, j'ai tout intérêt à plaisanter sur ma condition de tueur, parce que si je réfléchis trop à ce que le meurtre d'un homme représente, même s'il s'agit d'un psychopathe comme Lewis Stevenson, je vais commencer à me demander si je ne suis pas après tout le monstre que voyaient en moi les sales petits merdeux de mon enfance : l'oiseau de nuit, le vampire, Chris la terreur. Il ne faut pas que je songe trop aux morts, que je les aime ou que je les méprise. Il ne faut pas que j'attache trop d'importance au fait que je suis seul. Il ne faut pas que j'attache trop d'importance à ce qui est irréversible. Comme nous tous qui sommes pris dans cet orage entre la naissance et la mort, je ne peux provoquer de grandes transformations en ce bas monde, seulement d'infimes changements pour le mieux, je l'espère, dans la vie de ceux que j'aime, ce qui signifie que pour vivre je ne dois pas attacher d'importance à ce que je suis mais à ce que je peux devenir, me soucier de l'avenir et non du passé, pas tant de moi que du brillant cercle d'amis qui m'apportent la seule lumière dans laquelle je puisse m'épanouir.

Je tremblais à l'idée de tourner dans l'allée et de faire face à l'Autre, dans les yeux duquel je risquais de voir trop de moi-même. Serrant le Glock comme un talisman, un crucifix qui me permettrait d'écarter tout ce qui pourrait me détruire, je m'obligeai à agir. Je me penchai, tournai la tête... personne.

Ce passage longeant la façade était plus large que le précédent, de deux mètres cinquante environ. Et sur le plancher en contreplaqué, poussé contre l'avant-toit, se trouvait un matelas étroit sous un fouillis de couvertures. La lumière venait d'une lampe de bureau conique en laiton branchée à une prise montée sur une entretoise. À côté du matelas, il y avait une bouteille Thermos, une assiette de fruits et de pain beurré en tranches, une carafe d'eau, des flacons de médicaments et d'alcool, de quoi faire des pansements, une serviette pliée et une lavette trempée constellée de sang.

Le prêtre et son invité semblaient s'être évaporés comme après avoir murmuré une incantation.

Bien que figé par l'émotion causée par la nostalgie dans la voix de l'Autre, je n'avais pas dû rester plus d'une minute au bout de la rangée de cartons après que la créature s'était tue. Et pourtant ni le père Tom ni son visiteur n'étaient visibles.

Le silence régnait. Pas le moindre bruit de pas. Ni de craquements autres que ceux du bois qui travaille.

Je levai même le nez vers les chevrons, pris de la conviction étrange que, s'inspirant de l'araignée, le couple invisible venait de se tisser une toile afin de se lover en boules noires serrées dans les ombres au-dessus de ma tête.

Tant que je frôlais les cartons à ma droite, j'avais la place de tenir debout. À ma gauche, les chevrons étaient à quinze ou vingt centimètres de ma tête. Cela ne m'empêcha pas de me voûter.

Comme la lampe n'avait rien d'aveuglant, et que le cône en laiton détournait le faisceau de moi, je m'approchai du matelas pour examiner de plus près ce qu'on avait disposé autour. Du bout de ma chaussure, je repoussai le tas de couvertures ; je ne sais pas ce que je m'attendais à trouver en dessous, mais il n'y avait rien.

Je ne craignais pas que le père Tom descende et tombe sur Orson. D'une part, je ne pensais pas qu'il en avait terminé avec sa tâche dans le grenier. Et d'autre part, mon chien à l'expérience criminelle aurait la jugeote de se planquer et de rester coi jusqu'à que la voie se libère.

Il me vint soudain à l'esprit que si le prêtre descendait, il risquait de replier l'échelle et de fermer la trappe. Je pourrais bien entendu la rouvrir, mais au prix d'autant de raffut que Satan et ses acolytes chassés du paradis.

Plutôt que de suivre ce passage jusqu'à la prochaine entrée du labyrinthe et de risquer de tomber sur le prêtre et l'Autre, je rebroussai chemin, en me rappelant qu'il fallait que je marche sur la pointe des pieds. Le contreplaqué d'excellente qualité présentait peu de trous, et comme il était vissé plutôt que cloué aux poutres, je me déplaçais pratiquement sans bruit malgré ma hâte.

Je passais l'angle à l'extrémité de la rangée de cartons quand le rondouillard père Tom surgit de l'ombre. Vêtu ni pour la messe ni pour la nuit, il portait un survêtement gris, et il luisait de sueur.

— Toi ! s'écria-t-il amer lorsqu'il me reconnut, comme si je n'étais pas seulement Christopher Snow mais le diable Baal et que je venais de sortir d'un pentagramme tracé à la craie par un magicien sans en demander l'autorisation.

Le père gentil, jovial et doux que je connaissais était manifestement parti en vacances à Palm Springs, après avoir confié la clé de sa paroisse à son double diabolique. Il m'enfonça une batte de base-ball dans la poitrine, suffisamment fort pour faire mal.

Même XPman est soumis aux lois de la physique. Le coup m'envoya dinguer sous l'avant-toit où je me cognai l'arrière du crâne contre un chevron. Je ne vis pas trente-six chandelles, mais sans mon coussin de cheveux à la James Dean, j'aurais pu me tuer.

Le père Tom m'enfonça de nouveau la batte dans la poitrine.

— Toi ! Toi !

Eh oui, c'était bien moi ; je n'avais jamais prétendu le contraire : je ne voyais pas pourquoi il était dans une telle rage.

— Toi ! s'écria-t-il dans un nouveau sursaut de colère.

Cette fois il m'enfonça la batte dans le ventre, ce qui me coupa le souffle, mais j'avais vu venir le coup. Juste avant l'impact, je serrai mes abdominaux, et comme j'avais déjà vomi ce qui restait des tacos au poulet de Bobby, je ne ressentis qu'un éclair de douleur entre l'aine et le sternum que j'aurais repoussé d'un rire si j'avais porté mon costume de superhéros blindé sous mes vêtements de ville.

Je pointai le Glock sur le père Tom en haletant d'un air menaçant, mais soit cet homme de Dieu ne craignait pas la mort, soit il était timbré. Saisissant la batte à deux mains, il s'élança ; j'évitai le coup, non sans me décoiffer en raclant un chevron.

J'étais en train de me battre avec un prêtre. Incroyable ! La rencontre paraissait plus absurde qu'effrayante — bien qu'elle le fût suffisamment pour que mon cœur batte frénétiquement et me fasse redouter de rendre à Bobby un jean taché d'urine.

— Toi ! Toi ! reprit-il plus furieux que jamais et surpris aussi, comme si mon apparition dans son grenier poussiéreux était si scandaleuse et improbable qu'à force d'étonnement son cerveau risquait d'exploser.

Il tenta de nouveau de me frapper. Il aurait raté sa cible même si je ne m'étais pas écarté. Il était prêtre après tout, pas un assassin ninja. D'un âge certain et obèse de surcroît.

En heurtant l'un des cartons, la batte l'avait troué et projeté par terre. Bien que tristement ignorant des principes de base des arts martiaux et malheureusement pas doté du physique d'un puissant guerrier, le prêtre ne manquait pas d'enthousiasme.

Je me voyais mal lui tirer dessus, mais je ne pouvais pas non plus le laisser me matraquer à mort. Je reculai vers la lampe et le matelas, espérant qu'il reviendrait à la raison.

Pas du tout ! Il me suivit, fendant l'air de sa batte qu'il balançait de droite à gauche, puis de gauche à droite, tout en psalmodiant « Toi ».

Ses cheveux lui pendaient sur le front, et son visage était déformé autant par la terreur que par la rage. Ses narines se dilataient et frémissaient à chacun de ses souffles de stentor, et de la bave coulait de sa bouche chaque fois qu'il répétait le pronom qui semblait constituer la totalité de son vocabulaire.

J'allais me retrouver raide mort si j'attendais que le père Tom recouvre la raison. S'il lui en restait un peu, il ne l'avait pas sur lui. Il l'avait rangée quelque part, peut-être dans l'église, enfermée à double tour avec un éclat de tibia dans le reliquaire de l'autel.

Lorsqu'il leva de nouveau sa batte, je cherchai l'éclair animal que j'avais vu dans le regard de Lewis Stevenson, parce que cela pourrait justifier une réponse à la violence par la violence. Cela voudrait dire que je ne luttais pas avec un prêtre ou un homme ordinaire, mais avec quelque chose qui avait un pied dans la Cinquième Dimension. Mais je ne vis pas l'ombre du sinistre éclat. Peut-être le père Tom souffrait-il du mal qui avait corrompu l'esprit du chef de la police, mais dans ce cas, il n'était pas encore aussi atteint que le flic.

En reculant, les yeux fixés sur la batte, je me pris les pieds dans le fil de la lampe. Me révélant une victime digne d'un prêtre obèse et plus tout jeune, je m'étalai sur le dos, en tapant du crâne par terre.

La lampe tomba. Dieu merci, elle ne s'éteignit pas et ne me braqua pas non plus sa lumière en pleine figure.

Je me dégageai et reculai sur l'arrière-train pour échapper au père Tom qui écrasa sa batte par terre.

Il rata mes jambes de justesse tout en ponctuant son attaque de l'habituelle accusation à la deuxième personne du singulier : « Toi ! »

— Toi ! répliquai-je un peu hystérique, en reculant toujours.

Où donc se cachaient tous ces gens censés me vénérer ? J'étais fin prêt pour faire l'objet d'un peu de vénération, mais Stevenson et le père Tom Eliot ne remplissaient pas les conditions d'adhésion à l'Association des admirateurs de Christopher Snow.

Le prêtre avait beau dégouliner de sueur et haleter, il était bien décidé à apporter la preuve de son endurance. Il attaquait courbé en deux, voûté comme un troll. Cette posture lui permettait de lever la batte au-dessus de sa tête sans heurter un chevron. Il avait visiblement l'intention de jouer les Babe Ruth avec mon crâne pour faire jaillir ma cervelle par mes oreilles.

Lueur dans l'œil ou non, il allait falloir que je règle sans tarder son compte au petit rondouillard. Je ne pouvais reculer aussi vite qu'il avançait sur moi de sa démarche de troll, et si j'étais légèrement hystérique — d'accord, carrément hystérique — je voyais bien que le parieur le plus gourmand ne miserait pas un kopeck sur ma survie. Dans ma panique, sous l'emprise de la terreur et d'un sentiment d'absurde dangereusement enivrant, je me dis que l'acte le plus humain serait de lui tirer dans les gonades puisqu'il avait fait vœu de célibat.

Heureusement, je n'eus pas l'occasion de me révéler le tireur d'élite qu'une balle aussi bien placée aurait requis. Je visai l'entrejambe, et mon doigt se crispa sur la détente. Pas le temps d'utiliser le viseur laser. J'allais presser la détente quand, dans un grondement, un grand prédateur noir bondit sur le dos du curé qui hurla et lâcha son arme.

Pendant une seconde, je fus stupéfait que l'Autre ressemblât si peu à un rhésus et s'attaquât au père Tom, son infirmier et défenseur, au lieu de m'arracher la gorge. Mais le grand prédateur noir n'était bien sûr qu'Orson.

À quatre pattes sur le dos du prêtre, le chien mordit le col de son survêtement. Il y eut un bruit de déchirure. Il grondait si hargneusement que je vis le moment où il allait déchiqueter mon agresseur.

Je le rappelai en me redressant tant bien que mal. Il obéit aussitôt, sans infliger la moindre blessure, sans rien du monstre sanguinaire qu'il prétendait être.

Le prêtre ne fit aucune tentative pour se relever. Il gisait avec la tête tournée de côté, le visage à moitié caché par des cheveux ébouriffés et trempés de sueur. Il haletait, sanglotait, et tous les trois ou quatre halètements, répétait, amer : « Toi ! »

Manifestement il en savait assez sur ce qui se passait à Fort Wyvern et à Moonlight Bay pour répondre à nombre de mes questions, sinon à toutes. Mais je ne voulais pas lui parler. Je ne le pouvais pas.

L'Autre n'avait peut-être pas quitté le presbytère ; peut-être était-il tapi dans les ombres du grenier. Il ne devait pas représenter une menace grave pour Orson et moi, d'autant que j'avais le Glock, mais comme je ne l'avais pas vu, je ne pouvais exclure cette éventualité. Et il n'était pas question de le traquer — ni d'être traqué par lui — dans cet espace claustrophobique.

Avouons-le, je saisissais le prétexte de l'Autre pour fuir.

Ce que je redoutais surtout, c'étaient les réponses que le père Tom pourrait apporter à mes questions. Je me croyais impatient de les connaître, mais je n'étais pas prêt à entendre certaines vérités.

Toi !

Le prêtre avait prononcé ce mot avec une haine brûlante, avec une émotion extraordinairement noire pour un homme de Dieu doté d'un caractère plutôt gentil et doux. Dans sa bouche, ce simple pronom devenait une dénonciation et une malédiction.

Toi !

Et pourtant je n'avais rien fait pour mériter son hostilité. Je n'avais pas engendré les créatures pitoyables qu'il s'était engagé à libérer. Je n'avais pas participé au programme de Wyvern qui avait contaminé sa sœur et peut-être lui aussi. Ce qui signifiait qu'il ne me haïssait pas en tant que personne, mais à cause de ce que j'étais.

Et qui étais-je ?

Qui, sinon le fils de ma mère ?

Selon Roosevelt Frost — et même le chef Stevenson — certains me vénéraient justement parce que j'étais le fils de ma mère, bien que je ne les aie pas encore rencontrés. Et on me haïssait pour cette même raison.

Christopher Nicholas Snow, fils unique de Wisteria Jane (Milbury) Snow, à qui sa mère avait donné un nom de fleur. Christopher né de Wisteria arrive dans ce monde aveuglant vers le début de l'époque disco. Il est né en un temps de modes tocardes et de quêtes frivoles, quand le pays s'empressait de mettre fin à une guerre et que la pire terreur était tout simplement l'holocauste atomique.

Que pouvait bien avoir fait ma brillante et douce mère pour que je sois vénéré ou haï ?

Étalé sur le plancher du grenier, en proie à l'émotion, le père Tom Eliot connaissait la réponse à ce mystère et il la révélerait certainement dès qu'il aurait retrouvé son calme.

Au lieu de poser la question au cœur de tous les événements de cette nuit, je présentai en tremblant mes excuses au prêtre secoué de sanglots.

— Je suis désolé... je n'aurais pas dû venir ici. Écoutez, je vous en prie. Je vous en prie, pardonnez-moi.

Qu'avait fait ma mère ?

Ne pose pas la question.

Ne pose pas la question.

S'il avait entrepris de répondre à ma question non formulée, je me serais bouché les oreilles.

J'appelai Orson et m'enfonçai dans le dédale, loin du prêtre, aussi vite que je l'osais. Les passages étroits ne cessaient de virer et de se dédoubler, un vrai réseau de catacombes. À certains endroits, l'obscurité était aveuglante ; mais je suis un enfant des ténèbres, elles ne sont jamais un obstacle pour moi.

Devant la trappe, Orson contempla l'échelle avec appréhension. Même pour un acrobate à quatre pattes, descendre des degrés à pic était bien plus difficile que de les monter.

Au vu de la taille de nombreux cartons et des meubles rangés au grenier, je me doutais bien qu'il existait une autre trappe, plus grande, avec un monte-charge pour les objets lourds. Je n'avais pas envie de partir à sa recherche, mais je me voyais mal descendre une échelle pliante à reculons avec un chien de quarante-cinq kilos dans les bras.

De l'autre extrémité de la salle, le prêtre m'appela sur un ton plein de remords.

— Christopher, Christopher, je suis perdu.

Il n'était pas perdu dans son propre dédale. Ce n'était ni aussi simple ni aussi optimiste que cela.

— Christopher, je suis perdu. Pardonne-moi. Je suis tellement perdu.

Ailleurs dans l'obscurité s'éleva la voix de l'Autre : luttant pour s'exprimer, cherchant à se faire comprendre, lourde de nostalgie et de solitude, aussi désolée qu'une étendue de glace de l'Arctique, mais également, hélas, emplie d'un espoir fou qui ne serait sûrement jamais récompensé.

Le bêlement plaintif fut si insupportable qu'il incita Orson à tenter sa chance dans l'échelle et faillit même lui donner l'équilibre nécessaire pour réussir. À mi-chemin, il sauta dans le couloir.

Pendant ma descente, le journal du prêtre me râpa le bas de la colonne vertébrale, et, arrivé en bas, je le tirai tant bien que mal de sa cachette, le Glock toujours serré dans mon poing droit.

Orson et moi traversâmes le presbytère en courant : la flamme vacillante du cierge placé sur l'autel de la Vierge s'éteignit sur notre passage. Nous sortîmes par la porte arrière, nous retrouvant dans la nuit et le brouillard, comme si nous nous échappions de la Maison Usher juste avant sa chute dans l'étang profond et croupi.

Nous longeâmes l'arrière de l'église. Sa masse formidable était un tsunami de pierres et tant que nous fûmes dans son ombre, elle parut menacer de s'écraser sur nous.

Je me retournai à deux reprises. Le prêtre ne nous suivait pas. Ni lui ni personne.

Je retrouvai mon vélo appuyé à la stèle, là où je l'avais laissé. Pas de singeries en l'occurrence.

Je ne pris pas le temps de dire un mot à Noah Joseph James. Dans notre monde tordu, vivre quatre-vingt-seize ans ne me paraissait plus aussi désirable.

Après avoir fourré l'arme dans une poche et glissé le journal dans ma chemise, je courus en poussant mon vélo entre deux rangées de tombes, l'enfourchant en vol. Sautant du trottoir sur la chaussée, courbé en avant, pédalant furieusement, je m'enfonçai telle une vrille dans le brouillard, creusant un tunnel provisoire dans les nuages tourbillonnants derrière moi.

Orson ne s'intéressa pas une seconde aux écureuils. Il était aussi pressé que moi de mettre de la distance entre Sainte-Bernadette et nous.

À quelques rues de là, je commençai à comprendre qu'il était impossible de fuir. L'aube inévitable me limitait aux frontières de Moonlight Bay et la folie du presbytère régnait dans les moindres recoins de la ville.

Mais surtout, j'essayais d'échapper à une menace impossible à fuir même si je pouvais prendre l'avion pour l'île ou les cimes les plus reculées du monde. Où que j'aille, j'emporterais avec moi ce que je craignais : le besoin de savoir. Je ne redoutais pas seulement les réponses que je pourrais recevoir en posant des questions sur ma mère. Non, j'avais surtout peur des questions elles-mêmes, parce que leur nature, qu'elles donnent lieu ou non à des réponses, changerait ma vie à jamais.

29.

D'un banc du parc à l'angle de Palm Street et de Grace Drive, Orson et moi contemplions la sculpture d'un cimeterre en acier en équilibre sur une paire de dés en marbre blanc, eux-mêmes perchés sur une représentation de la Terre taillée dans du marbre bleu, laquelle reposait sur une grosse masse de bronze sculptée en forme de merde de chien.

Ceinte d'une fontaine gazouillante, cette œuvre d'art se dresse au centre du parc depuis environ trois ans. Nous sommes souvent venus la contempler, en quête d'un sens à lui donner, perplexes, sceptiques, abasourdis — sans jamais être particulièrement éclairés par elle.

Au début, nous pensions que sa signification était évidente. Le cimeterre représente la guerre ou la mort. Les dés qui tombent, le destin. La sphère de marbre bleu, la Terre, est un symbole de nos vies. Vous rassemblez tout cela et vous obtenez un verdict sur la condition humaine : nous sommes soumis aux caprices du destin, notre vie sur cette planète est régie par le hasard. La merde de chien en bronze n'est qu'une reprise minimaliste du même thème : la vie, c'est de la merde.

De nombreuses analyses érudites ont suivi. Et si le cimeterre n'en était pas un du tout, mais représentait un croissant de lune ? Les formes ressemblant à des dés, des morceaux de sucre ? La sphère bleue, loin d'être notre planète nourrissante, une simple boule de bowling ? Les diverses formes se prêtent à une infinité d'interprétations, bien qu'il soit impossible de voir dans l'élément en bronze autre chose qu'une merde de chien.

Vu sous cet angle, ce chef-d'œuvre cherche peut-être à nous avertir que nos aspirations les plus élevées (vouloir décrocher la lune) resteront inaccessibles si nous punissons notre corps et agitons notre esprit en abusant des sucreries ou si nous nous abîmons le bas du dos à force de nous contorsionner dans l'espoir d'abattre toutes les quilles d'un coup. Ainsi la merde de chien en bronze nous révèle les conséquences ultimes d'un régime malsain associé à une pratique obsessionnelle de ce sport néfaste pour le dos : la vie, c'est de la merde.

Quatre bancs sont installés autour du vaste dallage qui encercle la fontaine surmontée de la sculpture. Nous avons regardé la chose sous tous les angles possibles.

Les lampadaires du parc sont programmés pour s'éteindre à minuit dans un souci d'économie des fonds municipaux. La fontaine s'arrête également de gazouiller. Le doux murmure de l'eau incite à la méditation, et nous regrettons qu'elle ne coule pas toute la nuit ; même si je n'étais pas atteint de XP, nous préférerions l'absence de lampadaires. La lumière ambiante est non seulement suffisante mais idéale pour l'étude de cette sculpture, et un bon brouillard bien épais peut incommensurablement enrichir l'appréciation de la vision de l'artiste.

Avant l'érection de ce monument, une simple statue de bronze de Junipero Serra avait occupé le socle au centre de la fontaine durant plus de cent ans. C'est grâce à Serra, missionnaire espagnol auprès des Indiens de Californie il y a deux siècles et demi, qu'existe le réseau de missions qui constituent à présent des points de repère, des trésors nationaux, de véritables aimants pour les touristes passionnés d'histoire.

Les parents de Bobby et un groupe de citoyens animés des mêmes sentiments avaient formé un comité militant pour la suppression de la statue de Junipero Serra sous prétexte qu'un monument dédié à une figure religieuse n'était pas à sa place dans un parc entretenu grâce aux deniers publics. Séparation de l'Église et de l'État. La constitution des États-Unis, disaient-ils, était claire sur ce point.

Wisteria Jane (Milbury) Snow — Wissy pour ses amis, maman pour moi —, bien que scientifique et rationaliste, prit la tête du comité opposant qui souhaitait préserver la statue de Serra. « Quand une société gomme son passé, pour quelque raison que ce soit, disait-elle, elle ne peut avoir d'avenir. »

Maman a perdu la bataille.

La nuit où la décision fut prise, Bobby et moi nous sommes retrouvés dans les circonstances les plus solennelles de notre longue amitié, afin de déterminer si l'honneur de la famille et les obligations sacrées des liens du sang exigeaient de nous que nous nous livrions à une vendetta sans merci — à la manière des légendaires Hatfield et McCoy — jusqu'à l'extermination de nos cousins les plus éloignés et la mort de l'un de nous ou des deux. Après avoir consommé suffisamment de bière pour nous éclaircir les idées, nous avions jugé impossible de mener une véritable vendetta tout en trouvant encore le temps de surfer. Sans parler de toutes ces heures consacrées au meurtre que nous aurions pu passer à zieuter les filles en string.

Je composai le numéro de Bobby sur mon téléphone cellulaire.

Je montai un peu le son pour permettre à Orson d'entendre les deux côtés de la conversation. Quand je me rendis compte de ce que je venais de faire, je sus qu'inconsciemment j'avais accepté la possibilité la plus fantastique du projet Wyvern comme un fait avéré — même si je prétendais encore avoir des doutes.

Bobby décrocha à la seconde sonnerie.

— Du vent.

— Tu dors ?

— Ouais.

— Je suis au parc la vie, c'est de la merde.

— Et alors ?

— Il s'est passé des sales trucs depuis que nous nous sommes vus.

— C'est la salsa sur les tacos au poulet.

— Je ne peux pas en parler au téléphone.

— Parfait.

— Je m'inquiète pour toi.

— C'est gentil.

— Tu cours un vrai danger, Bobby.

— Mais non, maman, je n'ai pas oublié de me brosser les dents !

Orson souffla d'amusement. Je vous jure.

— Tu es réveillé maintenant ?

— Non.

— De toute façon, tu ne dormais pas, je me trompe ?

Il y eut un silence.

— À vrai dire, depuis ton départ, j'assiste à la projection permanente d'un film de terreur.

— Genre *Planète des singes* ?

— Sur écran panoramique.

— Qu'est-ce qu'ils font ?

— Oh ! les trucs habituels.

— Rien de plus menaçant ?

— Ils se croient malins. L'un d'eux est à la fenêtre en ce moment : il me montre ses fesses.

— Ce n'est pas toi qui a commencé ?

— J'ai comme l'impression qu'ils cherchent à m'irriter au point de me pousser à sortir.

— Surtout pas !

— Je ne suis pas débile.

— Désolé.

— Je suis un con.

— Exact.

— Il y a une différence essentielle entre un débile et un con.

— Je sais.

— Cela reste à prouver.

— Tu as ton fusil ?

— Bon Dieu, Snow, je viens de te dire que je n'étais pas complètement débile.

— Si nous pouvons tenir jusqu'à l'aube, je pense que nous serons à l'abri jusqu'au coucher du soleil demain.

— Ils sont sur le toit maintenant.

— Qu'est-ce qu'ils font ?

— J'en sais rien. (Bobby s'interrompit pour écouter :) Ils sont au moins deux. Ils font des allées et venues en courant. Ils doivent chercher un moyen d'entrer.

Orson sauta du banc et se figea, une oreille tendue vers le téléphone, l'air inquiet. Il semblait disposé à laisser tomber certains faux-semblants canins si je n'y voyais pas d'inconvénient.

— On peut entrer par le toit ?

— Les tuyaux d'aération de la salle de bains et de la cuisine sont trop étroits pour ces petits salopards.

Vu l'accent mis sur le confort dans le cottage, le plus étonnant en ces lieux était l'absence de cheminée. Corky Collins — anciennement Toshiro Tagawa — avait dû décider de se passer de cet accessoire parce que, contrairement aux eaux chaudes d'un spa, un âtre en pierre et en brique n'a rien d'idéal pour s'amuser avec deux ondines en tenue d'Ève. Grâce à sa lascivité obsessionnelle, les singes se voyaient privés de conduit de cheminée.

— J'ai encore un peu de travail d'enquête à caser avant l'aube.

— Qu'est-ce que ça donne ?

— Je me débrouille comme un chef. Je vais passer la journée chez Sasha, et nous serons chez toi à la première heure demain soir.

— Tu veux dire qu'il faut que je me remette aux fourneaux ?

— On apportera des pizzas. Écoute, on va chercher à nous buter. L'un de nous, en tout cas. Et le seul moyen d'empêcher ça, c'est de rester ensemble. Tâche de dormir le plus possible pendant la journée. La nuit prochaine risque d'être carrément l'horreur sur la péninsule.

— Tu piges quelque chose à ce qui se passe ?

— Impossible de piger quoi que ce soit.

— Tu n'es pas aussi optimiste que Nancy Drew.

Je n'allais pas lui mentir, pas plus à lui qu'à Sasha ou à Orson :

— Il n'y a pas de solution. Il n'y a aucun moyen de mettre un couvercle dessus. Quoi qu'il se passe ici, il va falloir que nous vivions avec jusqu'à la fin de nos jours. Mais peut-être pouvons-nous trouver un moyen de prendre cette vague, bien qu'elle soit du genre monstrueux.

— Qu'est-ce qui se passe, vieux frère ? demanda Bobby après un silence.

— Je viens de te le dire, non ?

— Pas tout.

— Je t'ai dit, pas au téléphone.

— Je ne parle pas de détails, je parle de toi.

Orson posa sa tête sur mes genoux, comme s'il pensait que cela me réconforterait de le caresser et de le gratter derrière les oreilles. Ce en quoi il avait raison.

Cela fonctionne toujours. Un bon chien est le meilleur des remèdes contre la mélancolie et un anxiolytique plus efficace que le Valium.

— Tu joues les mecs cool, mais tu ne l'es pas.

— Bob Freud, petit-fils bâtard de Sigmund.

— Viens t'allonger sur mon divan.

Lissant les poils d'Orson dans l'espoir de me calmer les nerfs, je soupirai :

— Bon, en résumé, je pense que ma mère a peut-être détruit le monde.

— Grave.

— N'est-ce pas ?

— Son truc scientifique ?

— La génétique.

— Tu te rappelles que je t'ai déconseillé de chercher à laisser une trace.

— Je crois que c'est pire que ça. Je pense que, du moins au départ, elle cherchait un moyen de m'aider.

— La fin du monde, hein ?

— La fin du monde tel que nous le connaissons, dis-je, en me rappelant l'expression de Roosevelt Frost.

— La mère de Beaver Cleaver n'a jamais fait que cuire un gâteau.

— Qu'est-ce que je ferais sans toi, vieux ? m'écriai-je en riant.

— Je n'ai jamais fait qu'un truc important pour toi.

— Quoi donc ?

— T'apprendre à relativiser.

— Savoir ce qui a de l'importance et ce qui n'en a pas.

— Rares sont les choses importantes.

— Même ça ?

— Fais l'amour à Sasha. Offre-toi de bonnes heures de sommeil. On aura un dîner génial ici demain soir. On va se faire quelques singes. Et dans une semaine, au fond de ton cœur, ta mère ne sera plus que ta mère — si tu le veux bien.

— Ouais, peut-être.

— Garde la tête froide, y a que ça de vrai.

— J'y travaillerai.

— Il y a tout de même un truc qui me surprend.

— Quoi donc ?

— Ta mère a dû drôlement mal prendre sa défaite pour la statue du parc.

Bobby raccrocha. Je débranchai mon téléphone.

Est-ce vraiment une sage philosophie de vie ? Ne quasi rien prendre au sérieux ? Tout voir comme une vaste plaisanterie cosmique ? Ne se laisser guider que par quatre principes : un, nuire le moins possible à autrui ; deux, être toujours là pour ses amis ; trois, prendre ses responsabilités et ne rien demander aux autres ; quatre, s'éclater. N'attacher d'importance qu'aux opinions de ceux qui vous sont chers. Ne pas chercher à laisser une trace. Ignorer les grands problèmes de son temps et améliorer ainsi sa digestion. Ne pas s'appesantir sur le passé. Ne pas s'inquiéter pour l'avenir. Vivre dans l'instant. Faire confiance au sens de sa vie et attendre qu'il se révèle tout seul au lieu de s'efforcer de le découvrir. Accompagner les vilains coups que vous envoie la vie, en se marrant.

Voilà les principes qui guident Bobby, et il est l'être le plus heureux et le plus équilibré que je connaisse.

J'essaie d'imiter son exemple, mais je ne réussis pas aussi bien que lui. Parfois je bats des pieds au lieu de me laisser dériver. Je passe trop de temps à réfléchir à ce qui va arriver et trop peu à me laisser surprendre par la vie. Peut-être que je ne travaille pas assez à vivre comme Bobby. Ou peut-être que j'y travaille trop.

Orson alla laper bruyamment l'eau claire du bassin, savourant son goût et sa fraîcheur.

Cela me rappela cette nuit de juillet dans notre jardin quand, en contemplant les étoiles, il avait sombré dans le désespoir le plus noir. Je n'avais pas de moyen exact de déterminer la supériorité de l'intelligence d'Orson sur celle du chien ordinaire. Mais comme son intelligence avait été d'une manière ou d'une autre améliorée par le projet de Wyvern, il avait une faculté de compréhension plus vaste que celle que la nature attribuait à l'espèce canine. En cette nuit de juillet, prenant conscience de son potentiel hors du commun tout en mesurant, peut-être pour la première fois, les limites terribles que lui imposait sa nature physique, il avait sombré dans un abattement qui avait failli avoir raison de lui. Être intelligent sans être doté d'un larynx et des autres organes physiques permettant la parole, être intelligent sans avoir de mains pour écrire ou fabriquer des outils, être intelligent mais coincé dans une enveloppe physique qui n'autorisera jamais la pleine expression de cette faculté : c'est comme si un être humain naissait sourd, muet, manchot et cul-de-jatte.

Je considérais à présent Orson avec stupéfaction, avec une admiration toute neuve pour son courage et une tendresse que je n'avais ressentie pour personne d'autre sur terre.

Il se redressa en se léchant les babines, avec un immense sourire satisfait. Voyant que je le regardais, il remua la queue, heureux de mon attention ou tout simplement heureux d'être avec moi en cette étrange nuit.

Malgré ses limites et toutes ses bonnes raisons d'être perpétuellement angoissé, mon chien, nom de Dieu, faisait un meilleur Bobby Halloway que moi.

Bobby a-t-il une bonne stratégie de vie ? Et Orson ? J'espère un jour avoir suffisamment mûri pour vivre aussi bien qu'eux, en accord avec leur philosophie.

Je me levai :

— Ce n'est ni un cimeterre. Ni une lune. C'est le sourire du chat de Cheshire invisible d'*Alice au pays des merveilles*.

Orson se tourna vers le chef-d'œuvre.

— Ni des dés. Ni des morceaux de sucre. Mais deux des pilules pour rapetisser ou grandir qu'Alice prend dans l'histoire.

Orson envisagea cette solution avec intérêt. Il avait vu la version Disney d'*Alice* au magnétoscope.

— Ni un symbole de la terre. Ni une boule de bowling bleue. Un grand œil bleu. Quand tu rassembles le tout, qu'est-ce que cela donne ?

Orson me regarda d'un air interrogateur.

— Le sourire du Cheshire, c'est l'artiste qui se moque des jobards qui l'ont payé si grassement. Les deux pilules représentent la drogue qui lui a permis de créer cette merde dans l'euphorie la plus totale. L'œil bleu est le sien, et si on n'en voit qu'un, c'est parce qu'il cligne de l'autre. Le tas de bronze à la base, c'est bien sûr une merde de chien, qui se veut une critique mordante de l'œuvre — parce que, comme chacun sait, les chiens sont les critiques les plus perspicaces.

À voir la vigueur avec laquelle Orson remua la queue, il appréciait cette interprétation.

Il fit le tour du bassin pour regarder la sculpture sous tous les angles possibles.

Le but de mon existence n'est peut-être pas de disserter interminablement sur ma vie, en quête d'un sens universel susceptible d'aider les autres à mieux comprendre la leur — ce qui, dans mes instants les plus égomaniaques, est la mission que je me suis assigné. Au lieu de m'efforcer de laisser une trace même infime, peut-être devrais-je songer que ma raison d'être au monde est exclusivement d'amuser Orson, de ne pas être son maître mais son frère aimant, de rendre sa vie étrange et difficile aussi facile, agréable et plaisante que possible. Cela constituerait un but aussi significatif et plus noble que d'autres.

Je consultai ma montre. Il restait moins de deux heures avant l'aube.

Il fallait que je me rende en deux endroits avant que le soleil ne m'oblige à me terrer. Le premier était Fort Wyvern.

Du parc à l'angle de Palm Street et de Grace Drive, au sud-est de Moonlight Bay, le trajet jusqu'à Wyvern prend moins de dix minutes à vélo, à une vitesse acceptable pour votre frère canin. Je connais un raccourci par un collecteur d'eaux de pluie qui passe sous la route n° 1. Après le collecteur, on tombe sur un canal de drainage à ciel ouvert de trois mètres de large qui s'enfonce dans les terres de la base militaire derrière une clôture couronnée de barbelés.

Tout le long de cette clôture — et partout sur le terrain de Fort Wyvern — de grandes pancartes rouge et noir préviennent les intrus qu'ils encourent des poursuites aux termes des lois fédérales, à savoir une amende d'au moins dix mille dollars et une peine de prison d'un an minimum. J'ai toujours ignoré ces menaces, surtout parce que je sais qu'à cause de mon état aucun juge ne me condamnera à la prison pour ce délit mineur. Et au pire, j'ai les moyens de payer les dix mille dollars si on en arrive là.

Une nuit, il y a dix-huit mois, peu après la fermeture définitive officielle de Wyvern, je me suis armé de tenailles pour couper la clôture à l'endroit où elle descend dans le canal de drainage. La tentation d'explorer ce vaste royaume tout neuf était trop forte.

Si mon enthousiasme vous étonne — d'autant qu'à l'époque j'étais un adulte de vingt-six ans et non un gosse assoiffé d'aventure — vous devez faire partie de ces privilégiés qui peuvent sauter dans le premier avion pour Bornéo si cela leur chante, rallier Puerto Vallarta en bateau, ou prendre l'Orient-Express de Paris à Istanbul. Vous êtes probablement détenteur d'un permis de conduire et propriétaire d'une voiture. Vous n'avez probablement pas passé votre vie entière coincé dans une ville de douze mille habitants, que vous connaissez comme votre poche à force de la sillonner la nuit, et vous ne crevez probablement pas d'envie de découvrir de nouveaux horizons, ni de vivre de nouvelles expériences. Alors lâchez-moi les baskets.

Fort Wyvern, baptisé ainsi en mémoire du général Harrison Blair Wyvern, un héros de la Première Guerre mondiale couvert de décorations, fut mis en service en 1939, comme centre d'entraînement et de soutien logistique. Il couvre 67 228 hectares, ce qui en fait une base de taille moyenne pour l'État de Californie.

Pendant la Seconde Guerre mondiale, Fort Wyvern formait les troupes au maniement des chars d'assaut, ainsi que de tous les véhicules à chenilles utilisés sur les champs de bataille d'Europe et d'Asie. Il fournissait aussi un enseignement de premier ordre en matière d'explosifs et de désamorçage des bombes, de sabotage, d'artillerie de campagne, de médecine de campagne, de police militaire, de cryptographie, tout en assurant la formation de base de dizaines de milliers de soldats d'infanterie. L'endroit renfermait en outre un champ de tir, un énorme réseau de bunkers servant de dépôts de munitions, un terrain d'aviation, et davantage de bâtiments que n'en compte la ville de Moonlight Bay.

Au plus fort de la guerre froide, les troupes actives affectées à Fort Wyvern étaient, selon les chiffres officiels, de 36 400 hommes. On recensait également 12 904 membres des familles des soldats et plus de 4 000 civils travaillant sur la base. Le total des soldes versées dépassait largement les sept cents millions de dollars annuels, et celui des dépenses contractuelles, cent cinquante millions.

La fermeture de Wyvern sur la recommandation de la Commission de réaffectation des terrains militaires priva le comté de ses moyens d'existence. Les commerçants du coin n'en dormaient plus la nuit, et leurs bébés hurlaient à la perspective de ne pas avoir l'argent nécessaire pour financer leurs études le jour venu. KBAY, qui perdit près d'un tiers de son audience potentielle et la moitié de ses auditeurs noctambules, fut obligée de dégraisser, ce pourquoi Sasha se retrouva à jouer à la fois les animatrices de la tranche après minuit et la directrice générale et Doogie Sassman à faire huit heures supplémentaires par semaine au même salaire sans jamais bander ses biceps tatoués pour protester.

Fréquemment mais pas systématiquement, on confia aux fournisseurs de l'armée de gros travaux de construction top secret sur la base, et le bruit court que leurs employés devaient jurer de garder le secret et qu'ils risquaient à vie d'être accusés de trahison pour avoir été trop bavards. Selon la rumeur, du fait de sa réussite, Wyvern fut choisi pour abriter un important complexe de recherches en armes biochimiques que l'on installa dans un gigantesque réseau de salles souterraines autonome et hermétique sur le plan biologique.

Vu les événements des douze dernières heures, je me sentais en droit de penser que ces rumeurs étaient fondées, bien que je n'aie jamais vu la moindre preuve de l'existence d'un tel bastion.

Toutefois la base abandonnée offre des visions de nature à vous stupéfier, à vous donner la chair de poule ; elle vous force à vous interroger sur l'étendue de la folie humaine autant que le feraient les activités d'un laboratoire de guerre cryobiologique. Dans son état actuel, Fort Wyvern me fait l'effet d'un parc d'attractions macabre, divisé en quartiers un peu à la manière de Disneyland, sauf que l'on n'y admet jamais qu'un seul client, accompagné de son chien fidèle.

La ville fantôme est l'une de mes zones préférées.

Ce surnom est de moi, bien sûr. Cette ville se compose de plus de trois mille bungalows pour célibataires et de villas à un étage destinées aux militaires en service actif qui choisissaient de vivre sur la base avec leur famille. Sur le plan architectural, ces modestes structures n'ont rien de remarquable, et elles se ressemblent pratiquement toutes ; elles fournissaient un confort minimum aux familles, souvent jeunes, qui les occupaient en moyenne deux ans, pendant les années de guerre. Mais malgré leur uniformité, ce sont des maisons agréables, et quand on arpente leurs pièces vides, on sent qu'on y vivait bien, qu'on y faisait l'amour, qu'on y riait et qu'on s'y réunissait entre amis.

À présent, dans les rues de la ville fantôme au quadrillage tout militaire, on voit surtout des congères de poussière le long des trottoirs et des amarantes sèches attendant un coup de vent. Après la saison des pluies, l'herbe vire au brun pour rester de cette teinte pendant la plus grande partie de l'année. Les buissons sont desséchés, de nombreux arbres ont rendu l'âme, et leurs branches sans feuilles sont plus noires que le ciel qu'elles semblent griffer. Les souris règnent en maîtres dans les maisons, et les oiseaux qui nichent sur les linteaux des portes constellent les vérandas de leurs déjections.

On aurait pu penser qu'on entretiendrait ces structures au cas où elles resserviraient, ou qu'on les raserait, mais l'argent manque. Les matériaux et les équipements des maisons ne valent pas le coût que représenterait leur récupération, si bien qu'on ne peut négocier de contrat pour s'en débarrasser. Pour l'instant, elles sont condamnées à se détériorer sous l'effet des éléments comme les villes fantômes de l'époque de la ruée vers l'or.

En se baladant dans la ville fantôme, on a l'impression que tout le monde a disparu de la surface de la terre ou a succombé à une épidémie, et qu'on est l'unique survivant. Ou encore qu'on est devenu fou et qu'on existe à présent dans un fantasme solipsistique sinistre, entouré de gens qu'on refuse de voir. Ou bien qu'on est mort et en enfer, condamné à l'isolement éternel. Quand on voit un ou deux coyotes hirsutes rôder entre les maisons, efflanqués, avec leurs longs crocs et leurs yeux fiévreux, on croit avoir affaire à des démons, et l'hypothèse de l'Hadès paraît la plus plausible. Mais si votre père enseignait la poésie, et si vous avez la chance ou la malchance d'avoir une imagination fertile, vous pouvez concocter d'innombrables scénarios sur ces lieux.

En cette nuit de mars, j'empruntai deux rues de la ville fantôme sans m'y arrêter. Le brouillard n'avait pas pénétré aussi loin dans les terres, et l'air sec était plus chaud que la purée de pois humide sur la côte ; la lune avait disparu du ciel, mais les étoiles brillaient : une nuit idéale pour le tourisme. Mais il faudrait compter une bonne semaine pour explorer le moindre recoin de cette zone du parc d'attractions qu'est Wyvern.

Je n'avais pas l'impression d'être épié. Et pourtant avec ce que j'avais appris au cours des dernières heures, je savais qu'il avait dû m'arriver d'être surveillé lors de mes précédentes visites.

Après la ville fantôme s'alignent de nombreux baraquements et autres bâtiments. Une prison, un salon de coiffure, une teinturerie, un magasin de fleurs, une boulangerie, une banque : leurs enseignes en lambeaux et couvertes de poussière. Une crèche. (Les mômes de l'âge du lycée suivaient les cours à Moonlight Bay ; mais la base possédait un jardin d'enfants et une école primaire.) Dans la bibliothèque, seul un exemplaire oublié de *L'Attrape-Cœur* traîne sur les étagères. On voit aussi des cabinets médicaux et dentaires. Un cinéma dont le fronton ne s'orne plus que d'un mot énigmatique : QUI. Un bowling. Une piscine olympique à présent vide, fissurée et débordant de saletés apportées par le vent. Un centre de remise en forme. Dans les rangées de box, qui n'abritent plus de chevaux, les portes des stalles battent chaque fois que le vent se lève, chœur sinistre de grincements et de craquements. Le terrain de softball suffoque sous les mauvaises herbes, et la carcasse en décomposition d'un puma qui gît depuis plus d'un an dans la cage du batteur s'est enfin transformée en squelette.

Mais aucune de ces destinations ne m'intéressait. Je me dirigeais vers une sorte de hangar qui surmontait le dédale de salles souterraines dans lequel j'avais trouvé la casquette *Mystery Train* l'automne précédent.

Après avoir appuyé mon vélo contre le mur du hangar, je pris ma torche de police munie d'une commande permettant de régler le faisceau selon trois degrés de luminosité.

Orson trouve Fort Wyvern soit effrayant, soit fascinant, mais quel que soit son état d'esprit, il reste à mes côtés. Cette fois, il avait visiblement la trouille, mais il me suivit sans hésiter ni geindre.

La petite porte du hangar n'était pas fermée à clé. Allumant ma torche, j'entrai avec Orson sur les talons.

Comme ce hangar est plutôt éloigné du terrain d'aviation, il est peu probable qu'on y ait garé ou entretenu des appareils. Au plafond, on voit les rails sur lesquels une grue mobile, à présent disparue, se déplaçait d'un bout à l'autre de l'édifice. À en juger par la masse et la complexité des piliers d'acier soutenant ce réseau de rails, la grue devait soulever des objets fort lourds. Des plaques de support en acier, encore scellées au sol en béton, devaient être surmontées jadis de machines imposantes. Ailleurs, on voit des trappes de forme étrange creusées dans le sol, à présent vides, qui devaient abriter des mécanismes hydrauliques à usage inconnu.

Le faisceau de ma torche créait des motifs géométriques d'ombres et de lumière sur les rails de la grue. Tels des idéogrammes d'une langue inconnue, ils dessinaient au pochoir les murs et le plafond, révélant que la moitié des vitres des fenêtres à claire-voie étaient cassées.

Le plus troublant, c'était qu'on n'avait pas l'impression de se trouver dans un atelier, ni dans un centre d'entretien désaffecté, mais au cœur d'une église abandonnée. Les taches d'huile et de produits chimiques sur le sol dégageaient un parfum d'encens. Le froid pénétrant n'était pas seulement une sensation physique, il affectait aussi l'esprit.

Dans un angle du hangar, un vestibule renferme un escalier et un vaste monte-charge dont on a retiré le mécanisme de levage et la cabine. Je ne pourrais le jurer, mais vu ce qu'ont laissé derrière eux les gens qui ont vidé le bâtiment, on devait jadis accéder au vestibule par une autre salle ; et je soupçonne l'existence de l'escalier et du monte-charge d'avoir été tenue secrète de la plus grande partie du personnel qui travaillait dans ces lieux ou avait l'occasion d'y passer.

Au sommet de la cage d'escalier subsistent un cadre et un seuil en acier impressionnants, mais la porte a disparu. Le faisceau de ma lampe fit battre en retraite une armée d'araignées et de cloportes. Suivi d'Orson, je descendis vers les étages inférieurs en foulant une pellicule de poussière qui ne comportait aucune autre empreinte que celles de nos pas lors de nos précédentes visites.

L'escalier dessert trois étages souterrains, chacun doté d'un encombrement au sol plus grand que le hangar lui-même. Ce dédale de couloirs et de salles aveugles a été minutieusement vidé de tout élément susceptible de fournir un indice sur la nature du projet conduit en ces lieux — au point qu'il ne reste que du béton nu. On a même arraché les appareils de filtrage de l'air et la plomberie.

J'ai le sentiment que cette destruction systématique ne s'explique qu'en partie par un désir d'empêcher quiconque de deviner l'usage de l'endroit. Et mon intuition me dit que c'est la honte qui a poussé ces gens à gommer toute trace du travail effectué ici.

Toutefois je ne crois pas qu'il s'agisse du laboratoire d'armes biochimiques dont j'ai parlé plus tôt. Étant donné le haut degré de sécurité exigé, ce complexe souterrain se trouve très certainement dans un coin plus isolé de Fort Wyvern, spectaculairement plus grand que ces trois étages déjà immenses, plus savamment dissimulé, et enterré bien plus profond.

En outre, ce labo est apparemment toujours en activité.

Je reste néanmoins convaincu qu'on s'est livré à des activités dangereuses et sortant de l'ordinaire sous ce hangar. Nombre des salles, réduites à leur structure en béton, possèdent des caractéristiques à la fois déconcertantes et — de par leur simple étrangeté — carrément inquiétantes.

L'une de ces salles se trouve au dernier niveau, là où pas un grain de poussière n'a encore atterri, au centre de l'étage, cernée de couloirs et de salles plus petites. Il s'agit d'une énorme structure ovoïde de quarante mètres de long sur dix-huit mètres dans sa plus grande largeur, effilée aux deux extrémités. Les murs, le plafond et le sol sont incurvés, de sorte qu'une fois dedans, on a l'impression de se retrouver dans la coquille vide d'un œuf géant.

On y accède par une petite antichambre qui devait servir de sas. Ce sas était apparemment muni d'une écoutille plutôt que d'une porte, à en juger par l'aspect de l'unique ouverture de cette salle : un cercle d'un mètre cinquante de diamètre.

En franchissant ce seuil surélevé avec Orson, je balayai le mur du faisceau de ma torche, une fois de plus ébahi par ce que je voyais : du béton armé coulé sur un mètre cinquante d'épaisseur.

À l'intérieur de l'œuf géant, la courbe lisse et continue qui forme les murs, le sol et le plafond est gainée de ce qui semble être un verre translucide, laiteux, vaguement doré, épais de cinq à sept centimètres. Mais ce n'est pas du verre, parce que cette matière est incassable et lorsqu'on tape dessus, elle rend un son de carillon d'orchestre. En outre, on ne voit pas l'ombre d'un joint.

Ce matériau exotique poli est aussi lisse que de la porcelaine tendre. Le faisceau de la torche pénètre ce revêtement, y vacille, illumine les volutes dorées qu'il contient et miroite sur sa surface.

Pourtant le sol n'a rien de glissant. Quand je marche dessus, mes chaussures aux semelles de caoutchouc couinent à peine et les griffes d'Orson produisent une légère musique d'elfes.

En cette nuit de la mort de mon père, en cette nuit entre toutes, je voulais retourner là où j'avais trouvé ma casquette *Mystery Train* l'automne dernier. Elle gisait au centre de l'œuf, unique objet abandonné dans les trois étages souterrains.

J'avais cru qu'elle avait tout simplement été oubliée par le dernier ouvrier ou inspecteur à quitter les lieux. Je soupçonnais désormais que, par une certaine nuit d'octobre, des inconnus avaient su que j'explorais ce hangar, m'avaient suivi à mon insu d'étage en étage, et avaient fini par prendre de l'avance sur moi afin de déposer la casquette à un endroit où je ne manquerais pas de la trouver.

Si tel était le cas, cela apparaissait moins comme un acte mesquin ou sarcastique qu'un salut, voire une gentillesse. Mon intuition me disait que les mots *Mystery Train* avaient un rapport avec le travail de ma mère. Vingt et un mois après sa mort, quelqu'un m'avait donné cette casquette parce que c'était un lien avec elle, et l'auteur de ce cadeau devait être quelqu'un qui admirait ma mère et me respectait ne serait-ce que parce que j'étais son fils.

Voilà ce que j'avais envie de croire : que certains de ceux qui étaient impliqués dans ce complot apparemment insoluble ne considéraient pas ma mère comme une coupable et avaient de l'amitié pour moi, même s'ils ne me vénéraient pas, comme le prétendait Roosevelt. Je voulais croire qu'il y avait des gentils dans le coup, parce que le jour où j'apprendrais ce que ma mère avait fait pour détruire le monde tel que nous le connaissons, je préférais que ce soit par la bouche de gens au moins convaincus que ses intentions étaient bonnes.

Je ne voulais pas apprendre la vérité de gens qui, en me regardant, voyaient ma mère et crachaient, amers, cette malédiction et cette accusation : Toi !

— Il y a quelqu'un ?

Ma question partit en spirale aux deux extrémités de l'œuf et me revint en deux échos distincts, un dans chaque oreille.

Orson souffla, interrogateur. Ce doux son s'attarda sur les plans incurvés de la salle, comme une brise murmurant sur l'eau.

Nous ne reçûmes de réponse ni l'un ni l'autre.

— Je ne cherche pas à me venger, déclarai-je. J'ai passé ce cap.

Silence.

— Je n'ai même plus l'intention d'aller trouver des autorités extérieures. On ne peut pas revenir en arrière, c'est trop tard. Je l'admets.

L'écho de ma voix s'évanouit progressivement. Comme cela arrivait parfois, la salle en œuf se remplit d'un silence étrange qui paraissait aussi dense que de l'eau.

J'attendis une minute avant de poursuivre :

— Je ne veux pas que Moonlight Bay soit rayé de la carte — et moi et mes amis avec — sans bonne raison. Tout ce que je souhaite à présent, c'est comprendre.

Personne ne se soucia de m'éclairer.

De toute façon venir ici était un pari risqué.

Je n'étais pas déçu. Je m'autorise rarement à l'être par quoi que ce soit. Si ma vie m'a enseigné quelque chose, c'est la patience.

Au-dessus de ces cavernes creusées par l'homme, l'aube approchait rapidement et je ne pouvais pas consacrer une seconde de plus à Fort Wyvern. J'avais une autre visite importante à effectuer avant de battre en retraite chez Sasha afin d'y attendre la fin du règne du soleil meurtrier.

Précédé par Orson, je traversai la salle dont le sol semblait constellé de galaxies d'étoiles à la lueur de ma torche.

De l'autre côté de l'entrée, dans la sinistre voûte en béton qui avait peut-être servi de sas, la valise de mon père nous attendait. Celle que j'avais posée par terre dans le garage avant de me cacher sous le corbillard et qui avait disparu à ma sortie de la morgue.

Bien entendu, elle n'était pas là cinq minutes plus tôt.

J'allai explorer la salle voisine. Personne.

Je revins sur mes pas.

Je soulevai la valise qui me parut si légère que je la crus vide. Puis je perçus une sorte de bruissement.

J'ouvris les serrures, terrifié à l'idée de découvrir deux nouveaux yeux à l'intérieur. Pour effacer cette image hideuse, je songeai au joli visage de Sasha, ce qui relança les battements de mon cœur.

En soulevant le couvercle, je crus un instant que la valise ne contenait que de l'air. Les vêtements, les objets de toilette, les livres de poche et les autres effets de mon père avaient disparu.

C'est alors que je vis la photo dans un coin. L'instantané de ma mère que j'avais promis de faire incinérer avec le corps de mon père.

Je braquai la torche dessus. Ma mère était ravissante. Son regard brillait d'intelligence.

En la regardant, je vis certains aspects de mon propre physique qui me firent comprendre pourquoi Sasha pouvait après tout me trouver un certain charme. Le sourire de ma mère sur cette photo ressemblait au mien.

Comme Orson semblait vouloir voir la photo, je la lui montrai. Pendant de longues secondes il la contempla. Son faible gémissement, lorsqu'il s'en détourna, était l'essence même de la tristesse.

Nous sommes frères, Orson et moi. Je suis le fruit des entrailles de Wisteria. Orson, celui de son esprit. Lui et moi ne sommes pas du même sang, mais nous partageons des choses plus importantes.

Orson se remit à gémir.

— Elle est morte et enterrée, dis-je fermement, toujours mû par cette volonté de ne songer qu'à l'avenir qui m'aide à survivre.

Refusant de jeter un autre coup d'œil à la photo, je la glissai dans la poche de ma veste.

Ni chagrin. Ni désespoir. Ni apitoiement sur soi-même.

De toute façon, ma mère n'est pas complètement morte. Elle vit en moi et en Orson et peut-être en d'autres comme lui.

Quels que soient les crimes contre l'humanité dont certains pourraient l'accuser, elle vit en nous, elle vit dans Elephant Man et son chien de foire. Et en toute humilité, j'estime que le monde se porte mieux parce que nous existons. Nous ne sommes pas les méchants.

En quittant le sas, je lançai un « merci » à qui m'avait laissé la photo, sans savoir s'ils pouvaient m'entendre et s'ils étaient bien animés des bonnes intentions que je leur prêtais.

À l'air libre, devant le hangar, mon vélo était là où je l'avais laissé. Les étoiles aussi.

Je repris le chemin de Moonlight Bay où le brouillard — et davantage — m'attendait.

L'APPROCHE DE L'AUBE

30.

Avec ses bardeaux sombres et ses vérandas blanches, la maison de style Nantucket donne l'impression d'avoir glissé de cinq mille kilomètres lors d'une inclinaison de continent passée inaperçue avant de s'immobiliser dans les collines de Californie dominant le Pacifique. Plus intégrée dans le paysage que ne le voudrait la logique, sur son terrain d'un demi-hectare à l'ombre de sapins argentés, elle respire le charme, la grâce et le caractère chaleureux de la famille amie qui y vit.

Pour l'instant, elle était plongée dans le noir, mais des fenêtres allaient bientôt s'éclairer. Rosalina Ramirez se lèverait tôt afin de préparer le copieux petit déjeuner qu'elle servirait à son fils Manuel rentrant de sa nuit de garde au commissariat — à condition qu'il ne soit pas retardé par la masse de paperasserie occasionnée par l'immolation du chef Stevenson. Meilleur cuisinier que sa mère, Manuel aurait certainement préféré préparer lui-même sa collation, mais il n'en mangerait pas moins ce qu'elle lui présenterait en la complimentant. Rosalina dormait encore ; elle occupait la grande chambre qui avait jadis appartenu à son fils, celle qu'il n'utilisait plus depuis que sa femme y était morte en donnant le jour à leur fils.

Derrière la maison, au fond du jardin, se dressait un petit bâtiment avec un toit en croupe, en bardeaux lui aussi, mais aux fenêtres équipées de volets blancs. Située à l'extrémité sud de la ville, la propriété donne sur des sentiers équestres qui courent dans les collines ; le propriétaire précédent élevait des chevaux. À présent l'ancienne écurie sert d'atelier à Toby Ramirez qui y construit sa vie à l'aide du verre.

Il y avait de la lumière dans l'atelier que Toby rejoint souvent dès l'aube.

J'appuyai mon vélo contre le mur de l'écurie et m'approchai de la fenêtre. Orson m'imita et posa ses pattes avant sur le rebord.

Quand je viens voir Toby à l'œuvre, je reste généralement à l'extérieur. Il s'éclaire en effet avec des rampes fluorescentes bien trop éblouissantes pour moi. Et comme le travail du verre borosilicaté se fait à des températures avoisinant les mille degrés, il produit une lumière intense de nature à abîmer les yeux de n'importe qui, à plus forte raison les miens. Entre deux tâches, Toby peut plonger l'atelier dans la pénombre, ce qui nous permet de bavarder un moment.

Les yeux protégés par des lunettes à verres en didymium, Toby était assis à la table de soufflage, devant le bec Fisher. Il venait juste de fabriquer un gracieux vase en poire au long col, encore chaud au point de rougeoyer, et il le faisait recuire.

Lorsqu'on retire brusquement du verre d'une flamme brûlante, il refroidit généralement trop vite, développe des états de tension et se craquelle. Pour le préserver, il faut procéder à une recuisson — c'est-à-dire le refroidir très progressivement.

La flamme était alimentée par du gaz naturel mélangé à de l'oxygène pur issu d'un ballon pressurisé enchaîné à la table. Pendant la recuisson, Toby augmenterait l'oxygène, réduisant ainsi progressivement la température, afin de donner aux molécules de verre le temps d'adopter des positions plus stables.

Certains habitants de Moonlight Bay ont jugé Manuel irresponsable d'autoriser ainsi son fils trisomique à pratiquer cet artisanat exigeant sur le plan technique, et dangereux. Quelques-uns ont même pris un malin plaisir à prédire les pires catastrophes.

En réalité, au début, personne n'était plus opposé que son père au rêve de Toby. Pendant quinze ans, le bâtiment avait servi d'atelier à Salvador, le frère aîné de Carmelita, un maître verrier de premier plan. Enfant, Toby avait passé d'innombrables heures en compagnie de son oncle : équipé de lunettes, il observait le maître à l'œuvre et enfilait même parfois des gants en Kevlar pour mettre un bol ou un vase dans le four, ou au contraire l'en sortir. Malgré son air hébété, son regard vide et son sourire béat, Toby s'était initié à cette technique sans qu'on cherche à la lui enseigner. Pour dégager leur épingle du jeu, les handicapés mentaux doivent souvent faire preuve d'une patience surhumaine. C'est ainsi que, pendant des années, Toby vint jour après jour dans l'atelier de son oncle regarder et apprendre. À la mort de Salvador, Toby — alors âgé d'à peine quatorze ans — demanda à son père s'il pouvait marcher sur les traces de son oncle. Ne prenant pas cette requête au sérieux, Manuel l'avait gentiment découragé de poursuivre ce rêve impossible.

Un matin avant l'aube, il surprit Toby dans l'atelier. Au bout de la table de travail revêtue d'une plaque de Ceramfab résistante au feu, s'alignait toute une gracieuse famille de cygnes en verre soufflé. À côté d'eux était posé un vase dans lequel on avait introduit un mélange calculé d'impuretés compatibles qui créait dans le verre de mystérieuses volutes bleu marine avec des paillettes argentées comme des étoiles. Manuel comprit aussitôt que cette pièce était digne des plus belles réussites de Salvador, d'autant que Toby était en train de recuire une autre pièce aussi frappante.

Le gamin avait absorbé les aspects techniques du soufflage du verre en observant son oncle, et malgré son léger retard, il connaissait manifestement les gestes à faire pour éviter de se blesser. La magie de la génétique y participait aussi, car il possédait un don étonnant qui ne pouvait avoir été acquis. Plus qu'un artisan, il était un artiste, et pas seulement un artiste mais peut-être un idiot savant à qui l'inspiration de l'artiste et les techniques de l'artisan venaient avec la facilité des vagues sur la plage.

Des boutiques de cadeaux de Moonlight Bay, de Cambria et même de Carmel vendaient sa production. Dans quelques années, il avait des chances d'acquérir son indépendance financière.

Il arrive que la nature tende une main à ceux qu'elle mutile. Témoin ma propre capacité d'écrire.

Dans l'atelier, une lueur orange jaillit en tourbillonnant de la grosse flamme de recuisson. Toby prenait soin de tourner le vase en forme de poire afin qu'il baigne uniformément dans la chaleur.

Avec son cou épais, ses épaules carrées, ses jambes et ses bras trop courts, on aurait pu le prendre pour un gnome de conte devant un feu de bivouac au plus profond des entrailles de la terre. Front fuyant et lourd. Arête du nez plate. Oreilles placées trop bas sur une tête légèrement trop petite pour son corps. Ses traits doux et les épicanthus de ses yeux lui donnaient un air perpétuellement rêveur.

Pourtant, juché sur sa chaise haute, tournant le verre dans la flamme, ajustant le flot d'oxygène avec la précision de l'intuition, le visage chatoyant de lumière réfléchie, les yeux dissimulés derrière ses lunettes, Toby ne me paraissait en aucune façon diminué par son état. Au contraire, vu dans son élément, en plein acte de création, il avait l'air exalté.

Orson grogna, se détourna de la fenêtre et se raidit.

Une silhouette floue venait vers nous. Malgré l'obscurité et le brouillard, je reconnus aussitôt Manuel Ramirez à sa démarche dégagée. Manuel, le père de Toby, le numéro deux du commissariat de Moonlight Bay, poussé du moins provisoirement au sommet par la mort dans les flammes de son supérieur.

Je fourrai les deux mains dans les poches de ma veste et fermai la droite sur le Glock.

Manuel et moi étions amis. Je ne pointerais pas aisément un pistolet sur lui et je ne pourrais certainement pas le tuer. À moins qu'il ait cessé d'être Manuel. À moins que, comme Stevenson, il soit devenu quelqu'un d'autre.

Il s'arrêta à deux, trois mètres de nous. Dans la lueur orangée de la flamme qui embrasait la fenêtre voisine, je vis qu'il portait son uniforme kaki. Son pistolet de service était dans son étui sur sa hanche droite. Il avait beau avoir les pouces coincés dans sa ceinture, il dégainerait certainement avant que j'aie le temps de tirer le Glock de ma poche.

— Tu as déjà fini ? demandai-je en sachant pertinemment que ce n'était pas le cas.

— J'espère que tu ne veux pas de la bière, des tamales et un film de Jackie Chan à cette heure.

— Je passais juste dire bonjour à Toby au cas où il aurait été entre deux tâches.

Manuel, prématurément vieilli par les soucis, paraissait plus que son âge, mais son visage avait une expression naturellement aimable. Même dans cette lumière digne d'Halloween, son sourire restait gentil, rassurant.

Pour ce que je pouvais en juger, ses yeux ne reflétaient que la lumière venant de l'atelier. Bien entendu, ce reflet pouvait masquer les éclairs bestiaux que j'avais vus traverser le regard de Lewis Stevenson.

Orson fut suffisamment rassuré pour se détendre. Mais il restait sur ses gardes.

Manuel n'exhibait rien de la rage bouillonnante ni de l'énergie électrique de Stevenson. Comme toujours sa voix était douce et presque musicale.

— Tu n'es jamais venu au commissariat après ton coup de fil.

Je réfléchis, puis optai pour la vérité.

— Si, je suis venu.

— Tu n'étais donc pas très loin quand tu as appelé.

— Au coin de la rue. Qui est ce chauve à la boucle d'oreille ?

Manuel réfléchit à son tour et décida aussi de dire la vérité.

— Un dénommé Carl Scorso.

— Mais qui est-ce ?

— Une parfaite ordure. Jusqu'où vas-tu aller ?

— Nulle part.

Silence. Il ne me croyait pas.

— D'accord, cela a commencé comme une croisade, admis-je. Mais je sais quand j'ai perdu.

— On nous a changé notre Christopher Snow !

— Même si je pouvais contacter des autorités extérieures ou les médias, je ne comprends pas assez bien la situation pour les convaincre de quoi que ce soit.

— Et tu n'as aucune preuve.

— Rien de solide. De toute façon, je ne pense pas qu'on m'autoriserait à prendre contact. Même si j'arrivais à convaincre quelqu'un de venir enquêter, je doute que mes amis et moi serions vivants pour l'accueillir.

Manuel ne répondit pas ; son silence était éloquent.

Peut-être était-il toujours un fan de base-ball. Peut-être aimait-il toujours la musique country, Abbott et Costello. Il en savait encore aussi long que moi sur les limites et il connaissait le poids du destin, comme moi. Peut-être même avait-il encore de l'affection à mon égard… mais il n'était plus mon ami. Sans doute n'aurait-il pas la traîtrise de me descendre lui-même, mais il n'interviendrait pas si un autre s'en chargeait.

La tristesse m'envahit, un abattement poisseux que je n'avais encore jamais connu, proche de la nausée.

— Tout le commissariat est dans le coup, n'est-ce pas ?

Manuel ne souriait plus. Il avait l'air las.

En voyant qu'il était plus fatigué que furieux, je compris qu'il allait m'en dire plus long qu'il ne le devrait. Rongé par la culpabilité, il ne serait pas capable de garder tous ses secrets.

Je me doutais déjà que je connaissais une des révélations qu'il me ferait sur ma mère. J'avais si peu envie de l'entendre que je faillis tourner des talons. Je dis bien *faillis*.

— Oui, tout le commissariat.

— Même toi.

— Oh ! *mio amigo*, surtout moi.

— Es-tu infecté par ce fameux microbe venu de Wyvern ?

— Infecté n'est pas exactement le mot.

— Mais ce n'est pas le contraire.

— Tout le monde l'est au commissariat. Pas moi. Pour autant que je sache. Pas encore.

— Alors peut-être n'ont-ils pas eu le choix. Mais toi, si.

— J'ai décidé de coopérer parce qu'il y a des chances que bien plus de bon que de mal sorte de tout cela.

— De la fin du monde ?

— Ils s'emploient à annuler ce qu'ils ont fait.

— À Wyvern, sous terre quelque part ?

— Là-bas et ailleurs, oui. Et s'ils trouvent un moyen de le combattre… des choses merveilleuses pourraient en sortir, dit-il en jetant un coup d'œil à la fenêtre de l'atelier.

— Toby.

Manuel se tourna vers moi.

— Ce truc, cette maladie… repris-je, tu espères que s'ils parviennent à le maîtriser, ils pourront s'en servir pour aider Toby d'une manière ou d'une autre.

— Toi aussi, tu as un intérêt là-dedans, Chris.

— C'est la seule raison pour laquelle ma mère aurait accepté de faire des recherches biologiques à objectif militaire, dis-je après avoir respiré un grand coup. La seule. Parce qu'il y avait de bonnes chances qu'il en sorte quelque chose qui puisse guérir mon XP.

— Et il peut encore en sortir quelque chose.

— Cela concernait la mise au point d'armes ?

— Ne lui en veux pas, Chris. Seul un projet de cette nature pouvait bénéficier des dizaines de milliards de dollars nécessaires. Elle n'a jamais eu l'occasion de faire ce travail pour les bonnes raisons. C'était trop onéreux.

C'était vrai, sans aucun doute. Seul un projet d'armements disposerait des ressources inépuisables nécessaires pour financer les recherches complexes autour des théories les plus élaborées de ma mère.

Wisteria Jane (Milbury) Snow était une généticienne théorique. Cela veut dire qu'elle se chargeait de la réflexion pendant que d'autres scientifiques veillaient aux applications. Elle ne passait pas beaucoup de temps dans les laboratoires, ni même dans le labo virtuel d'un ordinateur. Son lieu d'expérimentation était son cerveau, et il jouissait d'un équipement extraordinaire. Elle théorisait et, sous sa direction, d'autres s'employaient à mettre ses théories en pratique.

J'ai dit qu'elle était intelligente. Ai-je précisé qu'elle était extraordinairement intelligente ? Elle aurait pu choisir n'importe quelle université du monde. Toutes la réclamaient.

Mon père aimait Ashdon, mais il l'aurait suivie n'importe où. Il se serait épanoui dans n'importe quel cadre universitaire.

Elle s'est cantonnée à Ashdon à cause de moi. La plupart des grandes universités se trouvent dans des villes soit importantes, soit moyennes, où je ne serais pas plus limité dans la journée que je ne le suis à Moonlight Bay, mais où je n'aurais aucun espoir de mener une vie enrichissante la nuit. Les villes brillent de tous leurs feux même après le coucher du soleil. Et leurs rares quartiers sombres ne sont pas des endroits fréquentables pour un gamin à vélo entre le crépuscule et l'aube.

Ma mère a sacrifié sa vie pour améliorer la mienne. Elle s'est contentée d'une petite ville, a accepté de ne pas aller au bout de ses capacités, afin de me donner une chance d'aller au bout des miennes.

À ma naissance, on ne disposait que de tests rudimentaires pour déceler les altérations génétiques d'un fœtus. Si l'avancée de la science avait permis de détecter ma XP dans les semaines suivant ma conception, peut-être ma mère aurait-elle choisi de ne pas me mettre au monde.

Dieu que j'aime ce monde dans toute sa beauté et son étrangeté !

Mais à cause de moi, il va devenir encore plus étrange dans les années à venir — et peut-être moins beau.

Sans moi, elle aurait refusé de travailler au projet de Wyvern, elle ne les aurait jamais entraînés dans des nouvelles voies de recherche. Et nous n'aurions pas suivi l'une de ces voies jusqu'au précipice au bord duquel nous nous trouvons à présent.

Manuel s'approcha de la fenêtre pour observer son fils. En pleine lumière, on voyait que son regard brillait non d'une lueur folle mais d'un amour débordant.

— Améliorer l'intelligence animale. En quoi cela peut-il avoir des applications militaires ?

— Réfléchis : quel meilleur espion envoyer derrière des lignes ennemies qu'un chien aussi intelligent qu'un être humain ? C'est le camouflage idéal. On ne vérifie pas le passeport d'un chien. Quel meilleur éclaireur sur un champ de bataille ? Et mettons qu'on produise un chien extrêmement puissant, non seulement intelligent mais féroce quand le besoin s'en fait sentir. Tu te retrouves avec un nouveau type de soldat : une machine à tuer conçue biologiquement dotée de capacités de stratège.

— Je croyais que l'intelligence dépendait de la taille du cerveau ?

— N'oublie pas que je ne suis qu'un flic, fit-il en haussant les épaules.

— Ou du nombre de plis à la surface du cerveau ?

— Manifestement ils ont découvert autre chose. Quoi qu'il en soit, ils avaient déjà réussi une expérience, un truc qui s'appelait le projet Francis, il y a plusieurs années. Un golden retriever d'une intelligence incroyable. On a lancé l'opération Wyvern pour exploiter ce qu'on y avait appris. Et à Wyvern, on ne s'intéressait pas seulement à l'intelligence animale. On cherchait aussi à améliorer l'intelligence humaine, plein de trucs, des tas.

Dans l'atelier, les mains protégées par ses gants en Kevlar, Toby plongea le vase brûlant dans un seau à moitié rempli d'une solution de guillochage. C'était la phase suivante de la recuisson.

— Plein de trucs ? Quoi d'autre ?

— Ils voulaient améliorer l'agilité, la vitesse, la longévité de l'homme — en trouvant le moyen de transférer des matériaux génétiques non seulement d'un être humain à un autre, mais aussi d'une espèce à une autre.

D'une espèce à une autre.

Je m'entendis m'exclamer :

— Oh ! mon Dieu !

Toby versa un peu plus de solution de guillochage sur le vase, jusqu'à ce qu'il en soit recouvert. Ce produit est un isolant très efficace qui permet au verre de continuer à refroidir très lentement et à un rythme constant.

Je me rappelai ce qu'avait dit Roosevelt Frost : les chiens, les chats et les singes n'étaient pas les seuls cobayes dans les labos de Wyvern ; il y avait pire.

— Des gens, dis-je comme engourdi. Ils ont fait des expériences sur des gens ?

— Des soldats passés en cour martiale et déclarés coupables de meurtre, condamnés à perpétuité dans des prisons militaires. Ils avaient le choix entre pourrir entre quatre murs et participer au projet avec une chance de gagner leur liberté en échange.

— Mais se servir de cobayes humains…

— Je doute que ta mère l'ait su. Ils ne la mettaient pas systématiquement au courant de toutes les applications de ses idées.

Toby avait dû entendre nos voix à la fenêtre, car il retira ses gants et remonta ses lunettes. Il nous salua de la main.

— Tout a mal tourné, continua Manuel. Je ne suis pas un scientifique. Ne me demande pas ce qui s'est passé. Mais ça a mal tourné. Ça leur a explosé à la figure. Soudain il s'est produit des choses qu'ils n'attendaient pas. Des changements qu'ils n'avaient pas envisagés. Les animaux et les prisonniers cobayes — leur structure génétique a subi des changements qui n'étaient pas voulus, impossibles à contrôler.

J'attendis, mais il n'était apparemment pas prêt à m'en dire davantage. J'insistai :

— Un singe s'est échappé. Un rhésus. On l'a retrouvé dans la cuisine d'Angela Ferryman.

Le regard que me lança Manuel était si pénétrant que j'aurais juré qu'il venait de lire le fond de mes pensées, de voir le contenu de mes poches, et qu'il savait exactement combien il restait de balles dans le Glock.

— Ils ont récupéré le rhésus, mais en croyant à tort que sa fuite était due à une erreur humaine. Ils n'ont pas compris qu'on l'avait relâché, libéré. Ils n'ont pas compris que certains scientifiques du projet... se transformaient.

— En quoi ?

— Ils se transformaient... c'est tout. Ils changeaient.

Toby éteignit la source de gaz naturelle. Le bec Fisher ravala ses flammes.

— Changer comment ?

— Le système de livraison qu'ils ont mis au point pour introduire de nouveaux matériaux génétiques chez un cobaye humain ou animal... ce système a pris son indépendance en quelque sorte.

Toby éteignit tous les néons sauf un pour me permettre d'entrer.

— On transférait des matériaux génétiques provenant d'autres espèces dans le corps des scientifiques responsables du projet sans qu'ils en aient conscience. Certains ont fini par avoir beaucoup de points communs avec les animaux.

— Oh ! mon Dieu !

— Trop, peut-être. Il y a eu une sorte... d'incident. Je ne connais pas les détails. Ce fut extrêmement violent. Des gens sont morts. Et tous les animaux se sont échappés ou ont été relâchés.

— La troupe.

— Une dizaine de singes intelligents et méchants, oui. Mais aussi des chiens et des chats... et neuf des prisonniers.

— Et ils sont toujours en cavale ?

— Trois d'entre eux ont été tués quand on a essayé de les capturer. La police militaire nous a demandé de l'aider. C'est à ce moment-là que la plupart des flics du commissariat ont été contaminés. Mais les six autres prisonniers et les animaux... on ne les a jamais retrouvés.

La porte de l'atelier s'ouvrit sur Toby.

— Papa ? (Traînant des pieds, il rejoignit son père, le serra dans ses bras, puis il me sourit :) Bonjour, Christopher.

— Bonjour, Toby.

— Bonjour, Orson, continua le garçon, lâchant son père pour s'agenouiller devant le chien.

Orson aimait Toby. Il se laissa caresser.

— Venez voir, dit Toby.

— Il y a une troupe entièrement nouvelle maintenant, repris-je en m'adressant à Manuel. Pas violente comme la première. Ou du moins... pas encore violente. Ils ont tous un transpondeur intégré, ce qui signifie qu'on les a relâchés exprès. Pourquoi ?

— Pour qu'ils repèrent la première troupe et rapportent ce qu'ils savent. Elle reste si insaisissable que toutes les autres tentatives de la localiser ont échoué. On a fait ça en désespoir de cause, pour tenter d'agir avant que la première troupe ne se multiplie trop. Mais cela ne donne rien. Cela n'a fait que créer un nouveau problème.

— Et pas seulement à cause du père Eliot.

Manuel me fixa un long moment.

— Tu en sais pas mal, n'est-ce pas ?

— Pas assez. Et en même temps trop.

— Tu as raison... le père Tom n'est pas le problème. Certains sont allés le chercher. D'autres se sont débarrassés de leurs transpondeurs en se les arrachant mutuellement à coups de dents. Cette nouvelle troupe... n'est pas violente, mais ils sont très intelligents et ils sont devenus désobéissants. Ils veulent être libres. À n'importe quel prix.

Serrant Orson dans ses bras, Toby renouvela son invitation :

— Viens voir, Christopher.

Sans me laisser le temps de répondre, Manuel enchaîna :

— C'est presque l'aube, Toby. Il faut que Chris rentre chez lui.

Je regardai vers l'est, mais si le ciel nocturne commençait à grisonner dans cette direction, le brouillard m'empêchait de voir le changement.

— Nous sommes amis depuis pas mal d'années, reprit Manuel. Je me suis dit que je te devais certaines explications. Tu as toujours été si bon pour Toby. Mais tu en sais assez maintenant. J'ai fait ce qu'il fallait pour un vieil ami. Peut-être que j'en ai trop fait. Rentre chez toi maintenant. (Sans que je m'en aperçoive, il avait placé la main droite sur son holster.) Nous ne regarderons plus de films de Jackie Chan ensemble, toi et moi, conclut-il en tapotant son arme.

Il me priait de ne pas revenir. Je n'aurais pas essayé d'entretenir notre amitié, mais je serais peut-être venu rendre visite à Toby de temps en temps. C'était exclu à présent.

J'appelai Orson que Toby laissa partir à contrecœur.

— Une dernière chose, dit Manuel quand je pris mon

vélo. Les animaux bienfaisants qui ont été améliorés — les chats, les chiens, les nouveaux singes — connaissent leurs origines. Ta mère… on pourrait dire que c'est une légende pour eux… leur créatrice… un peu leur dieu. Ils savent qui tu es et ils te vénèrent. Aucun ne te ferait de mal. Mais la troupe initiale et la plupart des gens qui ont été transformés, modifiés… même si, sur un certain plan, ils apprécient ce qu'ils deviennent, ils n'en haïssent pas moins ta mère à cause de ce qu'ils ont perdu. Et ils te haïssent pour des raisons évidentes. Tôt ou tard, ils vont passer aux actes. Contre toi. Contre tes proches.

Je hochai la tête. J'agissais déjà en fonction de cette éventualité.

— Et tu ne peux pas me protéger ?

Il ne répondit pas. Il prit son fils par le cou. Dans ce Moonlight Bay nouvelle formule, la famille aurait peut-être encore de l'importance un temps, mais déjà le concept de communauté s'évanouissait.

— Tu ne peux pas ou tu ne veux pas ? (Puis sans attendre, je repris :) Tu ne m'as pas dit qui était Carl Scorso.

— C'est un des premiers prisonniers à avoir accepté de participer aux expériences. Les dégâts génétiques expliquant son comportement sociopathe antérieur ont été identifiés et éliminés. Il n'est plus dangereux. Il est une de leurs rares réussites.

Je le regardai fixement sans parvenir à lire le fond de sa pensée :

— Il a tué un vagabond et lui a arraché les yeux.

— Non, c'est la troupe la coupable. Scorso a juste trouvé le cadavre près de la route et il l'a apporté à Sandy Kirk pour qu'on s'en débarrasse. Cela arrive de temps à autre. Des autostoppeurs, des vagabonds… il y en a toujours eu beaucoup le long de la côte californienne. Maintenant, certains ne dépassent plus Moonlight Bay.

— Et tu vis avec ça, toi aussi.

— Je fais ce qu'on me dit de faire, dit-il froidement.

Toby prit son père dans ses bras comme pour le protéger, l'air consterné par mon agressivité.

— Nous faisons ce qu'on nous dit, continua Manuel. C'est comme ça que cela se passe ici maintenant, Chris. Il a été décidé aux plus hauts niveaux de laisser cette affaire se résoudre tranquillement. À un très haut niveau. Imagine un instant que le président des États-Unis soi-même ait été un fana de science et qu'il ait vu une occasion de laisser sa trace dans l'histoire en injectant des fonds énormes dans le génie génétique comme Roosevelt et Truman ont financé le projet Manhattan, et Kennedy celui de l'homme sur la Lune, et imagine que lui et tout son entourage — comme les politiciens qui lui ont succédé — soient déterminés à présent à étouffer l'affaire.

— C'est ce qui s'est produit ?

— Personne au sommet ne veut provoquer la colère de l'opinion. Peut-être qu'ils n'ont pas seulement peur de se faire déboulonner. Peut-être qu'ils ont peur d'être jugés pour crimes contre l'humanité. Peur de se faire lyncher par des foules en colère. Tu te rends compte que… les soldats de Wyvern et leurs familles, qui peuvent avoir été contaminés… sont éparpillés dans tout le pays maintenant ? Combien en ont-ils contaminés ? Cela pourrait créer une panique générale. Amener la communauté internationale à décider de mettre la totalité du territoire nord-américain en quarantaine. Et sans raison valable. Parce que les pouvoirs en place pensent qu'il est possible que l'affaire arrive à son terme sans conséquences graves, retombe comme un soufflé.

— Il y a une chance ?

— Peut-être.

— Je ne le crois pas.

Manuel haussa les épaules et d'une main lissa les cheveux de Toby que la bride des lunettes avait ébouriffés.

— Tous les gens présentant des symptômes de changement ne sont pas comme Lewis Stevenson. Ce qui leur arrive est infiniment varié. Et ceux qui passent par une mauvaise phase… s'en remettent. Ils sont en devenir. Ce n'est pas ponctuel. Il s'agit d'un processus. Si cela s'était révélé nécessaire, j'aurais réglé son compte moi-même à Lewis.

— Peut-être était-ce plus nécessaire que tu ne le croyais, répondis-je, sans rien avouer.

— On ne peut pas laisser n'importe qui faire la justice lui-même. Il faut qu'il y ait de l'ordre, de la stabilité.

— Mais il n'y en a pas.

— Il y a moi.

— Est-il possible que tu sois infecté sans le savoir ?

— Non. Impossible.

— Est-il possible que tu changes sans en être conscient ?

— Non.

— Que tu te transformes ?

— Non.

— Tu me terrifies, Manuel.

Une brise bienvenue dessina des remous dans la purée de pois.

— Rentre chez toi. Il va bientôt faire jour.

— Qui a ordonné l'assassinat d'Angela Ferryman ?

— Rentre chez toi.

— Qui ?

— Personne.

— Je pense qu'elle a été assassinée parce qu'elle allait parler. Elle n'avait rien à perdre, elle me l'a dit. Elle était terrifiée par ce qu'elle… devenait.

— La troupe l'a tuée.

— Qui dirige la troupe ?

— Personne. On ne parvient même pas à trouver ces salauds.

Moi, je connaissais un des endroits où ils traînaient : la buse dans les collines, là où j'avais découvert la collection de crânes. Mais je n'allais pas fournir cette information à Manuel, parce que je ne pouvais savoir avec certitude qui étaient mes ennemis les plus dangereux : la troupe — ou Manuel et les autres flics.

— Si personne ne leur a donné l'ordre de la tuer, pourquoi l'ont-ils fait ?

— Ils ont leur propre programme. Il arrive que cela rejoigne le nôtre. Ils ne tiennent pas non plus à ce que cela se sache. Ils sont perdants si on annule ce qui a été fait. Leur avenir, c'est le nouveau monde en gestation. Si bien que s'ils ont appris les projets d'Angela, ils lui ont réglé son compte. Il n'y a pas de cerveau derrière tout cela, Chris. Il y a toutes les factions — les animaux bienveillants, les malveillants, les scientifiques de Wyvern, les gens qui ont été changés pour le pire, ceux qui ont été changés pour le meilleur. Des tas de factions en concurrence. C'est le chaos. Et ce chaos va s'aggraver avant que la situation ne s'améliore. Rentre chez toi maintenant. Laisse tomber. Laisse tomber cette histoire avant que quelqu'un ne te désigne comme cible, à l'instar d'Angela.

— C'est une menace ?

Il ne répondit pas.

Je m'éloignai en poussant mon vélo.

— Christopher, fil de fer, tête en l'air.

Le Toby Ramirez que je connaissais n'aurait même pas été capable d'une simple association d'idées pareille.

— Ils ont commencé à payer ta coopération, n'est-ce pas ? lançai-je à Manuel.

Sa fierté devant les nouveaux talents de Toby était si touchante et si triste que je me sentis incapable de le regarder en face.

— Malgré tout ce que Toby ne possédait pas, il a toujours été heureux, repris-je. Il a trouvé un but, un moyen d'être comblé. Et que se passera-t-il s'ils ne parviennent pas à le rendre complètement normal ?

— Ils y parviendront, dit Manuel avec une conviction que rien ne pouvait justifier. Ils y parviendront.

— Ces mêmes gens à l'origine de ce cauchemar ?

— Cela n'a pas qu'un côté négatif.

Je songeai aux pitoyables gémissements du visiteur dans le grenier du presbytère, la mélancolie de sa voix d'enfant des fées, le désir terrible dans ses tentatives désespérées de donner un sens à un miaulement. Je songeai à Orson en cette nuit d'été, à son désespoir sous le ciel étoilé.

— Dieu te garde, Toby, dis-je parce qu'il était mon ami, lui aussi. Dieu te garde.

— Dieu a eu Sa chance, lâcha Manuel. À partir de maintenant, c'est nous qui décidons de notre sort.

Il fallait que je parte et pas seulement à cause de l'arrivée prochaine de l'aube. Je me remis à pousser mon vélo — et je ne pris conscience que je m'étais mis à courir qu'une fois dans la rue.

Je jetai un coup d'œil à la maison de style Nantucket : elle était différente. Plus petite que dans mon souvenir. Recroquevillée. Menaçante.

À l'est, une pâleur gris argenté se formait loin au-dessus du monde : les premières gouttes de l'aube ou l'annonce du Jugement dernier ?

En l'espace de douze heures, j'avais perdu mon père, l'amitié de Manuel et de Toby, de nombreuses illusions, et beaucoup d'innocence. J'eus soudain le sentiment terrifiant que ce n'était pas fini. Le pire m'attendait peut-être.

Orson et moi fonçâmes chez Sasha.

31.

Sasha habite dans des murs appartenant à KBAY : c'est un des avantages en nature de son poste de directrice générale de la station. Elle bénéficie donc d'une petite maison de style victorien d'un étage dont les lucarnes, les pignons, les avant-toits, les montants des fenêtres et des portes, et toutes les balustrades des vérandas sont ornés de moulures en bois.

La maison serait un vrai bijou si elle n'était pas peinte aux couleurs de la station. Les murs sont jaune canari. Les volets et les balustrades des vérandas, corail. Toutes les autres parties ouvragées en bois sont vert pomme. Résultat, on dirait qu'une bande de fans de Jimmy Buffett s'est livrée à une orgie de peinture pendant un long week-end copieusement arrosé de margaritas et de pina coladas.

Sasha n'a que faire de cet extérieur flamboyant. Comme elle dit, elle vit dans la maison, pas en face.

La véranda arrière est fermée de vitres : Sasha l'a transformée en serre, en y installant un radiateur électrique pour la saison froide. Sur des tables, des bancs et de solides étagères métalliques s'alignent des centaines de pots en terre et de plateaux en plastique dans lesquels elle cultive de l'estragon, du thym, de l'angélique, de la marante, du cerfeuil, de la cardamome, de la coriandre, de la chicorée, de la menthe verte, du myrrhis odorant, du ginseng, de l'hysope, de la citronnelle, du basilic, de la marjolaine, de la menthe, de la molène, de l'aneth, du fenouil, du romarin, de la camomille, de la tanaisie. Elle s'en sert pour cuisiner, fabriquer de merveilleux pots-pourris aux parfums subtils, et concocter des tisanes pas aussi écœurantes qu'on pourrait le craindre.

J'entre chez elle avec la clé qu'elle laisse enfoncée dans un pot de terre en forme de crapaud, sous des feuilles jaunâtres. À l'instant où l'aube fatale donnait une teinte gris clair à l'est et où le monde s'apprêtait à assassiner des rêves, je pénétrai dans le refuge de Sasha.

Dans la cuisine, j'allumai aussitôt la radio. Sasha bouclait la dernière demi-heure de son émission par un bulletin météo. Nous étions encore à la saison des pluies, et un orage arrivait du nord-est. Il pleuvrait peu après la tombée de la nuit.

Si elle avait prédit un raz de marée de trente mètres de haut et des éruptions volcaniques accompagnées de gros fleuves de lave, je l'aurais encore écoutée avec plaisir. Dès que j'entendais sa voix radiophonique douce et légèrement rauque, un grand sourire béat s'inscrivait sur mon visage, et malgré l'imminence de la fin du monde, ce fut plus fort que moi, je me sentis à la fois apaisé et émoustillé.

Orson fonça droit vers les deux bols en plastique posés sur un tapis de caoutchouc. Son nom figure sur les deux : où qu'il aille, que ce soit chez Bobby ou chez Sasha, il est chez lui.

Petit, mon chien a eu droit à toute une série de noms, qui le laissaient froid, auxquels il ne prenait jamais la peine de répondre. C'est alors que, remarquant sa passion pour les vieux films d'Orson Welles qu'on regardait au magnétoscope, et notamment pour Welles lui-même, nous l'avons rebaptisé Orson, histoire de plaisanter. Là, il a commencé à réagir à l'appel de son nom.

Trouvant les deux bols vides, Orson en prit un dans la gueule pour me l'apporter. Je le remplis d'eau et le reposai sur le tapis en caoutchouc destiné à l'empêcher de glisser sur le carrelage blanc.

Il souleva le second bol et me contempla l'air suppliant, expression qui lui sied à merveille et qu'il prend avec plus de talent que l'acteur le plus chevronné.

À bord du *Nostromo* avec Roosevelt, Mungojerrie et Orson, j'avais songé à ces tableaux bien faits mais comiques de chiens en train de jouer au poker et je m'étais fait la réflexion que mon subconscient essayait de me dire quelque chose d'important en faisant resurgir aussi nettement cette image. Je comprenais à présent. Chacun des chiens de ces tableaux représente un type humain familier et chacun est manifestement aussi intelligent que n'importe quel homme. À bord du *Nostromo*, à cause du jeu auquel Orson et le chat s'étaient livrés ensemble, leur « mise en boîte des stéréotypes », j'avais pris conscience que certains des animaux issus de Wyvern étaient peut-être bien plus intelligents que je ne l'avais cru — intelligents au point que je n'étais pas encore prêt à affronter cette réalité redoutable. S'ils pouvaient tenir des cartes et parler, ils étaient capables de rafler la mise au poker, voire de m'infliger une sévère déconfiture.

— C'est un peu tôt, dis-je à Orson en lui prenant le bol. Mais tu as effectivement eu une nuit très active.

Après lui avoir servi ses croquettes préférées, je fis le tour de la cuisine pour baisser les stores afin de nous protéger de la menace grandissante du jour. J'en étais au dernier quand je crus entendre une porte se fermer doucement dans la maison.

Je me figeai, l'oreille tendue.

— Que se passe-t-il ? murmurai-je.

Orson leva les yeux de son bol, renifla, pencha la tête, souffla et replongea le nez dans ses croquettes.

Mon imagination débordante.

Je me lavai les mains et m'aspergeai le visage d'eau froide.

Immaculée, étincelante, la cuisine de Sasha embaume, mais elle est un peu encombrée. Ma chère et tendre est une admirable cuisinière, et des grappes d'appareils exotiques occupent près de la moitié des surfaces disponibles. Avec le nombre de pots, de poêles, de louches et d'ustensiles accrochés au plafond, on a l'impression de faire de la spéléo dans une caverne encombrée de stalactites.

En faisant le tour de la maison pour fermer les stores, je sentais vibrer l'esprit de Sasha dans le moindre recoin. Elle est tellement vivante que sa présence demeure longtemps après son départ.

On ne peut pas dire que son intérieur réponde à un thème de décoration précis. Chaque pièce est plutôt un hommage à l'une de ses passions dévorantes. Et elles sont nombreuses.

On prend tous les repas autour d'une grande table dans la cuisine, parce que la salle à manger est dédiée à la musique : clavier électrique, synthétiseur grandeur nature avec lequel Sasha pourrait composer pour un orchestre si elle le souhaitait, table de composition avec pupitre et pile de partitions vierges qui n'attendent que son crayon. Au centre de la pièce trône une batterie. Dans un coin se dresse un violoncelle d'excellente facture et un tabouret bas. Dans un autre angle, derrière un pupitre, un saxophone attend sur son support en laiton. Il y a également deux guitares, une acoustique et une électrique.

Dans la salle de séjour, aucune concession aux apparences, non, cette pièce est consacrée à la lecture — une autre des passions de Sasha. Les murs disparaissent derrière des bibliothèques débordant de livres en grand format et en poche. Les meubles ne sont ni branchés, ni chics, ni ordinaires : les fauteuils et les canapés aux teintes neutres ont été choisis parce qu'on peut y bavarder ou y lire confortablement pendant des heures.

À l'étage, la première pièce en haut de l'escalier renferme un vélo d'appartement, un rameur, des haltères d'un à dix kilos et des tapis de sol. C'est aussi la salle de la médecine homéopathique, où Sasha conserve des dizaines de flacons de vitamines et de sels minéraux, et où elle pratique le yoga. Lorsqu'elle enfourche le vélo d'appartement, elle n'en descend que dégoulinante de sueur, au bout de cinquante kilomètres au compteur. Elle reste sur son rameur jusqu'à ce qu'elle ait mentalement traversé le lac Tahoe, et elle rame à un rythme régulier en chantant des airs de Sarah McLachlan, de Juliana Hatfield, de Meredith Brooks ou de Sasha Goodhall. Lorsqu'elle fait des abdominaux ou des séries de ciseaux, les tapis semblent sur le point de fumer avant même qu'elle ait fini. Et après une séance de méditation en diverses positions de yoga, son niveau de relaxation est tel qu'on a l'impression qu'elle pourrait faire s'envoler les murs de la pièce.

Dieu que j'aime cette fille !

En sortant de la salle de gym, je fus une fois de plus frappé par le pressentiment d'une catastrophe imminente. Je me mis à trembler si violemment que je dus m'adosser au mur.

Rien ne pouvait arriver à Sasha en plein jour, pendant le trajet de dix minutes entre la station de radio sur Signal Hill et la maison. C'était la nuit que la troupe semblait rôder. Le jour, elle se terrait quelque part, peut-être dans les collecteurs d'eaux de pluie sous la ville, voire dans les collines où j'avais trouvé la collection de crânes. Et les gens à qui on ne pouvait plus se fier, les mutants comme Lewis Stevenson, avaient l'air de mieux se contrôler au soleil que sous la lune. Comme les hommes-animaux de *L'Île du docteur Moreau*, ils avaient davantage de mal à réprimer leur sauvagerie la nuit. Avec le crépuscule, ils perdaient un peu de leur maîtrise de soi ; sous l'impulsion d'une audace toute neuve, ils osaient des actes dont ils n'auraient même pas rêvé le jour. Non, rien ne pouvait arriver à Sasha maintenant que l'aube était là ; pour la première fois de ma vie peut-être, j'étais soulagé de voir le soleil se lever.

J'arrivai enfin dans sa chambre. On n'y trouve ni instruments de musique, ni livres, ni pots, ni plateaux d'herbes, ni flacons de vitamines, ni équipements de gymnastique. Un lit, tout simple. La commode, les tables de nuit ou les lampes n'ont rien de remarquable. Les murs sont jaune pâle, la nuance exacte du soleil matinal à travers un nuage ; aucun objet d'art ne vient briser leur uniformité lisse. Cette pièce peut sembler austère à certains, mais il suffit que Sasha s'y trouve pour qu'elle semble aussi richement décorée que le salon baroque d'un château français, aussi apaisante qu'un lieu de méditation dans un jardin zen. Sasha dort toujours profondément, avec la sérénité d'un rocher au fond de la mer, si bien qu'on se surprend à la toucher, pour sentir la chaleur de sa peau ou les battements de son pouls, histoire de se rassurer. Elle a la passion du sommeil. Elle a une passion pour la passion aussi, et quand elle fait l'amour avec vous, la pièce cesse d'exister, et vous vous retrouvez hors de l'espace et du temps, là où il n'y a que Sasha, seulement son éclat et sa chaleur, sa glorieuse lumière qui réchauffe sans brûler.

En allant fermer les stores des trois fenêtres, j'aperçus un objet sur le dessus-de-lit en chenille. Petit, irrégulier et poli : un fragment de porcelaine peinte à la main. Une moitié de bouche souriante, l'arrondi d'une joue, un œil bleu. Un éclat du visage de la poupée Christopher Snow qui s'était brisée contre le mur dans la maison d'Angela Ferryman juste avant que les lumières s'éteignent et que la fumée envahisse la cage d'escalier.

Un membre de la troupe était venu ici cette nuit.

Tremblant de nouveau mais cette fois plus de colère que de peur, je tirai le pistolet de ma poche et entrepris de fouiller la maison de fond en comble, explorant chaque pièce, chaque penderie, chaque placard, le moindre recoin dans lequel une de ces créatures haïssables pouvait se dissimuler. Je procédai sans discrétion ni prudence. Jurant, lançant des menaces que j'avais bien l'intention de mettre à exécution, j'ouvris violemment des portes, fis claquer des tiroirs, sondai le dessous des meubles à coups de manche à balai. Cette opération produisit un tel raffut qu'Orson vint me rejoindre au pas de course, croyant certainement que j'étais en train de lutter pour ma vie — puis il me suivit à distance prudente, comme s'il craignait que, dans mon état d'agitation, je ne finisse par me tirer une balle dans le pied ou par lui bousiller une patte s'il restait trop près.

La maison était vide.

À la fin de ma fouille, je ressentis le besoin impérieux de remplir un seau d'ammoniaque et de nettoyer toutes les surfaces que l'intrus — ou les intrus — pouvait avoir touchées : murs, sols, marches et rampes d'escalier, meubles. Non parce que je pensais qu'ils avaient laissé derrière eux des micro-organismes susceptibles de nous infecter. Mais parce que je les jugeais sales au sens spirituel, comme s'ils ne sortaient pas des laboratoires de Wyvern mais d'un trou dans le sol dont s'échappaient aussi des vapeurs de soufre, une lumière terrible et les cris lointains des damnés.

Mais avant de me jeter sur le flacon d'ammoniaque, je composai le numéro de ligne directe du studio de KBAY. Puis je me souvins que Sasha était déjà sur le chemin du retour. J'appelai son portable.

— Salut, Snowman.

— Où es-tu ?

— À cinq minutes.

— Tes portières sont fermées à clé ?

— Quoi ?

— Bon Dieu ! tes portières sont fermées à clé ?

Elle hésita :

— Elles le sont maintenant.

— Ne t'arrête pour personne. Absolument personne. Ni pour un ami, ni pour un flic. Surtout pas pour un flic.

— Et si je renverse accidentellement une petite vieille ?

— Ce ne sera pas une petite vieille. Elle n'en aura que l'apparence.

— Tu deviens terrifiant, Snowman.

— Pas moi. Le reste du monde. Écoute, je veux que tu restes en ligne jusqu'à ce que tu pénètres dans l'allée.

— Explorer à tour de contrôle : le brouillard se dissipe. Tu n'as pas besoin de me guider.

— Je ne suis pas en train de te guider. C'est toi qui me guides. Je suis dans un sale état.

— J'avais remarqué.

— J'ai besoin d'entendre ta voix. Jusqu'à la maison, ta voix.

Je la conservai en ligne jusqu'à ce qu'elle se gare dans l'allée et coupe le contact.

Soleil ou non, je voulais être dehors pour l'accueillir lorsqu'elle ouvrirait sa portière. Être avec elle, le Glock à la main, quand elle contournerait la maison pour entrer par-derrière, selon son habitude.

Une éternité plus tard, j'entendis ses pas dans la serre.

Lorsqu'elle ouvrit la porte, je l'attendais dans la grande lame de soleil matinal qui envahit la cuisine. Je l'attirai contre moi, claquai la porte derrière elle, et la serrai si fort qu'un temps aucun de nous ne put respirer. Je l'embrassai, et elle était chaude, réelle, glorieusement réelle, glorieusement vivante.

Mais j'avais beau la serrer dans mes bras, j'avais beau me délecter de ses baisers, j'étais toujours hanté par de sinistres pressentiments.

LE LENDEMAIN

32.

Avec tout ce qui s'était passé la nuit précédente et tout ce qui nous attendait la nuit suivante, je nous voyais mal faire l'amour. Sasha, elle, était exactement de l'avis contraire. Elle avait beau ne pas connaître la raison de ma terreur, me voir si affolé et si secoué à la pensée de la perdre fut un aphrodisiaque qui la mit d'humeur à ne pas accepter un refus.

Toujours gentleman, Orson demeura dans la cuisine. Nous montâmes dans la chambre et nous enfonçâmes dans ce temps hors du temps et cet espace hors de l'espace où Sasha est la seule énergie, la seule forme de matière, la seule force de l'univers. Éblouissante.

Puis, baigné dans une atmosphère qui semblait rendre tolérables les nouvelles les plus apocalyptiques, je lui racontai ma nuit du coucher du soleil à l'aube, les singes du Millénaire, Stevenson, la transformation de Moonlight Bay en une boîte de Pandore grouillant d'esprits maléfiques.

Si elle me crut fou, elle le cacha bien. Le récit du harcèlement que la troupe nous avait infligé à Orson et moi à notre départ de la maison de Bobby lui donna la chair de poule : elle dut enfiler un peignoir. En prenant progressivement conscience de la gravité de notre situation, en comprenant que nous n'avions personne vers qui nous tourner et nulle part où nous réfugier même si on nous autorisait à quitter la ville, que nous étions peut-être déjà infectés par ce virus de Wyvern, avec des effets à venir qu'on ne pouvait même pas imaginer, elle resserra le col de son peignoir.

Si elle fut dégoûtée par ce que j'avais fait à Stevenson, elle réussit à maîtriser remarquablement ses émotions, parce qu'à la fin de mon récit — ma découverte du fragment de tête de poupée sur son lit — elle retira son peignoir et, toujours couverte de chair de poule, m'attira de nouveau dans sa lumière.

Cette fois, nous fîmes l'amour plus silencieusement, plus lentement, plus doucement que la première fois. Avec encore plus de tendresse. Nous nous accrochâmes l'un à l'autre, mus par l'amour, le désir mais aussi le désespoir, parce que nous découvrions un sens plus poignant à notre isolement. Et paradoxalement, bien que nous partagions le sentiment d'être deux condamnés attendant l'heure fatidique, nous connûmes une union plus sereine que jamais.

Ou peut-être n'était-ce pas si paradoxal que ça. Peut-être que le danger extrême nous dépouille des semblants, des ambitions, des gênes, nous pousse à une concentration plus intense, qui fait que nous nous rappelons ce à côté de quoi nous passons trop souvent : que notre nature et notre dessein sont, avant toute chose, d'aimer et de faire l'amour, de tirer de la joie de la beauté du monde, de vivre avec la conscience que l'avenir est moins réel que le présent et le passé.

Si le monde tel que nous le connaissions disparaissait en cet instant, mon écriture et les chansons de Sasha n'auraient aucune importance. Pour paraphraser Bogart s'adressant à Bergman : dans cet avenir fou qui nous fonçait dessus comme une avalanche, les ambitions de deux êtres ne valaient pas un tas de nèfles. Tout ce qui importait, c'était l'amitié, l'amour et le surf. Les sorciers de Wyvern avaient donné à Sasha et moi une existence aussi réduite à l'essentiel que celle de Bobby Halloway.

L'amitié, l'amour et le surf. En profiter tant qu'ils sont là. Tant qu'il en est encore temps. En profiter tant qu'on est encore assez humain pour les apprécier à leur juste valeur.

Nous restâmes un moment allongés, enlacés, attendant que le temps se remette à s'écouler. Ou espérant peut-être qu'il n'en ferait plus rien. Jamais.

— Allons nous rassasier, dit Sasha.

— Nous le sommes, non ?

— Je te parle de dévorer des omelettes.

— Mmm ! Tous ces délicieux blancs d'œuf, m'exclamai-je, raillant sa tendance à pousser à l'extrême le concept du régime sain.

— Je mettrai aussi les jaunes aujourd'hui.

— Maintenant je sais que c'est la fin du monde.

— Cuisson au beurre.

— Avec du fromage ?

— Faut bien faire vivre les vaches.

— Du beurre, du fromage, des jaunes d'œuf. Tu as donc opté pour le suicide.

Nous faisions semblant d'être cool.

Sans être dupes, ni l'un ni l'autre.

Mais c'était nécessaire, sinon nous aurions admis combien nous avions peur.

Les omelettes étaient tout simplement délicieuses. Comme les frites et les muffins généreusement beurrés.

Pendant que Sasha et moi mangions à la lueur des bougies, Orson fit le tour de la table, multipliant les gémissements plaintifs avec des regards d'enfant affamé.

— Tu as déjà vidé ton bol.

Il souffla comme étonné que je puisse dire une énormité pareille et se remit à gémir pitoyablement devant Sasha pour lui démontrer que je mentais, que je ne lui avais jamais donné à manger. Il roula sur le dos, se tortilla et battit l'air de ses pattes : le grand jeu. Puis il se dressa sur ses pattes arrière et tourna sur lui-même. Il était vraiment sans vergogne.

D'un pied, je poussai une troisième chaise :

— D'accord, assieds-toi là.

Il obéit sans se faire prier et me dévisagea avidement.

— Miss Goodhall ici présente vient de croire l'histoire complètement folle que je lui ai racontée, sans une preuve sinon quelques pages du journal d'un prêtre visiblement dérangé. Elle l'a probablement cru parce que, nympho comme elle est, elle ne peut pas se passer de mec et que je suis le seul à bien vouloir d'elle.

Sasha me jeta un bout de toast beurré à la figure, qui atterrit sur la table, sous le nez d'Orson.

Il se rua dessus.

— Ah non ! vieux frère.

Il se figea, gueule ouverte, à un centimètre du toast. Au lieu de l'avaler tout rond, il le renifla avec un plaisir évident.

— Si tu m'aides à prouver à Miss Goodhall que ce que je lui ai dit du projet Wyvern est vrai, je partagerai un peu de mon omelette et de mes frites avec toi.

— Chris, son cœur, dit Sasha, n'écoutant que sa bonté d'âme.

— Il n'a pas de cœur, il n'est que ventre.

Orson me jeta un regard de reproche, l'air de dire que ce n'était pas juste de donner dans l'humour quand il ne pouvait pas participer.

— Quand quelqu'un hoche la tête, cela veut dire oui. Lorsqu'il la secoue, cela veut dire non. Tu comprends cela, pas vrai ?

Orson me regardait fixement, soufflant avec un sourire bête.

— Peut-être ne fais-tu pas confiance à Roosevelt Frost, mais il faut que tu fasses confiance à madame ici présente. Tu n'as pas le choix parce qu'elle et moi nous allons vivre ensemble dorénavant, sous le même toit, jusqu'à la fin de nos jours.

Orson se tourna vers Sasha.

— N'est-ce pas ? lui dis-je. Jusqu'à la fin de nos jours.

Elle sourit :

— Je t'aime, Snowman.

— Je t'aime, Miss Goodhall.

Elle regarda Orson :

— À partir de maintenant, vieux, ce n'est plus vous deux. C'est nous trois.

Orson me cligna de l'œil, cligna de l'œil à Sasha, et fixa sans ciller le bout de toast sur la table.

— Bon, tu as compris les hochements de tête et tout cela ?

Après une hésitation, Orson hocha la tête.

Sasha en resta bouche bée.

— Tu la trouves sympa ?

Orson hocha la tête.

— Tu l'aimes bien ?

Nouveau hochement de tête.

J'en eus un vertige de plaisir. Sasha affichait une expression béate.

Ma mère, la destructrice du monde, avait aussi contribué à y intégrer des merveilles et des miracles.

J'avais souhaité la coopération d'Orson, non seulement pour confirmer mon histoire, mais aussi pour nous remonter le moral et nous donner une raison d'espérer qu'il pût y avoir une vie après Wyvern. Même si l'humanité était à présent confrontée à de dangereux nouveaux adversaires tels que les membres de la troupe initiale échappés des labos, même si nous succombions à une maladie mystérieuse due à un transfert de gènes d'une espèce à une autre, même si seule une poignée d'entre nous survivait sans subir de changements fondamentaux sur les plans intellectuel, émotionnel, voire physique — peut-être restait-il néanmoins une chance que la disparition en tant que race de nous autres les champions actuels du jeu de l'évolution, laisse place à de dignes héritiers susceptibles de mieux traiter le monde que nous.

On se console comme on peut.

— Tu trouves Sasha jolie ?

Orson l'examina pendant de longues secondes. Puis il se tourna vers moi et hocha la tête.

— Cela aurait pu être un peu plus rapide, soupira Sasha.

— Il a pris son temps, il a bien regardé, tu sais donc qu'il est sincère.

— Je te trouve joli, moi aussi, lui dit Sasha.

Orson remua la queue.

— Je suis un petit chanceux, hein, vieux ?

Il acquiesça vigoureusement.

— Et moi une petite chanceuse.

Orson se tourna vers elle et fit non de la tête.

— Hé !

Le chien me fit un clin d'œil, tout sourire, avec ce doux son dont je jure que c'est un rire.

— Il ne peut même pas parler, mais il est capable de faire de l'humour.

Nous ne jouions plus les cool, nous l'étions vraiment.

Si vous êtes authentiquement cool, vous supportez n'importe quoi. C'est l'un des principes de base de la philosophie de Bobby Halloway, et de mon point de vue actuel, post-Wyvern, je dois dire que Bob le philosophe est un guide bien plus efficace vers le bonheur que tous ses concurrents intellos d'Aristote à Kierkegaard en passant par Thomas Moore et Schelling, jusqu'à Iacopo Zabarella qui croyait en la primauté de la logique, de l'ordre et de la méthode. Logique, ordre, méthode. Tous importants, c'est sûr. Mais peut-on analyser et appréhender la totalité de la vie avec ces seuls outils ? Non que je sois prêt à prétendre avoir rencontré Bigfoot, ou pouvoir canaliser des esprits morts, ou encore être la réincarnation de Kahunan, mais quand je vois où un respect zélé de la logique, de l'ordre et de la méthode nous a conduits, cet orage génétique… eh bien je pense que je serais plus heureux en train d'affronter des rouleaux épiques.

Pour Sasha, l'apocalypse n'était pas une cause d'insomnie. Comme d'habitude, elle dormit profondément.

Bien qu'épuisé, j'eus un sommeil agité. J'avais verrouillé la porte de la chambre et coincé une chaise sous la poignée. Orson qui dormait par terre ferait un excellent système d'alarme si quelqu'un pénétrait dans la maison. Le Glock était sur ma table de nuit, et le Smith & Wesson .38 spécial de Sasha sur la sienne. Cela ne m'empêcha pas de me réveiller régulièrement en sursaut, persuadé que quelqu'un avait fait irruption dans la chambre… je ne me sentais pas en sécurité.

Mes rêves ne furent pas de nature à m'apaiser. Dans l'un d'eux, j'étais un vagabond qui marchait le long d'une route déserte sous la pleine lune, levant le pouce sans succès. De la main droite je tenais une valise identique à celle de mon père. Lourde, comme remplie de briques. Je finissais par la poser et l'ouvrir, et j'avais un mouvement de recul en voyant Lewis Stevenson en jaillir tel un cobra d'un panier, une lueur dorée dans les yeux, et je savais que s'il était possible qu'une chose aussi étrange que le chef mort se trouve dans ma valise, il se pouvait qu'il y ait encore plus étrange en moi… je sentais alors le haut de mon crâne se fissurer — cela me réveilla.

Une heure avant le coucher du soleil, j'appelai Bobby de la cuisine de Sasha.

— Quel temps fait-il au QG des singes ?

— Orage imminent. De gros éclairs loin en mer.

— Tu as pu dormir un peu ?

— Après le départ des plaisantins.

— C'est-à-dire ?

— Après que j'ai renversé la vapeur en leur montrant mon cul.

— Cela les a intimidés.

— Tu parles, oui. Cest moi qui ai le plus gros, et ils le savent bien.

— Tu as beaucoup de munitions pour ton fusil ?

— Quelques boîtes.

— On va t'apporter du rab.

— Sasha n'a pas d'émission ce soir ?

— Pas le samedi. Et peut-être même plus en semaine.

— On dirait qu'il y a du neuf.

— Nous sommes un couple, c'est officiel. Tu as un extincteur chez toi ?

— Là tu te vantes. Je sais qu'entre vous c'est torride, mais faut pas exagérer.

— Nous apporterons deux extincteurs. Ces petits salopards ont une faiblesse pour le feu.

— Tu penses vraiment que cela va se concrétiser à ce point ?

— J'en suis sûr.

Immédiatement après le coucher du soleil, pendant que j'attendais dans la voiture, Sasha alla chez Thor acheter des munitions pour le fusil, le Glock et son .38 spécial. La commande était si volumineuse que Thor Heissen lui-même apporta le carton jusqu'au 4×4.

Il vint me saluer à la vitre du passager. Ce type n'a rien d'un apollon : grand et gras, avec un visage couvert de cicatrices d'acné, il a l'œil gauche en verre. C'est un ancien flic de L.A. qui a démissionné pour une question de principe, non à cause d'un scandale. Il est diacre très actif dans son église et le fondateur — et le plus gros donateur — de l'orphelinat qui y est associé.

— J'ai su pour ton père, Chris.

— Au moins il ne souffre plus, dis-je en me demandant ce que son cancer pouvait avoir de particulier pour que les gens de Wyvern veuillent pratiquer une autopsie.

— Parfois c'est une bénédiction, reprit Thor. D'avoir le droit de s'évaporer quand son heure est venue. Mais il va manquer à beaucoup de monde. C'était un homme bien.

— Merci, monsieur Heissen.

— Qu'est-ce que vous fabriquez tous les deux ? Vous partez en guerre ?

— Exactement.

— Sasha prétend que vous allez tirer sur des clams.

— Pas très écolo, hein ?

Il nous regarda démarrer en riant.

Chez moi, dans le jardin, Sasha éclaira de sa torche les cratères qu'Orson avait creusés dans le gazon la nuit précédente, avant que je ne l'entraîne chez Angela Ferryman.

— Qu'est-ce qu'il a enterré là-dedans ? Le squelette entier d'un dinosaure ?

— La nuit dernière, j'ai cru que toute cette activité était juste une réaction de deuil après la mort de papa, un moyen pour lui de se libérer d'une énergie négative.

— Une réaction de deuil ? fit Sasha en fronçant les sourcils.

Elle avait été témoin de l'intelligence d'Orson, mais elle n'avait pas encore pris la pleine mesure de la complexité de sa vie intérieure, ni sa ressemblance avec la nôtre. Quelles qu'aient été les techniques utilisées pour améliorer l'intelligence de ces animaux, cela avait impliqué l'insertion d'un matériau génétique humain dans leur ADN. Quand Sasha pigerait ça, il lui faudrait bien une semaine pour s'en remettre.

— Depuis, j'ai compris qu'il cherchait quelque chose qu'il savait nécessaire pour moi.

Je m'agenouillai sur la pelouse à côté d'Orson.

— Écoute, vieux, je sais que tu étais en pleine détresse la nuit dernière, triste à cause de papa. Tu étais secoué, tu n'arrivais pas à te rappeler où il fallait creuser. Cela fait vingt-quatre heures qu'il est mort maintenant et c'est un peu plus facile à accepter, non ?

Orson poussa un faible gémissement.

— Alors essaie de nouveau.

Il n'hésita pas, ne parut pas se demander par où commencer : il se dirigea tout droit vers un trou et entreprit de l'agrandir. Cinq minutes plus tard, ses griffes cliquetaient contre un objet.

Sasha braqua la torche sur un pot couvert de boue que je finis d'extraire du sol.

À l'intérieur se trouvait un rouleau de feuilles jaunes d'un bloc sténo, retenu par un élastique.

Je l'ouvris, levai la première page à la lumière, et reconnus aussitôt l'écriture de mon père. Je ne lus que le premier paragraphe : *Si tu lis ces lignes, Chris, cela veut dire que je suis mort et qu'Orson t'a conduit jusqu'au pot dans la cour, dont il était le seul à connaître l'existence. Voilà d'ailleurs par quoi on devrait commencer. À propos de ton chien, il faut que je te dise...*

— En plein dans le mille !

Je roulai les feuilles, les remis dans le pot et levai le nez. Ni lune. Ni étoiles. Des nuages bas et noirs filaient dans le ciel, effleurés çà et là par la lueur jaunâtre de l'éclairage de Moonlight Bay.

— On lira ça plus tard. Allons-y. Bobby est tout seul là-bas.

33.

Sasha ouvrait le hayon de l'Explorer quand des mouettes filèrent en hurlant au-dessus de nos têtes, se ruant vers l'intérieur des terres, en quête de perchoirs plus sûrs, effrayées par un vent qui fracassait l'océan et submergeait la pointe de la péninsule de ses débris humides.

Le carton de chez Thor dans les bras, je regardai les ailes blanches se fondre dans le ciel noir turbulent.

Le brouillard avait disparu depuis longtemps. Sous les nuages de plus en plus bas, la nuit était cristalline.

Autour de nous, le vent fouettait les rares touffes d'herbes. De gros tourbillons de sable s'élevaient du sommet des dunes, tels des feux follets au-dessus de tombes.

Le vent était-il le seul responsable de la fuite des mouettes ?

— Ils ne sont pas encore là, me certifia Bobby en prenant les deux cartons de pizzas dans le coffre. C'est un peu tôt pour eux.

— En général, à cette heure, les singes dînent. Ensuite ils vont danser.

— Peut-être qu'ils ne viendront même pas ce soir, espéra Sasha.

— Ils viendront.

— Ça, c'est sûr, fit Bobby.

Bobby entra dans la maison avec notre dîner, talonné par Orson qui craignait non que la troupe fût déjà là, mais que l'on ne procède pas à un partage équitable des pizzas.

Sasha sortit du coffre les deux sacs en plastique contenant les extincteurs.

Elle referma le hayon et verrouilla les portes avec sa commande à distance. La Jeep de Bobby occupant le garage à une place, on laissait l'Explorer garé devant le cottage.

Quand Sasha se tourna vers moi, le vent transforma sa chevelure acajou chatoyante en une glorieuse bannière, et sa peau luit doucement, comme si la lune venait de réussir à faire passer un rayon exquis à travers la couche de nuages pour caresser son visage. Elle paraissait immense, un esprit élémentaire.

— Quoi ? s'exclama-t-elle, incapable d'interpréter mon regard.

— Tu es si belle. Une déesse du vent attirant l'orage à elle.

— Ce que tu peux être con ! fit-elle avec un immense sourire.

— C'est l'une de mes charmantes qualités.

Un tourbillon de sable nous aveugla en jouant les derviches autour de nous, et nous nous précipitâmes dans la maison.

Bobby nous attendait à l'intérieur, où il avait tamisé l'éclairage. Il verrouilla la porte d'entrée derrière nous.

— Dommage qu'on ne puisse pas clouer des panneaux de contreplaqué sur ces baies, s'exclama Sasha.

— Pas question, fit Bobby. Je suis chez moi ici. Je ne vais pas me mettre à condamner les fenêtres et à vivre comme un prisonnier à cause d'une poignée de foutus singes.

— Depuis que je le connais, je n'ai jamais vu ce type étonnant être intimidé par des singes.

— Jamais, acquiesça Bobby, et ce n'est pas maintenant que je vais commencer.

— Tirons au moins les rideaux, proposa Sasha.

— Non, fis-je en secouant la tête. Mauvaise idée. Nous ne réussirions qu'à éveiller leurs soupçons. Si nous leur donnons l'impression de ne pas les attendre, ils seront moins prudents.

Sasha sortit les deux extincteurs de leurs boîtes et retira la protection en plastique des poussoirs. Il s'agissait de modèles de bateau, de cinq kilos, faciles à manier. Elle en plaça un dans un angle de la cuisine invisible des fenêtres et glissa le second à côté d'un des canapés du salon.

Pendant ce temps, dans la cuisine éclairée aux bougies, boîtes de munitions sur les genoux, Bobby et moi travaillions sous la table au cas où la mafia des singes se montrerait avant que nous ayons fini. Sasha avait acheté trois chargeurs supplémentaires pour le Glock et trois clips de chargement rapide pour son revolver, et nous enfoncions des cartouches dedans.

— Après mon départ hier soir, je suis allé voir Roosevelt Frost.

Bobby me glissa un regard en coin.

— Orson et lui ont bavardé ?

— Roosevelt a essayé. Orson ne voulait rien entendre. Mais il y avait un chat, baptisé Mungojerrie.

— Ben voyons !

— Ce chat a dit que les gens de Wyvern voulaient que je laisse tomber, que j'abandonne.

— Tu lui as parlé personnellement ?

— Non. Roosevelt m'a transmis le message.

— Ben voyons !

— D'après le chat, je devais recevoir un avertissement. Si je n'arrêtais pas de fourrer mon nez dans cette histoire, ils tueraient mes amis un par un jusqu'à ce que je laisse tomber.

— Ils vont me faire sauter le caisson pour te dégoûter ?

— C'est leur idée, pas la mienne.

— Ils ne peuvent pas se contenter de te tuer ? Ils croient avoir besoin de krypton ?

— Ils me vénèrent, d'après Roosevelt.

— Qui ne te vénère pas ?

Malgré les singes, l'anthropomorphisme laissait encore Bobby sceptique. Mais il avait mis un bémol à ses sarcasmes, cela ne faisait pas de doute.

— J'avais à peine quitté le *Nostromo* que j'ai reçu mon avertissement, exactement comme le chat l'avait dit.

Je résumai ma rencontre avec Lewis Stevenson.

— Il allait tuer Orson ? s'exclama Bobby.

De son poste de garde d'où il fixait les pizzas posées sur le comptoir, Orson gémit comme pour confirmer.

— Donc, tu as tué le shérif.

— Le chef de la police.

— Je ne peux vraiment pas te quitter des yeux une seconde.

En ayant terminé avec les clips de chargement rapide, il les fourra dans l'étui à munitions que Sasha avait également acheté.

— Super, la chemise.

Bobby portait une rare chemise hawaïenne à manches longues représentant une fresque tropicale, colorée et spectaculaire : un feu d'artifice d'orange, de rouges et de verts.

— Kamehameha Garment Company, elle date de 1950 environ.

Sasha entra dans la cuisine et alluma un des deux fours pour réchauffer les pizzas.

— Ensuite j'ai mis le feu à la voiture de patrouille pour détruire les preuves.

— À quoi sont les pizzas ?

— Pepperoni pour l'une, saucisse et oignons pour l'autre.

— Bobby porte une chemise d'occasion.

— Une antiquité, tu veux dire.

— Quoi qu'il en soit, après avoir fait exploser la voiture de patrouille, je suis allé à Sainte-Bernadette où je suis entré.

— Par effraction ?

— Une fenêtre non fermée à clé.

— Donc cela relève seulement de l'intrusion délictueuse.

— Chemise d'occasion, antiquité — c'est kif-kif pour moi.

— L'une est bon marché, dit Sasha, l'autre, non.

— L'une est de l'art, rectifia Bobby en lui tendant son étui à munitions.

Sasha le fixa à sa ceinture.

— La sœur du père Tom était une associée de ma mère.

— Du genre savant-fou-qui-fait-tout-sauter ?

— En l'occurrence, pas d'explosifs. Mais oui, et maintenant elle est infectée.

— Infectée, grimaça-t-il. C'est vraiment utile de poursuivre ?

— Oui. Mais c'est affreusement compliqué. De la génétique.

— Des trucs pour grosses têtes. Barbant.

— Pas cette fois.

En pleine mer, de lumineuses artères électriques palpitèrent dans le ciel, suivies d'un faible grondement de tonnerre.

Bobby entreprit de remplir une cartouchière destinée à la chasse aux canards et au tir au pigeon d'argile que Sasha avait également achetée.

— Le père Tom est infecté lui aussi, repris-je en glissant un des chargeurs de neuf millimètres restants dans ma poche de poitrine.

— Et toi ?

— Peut-être. Ma mère ne pouvait que l'être. Et papa l'était.

— Comment cela se transmet-il ?

— Par les liquides organiques, dis-je en planquant les deux autres chargeurs derrière une grosse bougie rouge sur la table, où ils seraient invisibles de la fenêtre. Et peut-être autrement.

Bobby regarda Sasha qui mettait les pizzas dans des plats.

Elle haussa les épaules :

— Si Chris l'est, alors moi aussi.

— Cela fait plus d'un an que nous nous tenons par la main, dis-je.

— Tu préfères réchauffer toi-même ta pizza ? lui proposa Sasha.

— Non. On va pas s'embêter. En avant pour la contamination.

Je fermai la boîte de munitions et la posai par terre. Mon pistolet était encore dans ma veste accrochée au dossier de ma chaise.

— Orson n'est peut-être pas vraiment infecté. Lui, c'est peut-être plus un porteur ou un truc dans ce genre.

— Bon, alors quand est-ce qu'on commence à se couvrir de pustules et à dégueuler ? s'exclama Bobby en faisant rouler une cartouche entre ses doigts.

— Ce n'est pas une maladie dans ce sens-là. C'est davantage un processus.

Il y eut de nouveaux éclairs. Superbes. Brefs donc sans danger pour moi.

— Un processus, fit Bobby, songeur.
— Tu n'es pas vraiment malade. Juste… changé.
Sasha glissa les pizzas dans le four :
— À qui appartenait ta chemise avant toi ?
— Dans les années cinquante ? Qui sait ?
— Les dinosaures vivaient à l'époque ?
— Pas des masses.
— Elle est en quoi ? demanda Sasha.
— En rayonne.
— Elle a l'air en parfait état.
— On prend soin d'une chemise pareille, dit gravement Bobby, on la bichonne.

Je sortis trois bouteilles de Corona du réfrigérateur. Orson s'en passerait cette nuit, il avait besoin de toute sa tête, même s'il supportait très bien l'alcool. Quant à nous, cela ne pouvait pas nous faire de mal : plus nous serions calmes, plus nous serions efficaces.

Debout devant l'évier, je décapsulais les bouteilles quand un nouvel éclair déchira le ciel sans réussir à vider les nuages de leur pluie : j'aperçus alors trois silhouettes voûtées qui couraient dans les dunes.

— Ils sont là, annonçai-je en apportant les bières à table.
— Ils ont toujours besoin d'un moment pour se mettre en train.
— J'espère qu'ils nous laisseront le temps de dîner.
— Je crève de faim, dit Sasha.
— D'accord, alors quels sont les symptômes de base de cette non-maladie, de ce processus ? demanda Bobby. On finit par devenir tout noueux, comme dans le cas du champignon du chêne ?
— Certains peuvent dégénérer psychologiquement comme Stevenson. D'autres changer physiquement, aussi, subir des modifications mineures. Ou majeures, je n'en sais rien. Mais on dirait que chaque cas est différent. Peut-être que des gens ne sont pas affectés, du

moins pas au point que cela se remarque, et que d'autres se transforment vraiment.

Sasha palpa la manche de la chemise de Bobby, admirative.

— Le motif est une fresque d'Eugene Savage, *Island Feast*.

— Les boutons sont drôlement chics.

— Follement, dit Bobby en frottant son pouce contre un des boutons striés, brun-jaune, avec le sourire du collectionneur passionné tirant plaisir de la sensualité de la texture. De la noix de coco polie.

Sasha sortit une pile de serviettes en papier d'un tiroir.

L'air était lourd et humide. On sentait la peau de l'orage gonfler comme un ballon. Il ne tarderait pas à exploser.

Je bus une gorgée de Corona glacée :

— Bien, vieux frère, avant que je te raconte le reste, Orson voudrait te faire une petite démonstration.

— Pas la peine, je possède la collection complète de Tupperware.

J'appelai Orson :

— Il y a trois coussins sur les canapés du salon. L'un d'eux est un cadeau que j'ai fait à Bobby. Tu veux bien aller me le chercher ?

Orson sortit de la cuisine.

— Qu'est-ce qui se passe ? dit Bobby.

Sasha s'assit avec sa bière.

— Attends. Tu vas voir. Tu vas voir, répéta-t-elle en drapant son .38 spécial posé sur la table d'une serviette en papier.

Chaque année, Bobby et moi échangeons des cadeaux à Noël. Comme nous n'avons besoin de rien ni l'un ni l'autre, la valeur et l'utilité ne sont pas des critères d'achat. L'idée est d'offrir les trucs les plus tartes possibles. C'est une tradition sacrée depuis l'année de nos douze ans. Dans sa chambre, Bobby range la collection de cadeaux moches que je lui ai faits sur des étagères ; le seul qu'il ne juge pas assez tarte pour mériter de figurer sur lesdites étagères, c'est le coussin.

Orson revint dans la cuisine avec le fameux objet dans la gueule, et Bobby s'efforça de ne pas paraître impressionné par l'exploit du chien.

Le coussin faisait partie des objets fabriqués — et vendus pour réunir des fonds — par un évangéliste populaire de la télévision. À l'intérieur d'une bordure compliquée, on pouvait lire la phrase suivante brodée au point de croix : JÉSUS MANGE LES PÉCHEURS ET RECRACHE LES ÂMES SAUVÉES.

— Tu n'as pas trouvé ça tarte ? s'exclama Sasha, incrédule.

— Tarte, oui, dit Bobby en s'attachant la ceinture de munitions autour de la taille sans se lever de sa chaise. Mais pas assez.

— Tu places la barre affreusement haut.

L'année suivant le coussin, je lui avais offert une sculpture en céramique d'Elvis Presley. Moulé dans un de ses costumes de scène en soie et paillettes blanches de Las Vegas, Elvis est assis à l'endroit où il est mort, sur le siège des toilettes ; les mains jointes, il lève les yeux au ciel, et il a une auréole autour de la tête.

Dans cette compétition, Bobby est désavantagé parce qu'il insiste pour se rendre dans des boutiques de cadeaux afin de dénicher l'horreur parfaite. À cause de ma XP, je suis réduit à la vente par correspondance, domaine où les catalogues de rossignols exquis pullulent tellement qu'ils rempliraient tous les rayons de la Bibliothèque du Congrès.

— Joli tour, dit Bobby à Orson en jouant avec le coussin.

— Ce n'est pas un tour. Manifestement on faisait des tas d'expériences différentes à Wyvern. L'une d'elles consistait à améliorer l'intelligence des êtres humains et des animaux.

— Conneries !

— C'est vrai.

— Dingue !

— Complètement.

Je demandai à Orson de rapporter le coussin là où il l'avait trouvé, puis de se rendre dans la chambre, de pousser la porte coulissante et de rapporter l'un des mocassins noirs que Bobby avait achetés lorsqu'il s'était rendu compte qu'il ne possédait que des tongs, des sandales et des chaussures de sport pour assister à l'enterrement de ma mère.

La cuisine embaumait la pizza, et le chien jeta un regard inquiet au four.

— On t'en gardera une part, lui certifiai-je. Fonce.

— Attends ! dit Bobby. Je veux plus qu'une simple chaussure. Plus qu'un mocassin : le gauche.

En soufflant l'air de dire que la complication n'en était pas une, Orson disparut.

Dehors, au-dessus du Pacifique, un escalier d'éclairs relia les cieux à l'océan, comme pour signaler la descente d'archanges. Le coup de tonnerre qui suivit fit vibrer les vitres et se répercuta dans les murs du cottage.

Sur notre côte tempérée, les orages s'accompagnent rarement de feux d'artifice de ce genre. Apparemment, nous étions bons pour un spectacle grandiose.

Je mis un bocal de chips de poivrons rouges sur la table, puis disposai des assiettes en carton et des dessous-de-plat sur lesquels Sasha posa les pizzas.

— Mungojerrie, fit Bobby.

— Cela vient d'un livre de poèmes sur les chats.

— Un peu prétentiard, non ?

— Non, c'est mignon, répliqua Sasha.

— Minet, voilà un nom pour un chat.

Le vent se leva, agitant un couvercle de conduit de ventilation sur le toit et sifflant dans les avant-toits. Je ne l'aurais pas juré, mais je crus bien entendre dans le lointain les cris de plongeon de la troupe.

Bobby se pencha pour redresser d'une main le fusil posé par terre à côté de sa chaise.

— Minet ou Minou. Voilà des noms de chat.

Sasha découpa une part de pizza aux pepperoni et mit les bouchées à tiédir pour Orson.

Le chien revint de la chambre avec un mocassin dans la gueule. Il le donna à Bobby. C'était le pied gauche.

Bobby alla jeter la chaussure dans la poubelle.

— Ce n'est pas à cause des traces de crocs ou de bave de chien, certifia-t-il à Orson. C'est juste que j'ai bien l'intention de ne jamais reporter des chaussures habillées.

Cela me rappela l'enveloppe de l'armurerie Thor que j'avais trouvée sur mon lit avec le Glock la nuit précédente. Elle était légèrement humide et couverte de drôles de dentelures. De la salive. Des traces de crocs. C'était Orson qui avait mis le pistolet de mon père là où je ne pouvais pas manquer de le trouver.

Bobby revint s'asseoir et fixa le chien.

— Alors ? dis-je.

— Alors quoi ?

— Tu vois ce que je veux dire.

— Il faut que je le dise ?

— Ouais.

Bobby soupira :

— J'ai l'impression d'avoir pris un rouleau en pleine poire.

— Tu es un champion, dis-je à Orson.

Sasha avait agité l'air au-dessus de la part du chien pour éviter que le fromage, trop chaud, ne le brûle en se collant à son palais. Elle posa l'assiette par terre.

Orson cogna la table et les pieds de la chaise de ses battements de queue lorsqu'il entreprit de démontrer qu'une intelligence supérieure ne s'accompagne pas nécessairement de bonnes manières à table.

— Minouche, dit Bobby. Un nom simple. Un nom de chat.

Tout en dînant, je parcourus les pages de bloc jaune sur lesquelles mon père avait fait un récit concis des activités de Wyvern, les développements inattendus qui avaient viré à la catastrophe, et le rôle de ma mère dans l'affaire. Bien que papa ne pût rapporter qu'en termes de néophyte ce que ma mère lui avait dit, le document qu'il m'avait laissé foisonnait d'informations.

— Un petit livreur. C'est ce que Lewis Stevenson m'a dit la nuit dernière quand je lui ai demandé ce qui l'avait changé. « Un petit livreur qui refusait de mourir. » Il parlait d'un rétrovirus. Apparemment, ma mère a émis la théorie d'un nouveau genre de rétrovirus… avec la sélectivité d'un rétrotransposon.

Je relevai la tête : Sasha et Bobby me fixaient, l'air ahuri.

— Orson sait probablement de quoi tu parles, vieux frère, dit Bobby, mais j'ai abandonné mes études en cours de route.

— Et je ne suis qu'une animatrice radio, dit Sasha.

— Mais une bonne, précisa Bobby.

— Merci.

— Même si tu passes trop de Chris Isaak.

Cette fois les éclairs ne descendirent pas d'escalier, mais tombèrent droit et vite, comme un élévateur express embrasé chargé de TNT qui explose en heurtant le sol. La péninsule tout entière parut bondir, la maison trembla, et la pluie se mit à tambouriner violemment sur le toit.

— Peut-être qu'ils n'aimeront pas la pluie, dit Sasha. Peut-être qu'ils ne viendront pas.

Je tirai le Glock de la poche de ma veste. Je le posai sur la table, à portée de main, et le cachai à l'exemple de Sasha sous une serviette en papier.

— Surtout au cours d'essais cliniques, les scientifiques ont traité des tas de maladies — le sida, le cancer, les maladies héréditaires — avec diverses thérapies géniques. Si le malade présente des gènes défectueux ou manque complètement de certains gènes, l'idée est de remplacer les mauvais par des copies en bon état ou d'ajouter les gènes qui manquent, lesquels permettront aux cellules de mieux lutter contre la maladie. Il y a eu des résultats encourageants. Un nombre croissant de réussites modestes. Et des échecs, aussi, des surprises désagréables.

— Il y a toujours un Godzilla quelque part, dit Bobby. Une minute Tokyo chantonne, tout heureux et prospère, et la minute d'après, un lézard géant vient tout écraser.

— Le problème est d'intégrer les gènes sains dans l'organisme du patient. Le plus souvent on se sert de virus impotents pour porter les gènes dans les cellules. La plupart sont des rétrovirus.

— Impotents ?

— Cela veut dire qu'ils ne peuvent pas se reproduire. De cette manière, ils ne sont pas une menace pour l'organisme. Une fois qu'ils ont porté le gène jusqu'à la cellule, ils ont la capacité de le distribuer dans ses chromosomes.

— Des livreurs, dit Bobby.

— Et quand ils ont fait leur boulot, ils sont censés mourir ? demanda Sasha.

— Parfois ils ne partent pas aisément. Ils peuvent causer une inflammation ou de graves réactions immunitaires qui détruisent et les virus et les cellules dans lesquelles ils ont livré les gènes. Des chercheurs ont donc étudié des moyens de modifier des rétrovirus afin de les rendre semblables à des rétrotransposons qui sont des bouts du propre ADN du corps qui peuvent déjà se copier et se débiter en chromosomes.

— C'est là que débarque Godzilla, dit Bobby.

— Comment tu sais tous ces trucs, Snowman ? Tu ne les as pas appris en lisant ces pages en diagonale.

— Tu as tendance à trouver intéressants les articles de recherche les plus rébarbatifs quand tu sais qu'ils pourraient sauver ta peau. Si quelqu'un trouve un jour un moyen de remplacer mes gènes défectueux par des copies en bon état, mon corps pourra produire les enzymes capables de réparer les dégâts que causent les ultraviolets à mon ADN.

— Tu cesserais d'être l'insecte nocturne.

— Adieu les monstres de foire, vive la normalité !

À travers le tambourinement de la pluie sur le toit, on entendit le bruit d'une course précipitée sur la terrasse arrière.

Tournant la tête, nous vîmes un grand rhésus sauter sur le rebord de fenêtre au-dessus de l'évier. Sa fourrure était trempée et aplatie, ce qui lui donnait un air encore plus efflanqué qu'au naturel. Il saisit un meneau vertical d'une petite patte, nous dévisageant avec ce qui semblait être une curiosité de singe ordinaire. La créature aurait paru inoffensive, sans son regard mauvais.

— Ils vont probablement s'énerver plus vite si nous les ignorons, dit Bobby.

— Et plus ils s'énervent, plus ils risquent d'être imprudents.

Je mordis dans une part de la pizza à la saucisse et aux oignons et tapotai la pile de pages jaunes sur la table :

— Mon père explique ce qu'il a compris de la théorie de ma mère. En travaillant sur le projet de Wyvern, elle a mis au point une nouvelle approche révolutionnaire pour concevoir des rétrovirus-livreurs plus sûrs.

— J'entends le bruit des pas du lézard, dit Bobby. Boum, boum, boum, boum.

À la fenêtre, le singe hurla.

Je jetai un coup d'œil à la fenêtre plus proche de nous : rien.

Orson posa les pattes avant sur la table et sortit le grand jeu à Sasha pour lui faire comprendre qu'il reprendrait bien de la pizza.

— Attention ! Tu sais combien les mômes ont l'art de monter les parents l'un contre l'autre.

— Je suis plus sa belle-sœur que sa mère. De toute façon, cela pourrait bien être son dernier repas. Et le nôtre.

— D'accord, soupirai-je. Mais si nous survivons, nous créons un mauvais précédent.

Un deuxième singe sauta sur le rebord de la fenêtre. Hurlant, montrant les crocs.

Sasha choisit la plus fine des tranches de pizza qui restaient, la découpa en petits morceaux qu'elle posa sur l'assiette du chien par terre.

Orson jeta un coup d'œil inquiet aux diablotins qui s'agitaient à la fenêtre, mais apparemment même ces affreux primates ne parvenaient pas à lui couper l'appétit. Il se concentra sur son dîner.

Un des singes se mit à battre régulièrement du plat de la main contre la vitre, hurlant plus fort que jamais.

Ses crocs paraissaient plus gros et plus acérés que ceux d'un rhésus normal, assez gros et assez acérés pour satisfaire les exigences du rôle de prédateur. Sans doute une caractéristique physique que lui avaient concoctée les espiègles chercheurs de Wyvern. Je revis la gorge déchiquetée d'Angela.

— Ils cherchent peut-être à nous distraire, suggéra Sasha.

— Ils ne peuvent entrer nulle part dans la maison sans briser une vitre, dit Bobby. Nous les entendrons.

— Malgré ce raffut et la pluie ?

— Nous les entendrons.

— Je pense que nous devrions rester groupés le plus longtemps possible. À moins d'être obligés de nous séparer. Ils sont assez intelligents pour savoir qu'il faut diviser pour vaincre.

Je jetai de nouveau un œil à la fenêtre voisine, mais il n'y avait pas de singes sur cette partie de la terrasse, et seuls la pluie et le vent bougeaient dans les dunes sombres derrière la balustrade.

Au-dessus de l'évier, un des singes avait réussi à se retourner en s'accrochant toujours à la fenêtre. Avec des couinements ressemblant à un rire, il nous montrait ses fesses, pressait son vilain arrière-train nu contre la vitre.

— Bon, dit Bobby, que s'est-il passé une fois que tu as pénétré dans le presbytère ?

Sentant que le temps commençait à manquer, je résumai rapidement les événements dans le grenier, à Wyvern et chez les Ramirez.

— Manuel, un mutant ! s'exclama Bobby, en secouant tristement la tête.

— Beurk ! s'écria Sasha, mais elle ne commentait pas l'état de Manuel.

À la fenêtre, le singe mâle qui nous faisait face urinait généreusement.

— Ça, c'est nouveau, fit Bobby.

Sur la terrasse derrière les fenêtres au-dessus de l'évier, d'autres singes se mirent à bondir dans les airs comme des grains de maïs dans une poêle d'huile chaude. Ils hurlaient et couinaient tous, et ils avaient l'air nombreux.

Je terminai ma bière.

Rester cool devenait de plus en plus dur. Peut-être que cela requérait plus d'énergie et de concentration que je n'en possédais.

— Orson, ce ne serait pas une mauvaise idée que tu patrouilles dans la maison. Mais pas la peine de jouer les héros. Si tu vois quelque chose qui cloche, aboie comme un fou et rapplique ici en courant.

Le chien sortit.

Je regrettai immédiatement de l'avoir envoyé en reconnaissance, même si je savais que c'était la chose à faire.

Le premier singe avait vidé sa vessie, et le deuxième venait de s'y mettre. D'autres galopaient sur la balustrade ou se balançaient, accrochés aux chevrons du toit de la terrasse.

Assis face à la fenêtre voisine de la table, Bobby scruta l'obscurité, l'air aussi soupçonneux que moi.

Les éclairs semblaient s'être calmés, mais le tonnerre grondait toujours au-dessus de l'océan. Cette canonnade excitait la troupe.

— Il paraît que le dernier Brad Pitt est vraiment géant, dit Bobby.

— Je ne l'ai pas vu, dit Sasha.

— J'attends toujours que ça sorte en vidéo.

Le bouton de la porte de la terrasse arrière s'agita et grinça, mais le verrou résista.

Les deux singes à la fenêtre disparurent, aussitôt remplacés par deux autres qui se mirent à uriner contre la vitre.

— Pas question que je nettoie ça, dit Bobby.

— Pas question que, moi, je le nettoie, dit Sasha.

— Peut-être que c'est une manière de se défouler de leur agressivité et de leur colère avant de partir.

Bobby et Sasha avaient dû étudier les expressions sarcastiques méprisantes dans la même école.

— Ou peut-être pas, fis-je, battant en retraite.

Un caillou de la taille d'un noyau de cerise heurta l'une des fenêtres, et les singes pisseurs sautèrent au sol pour se mettre à l'abri. D'autres cailloux suivirent le premier, une véritable averse de grêlons.

Le calme régnait toujours à la fenêtre la plus proche de nous.

Bobby posa le fusil en travers de ses genoux.

Après un tir de barrage, tout s'arrêta brusquement.

Les cris des singes surexcités s'amplifièrent. Perçants, comme venus d'ailleurs, ils semblaient avoir un effet surnaturel, alimentant la nuit d'une énergie si démoniaque que la pluie redoubla d'intensité. Des coups de tonnerre ne cessaient de briser la coquille de la nuit, et une fois de plus des éclairs plantèrent leurs dents dans la viande du ciel.

Un caillou, plus gros que les précédents, rebondit sur une des fenêtres de l'évier. Un autre suivit, lancé avec davantage de force que le premier.

Heureusement que les singes avaient des pattes trop petites pour tenir et utiliser des pistolets et que leur relative légèreté ne leur aurait pas permis de s'en servir sans être déséquilibrés par le recul. Nul doute qu'ils étaient assez intelligents pour comprendre l'usage et le but des armes. Quelle chance que la horde de génies des laboratoires de Wyvern n'aient pas choisi de travailler avec des gorilles ! Si l'idée leur en venait, ils seraient fichus de se mettre immédiatement en quête des fonds nécessaires pour financer cette nouvelle entreprise et, non contents de former les gorilles au maniement des armes, ils les initieraient certainement aussi à la conception d'armes nucléaires.

Deux autres cailloux vinrent frapper la vitre.

J'effleurai le téléphone cellulaire accroché à ma ceinture. Il devrait bien y avoir quelqu'un à appeler à la rescousse. Ni la police ni le FBI, bien sûr. Si les gentils officiers de la force de Moonlight Bay répondaient, ils offriraient probablement un tir de couverture aux singes. Quant au FBI, en admettant que nous réussissions à joindre le bureau le plus proche et à avoir l'air plus crédibles que tous ceux qui appelaient pour signaler des enlèvements par soucoupes volantes, nous nous adresserions à l'ennemi. Selon Manuel Ramirez, la décision de laisser ce cauchemar se résorber tout seul avait été prise à très haut niveau, et je le croyais.

En renonçant à prendre nos responsabilités comme aucune génération avant la nôtre, nous avons confié notre vie et notre avenir à des techniciens et à des experts qui s'emploient à nous convaincre que nous ne possédons ni assez d'intelligence ni assez de bon sens pour prendre des décisions importantes concernant la gestion de la société. Voilà la conséquence de notre crédulité et de notre paresse. L'apocalypse par des primates.

Un caillou encore plus gros heurta la fenêtre. La vitre se fendit.

Je pris les deux chargeurs du neuf millimètres sur la table et les fourrai dans les poches de mon jean.

Sasha glissa une main sous la serviette froissée qui dissimulait le .38 spécial.

Suivant son exemple, je m'emparai du Glock.

Je cherchai son regard. Une vague de peur passa dans ses yeux, et elle dut voir les mêmes courants noirs dans les miens.

Je voulus lui adresser un sourire rassurant, mais j'eus l'impression que mon visage allait se craqueler comme un masque de plâtre.

— Tout ira très bien. Une animatrice radio, un rebelle du surf et Elephant Man — l'équipe idéale pour sauver le monde.

— Ne descendez pas immédiatement les deux premiers qui entreront, dit Bobby. Laissez-en arriver quelques-uns. Retardez le moment de tirer le plus longtemps possible. Qu'ils se sentent en confiance. Il faut baiser ces petits salauds. Laissez-moi ouvrir le feu sur eux, pour leur apprendre le respect. Avec le fusil, je n'ai même pas besoin de viser.

— Oui, mon général.

Deux, trois, quatre cailloux — gros comme des noyaux de pêche — s'écrasèrent contre la fenêtre. La seconde grande vitre se fendit et une fissure subsidiaire s'ouvrit sur la même ligne, comme un éclair se dédoublant.

Je vivais une réorganisation physiologique qui aurait fasciné le corps médical. Mon estomac qui venait de remonter dans ma poitrine pressait avec insistance contre la base de ma gorge, après avoir abandonné sa place à mon cœur battant.

Une demi-douzaine de cailloux plus lourds, balancés avec plus de force qu'avant, firent voler les vitres en éclats. Dans une cacophonie d'aigus, le verre se mit à pleuvoir dans l'évier en acier inoxydable, avant de rebondir sur les comptoirs en granit et de s'écraser par terre. Je fermai brièvement les yeux.

En les rouvrant une seconde plus tard, je vis deux singes hurlants, aussi grands que celui qu'Angela avait décrit, sur le rebord de la fenêtre. Tout en nous surveillant, le couple se laissa tomber à l'intérieur, sur le plan de travail. Le vent tourbillonnait autour d'eux, ébouriffant leur fourrure aplatie par la pluie.

L'un d'eux regarda vers le placard à balais, où Bobby enfermait généralement son fusil. Depuis leur arrivée, ils n'avaient vu aucun de nous s'approcher du placard, ni pu repérer le calibre 12 en travers des genoux de Bobby, sous la table.

Bobby leur jeta un coup d'œil distrait, puis fixa la fenêtre face à lui.

Voûtées et agiles, les deux créatures s'éloignèrent de l'évier en partant dans des directions opposées. Dans la pénombre de la cuisine, leurs yeux jaunes mauvais étincelaient autant que les flammes au bout des mèches des bougies.

Rencontrant un grille-pain, l'intrus de gauche le balança rageusement par terre. Des étincelles jaillirent de la prise de courant.

Angela m'avait raconté que le rhésus l'avait bombardée avec des pommes au point de lui fendre la lèvre. L'ordre régnait dans la cuisine de Bobby, mais si ces bêtes ouvraient des placards et se mettaient à nous jeter des verres et des plats à la tête, elles risquaient de causer de sérieux dégâts même si nous avions l'avantage en puissance de feu. Une assiette, tournoyant comme un Frisbee, atterrissant sur l'arête du nez, pouvait être aussi meurtrière qu'une balle.

Deux autres créatures au regard affreux bondirent sur le rebord de la fenêtre cassée. Montrant les dents, crachant.

La serviette de papier sur la main armée de Sasha trembla — et ce n'était pas à cause d'un courant d'air.

Au milieu des cris, des babillages et des sifflements des intrus, des rafales de vent de mars s'engouffrant par les vitres cassées, des roulements de tonnerre et du tambourinement de la pluie, je crus entendre Bobby fredonner. Il faisait mine d'ignorer les singes à l'autre bout de la cuisine, concentré sur la fenêtre encore intacte, en face de lui — et ses lèvres remuaient.

Peut-être enhardis par notre absence de réaction, nous croyant certainement paralysés de peur, les deux créatures de plus en plus agitées sur le rebord des fenêtres sautèrent à l'intérieur et longèrent les murs dans des directions opposées, formant des couples avec les deux premiers.

Ou Bobby se mit à chanter tout haut ou la terreur aiguisa mon ouïe, parce que soudain je reconnus l'air. Il s'agissait d'un titre du groupe baptisé les Monkeys, les singes.

Deux nouveaux membres de la troupe grimpèrent sur la fenêtre au-dessus de l'évier, s'accrochant aux cadres, le feu de l'enfer dans les yeux, nous hurlant leur haine.

Les quatre déjà à l'intérieur criaient plus fort que jamais, bondissaient sur les plans de travail, agitaient les poings, montraient les dents, crachaient.

Ils étaient intelligents, mais pas assez. Leur rage leur brouillait rapidement le jugement.

— Du balai, dit Bobby.

C'était parti !

Au lieu de reculer sa chaise pour s'éloigner de la table, il vira sur le côté, se leva et redressa le fusil comme s'il avait bénéficié à la fois d'un entraînement militaire et de leçons de danse. Le feu jaillit du canon, et à la première détonation assourdissante, les deux derniers arrivants sur la fenêtre furent projetés en arrière, comme de simples peluches ; la deuxième rafale descendit le couple sur le comptoir à gauche de l'évier.

Mes oreilles se mirent à tinter, je me serais cru dans le clocher d'une cathédrale, mais cela ne m'empêcha pas de me redresser avant la deuxième rafale, à l'instar de Sasha qui tira sur le dernier couple d'intrus pendant que Bobby s'occupait des numéros trois et quatre.

La fenêtre voisine de la table explosa. Surfant sur une cascade de verre, un rhésus hurlant atterrit sur la table, renversant deux bougies et éteignant l'une d'elles, nous éclaboussant de pluie, envoyant un plat à pizza valdinguer par terre.

Je levai le Glock quand le dernier arrivant sauta sur le dos de Sasha. Impossible de tirer sans la mettre en danger.

Le temps que je fasse le tour de la table, Sasha hurlait ; le singe la tirait par les cheveux. Instinctivement, elle lâcha son .38 pour tenter d'attraper le rhésus qui chercha à lui mordre les mains. J'entendis les dents claquer dans le vide. Sasha était renversée en arrière, et le singe tirait toujours sur ses cheveux, s'efforçant visiblement de mettre sa gorge à nu.

Abandonnant le Glock, je passai le bras droit autour du cou de la créature en l'agrippant de la main gauche entre les omoplates. Je tordis une poignée de fourrure et de chair si violemment que le singe hurla de douleur. Mais il résistait.

Bobby réarma et tira une troisième fois : les murs du cottage tremblèrent comme pendant un séisme et je crus que cela sonnait la fin de la dernière paire d'intrus, mais en entendant le juron lâché par mon pote, je sus que nous n'étions pas au bout de nos peines.

Révélés davantage par l'éclat jaune de leurs yeux que par les flammes vacillantes des deux bougies encore allumées, un autre couple de singes, de vrais kamikazes, venait de bondir sur la fenêtre au-dessus de l'évier.

Bobby rechargea.

Orson se mit à aboyer. Impossible de dire s'il accourait pour se joindre à la mêlée ou s'il appelait à l'aide.

Je m'entendis jurer avec une vivacité qui ne me ressemblait guère et gronder avec une férocité bestiale en passant les deux mains autour du cou du rhésus. Je serrai, serrai jusqu'à ce qu'il n'ait d'autre choix que de lâcher Sasha.

Avec ses treize kilos, le singe faisait moins d'un sixième de mon poids, mais ce n'était qu'une masse de muscles et de haine. Criant, crachant, tout en s'efforçant de reprendre son souffle, il essaya de mordre les mains qui l'étranglaient. Il se débattit — une anguille aurait été plus facile à tenir — mais j'étais tellement fou de colère à cause de ce que ce petit salaud avait tenté de faire à Sasha que mes mains se resserraient comme un étau autour de son cou. Il y eut un claquement sec. Le corps soudain mou s'affaissa par terre, sans vie.

Haletant, écœuré, je repris le Glock ; Sasha qui était déjà à la fenêtre béante ouvrit le feu sur l'obscurité avec son .38.

Tout en rechargeant, ayant perdu la trace des deux derniers singes, Bobby s'était approché de l'interrupteur proche de la porte. Il poussa l'intensité lumineuse au point de me faire cligner les yeux.

Un des petits salopards se dressait sur un comptoir à côté de la plaque de cuisson. Il brandissait un petit couteau, récupéré dans le présentoir accroché au mur et, sans nous laisser le temps de réagir, il le lança sur Bobby.

La troupe s'était-elle initiée aux arts militaires élémentaires ou le singe avait-il de la chance ? Toujours est-il que le couteau cabriola dans l'air et vint se planter dans l'épaule droite de mon pote.

Qui lâcha le fusil.

Je tirai deux fois sur le lanceur de couteau, qui s'écroula à la renverse sur la table de cuisson, mort.

Le singe restant avait dû entendre dire que le courage est essentiellement une question de prudence, car recourbant sa queue contre son dos, il s'enfuit par la fenêtre au-dessus de l'évier. Je lui tirai deux fois dessus, en vain.

À l'autre fenêtre, avec un calme et une dextérité surprenants, Sasha glissait un clip de chargement dans son .38.

Dans quelle école pour animateurs de radio avait-elle pu s'initier à un maniement aussi élégant des armes à feu ? De tous les habitants de Moonlight Bay, Sasha était la seule à paraître encore intacte. Je commençais à la soupçonner d'avoir un ou deux secrets bien gardés.

Elle se remit à tirer. Je ne sais pas si elle avait des cibles ou si ce feu nourri visait à décourager ce qui restait de la troupe.

Éjectant le chargeur à demi vide du Glock pour le remplacer par un plein, je m'approchai de Bobby qui était en train d'extraire le couteau de son épaule. La plaie était superficielle, mais une tache de sang s'étendait sur sa chemise.

— Grave ?

— Bon Dieu !

— Tu peux tenir ?

— C'était ma plus belle chemise !

Allons ! avec un peu de chance, il s'en remettrait.

À l'avant de la maison, Orson aboyait toujours, tout en couinant à présent de terreur.

Je fourrai le Glock sous ma ceinture, contre mes reins, ramassai le fusil de Bobby, chargé, et me ruai en direction des aboiements.

J'augmentai l'intensité de l'éclairage de la salle de séjour.

Un vent mugissant poussait la pluie à l'intérieur, par une des baies brisée.

Quatre singes hurlants étaient perchés sur les dossiers de fauteuils et sur les accoudoirs des canapés. Ils tournèrent la tête vers moi et crachèrent en chœur.

Bobby avait estimé que la troupe se composait de huit ou dix individus, mais ils étaient apparemment bien plus nombreux. J'en avais déjà vu douze ou quatorze, et même rendus moitié fous par la rage et la haine, je ne les croyais pas téméraires — ou stupides — au point de sacrifier la plus grande partie de leur communauté dans une seule attaque.

Ils étaient en liberté depuis deux ou trois ans. Tout le temps de se reproduire.

Orson était par terre, cerné par ce quatuor de diablotins, qui se remirent à lui crier dessus. Il tournait en rond, inquiet, essayant de les avoir tous en même temps dans son champ de vision.

L'un d'eux était suffisamment loin pour que je n'aie pas à craindre de toucher le chien en lui tirant dessus. Je le tuai sans une hésitation : les éclaboussures d'entrailles de singe allaient bien coûter cinq mille dollars à Bobby en frais de rénovation.

Hurlant, les trois derniers intrus foncèrent vers les baies, en bondissant d'un meuble à un autre. J'en descendis un deuxième, mais la troisième rafale du fusil ne réussit qu'à cribler un lambris de teck de petits trous. Cinq à dix mille dollars de plus pour Bobby.

Je jetai le fusil, pris le Glock, et me mis à tirer sur les deux singes qui fuyaient par la baie brisée — quand je fus presque soulevé de terre. On m'agrippa par-derrière, un bras costaud enserra ma gorge, me coupant le souffle, et une main m'arracha mon arme.

On me jeta en l'air comme on le fait avec les gosses. Je m'écrasai sur une table basse qui s'effondra sous mon poids.

Sur le dos au milieu des débris, je levai le nez et vis Carl Scorso qui me dominait de toute sa taille, gigantesque sous cet angle. Le crâne chauve. La bouche d'oreille. J'avais augmenté l'intensité de la lumière, mais il restait encore suffisamment de pénombre dans la pièce pour que la lueur animale dans son regard soit visible.

C'était lui le chef de la troupe. Cela ne faisait aucun doute. Il portait des chaussures de sport, un jean et une chemise en flanelle, une montre-bracelet, et dans une séance d'identification en compagnie de quatre gorilles, personne n'aurait eu la moindre difficulté à l'identifier comme l'unique être humain. Mais malgré les apparences, il possédait une sorte d'aura de sauvagerie purement animale, et la lueur dans ses yeux n'était pas seule en cause : ses traits étaient déformés par une expression qui ne reflétait aucune émotion humaine identifiable. Il aurait aussi bien pu être nu ; il aurait aussi bien pu être couvert de poils. S'il menait une double vie, il était clair qu'il était plus en phase avec celle qu'il vivait la nuit, avec la troupe, qu'avec celle qu'il vivait le jour, parmi ceux qui n'étaient pas des mutants comme lui.

Jambes écartées, il me visait en tenant le Glock à bout de bras.

Orson se jeta sur lui en grondant, mais Scorso fut le plus rapide. Il lui balança un coup de pied dans la tête et mon chien s'effondra par terre, sans un jappement ni un tressaillement des pattes.

Mon cœur tomba comme une pierre au fond d'un puits.

Scorso braqua à nouveau le Glock sur moi et pressa la détente. C'est du moins ce que je crus. En fait, Sasha venait de lui tirer dans le dos de l'autre bout de la pièce.

Tressautant sous l'impact, Scorso me rata. Le plancher en teck à côté de mon crâne explosa.

Blessé mais visiblement moins gêné par une balle dans le dos que le commun des mortels, Scorso vira sur lui-même, en tirant.

Sasha roula hors de la pièce, pendant que Scorso vidait son chargeur dans sa direction. Il continua à presser la détente, dans le vide.

Une énorme tache de sang s'étalait sur sa chemise.

Finalement il jeta le Glock, se tourna vers moi, et parut se demander s'il allait m'écraser le visage à coups de pied ou m'arracher les yeux, pour me laisser aveuglé et mourant. Renonçant à l'un et l'autre de ces plaisirs, il se dirigea vers la baie brisée par laquelle s'étaient échappés les deux derniers singes.

Il sortait de la maison quand Sasha fit sa réapparition, lui courant après.

Je lui criai d'arrêter, mais elle avait l'air si féroce que je n'aurais pas été surpris de voir l'affreuse lueur dans ses yeux. Je me relevais à peine des débris de la table basse que j'entendis le .38 claquer trois fois à l'extérieur.

Il était clair à présent que Sasha pouvait se débrouiller toute seule, mais il fallait que je la récupère. Même si elle achevait Scorso, la nuit abritait probablement plus de singes que ne pouvait en gérer une animatrice radio même de première bourre — et la nuit était leur domaine, pas le sien.

Il y eut un quatrième coup de feu. Suivi d'un cinquième.

J'hésitai parce qu'Orson gisait inanimé, si immobile que son flanc noir ne se soulevait même pas sous l'effet de la respiration. Était-il mort ? Inconscient ? Dans ce dernier cas, il pouvait avoir rapidement besoin d'aide. Il avait été frappé à la tête. Et s'il vivait encore, il souffrait peut-être d'une lésion cérébrale.

Je me rendis compte que je pleurais. Je repoussai mon chagrin, chassai les larmes de mes yeux. Comme d'habitude.

Bobby venait vers moi, une main sur sa blessure à l'épaule.

— Aide Orson.

Je refusais de croire qu'il n'ait plus besoin d'aide, parce que le seul fait de penser une chose aussi terrible risquait de la rendre vraie.

Pia Klick comprendrait.

Peut-être que Bobby aussi comprendrait maintenant.

Évitant meubles et cadavres de singes, je courus à la fenêtre. Des fouets argentés de pluie poussés par le vent s'engouffraient à l'intérieur entre les bords déchiquetés des fragments de verre encore attachés au cadre. Je traversai la terrasse, franchis le perron d'un bond et me ruai sous l'averse, vers Sasha, debout à une dizaine de mètres dans les dunes.

Carl Scorso gisait à plat ventre dans le sable.

Trempée et tremblante, elle était occupée à fourrer son troisième et dernier clip de chargement rapide dans son revolver. Elle devait avoir touché sa cible pratiquement à chaque coup, mais elle semblait penser avoir besoin de davantage de balles.

En effet, Scorso se tortilla et enfouit ses deux mains dans le sable, comme pour se creuser un abri, tel un crabe.

Avec un frémissement d'horreur, Sasha se pencha et l'acheva d'une balle dans la nuque.

Lorsqu'elle se tourna vers moi, elle pleurait. Sans chercher à réprimer ses larmes.

J'avais l'œil sec à présent. Il fallait bien que l'un de nous tienne le coup.

— Hé, lui dis-je doucement.

Elle vint dans mes bras.

— Hé, murmura-t-elle contre ma gorge.

Je la serrai contre moi.

La pluie tombait avec une telle violence que je ne voyais pas les lumières de la ville, à un kilomètre à l'est. Moonlight Bay aurait aussi bien pu se dissoudre sous ce déluge du ciel, balayé comme un château de sable.

Mais non, la ville était bien là. Attendant que cet orage se calme, comme ceux qui viendraient après, jusqu'à la fin du monde. Il n'y avait pas moyen d'échapper à Moonlight Bay. Pas pour nous. Jamais. La ville coulait presque littéralement dans nos veines.

— Qu'est-ce qu'on fait maintenant ? s'écria Sasha, toujours blottie dans mes bras.

— On vit.

— C'est foutu.

— Cela l'a toujours été.

— Ils sont encore là-bas.

— Peut-être qu'ils vont nous laisser tranquilles — un moment.

— Où est-ce qu'on va maintenant, Snowman ?

— On rentre dans la maison. Pour boire une bière.

Elle tremblait encore, et ce n'était pas à cause de la pluie.

— Et après ? Nous ne pouvons pas passer notre vie à boire de la bière.

— Il y a de grosses vagues prévues demain.

— Cela va être aussi simple ?

— Il faut prendre ces vagues épiques tant que c'est possible.

Nous revînmes vers la maison ; Orson et Bobby nous attendaient assis sur le perron. Il restait juste assez de place pour nous.

Aucun de mes deux frères n'était de super humeur.

Bobby pensait n'avoir besoin que d'un bon désinfectant et d'un pansement :

— C'est peu profond, à peine plus d'un centimètre.

— Désolée pour ta chemise, dit Sasha.

— Merci.

Gémissant, Orson se redressa, descendit les marches en chancelant et alla vomir dans le sable. La nuit de toutes les régurgitations.

J'étais incapable de le quitter des yeux. Je tremblais de terreur.

— Peut-être que nous devrions l'emmener chez le véto, dit Sasha.

Je secouai la tête. Pas de véto.

Je ne pleurerais pas. Je ne pleure pas. Quel degré d'amertume peut-on atteindre en refoulant trop de larmes ?

— Je ne ferais confiance à aucun véto en ville, dis-je quand je retrouvai enfin l'usage de la parole. Ils en sont probablement. S'ils comprennent qui il est, qu'il vient de Wyvern, ils risquent de me l'arracher pour le renvoyer aux labos.

Orson offrait sa gueule à la pluie, comme pour se rafraîchir.

— Ils reviendront, dit Bobby, parlant de la troupe.

— Pas ce soir. Et peut-être pas avant très longtemps.

— Mais tôt ou tard.

— Oui.

— Et qui d'autre ? demanda Sasha. Quoi d'autre ?

— C'est le chaos là-bas, repris-je, me souvenant de ce que Manuel m'avait dit. Un monde complètement nouveau. Qui diable sait ce qu'il y a dedans — ce qui y naît en ce moment ?

Malgré tout ce que nous avions vu et appris du projet Wyvern, peut-être nous fallut-il attendre cet instant pour être convaincus que nous vivions l'aube de la fin de la civilisation, que nous étions au bord du gouffre. Comme les tambours du Jugement dernier, la pluie dure et incessante tombait sur le monde. Cette nuit était particulière, et elle n'aurait pas paru plus étrange si les nuages s'étaient ouverts pour révéler trois lunes au lieu d'une et un ciel rempli d'étoiles inconnues.

Orson lapa une flaque d'eau de pluie sur la dernière marche du perron. Puis il vint me rejoindre ; il se sentait visiblement mieux.

Avec hésitation, recourant à notre code, je l'interrogeai pour savoir s'il souffrait d'une contusion, voire pire. Tout allait bien.

— Bon Dieu ! soupira Bobby de soulagement.

Je ne l'avais encore jamais vu aussi secoué.

J'allai chercher quatre bières et le bol sur lequel Bobby avait peint le mot *Rosebud*.

— Deux tableaux de Pia ont reçu de la chevrotine.

— On dira que c'est Orson qui a fait le coup, dit Bobby.

— Rien n'est plus dangereux qu'un chien armé d'un fusil, renchérit Sasha.

Nous remplissions nos poumons d'air purifié, sirotant nos bières, écoutant la pluie.

Le cadavre de Scorso gisait dans le sable. Maintenant Sasha était une meurtrière, elle aussi.

— C'est drôlement vivant.

— Totalement.

— Radicalement.

— Démentiellement, conclut Sasha.

Orson souffla.

34.

Cette nuit-là, nous enveloppâmes les cadavres des singes dans des draps. Ainsi que celui de Scorso. J'étais sûr qu'il allait se redresser sur son séant et essayer de m'attraper, ses bandes de coton au vent, telle une momie sortie de ces vieux films tournés en un temps où les gens vivaient encore dans une réalité offrant une place à la terreur du surnaturel. Je chargeai le tout dans le coffre de l'Explorer.

Pendant ce temps Bobby et Sasha agrafaient aux fenêtres des bâches en plastique, dont Bobby possédait une pile dans son garage, un souvenir de la dernière visite des peintres qui venaient régulièrement huiler les bardeaux en teck.

À deux heures du matin, Sasha nous conduisit au nord-est de la ville, remonta la longue allée bordée de gracieux poivriers de Californie alignés tels des gens en deuil pleurant sous l'orage. Elle s'arrêta sous le portique, derrière la Pietà en béton.

La demeure imposante était plongée dans le noir. Ou Sandy Kirk dormait ou il était absent.

Nous entassâmes les cadavres enveloppés de leurs linceuls de fortune, devant sa porte d'entrée. Et Sasha redémarra.

— Tu te souviens quand nous venions regarder travailler le père de Sandy ? dit Bobby.

— Oui.

— Imagine qu'une nuit on ait trouvé un truc de ce genre sur son seuil.

— Cool.

Le nettoyage et les réparations de la maison de Bobby prendraient des jours, mais nous n'étions pas prêts à nous atteler à cette tâche. Nous passâmes le reste de la nuit dans la cuisine de Sasha, à nous éclaircir les idées avec d'autres bières tout en étudiant le récit de mon père sur les origines de notre nouveau monde, notre nouvelle vie.

Ma mère avait imaginé une nouvelle approche pour fabriquer des rétrovirus destinés à transporter des gènes dans les cellules de malades — ou de cobayes. Dans le laboratoire secret de Wyvern, une équipe de savants de classe internationale avait réalisé son idée. Mais leurs livreurs se révélèrent extraordinairement plus efficaces et plus sélectifs qu'on aurait pu l'espérer.

C'est là que Godzilla entre en scène, pour citer Bobby.

Les nouveaux rétrovirus, bien qu'impotents, se montrèrent intelligents au point d'être capables non seulement de livrer leur paquet de matériau génétique, mais de choisir un paquet de l'ADN du malade — ou du cobaye — pour remplacer ce qu'ils venaient de livrer. Se muant donc en livreurs aller et retour.

Ils se révélèrent également en mesure de capturer d'autres virus naturellement présents dans le corps d'un sujet, d'opérer une sélection dans les caractéristiques de ces organismes et de se reproduire. Leur mutation fut plus radicale et plus rapide que toute mutation préalable d'un microbe. Elle s'emballa, les transformant en quelque chose d'entièrement neuf en quelques heures. Ils avaient cessé d'être impotents.

Avant que quiconque comprenne ce qui se passait à Wyvern, les nouveaux microbes de ma mère sortaient autant de matériau génétique des cobayes qu'ils leur en apportaient — et transféraient ce matériau non seulement chez les différents animaux, mais aussi chez les scientifiques et les autres employés des laboratoires. La contamination ne se fait pas exclusivement par contact avec des liquides organiques. Le contact de la peau suffit pour le transfert de ces microbes même en cas de blessure ou de lésion cutanée minuscule.

Dans les années à venir, la contamination s'étendant, chacun de nous héritera d'une quantité d'ADN neuf entièrement différente de celle que recevra son voisin. L'effet variera selon les cas. Certains d'entre nous ne changeront pas de manière visible, parce que nous recevrons tant de petits fragments issus de sources si nombreuses qu'il n'y aura pas d'effet cumulatif focalisé. À la mort de nos cellules, le matériau inséré pourra apparaître ou non dans les nouvelles cellules qui les remplaceront. Mais certains d'entre nous risquent de devenir des monstres sur le plan psychologique, voire physique.

Nous ignorons si la mutation va s'accélérer, si les effets deviendront plus largement visibles, si le secret sera mis à nu par le simple élan du travail du rétrovirus — ou s'il s'agira d'un processus qui restera subtil pendant des décennies ou des siècles. Nous ne pouvons qu'attendre. Nous verrons bien.

Mon père semblait penser que le problème ne tenait pas entièrement à un défaut de la théorie. Il estimait que les gens de Wyvern — qui ont testé les théories de ma mère et les ont développées jusqu'à ce qu'on puisse produire de véritables organismes — étaient plus fautifs qu'elle, parce qu'ils ont dévié de sa vision de manière qui parut peut-être infime à l'époque mais qui se révéla catastrophique.

Quoi qu'on fasse, quoi qu'on dise, ma mère a bel et bien détruit le monde tel que nous le connaissons — mais elle n'en reste pas moins ma mère. D'une certaine manière, elle a agi par amour, dans l'espoir de me sauver la vie. Je l'aime toujours autant — et je ne peux que m'émerveiller qu'elle ait réussi à dissimuler sa terreur et son angoisse pour moi pendant les dernières années de sa vie, après avoir compris quel genre de monde nouveau se préparait.

Mon père était loin d'être convaincu de son suicide, mais dans ses notes, il admet que c'est une éventualité. Il penchait plutôt pour la thèse du meurtre. Bien que la catastrophe se soit répandue trop loin et trop vite pour être maîtrisée, ma mère avait fini par vouloir rendre la vérité publique. Peut-être l'a-t-on réduite au silence. Qu'elle se soit suicidée ou qu'elle ait essayé de résister à l'armée et au gouvernement, peu importe, elle est morte de toute façon.

Maintenant que je comprends mieux ma mère, je sais d'où je tire la force — ou la volonté obsessionnelle — de réprimer mes propres émotions quand je les trouve trop dures à supporter. Je vais essayer de changer cela en moi. Je ne vois pas pourquoi je n'en serais pas capable. Après tout, c'est la devise du monde à présent : le changement. Le changement inexorable.

Bien que certains me haïssent parce que je suis le fils de ma mère, on m'autorise à vivre. Mon père lui-même ne savait pas très bien pourquoi on m'accordait ce privilège, vu la cruauté de certains de mes ennemis. Toutefois, il soupçonnait ma mère d'avoir utilisé des fragments de mon matériau génétique pour fabriquer ce rétrovirus apocalyptique ; il est donc possible que l'on finisse par découvrir dans mes gènes le moyen d'inverser le cours des choses ou du moins de limiter l'étendue de la catastrophe. Les prises de sang qu'on me fait tous les mois, prétendument à cause de mon XP, servent à des chercheurs à Wyvern. Je dois être une sorte de laboratoire ambulant : soit mon organisme renferme le potentiel d'immunité à cette maladie, soit il sert d'indice de l'ampleur de la destruction et de la terreur qu'elle va finir par provoquer. Tant que je garde le secret de Moonlight Bay et que je respecte les règles imposées par les personnes contaminées, j'ai toutes les chances de rester vivant et libre. En revanche, si je tente de révéler la vérité au monde, je terminerai sans aucun doute mes jours dans une pièce aveugle dans quelque dédale souterrain sous les champs et les collines de Fort Wyvern.

Mon père craignait qu'ils ne s'emparent de moi quoi qu'il arrive, tôt ou tard, afin de s'assurer une réserve inépuisable d'échantillons de sang. Il me faudra faire face à cette menace si elle se présente.

Dimanche matin et en début d'après-midi, pendant que l'orage claquait au-dessus de Moonlight Bay, nous avons tous dormi chez Sasha — et seule cette dernière n'a pas été réveillée par un cauchemar.

Au bout de quatre heures, je suis descendu dans la cuisine. Pendant un bon moment, dans la pénombre, j'ai étudié les mots *Mystery Train* sur ma casquette, en m'interrogeant sur leur lien avec le travail de ma mère. Bien qu'incapable de deviner leur sens, j'ai eu le pressentiment que Moonlight Bay était plus que sur des montagnes russes en route vers l'enfer, comme le prétendait Stevenson. Nous nous dirigeons vers une mystérieuse destination : ou l'avenir nous réserve une merveilleuse découverte, ou nous connaîtrons pis que les tortures de l'enfer.

Plus tard, j'ai écrit à la lueur des bougies. J'ai l'intention de noter tout ce qui se passera dans les jours qu'il me reste à vivre.

Je ne pense pas voir ce travail publié. Ceux qui désirent que la vérité de Wyvern reste cachée ne me permettront jamais de m'exprimer. Quoi qu'il en soit, Stevenson avait raison : il est trop tard pour sauver le monde. En fait, c'est le message même que me transmet Bobby depuis le début de notre longue amitié.

Bien que je n'écrive plus pour être publié, il est important de garder une trace écrite de cette catastrophe. Il ne faudrait pas que le monde tel que nous le connaissons disparaisse sans que l'on préserve l'explication de sa disparition pour l'avenir. Nous sommes une espèce arrogante, au potentiel terrible, mais nous avons aussi une grande capacité d'amour, d'amitié, de générosité, de bonté, de foi, d'espoir, et de joie. Peut-être est-il plus important de savoir comment nous avons péri par notre faute que d'apprendre comment nous sommes apparus sur terre — un mystère que nous ne résoudrons jamais à présent.

Je peux toujours noter avec application ce qui se passe à Moonlight Bay, et, par extension, dans le reste du monde à mesure que s'étend la contamination — mais peut-être le ferai-je en vain, parce qu'un jour il n'y aura peut-être plus personne pour lire ma prose ou être capable de la comprendre. Je risque le coup. Si j'étais joueur, je parierais que des espèces surgiront du chaos pour nous remplacer et qu'elles deviendront à leur tour les maîtres de la terre que nous avons été... Et je miserais sur les chiens.

Dimanche soir, le ciel était aussi vaste que le visage de Dieu et les étoiles aussi pures que des larmes. Nous sommes descendus à la plage. D'énormes monolithes de verre ne cessaient d'arriver de Tahiti. Épique. Tellement vivant.

Note de l'auteur

KBAY, la station de radio de Moonlight Bay est un pur produit de mon imagination. Le vrai KBAY se trouve à Santa Cruz en Californie, mais aucun des employés de la station de Moonlight Bay ne s'inspire ni de près ni de loin d'un membre du personnel présent ou passé de son homonyme de Santa Cruz. J'ai simplement emprunté ce sigle parce qu'il m'a plu.

Au chapitre dix-sept, Christopher Snow cite un vers d'un poème de Louise Glück. Le titre en est « Lullaby » (Berceuse) et on peut le lire dans le merveilleux et émouvant recueil intitulé *Ararat*.

Christopher Snow, Bobby Halloway, Sasha Goodhall et Orson existent. J'ai passé de nombreux mois avec eux. J'apprécie leur compagnie et j'ai l'intention de leur consacrer encore plus de temps dans les années à venir.

Table

Achevé d'imprimer sur les presses de

BUSSIÈRE

GROUPE CPI

à Saint-Amand-Montrond (Cher)
en janvier 2002

POCKET - 12, avenue d'Italie - 75627 Paris Cedex 13
Tél. : 01-44-16-05-00

— N° d'imp. 20183. —
Dépôt légal : février 2002.

Imprimé en France